Christie Barlow

WELKOM THUIS IN Love Heart Lane

Vertaald door Els van Son

UITGEVERIJ LUITINGH-SIJTHOFF

Oorspronkelijke titel *Love Heart Lane*
Vertaling Els van Son
Omslagontwerp Bij Barbara
Omslagbeeld Shutterstock
Opmaak binnenwerk Crius Group, Hulshout

ISBN 978 90 245 9946 2
ISBN 978 90 245 9947 9 (e-book)
ISBN 978 90 245 9967 7 (luisterboek)
NUR 302

www.christiebarlow.com
www.lsamsterdam.nl
www.boekenwereld.com

Uitgeverij Luitingh-Sijthoff vindt het belangrijk om op milieuvriendelijke en verantwoorde wijze met natuurlijke bronnen om te gaan. Bij de productie van dit boek is daarom gebruikgemaakt van papier waarvan het zeker is dat dit niet tot bosvernietiging heeft geleid.

Voor Roo, Mop, Missy & Mo,
Het is de cirkel van het leven.
Het is niet onderhandelbaar.
Waar is mijn bosoutfit?
Operatie Miauw.
Walnoot Wendy.
Dank allemaal voor de beste week van zomer 2018!

1

Felicity staarde nerveus naar buiten. Ze zat in het kantoor van haar baas en bewonderde het uitzicht over de binnenstad van Londen. Dit was zonder twijfel de beste plek in het hele gebouw.

Slechts een paar seconden later zag ze door de glazen wanden van het kantoor het slanke figuur van haar bazin naderen (ze had maatje zesendertig), wiebelend op haar hoge hakken over het rode pluchen tapijt, zoals gewoonlijk gekleed in een perfect passende outfit met opvallende knopen, die al van ver 'designermerk' schreeuwde. Haar nagels waren in hetzelfde diepe rood gelakt als haar blouse was en Felicity voelde zich opeens onnoemelijk beige in haar saaie bruine jurk en oude lakschoenen.

Eleanor Ramsbottom was zes maanden geleden de baas geworden bij Little Browns, het kleine warenhuis waar Felicity werkte, en Felicity had zich in haar gezelschap altijd minderwaardig gevoeld. Ze wist al vanaf het begin dat ze het nooit goed met elkaar zouden kunnen vinden. Little Browns was na zestig succesvolle jaren in de financiële problemen geraakt en Eleanor, de dochter van een rijke zakenman, had het warenhuis gered van sluiting. Op dat moment was iedereen haar dankbaar geweest, blij dat ze nog een baan hadden – totdat ze onder haar leiding hadden moeten werken. Eleanor Ramsbottom was niet bepaald een warm mens, ze miste sociale vaardigheden en had geen enkel inlevingsvermogen.

Zodra Eleanor elegant het kantoor binnen trippelde, voelde Felicity dat haar stekels overeind gingen staan. Ze trok een gemaakt opgewekt gezicht en plakte een glimlach op haar lippen; dit gesprek móést eindigen zoals zij het wilde. Onder het bureau hield ze haar vingers stevig gekruist. Ze keek toe terwijl Eleanor haar bureaustoel uitschoof en, voordat ze ging zitten, nog snel een keurig stapeltje maakte van de losliggende papieren voor haar neus. Toen ze eenmaal zat, zette ze haar vingertoppen tegen elkaar en richtte haar kille blik op Felicity.

'Ik hoorde van mijn secretaresse dat je mij dringend moest spreken. En op een vrijdagmiddag om vijf uur moet dat echt heel dringend zijn, lijkt me. Moet je niet naar huis?' vroeg Eleanor met een korte blik op de klok aan de muur.

Felicity ademde diep in. Naar huis gaan was nou precies wat ze níét wilde; als het goed was, was Adrian daar op dit moment bezig zijn spullen in te pakken om te verhuizen. Ze hadden een halfjaar samengewoond, hoewel Felicity al een paar uur nadat hij bij haar was ingetrokken geweten had dat ze een enorme fout had gemaakt.

In het begin was het nog wel leuk geweest omdat ze meegevoerd werd op een golf van passie – Adrian was tenslotte ongelofelijk sexy – maar toen ze op een gegeven moment zijn wasgoed van de vloer stond op te rapen terwijl de wasmand vlakbij stond, was de lust verdwenen en had de werkelijkheid haar vol in het gezicht getroffen.

'Ik zou graag... als het tenminste kan...' ze zweeg even, 'een tijdje vrij nemen.' Felicity was blij dat ze de woorden had uitgesproken.

'Als je vrije dagen wilt opnemen moet je daar míj niet voor hebben,' reageerde Eleanor kortaf. 'Je weet toch dat je een aanvraagformulier moet invullen en dat aan je manager moet geven. Die speelt het dan weer door aan mij en ik check het rooster of ik toestemming kan verlenen.'

Eleanor had het altijd over roosters, grafieken en overzichten.

'Dat is helaas niet mogelijk, want ik zou graag vanaf aanstaande maandag twee weken opnemen.' Felicity was blij dat haar stem niet trilde, hoewel ze vanbinnen beefde als een riet, wat nog erger werd toen Eleanor een lange, ontevreden zucht liet ontsnappen. De sfeer was meteen gespannen en Eleanor liet zich vermoeid achteroverzakken op haar stoel, draaide aan haar trouwring en lachte schamper. Toen keek ze opeens weer serieus.

'Ik had even gezworen dat ik hoorde dat je vanaf máándag twee weken vrij wilde, terwijl het nu vrijdagmiddag is! En bovendien is het uitverkoop, een van de drukste tijden van het jaar waarin we, willen we de targets halen, alle hulp nodig hebben die we kunnen krijgen. Álle hulp. En dat betekent ook die van jou, Felicity...'

Felicity verschoof ongemakkelijk op haar stoel. 'Ik zou het ook nooit vragen... maar...'

'Dat je ons gewoon in de steek wilt laten...' Eleanor schudde haar hoofd. 'Wat is er zo belangrijk dat je op zo'n korte termijn vakantiedagen moet opnemen?'

Felicity slikte de brok in haar keel weg en hoopte dat ze haar tranen kon bedwingen. 'Mijn oma is overleden en ik moet naar huis, naar mijn familie.'

En zoals dat gaat wanneer iemand zoiets zegt, wist Eleanor even niet hoe ze moest reageren.

'Ik zou het niet vragen als het niet belangrijk was, en ik heb nog twee weken vakantie tegoed,' voegde Felicity er haastig aan toe.

'Het spijt me dat je zulk verdrietig nieuws hebt gekregen,' zei Eleanor uiteindelijk terwijl ze haar ogen strak op Felicity gericht hield. Haar teleurstelling dat ze Felicity niet kon tegenhouden, werd verhuld door een sluier van beleefdheid.

'Dank u wel,' zei Felicity.

'Waar kom je eigenlijk vandaan?' Het was de eerste persoonlijke vraag die Eleanor ooit aan Felicity had gesteld.

'De Schotse Hooglanden,' antwoordde Felicity een beetje ontsteld door de plotselinge belangstelling. 'Uit een klein dorp dat Heartcross heet.'

Eleanor zuchtte diep en gebaarde vaag wanhopig met haar hand. 'Nou, mocht je iets nodig hebben, aarzel niet om te bellen en dan zien we je maandag over twee weken weer hier.' Er was niets in Eleanors toon wat duidde op enige vorm van oprecht medeleven en haar gezicht stond volkomen uitdrukkingsloos. Toen stond ze op en Felicity begreep dat het gesprek ten einde was en dat ze kon gaan.

Felicity plooide haar lippen in een glimlach en wist niet hoe snel ze weg moest komen uit het kantoor. Beneden griste ze haar jas uit haar locker en op het stoepje voor het warenhuis bleef ze even staan om op te kijken naar de verlichte letters op de gevel. 'Little Browns' had een speciale plaats in haar hart ingenomen. Het was een warm familiebedrijf geweest, dat haar een kans had gegeven. Ze had hier bijna acht jaar gewerkt, nadat ze in een impuls naar Londen was vertrokken omdat ze weg wilde uit het dorp. Ze had grootse plannen en ideeën gehad, en was vol goede moed op zoek gegaan naar geluk. Maar het was allemaal niet gemakkelijk geweest. Ze was onder een donkere wolk uit Heartcross vertrokken en had in Londen hard haar best gedaan om het verleden te vergeten... om Fergus te vergeten. Maar dat was niet gelukt. Ergens in haar achterhoofd was Fergus er altijd.

Sinds kort, toen alles op het werk was veranderd en Eleanor Ramsbottom op het toneel was verschenen, was het leven in Londen een stuk minder aangenaam en tegenwoordig vroeg Felicity zich weleens af wat ze er eigenlijk deed. Ze betrapte zichzelf erop dat haar gedachten steeds vaker naar huis afdwaalden en ze dan bezig was met hoezeer ze zich voor het leven daar had afgesloten en het angstvallig op een afstand hield. Langzaam was het besef gegroeid dat ze Heartcross miste, de goede vrienden en vriendinnen die ze er had achtergelaten en natuurlijk haar moeder en haar oma.

Ze draaide zich somber om en, verlangend naar een stevige gin-tonic, mengde ze zich tussen de voetgangers op de drukke winkelstraat en ging op weg naar het station van de ondergrondse. Met haar handen diep in de zakken van haar jas gepropt, moest ze plotseling vechten tegen de tranen en er ging een steek van schuld door haar heen. In de overvolle metro onderweg naar haar flatje waren haar gedachten constant bij Heartcross. De herinneringen aan het kleine levendige dorp in de Schotse Hooglanden waar ze was opgegroeid, de plaats waaruit ze had willen ontsnappen, vulden haar hoofd en ze werd overspoeld door een sterk verlangen naar geborgenheid, naar ergens thuishoren.

De laatste acht jaar was Felicity wel regelmatig thuis geweest, maar dat waren altijd korte bezoekjes geweest; met het excuus dat ze niet langer vrij kon nemen van haar werk. En dat was het exact: een excuus. Ze wist precies waarom ze daar niet lang wilde blijven, maar werd tegenwoordig weleens bekropen door het gevoel dat dat aan het veranderen was.

Felicity was niet meer verliefd op haar baan en niet meer verliefd op Adrian – als ze al ooit verliefd op hem was geweest – en hoewel ze vrienden en vriendinnen had in Londen, waren dat niet zulke goede vrienden als ze in Heartcross had gehad… Echte vrienden bij wie je altijd terechtkon, die er hoe dan ook voor je waren…

Waarom was ze met Kerstmis niet naar huis gegaan? Terwijl de metro voortraasde, speelde het gesprek met haar moeder weer door haar hoofd.

'Kom alsjeblieft snel naar huis, oma's gezondheid gaat achteruit. Ze mist je, Flick, en ik mis je ook.'

'Mam, ik woon in Londen. Het is lastig om vrij te krijgen. En weet je wel hoe vér Schotland is?'

Het was negenhonderddrieënveertig kilometer om precies te zijn en tien uur in de auto, toiletpauzes niet meegerekend. De laatste weken was het weer onstuimig geweest, er waren vluchten en treinen geannuleerd wegens de slechte weersomstandigheden en er werd sneeuw voorspeld.

Maar nu maalden de woorden van haar moeder door haar hoofd. 'Oma heeft niet het eeuwige leven, Felicity.' En natuurlijk had haar moeder, Rona Simons, gelijk gehad. Iets meer dan een week later was Bonnie Stewart op tachtigjarige leeftijd overleden.

Felicity omklemde de metalen paal in de metrowagon en staarde naar de voorbijflitsende stations. Dit metroritje vond ze nooit prettig, vooral in het spitsuur op vrijdag, wanneer de trein tot de nok toe was gevuld met passagiers die elkaar verdrongen voor een plekje. Het leven had zo opwindend geleken toen ze net in de grote stad was aangekomen, maar nu was ze de drukte en de snelheid ervan moe.

Uiteindelijk stapte Felicity bij Leicester Square uit, waar ze zich een weg door de drukte baande naar een van de zijstraten en even later de deur van The Chatty Banker openduwde. Achter de bar stond haar vriendin Polly met haar arm over de tap geleund, helemaal thuis tussen alle vaste klanten en zoals altijd het toonbeeld van zelfverzekerdheid.

'Felicity! Ik had je niet verwacht vanavond!' Polly keek haar vriendin even opgewekt en stralend als altijd aan, maar Felicity vond dat ze er doodmoe uitzag.

'Nou, ik heb honger, geen zin om te koken en zou een moord doen voor een flink glas gin-tonic... En als je dan een goede vriendin hebt die bedrijfsleider is van zo'n geweldig etablissement hoef je niet lang na te denken.'

'Je hebt groot gelijk,' zei Polly met een glimlach terwijl ze meteen een glas naar Felicity toeschoof, die al op de barkruk voor haar zat.

'Hoe gaat het? Je ziet er moe uit.'

'O, goed, hoor. Ik ren alleen de benen uit mijn lijf vandaag. Ach, zondaars krijgen nooit rust.'

'En jij bent natuurlijk een enorme zondaar,' zei Felicity glimlachend.

'Hoe was oud en nieuw? Ik dacht dat Adrian en jij nog wel zouden komen.'

Wat Felicity betrof werd oud en nieuw enorm overschat. Voor zover zij zich kon herinneren was er niets bijzonders aan, en aan de laatste oudejaarsavond in Heartcross, acht jaar geleden, wilde ze liever niet denken. Het deed haar nog steeds pijn als ze dacht aan de uitdrukking op Fergus' gezicht en de smekende toon in zijn stem toen hij haar vroeg niet weg te gaan, terwijl zij hem de rug had toegekeerd, vastberaden naar de taxi was gelopen en het portier met een klap achter zich had dichtgetrokken. Felicity was die avond niet vergeten en had er steeds meer spijt van gekregen. Ze trok het glas naar zich toe en nam er een paar slokjes uit.

Polly kneep haar ogen tot spleetjes en keek Felicity aan. 'Rotdag?'

Waar begin ik? dacht Felicity terwijl ze haar adem uitblies. 'Dat kun je wel zeggen. Adrian en ik waren er niet met oud en nieuw omdat we sinds die avond geen stel meer zijn.' Ze schoof haar glas opzij zodat ze haar ellebogen op de bar kon zetten. 'Als het goed is, is hij op dit moment aan het verhuizen.'

Eerst had ze gedacht dat hij geschokt was toen ze hem had verteld dat ze het uit wilde maken, maar toen had hij teruggeslagen en het lef gehad haar te vertellen dat zij hem ook tegenviel. Felicity had de neiging onderdrukt om ruzie met hem te gaan maken – dat had toch geen zin. Adrians verwachtingen van hun relatie waren totaal anders dan de hare – hij had haar eerder behandeld als zijn moeder dan als zijn vriendin. En dus wilde ze haar vrijheid terug.

'O, Flick, wat is er gebeurd?'

'Ik heb gewoon besloten dat hij de ware niet is.'

'Ach, dat komt wel goed,' stelde Polly haar vol medeleven gerust. 'Er zijn zat leuke mannen op de wereld.'

'Ik denk dat ik die maar een tijdje aan me voorbij laat gaan,' zei Felicity terwijl er tranen in haar ogen opwelden. 'Maar dat is niet alles, Pol. Ik voel me echt de slechtste dochter ter wereld,' vervolgde ze. Ze werd overspoeld door verdriet en kromp als een zielig vogeltje ineen. 'Mijn oma is overleden en ik heb geen afscheid van haar genomen.'

Polly stak meteen haar hand over de bar uit en gaf een kneepje in die van haar vriendin. 'Ach, wat erg om te horen,' zei ze troostend.

Zonder waarschuwing rolden de tranen opeens over Felicity's wangen. Ze schaamde zich dat ze zo egoïstisch was geweest en haar eigen gevoelens voor had laten gaan op die van haar moeder. Ze had er enorme spijt van.

Felicity dacht terug aan haar leven in Heartcross en meteen kwamen er allerlei herinneringen aan haar oma naar boven, aan hoeveel ze van elkaar hadden gehouden, aan alle mooie en liefdevolle momenten samen in de theesalon. Bonnie Stewart had haar hele leven in de Schotse Hooglanden gewoond en er ging opnieuw een golf van verdriet door Felicity heen toen ze dacht aan de kuiltjes in haar oma's wangen als ze lachte, hoe ze klapzoenen boven op haar hoofd had geplant en hoe ze altijd rook naar heerlijke baksels.

Heartcross was een afgelegen dorp dat werd omringd door majestueuze bergen, met heide begroeide dalen en prachtige watervallen – een plek die onaangetast was door de tijd. Het traditionele stenen huisje van haar grootmoeder waarin ze was opgegroeid, lag aan het einde van een reeks witgekalkte huisjes in Love Heart Lane en was het middelpunt van de gemeenschap geworden, nadat Bonnie ruim vijfenvijftig jaar geleden een theesalon was begonnen in haar voorkamer. Het was een plek waar zowel dorpelingen als passerende wandelaars kwamen en Felicity had vele gelukkige herinneringen aan de tijd dat ze samen met haar oma in 'Bonnies Theesalon' had gewerkt. En weer vroeg ze zich af waarom ze dat alles zo graag achter zich had willen laten.

'Ik had er meer moeite voor moeten doen om naar haar toe te gaan,' bekende Felicity berouwvol aan Polly. 'Ik dacht dat ze het eeuwige leven had maar de tijd vliegt en nu... en nu...' Felicity kon haar zin niet afmaken, haar hart brak.

'Flick, je moet gauw naar huis,' zei Polly zacht.

Felicity knikte. 'Ja, ik weet het, ik ga ook... Morgenochtend vroeg vlieg ik naar Inverness... in anderhalf uur.' Weer voelde ze zich enorm schuldig. Ze had er maar anderhalf uur vandaan gezeten, dus waarom was ze zo weinig naar huis gegaan? Natuurlijk wist ze precies waarom: Fergus.

'Hoelang ga je?'

'Twee weken,' antwoordde Felicity terwijl ze haar tranen wegveegde met de rug van haar hand. 'Het gaat wel weer,' zei ze, en ze probeerde te glimlachen, maar diep vanbinnen wist ze dat het helemaal niet ging.

Om haar kalmte terug te vinden begon ze de kaart te bekijken en bestelde ze vast een bakje chips. Toen checkte ze haar telefoon. Geen woord van Adrian. Maar wat verwachtte ze dan? Een afscheidsboodschap?

Precies op dat moment kwam er een tochtvlaag binnen omdat de deur openzwaaide en tot Felicity's afgrijzen stond Adrian in de deuropening met een meisje dat ze niet kende. Toen hij Felicity zag zitten, verwijdden zijn ogen zich even. Hij keerde zich naar het meisje en zei iets tegen haar, waarop ze knikte en helemaal naar de andere kant van de pub verdween.

Felicity kon er niks aan doen, ze was boos. 'Al een ander?' vroeg ze toen Adrian naast haar kwam staan, ook al wist ze dat het haar zaken niet waren.

Er viel een ongemakkelijke stilte, waarna Adrian een beetje schaapachtig zijn schouders optrok. 'Gewoon iemand van het werk.'

'Ja hoor.' Felicity had het al gezegd voordat ze zich in kon houden.

Hij leek verontwaardigd. 'En waarom zou dat jou interesseren?'

'O, je doet maar hoor. Mij best. En jij kunt op het moment vast wel een vriendin gebruiken, lijkt me,' herstelde ze zichzelf haastig. Plotseling wilde ze zo snel mogelijk van hem af. 'Maar nu je toch hier bent, kun je me meteen je sleutels teruggeven.' Ze stak haar hand uit terwijl Adrian in zijn zak voelde en de sleutelbos in haar handpalm legde.

'Het beste,' zei hij en hij keerde zich om om naar het meisje toe te gaan.

'*Goodbye*, Adrian,' bromde ze voordat ze zich snel naar Polly omdraaide. 'Ik denk dat ik het eten maar oversla, ik ga eigenlijk liever meteen naar huis.'

'Weet je het zeker?'

Felicity wist het absoluut zeker. Haar eetlust was nog verder afgenomen en hoewel het voorbij was met Adrian, had ze er geen behoefte aan toe te kijken terwijl hij uit eten was met een andere vrouw – vriendin, collega of wat dan ook.

Polly tilde de klep van de bar op en kwam met haar armen wijd open naar Felicity toe lopen om haar een dikke knuffel te geven.

'Goede reis en bel me als je er bent, oké? Dan zie ik je over twee weken... En vergeet me niet te facetimen.'

'Afgesproken,' beloofde Felicity terwijl ze Polly een kus op haar wang gaf. Onderweg naar de metro voelde ze dat het tijd was om terug naar Schotland te gaan. Tijd om haar persoonlijke besognes opzij te zetten en haar moeder te steunen in deze verdrietige periode. Destijds had ze gedacht dat het heel gerechtvaardigd was dat ze op zoek ging naar een wereldser leven, maar kortgeleden was het tot haar doorgedrongen hoe ze anderen daarmee had gekwetst.

Felicity wist dat terugkomen in Heartcross niet gemakkelijk zou zijn. Sterker nog: het zou het moeilijkste zijn wat ze ooit in haar leven had gedaan.

2

Op het vliegveld waren alle gebouwen nog in kerstsfeer. Overal hingen versieringen en er stond een metershoge dennenboom in alle glorie te pronken. Het was een koude ochtend, een ijskoude ochtend zelfs, met temperaturen onder nul. Terwijl Felicity haar onflatteuze wollen muts dieper over haar oren trok en het topje van haar neus voelde alsof het bevroren was, liep ze de glazen draaideur van Heathrow binnen. Ze had zich extra warm gekleed: kniekousen én sokken, twee truien en een thermisch vest. Ze wist dat het in Inverness nog kouder zou zijn dan in Londen.

Gelukkig was het vliegtuig op tijd zag ze op het vertrekbord. Ze checkte in en liep naar de vertrekhal, waar ze een skinny latte en een baguette met ham kocht; haar eetlust was terug en ze had een enorme honger. De avond ervoor had ze weinig trek gehad toen ze thuiskwam. Ze had alleen een groot glas wijn voor zichzelf ingeschonken en was daarmee in een warm schuimbad gaan liggen. Al Adrians spullen waren verdwenen en voor het eerst was het hem zelfs gelukt zijn vuile ondergoed van de vloer op te rapen. Het was goed dat hij weg was; hij was gewoon niet de ware voor haar.

Ze had meer dan een uur in het water liggen weken, tot het bijna koud was, en de gedachten hadden door haar hoofd gemaald. Na het bad had ze haar moeder gebeld om haar te laten weten hoe laat ze aankwam, maar er was niet opgenomen. Rona, haar moeder, zat vrijwel zeker in The Grouse and Haggis, midden in het dorp; de traditionele pub met een laag plafond, flagstones op de vloer, houten banken in nissen en een knapperend vuur in de open haard. De pub was het toevluchtsoord van de dorpsbewoners, vooral in de zware wintermaanden. Na het werk verzamelde iedereen zich daar en werd er, onder het genot van een pint bier of een lokaal gestookte whisky, druk gekletst. Meestal speelde Hamish van de kruidenierswinkel nog een deuntje op zijn viool, wat nog extra bijdroeg aan de gezelligheid. De pub werd gerund door Meredith en Fraser Macdonald en hun dochter Allie, Felicity's beste vriendin vóór ze naar Londen was verhuisd. Ze waren al hartsvriendinnen vanaf de kleuterschool tot ze allebei in de twintig waren; bij Allie had Felicity altijd zichzelf kunnen zijn.

Bij al die herinneringen aan Heartcross had ze een inwendige, sombere zucht geslaakt omdat ze Allie had laten vallen. Allie had alle reden om kwaad op haar te zijn; Felicity had haar nooit verteld dat ze van plan was naar de grote stad te vertrekken. Als ze er tegenwoordig op terugkeek, besefte ze dat dat achterbaks van haar was geweest, maar destijds was ze ervan overtuigd dat Allie zou proberen haar haar plannen uit haar hoofd te praten. En na alles wat ze met Fergus had meegemaakt, had Felicity met zo weinig mogelijk gedoe willen verdwijnen.

Het was duidelijk dat ze een hoop goed te maken had in Heartcross en hoewel Felicity ook vriendinnen in Londen had gemaakt, kwam er niets in de buurt van de band die ze met Allie had gehad. Ze miste haar en hun vriendschap, en hoopte dat die nog te herstellen was. Uiteindelijk had ze geprobeerd op te houden met piekeren en haar schuldgevoelens van zich af te zetten, haar koffer ingepakt en haar grijze fleecepyjama aangetrokken, vastbesloten een nacht goed te slapen zodat ze fris was voor haar reis naar Schotland.

Het was druk op het vliegveld en terwijl Felicity wachtte tot haar vlucht werd omgeroepen, begroef ze haar hoofd in een boek, maar nadat ze een paar keer achterelkaar dezelfde zin had gelezen, besefte ze dat ze zich er niet op kon concentreren; haar gedachten dwaalden steeds af. Ze keek op en volgde een jong stel dat hun zoontje tot de orde riep omdat hij opgewonden rondrende en daarbij een heel spoor van chips achterliet. Het kind, een schattig jochie van een jaar of drie, kwam vlak voor Felicity abrupt tot stilstand en sloeg zijn blauwe ogen naar haar op. Met een ondeugend lachje bood hij haar een chipje aan. Felicity aarzelde een fractie van een seconde en nam het toen van hem aan. 'Nou, heel hartelijk dank hoor, jongeman,' zei ze, waarna het jochie met zijn armen wijd uitgestrekt wegrende omdat hij speelde dat hij een vliegtuig was. Hij lachte blij en Felicity zag dat de irritatie van de ouders verzachtte van vertedering.

Terwijl ze het jongetje nakeek, ging er een overbekende steek van verdriet door haar heen. Als het allemaal anders was gelopen… dacht ze, terwijl ze haar plotseling opkomende tranen weg knipperde. Het verdriet uit haar verleden voelde nog als een mes in haar hart en de angst om Fergus weer te zien was nooit verdwenen, maar in alle jaren dat ze van hem vandaan was, had ze geleerd ermee te leven. Felicity kneep haar ogen even stevig dicht om te kalmeren.

Toen klonk er een stem door de microfoon die mededeelde dat ze aan boord konden. Binnen een paar seconden stond iedereen op om met paspoort en instapkaart naar het vliegtuig te gaan. Felicity ademde diep in en wierp een korte blik door het raam. De lucht was donkerder geworden, er dreigde sneeuw. Nou, dit is het dan, zei ze tegen zichzelf. Ze had geen idee hoe men zou reageren op haar thuiskomst. Alles wat ze nu nog kon doen was hopen op het beste. Nerveus wist ze een beverig lachje te produceren naar het jongetje, dat nu aan de hand van zijn moeder in de rij stond en opgewonden naar het vliegtuig buiten wees.

Felicity dwong zichzelf er niet langer over te piekeren. Gewoon doorademen, hield ze zichzelf voor, je kunt nu niet meer terug. Het is tijd om naar huis te gaan.

3

‘Waarnaartoe?’ vroeg de taxichauffeur nadat hij Felicity’s koffer in de achterbak had geladen en achter het stuur ging zitten.

‘Heartcross,’ antwoordde Felicity, terwijl ze haar handschoenen uittrok en die op haar schoot legde.

De chauffeur draaide zijn hoofd om en keek haar over zijn schouder aan. ‘Heartcross. Na de brug zal de weg verraderlijk zijn; het begint steeds harder te sneeuwen.’

Al vanaf het moment dat ze uit het vliegtuig was gestapt, had Felicity geweten dat dit een probleem zou zijn. ‘Ik dacht al dat dat lastig zou worden. Hoe dichtbij kunt u komen?’

De chauffeur trok weifelachtig zijn wenkbrauwen op. ‘Misschien tot net vóór de brug? Ik wil niet vast komen te zitten.’

‘Zo dichtbij als u kunt komen dan,’ antwoordde Felicity, wetend dat ze het laatste stuk te voet zou moeten in het slechte weer.

Heartcross was een klein dorp met ongeveer tweehonderd huizen en had alle denkbare voorzieningen. Tussen Glensheil en Heartcross lag een tot monument verklaarde stenen brug van bijna tweehonderd jaar oud over de River Heart. De enige weg naar het dorp was een steil bergpad van een kleine kilometer. In de zomer was het een prachtige route om te lopen, te voet en met een auto met vierwielaandrijving goed te doen, maar als het ’s winters sneeuwde was het gevaarlijk.

Een kwartier later begon de taxi stapvoets te rijden, zwiepten de ruitenwissers als razenden heen en weer en slipten de wielen in de sneeuw. ‘Verder kan ik je niet brengen,’ zei de chauffeur terwijl hij de taxi tot stilstand bracht en uitstapte om Felicity’s koffer uit de achterbak te pakken.

Met tegenzin opende Felicity het portier. Ze huiverde van de kou terwijl ze de chauffeur betaalde en haar koffer van hem overnam.

Daarna keek ze afgunstig toe terwijl hij terug in de warme taxi stapte en de auto langzaam begon te keren; de wielen slipten een paar keer om hun as voordat ze weer grip kregen. De chauffeur leek bijna medelijden met haar te hebben toen hij zijn raampje liet zakken en zei: 'Je moet snel zijn, denk ik, anders strandt je dadelijk zelfs te voet.'

Felicity knikte en omklemde het handvat van haar koffer stevig. Het sneeuwde echt hard: zodra de bandensporen van de auto in de sneeuw stonden, werden ze alweer weggevaagd door verse sneeuwvlokken. Felicity wist dat het onmogelijk zou zijn om haar koffer op de wieltjes met zich mee naar boven te sleuren en hij was te zwaar om te dragen. Er zat niets anders op dan hem achter te laten. Met een zucht zette ze hem onder een boom en begon ze aan de tocht naar boven.

Diep in haar parka gedoken omklemde ze met haar ene gehandschoende hand het hengsel van haar handtas, en hield ze de andere boven haar ogen om die te beschermen tegen de oversized confettisneeuw die haar tegemoet vloog. Ze was voorbereid op de kou, maar de sneeuwvlokken striemden zo hard in haar gezicht dat ze alleen met diep gebogen hoofd verder kon lopen.

Twintig minuten later was de storm zo hevig geworden dat het pad dat ze volgde helemaal ondergesneeuwd was en ze het dorp bijna niet kon zien door het dichte sneeuwgordijn. De kou beet in haar gezicht en haar vingers en ze liet zichzelf vooruitduwen door de wind.

Uiteindelijk bereikte ze de rij witgekalkte huisjes van Heartwood Lane. Ze liet een enorme zucht ontsnappen toen ze voor Heartwood Cottage stond, het huis waar haar moeder woonde. Zelfs in het sombere winterlicht leek het huis rechtstreeks uit een sprookjesboek te komen. In het midden van de zware eiken deur was door Felicity's opa op de dag dat hij het huis met zijn nieuwe vrouw Bonnie had betrokken, een hart uitgebeiteld. Voor de voordeur lag een houten portiek dat er in de zomer nog leuker uitzag omdat het dan werd gesierd door een roze clematis.

Er was geen mens te zien op straat terwijl Felicity het pad op glibberde. Toen ze stilstond en opkeek naar de gevel van Bonnies Theesalon, dacht ze even dat die een wat sjofele indruk maakte, maar toen besefte ze dat dat natuurlijk kwam omdat ze midden in een sneeuwstorm stond en zich door alle vlokken geen goed beeld kon vormen.

Bij de voordeur probeerde ze of hij van het slot was en gelukkig bleek dat zo te zijn. Blij de storm achter zich te kunnen laten, stampte ze op de mat in het portiek de sneeuw van haar schoenen. Toen stapte ze het huis binnen. 'Mam, ben je thuis?' riep Felicity meteen terwijl ze haar doorweekte handschoenen uittrok en haar jas over de trapleuning hing. 'Ik ben er!'

Felicity hoorde gescharrel en even later ging de deur van de woonkamer open. Haar moeder keek met een verraste blik de hal in. 'Felicity? O mijn god! Je bént er! Kom hier!' Rona kwam met wijd geopende armen aan lopen door de gang om Felicity te omhelzen. Door de vertrouwdheid en de warmte van haar moeders knuffel sprongen er weer tranen in Felicity's ogen en opeens voelde ze hoe vreselijk ze dit had gemist: haar moeder, deze plek. Ze was blij dat ze thuis was.

'Ik kan gewoon niet geloven dat je er echt bent.' Rona liet haar los en pakte Felicity's beide handen beet terwijl ze haar twee zoenen op haar wangen gaf. Ze was ook in tranen. 'Je hebt geen idee hoe blij ik ben je te zien... O, je hebt het ijskoud... Kom, dan maak ik een lekkere warme pot thee.'

Felicity was niet van plan daar iets tegenin te brengen, ze was verkleumd tot op het bot. Ze liep achter haar moeder aan de woonkamer in en bleef weer even staan om rond te kijken. Opnieuw vond ze het er anders dan anders uitzien en deze keer was ze er zekerder van dat dat ook echt zo was. Een beetje armetierig... haveloos. Zelfs de gordijnen waren deels van de rail gelopen en er stonden nergens bloemen. Vroeger zette Rona altijd een grote vaas in het voorraam, met elke week een verse bos erin.

'Hoe ben je hier kunnen komen? Er werd ernstig gewaarschuwd voor slecht weer, dus er kon zeker geen auto de brug over?' vroeg Rona verbaasd terwijl ze de kussens opklopte voordat Felicity ging zitten.

'Nee, de taxi kon maar tot de brug komen, het was te gevaarlijk. Dus ik heb zowat een kilometer moeten lopen.'

'O jee, je had moeten bellen dan had ik Drew met een tractor gestuurd om je op te halen!'

'Mam, mijn telefoon heeft hier nauwelijks bereik!' Felicity wierp een blik op haar mobieltje. 'Zie je wel... geen bereik.'

'En waar is je koffer?' Rona keek zoekend om zich heen.

'Die kon ik niet meenemen door de sneeuw dus heb ik hem onder een boom achtergelaten... Wel aan deze kant van de brug...'

'Die kan daar niet blijven staan, dan vind je hem nooit meer. Het blijft de hele nacht sneeuwen en de komende paar dagen misschien ook. Bel de boerderij maar even. Het nummer ligt bij de telefoon,' zei Rona terwijl ze het vuur oppookte.

Felicity aarzelde. De gedachte Drew te moeten bellen gaf haar een ongemakkelijk gevoel.

'Schiet op, de telefoon staat waar hij altijd heeft gestaan,' drong Rona opgewekt aan, terwijl ze Felicity een duwtje in de richting van de hal gaf.

Op Foxglove Farm woonden Isla en Drew Allaway. Felicity kende ze al haar hele leven en vroeger waren ze heel goede vrienden van elkaar geweest. Isla en Drew waren al jong verliefd geworden en inmiddels met elkaar getrouwd, waarna ze de boerderij van

Drews vader hadden overgenomen toen diens vrouw was overleden. Hoewel Felicity door de jaren heen wel een paar keer even thuis was geweest, had ze zowel Isla als Drew al die tijd niet gezien of gesproken. Ze had geen idee hoe ze zouden reageren op haar thuiskomst.

Een beetje nerveus pakte ze de olijfgroene telefoonhoorn op en draaide het nummer. Er werd al na twee keer overgaan opgenomen. 'Hallo, Foxglove Farm.' Zelfs na zoveel jaar herkende ze Drews stem onmiddellijk.

Felicity ademde diep in. 'Hoi Drew... met mij... Felicity.'

Het was even stil aan de andere kant van de lijn. 'Flick! Welkom thuis! Dat is lang geleden.'

Hij leek blij haar te horen, wat een enorme opluchting was. 'Ja, nogal. Hoe gaat het?'

'Goed, gelukkig. Met iedereen. Maar het spijt me te horen dat je oma is overleden. Gecondoleerd.'

'Bedankt, Drew. Ja, het is heel verdrietig.'

Het was even stil. 'Wat kan ik voor je doen? Rona heeft nog genoeg hout, toch?' vroeg hij bezorgd. 'In dit weer moet ze niet in de kou zitten, natuurlijk.'

'Ik weet het niet... Wacht even... Mam!' riep Felicity vanuit de hal. 'Heb je nog genoeg hout?'

Rona stond meteen in de deuropening. 'Dat zijn bijna de laatste houtblokken in de haard. Met alle gedoe heb ik weinig tijd gehad om het aan te vullen. Het is allemaal nogal moeilijk geweest.'

'Drew, kun je alsjeblieft wat hout brengen?'

'Ja, natuurlijk... En wat wilde je verder vragen?'

Eén seconde was Felicity vergeten waarom ze belde. 'O ja! Mijn koffer... Die staat bij de brug, aan het begin van het pad naar boven... onder de boom. De wieltjes draaiden niet in de sneeuw en hij was te zwaar om te tillen. Mama dacht dat jij hem misschien...'

'Maak je geen zorgen, ik kom er meteen aan, Felicity,' antwoordde hij galant. 'Voordat hij voor eeuwig begraven is. Nou ja, tot de sneeuw is gesmolten in elk geval.' Hij grinnikte.

'Bedankt, Drew,' zei ze en ze hing op. Toen liep ze terug naar de woonkamer.

'Ik heb thee gezet,' zei Rona. 'Schenk maar in. En neem er een stukje cake bij.' Ze wees naar een schaaltje op de salontafel. 'Dat deden we bijna elke dag om deze tijd,' zei ze zacht. Haar stem haperde opeens en Felicity voelde een steek van verdriet toen haar moeder een korte blik wierp op de lege schommelstoel met de kleurige deken die haar oma zelf had gehaakt over de leuning.

Meteen werd ze weer overmand door schuldgevoel dat ze er niet was geweest om haar moeder te helpen tijdens de ziekte van haar oma. De vermoeidheid en het verdriet stonden duidelijk op Rona's gezicht te lezen.

Ze dacht met weemoed terug aan haar oma Bonnie en alle magische uren die ze als kind in de theesalon had doorgebracht waarin ze haar oma had 'geholpen' bij het bakken van allerlei heerlijke taarten, cakes en scones.

'Het spijt me heel erg, mam, dat ik niet hierheen ben gekomen met Kerstmis en er daarna niet kon zijn voor oma's begrafenis,' zei Felicity, met oprecht berouw.

'Het is niet gemakkelijk om gewoon weg te gaan van je werk,' reageerde Rona, 'en als je in een warenhuis werkt al helemaal niet. Dat moet een van de drukste periodes van het jaar zijn. En hoe gaat het met Adrian? Ik dacht dat ik hem nou eindelijk eens ging ontmoeten.'

Felicity blies haar adem uit. 'We hebben de relatie beëindigd, mam. Het is uit. Hij woont niet meer bij me in de flat.'

'O, Felicity, waarom heb je dat niet verteld?' vroeg Rona ernstig.

'Omdat het mijn eigen keuze was. Echt, hij was niet de ware voor me...'

Rona wierp Felicity een veelzeggende blik toe.

'Mam, nee, kijk niet zo naar me,' riep ze uit.

'Je weet dat je de confrontatie op een gegeven moment zult moeten aangaan.'

Felicity protesteerde: 'Geen idee wat je bedoelt.'

Maar ze wist heel goed over wie haar moeder het had... Fergus.

Fergus en zij hadden plannen gemaakt samen, elkaar beloofd dat ze voor eeuwig bij elkaar bleven. Felicity had gedacht dat hun liefde niet kapot kon, totdat er een tragedie had toegeslagen... twee keer. Daarna had Felicity zichzelf ervan overtuigd dat ze nooit genoeg voor hem kon zijn, haar spullen gepakt en was ze naar Londen vertrokken. Daarmee had ze zijn hart gebroken. En dat van haarzelf.

Even dacht ze terug aan hun eerste kus. Haar knieën waren echt week geworden, net zoals ze in boeken altijd schreven, en ze had kippenvel over haar hele lijf gehad. Dat gevoel kon ze zich nog voor de geest halen alsof het gisteren was gebeurd. Felicity wist dat ze Fergus onvermijdelijk ergens tegen zou komen in de twee weken dat ze hier was. Ze had geen idee hoe hij zou reageren als hij haar na al die jaren zag, en datzelfde gold voor haar.

Toen ze buiten het gebrom van een tractor hoorde, was Felicity blij dat haar gedachten werden onderbroken. Ze schoof naar de rand van de bank en wierp een snelle blik uit het raam. Drew wachtte buiten op haar. Hij zwaaide even toen hij haar zag. Felicity stond meteen op.

'Ik heb je sneeuwlaarzen uit de schuur gehaald. Die heb je wel nodig op zo'n dag als vandaag.'

'Bedankt, mam.'

In de hal stak Felicity haar voeten in haar oude laarzen en trok ze haar dikke jas aan. 'Ik ben zo terug,' riep ze, waarna ze de voordeur achter zich dichttrok.

Sinds haar thuiskomst was het constant hard blijven sneeuwen en inmiddels lag er een dik pak van een paar centimeter in Love

Heart Lane. Felicity had in Londen nauwelijks sneeuw gezien – af en toe een vlaag hier of daar, maar nooit sneeuw die bleef liggen.

Heartcross was echter aan dit soort weer gewend en het dorp was erop voorbereid. De kleine kilometer omhoog naar Heartcross was, als er veel sneeuw lag, voor veel auto's onbegaanbaar, dus als bekend was dat er slecht weer op komst was, werden er dubbele voorraden geleverd aan de winkels.

Felicity trok het deurtje van de tractor open en werd begroet door een brede glimlach van Drew. 'Hoi Flick, spring erin. Super om je te zien!'

Drew was geen spat veranderd. Zijn blonde kurkentrekkerkrulletjes waren nog steeds net zo springerig als de laatste keer dat ze hem had gezien.

'Hoe gaat het met je?' vroeg Felicity. 'En met Isla?'

Drew startte de tractor, die zonder problemen wegreed door de sneeuw.

'Ze heeft er genoeg van, maar het duurt niet lang meer voor de baby komt.'

Felicity wierp een snelle blik opzij. 'Baby?'

'Aye, een broertje voor Finn. We verwachten hem binnenkort.'

Felicity had geen idee gehad. 'Gefeliciteerd!' Ze was oprecht blij voor hen allebei. Isla en Drew waren al vanaf de middelbare school bij elkaar en op hun negentiende getrouwd in het kerkje van Heartcross. Het was een prachtige bruiloft geweest en het enige wat ze wilden was samen een gezin stichten.

'We zijn helemaal klaar voor het ventje, maar het slechte weer is wel een zorg voor als Isla gaat bevallen. Stel dat ik haar met de tractor naar het ziekenhuis moet brengen...' Hij grinnikte. 'Ik geloof niet dat ze daar blij mee zou zijn.'

Felicity glimlachte. 'Hebben jullie al een naam?'

'Angus,' antwoordde Drew trots, 'naar mijn vader.'

'Geweldige naam.'

'En hoe is het in de grote stad?' vroeg hij, van onderwerp veranderend terwijl hij de tractor voorzichtig de steile helling naar de brug af stuurde.

'Mwah, niet hoe het vroeger was.' Ze had het al gezegd voor ze de woorden kon tegenhouden.

Hij ving haar blik. 'Is alles oké? Dat klinkt niet goed.'

'Ach, het is gewoon het werk. Ik ben er niet zo enthousiast meer over als vroeger.'

'Dat ken ik, dat gevoel. Als je een luisterend oor nodig hebt, Isla is altijd thuis. En ze kan goed luisteren,' bood hij glimlachend aan, terwijl hij de tractor stilzette. 'Hoelang blijf je?'

'Twee weken.'

'Eigenlijk,' zei hij terwijl hij het portier opendeed en op de grond sprong, 'kun je net zo goed nú even meegaan naar de boerderij; ik moet toch hout voor Rona halen. Dan kun je Isla even gedag zeggen en dan weer met me meerijden naar huis.'

Felicity dacht er even over na. Het was acht jaar geleden dat ze op Foxglove Farm was geweest. De laatste keer was op de avond dat ze abrupt was vertrokken.

'Ja, goed idee. Super om Isla weer te zien.'

'Ze heeft je gemist, weet je... Maar ze begrijpt natuurlijk dat je een hoop te verwerken had. Nou, waar staat die koffer van je?'

'Daar, onder de boom,' wees Felicity hem aan terwijl haar gedachten teruggingen naar Isla. Zij had Isla ook gemist en plotseling ging er een steekje door haar hart. Echte vriendschap was zeldzaam en Felicity wist dat ze heel wat had om haar excuses voor aan te bieden. Natuurlijk had ze in Londen ook allerlei mensen om zich heen gehad en was ze vriendschappelijk omgegaan met een aantal collega's van het warenhuis, maar haar enige echte vriendin was Polly van de pub geweest. Maar ook die vriendschap kwam niet in de buurt van wat ze eens met Isla en Allie had gedeeld. Ze waren een hecht groepje geweest, totdat Felicity had besloten dat ze aan de druk van het leven in een klein dorp moest ontsnappen, haar vleugels uit moest slaan en naar de wereld buiten Heartcross was vertrokken.

De sneeuw knerpte onder Drews laarzen terwijl hij de koffer snel ging halen en in de tractor gooide. Toen keerde hij en gingen ze op weg naar Foxglove Farm.

'En, was je op dit weer voorbereid?' vroeg Felicity. Ze klemde zich vast aan haar stoel terwijl ze over het besneeuwde pad bonkten.

'We wisten dat het eraan kwam, maar we verwachtten niet dat het al zo snel zo slecht zou zijn. En het zal waarschijnlijk ook lang aanhouden. Volgens de voorspellingen wordt dit de zwaarste sneeuwval in twintig jaar.' Drew trok zijn wenkbrauwen naar haar op.

Dat had Felicity niet beseft toen ze op het vliegtuig was gestapt en plotseling werd ze overrompeld door een paniekerig gevoel. 'Heeft het dorp al extra voorraden geleverd gekregen?'

'Vanochtend zijn de laatste vrachtwagens over de brug gekomen met spullen voor Hamish. Het kan een paar dagen duren voordat ze er weer doorheen kunnen.'

'Hoe gaat het met Hamish?'

Hamish en zijn vrouw Ava waren al zo lang Felicity zich kon herinneren de eigenaren van de kruidenierswinkel in Heartcross. Het waren vriendelijke, nuchtere mensen van halverwege de zestig die nog nooit een voet buiten Schotland hadden gezet. Felicity had dierbare herinneringen aan hen: na school had ze van haar oma vaak een handjevol kleingeld gekregen waarmee ze dan naar Hamish' winkel was gerend – hij had een grote collectie snoep dat hij los verkocht – en vaak kreeg Felicity dan ook nog een extraatje van hem. Maar twee jaar geleden was Ava overleden. Hamish was volkomen ontredderd achtergebleven zonder de vrouw van wie hij al die jaren had gehouden. Het dorp was te hulp geschoten en had hem bijgestaan in de winkel totdat hij het zelf weer aankon.

'Het gaat wel weer met hem. Het heeft hem een tijdje gekost, maar hij heeft zich aangesloten bij een paar clubjes in het dorp: van de wandelclub, wat heel goed is, hij blijft er fit bij, tot aan de bowlingclub.'

'Gelukkig.'

'Hij zal blij zijn je te zien. Hij heeft altijd een zwak voor je gehad...' Hij zweeg even. 'Iedereen hier was verdrietig om het verlies van je oma. We missen haar allemaal.' Zijn stem haperde even. 'Ze was altijd zo aardig voor me. Toen ik klein was, sneed ik de weg naar school af via het pad achter jullie huis en dan stond je oma altijd met een worstenbroodje of een plak zelfgebakken cake voor in mijn lunchtrommeltje bij het tuinhek op me te wachten. Ze was echt een lieverd. Zo jammer dat de theesalon nu dicht is. Na zo lang! Isla vond het altijd heerlijk om daar op de terugweg uit het dorp even te gaan zitten voor een stuk taart en een kop thee.'

Felicity draaide zich met een ruk naar Drew toe. 'Huh? Wat bedoel je? De theesalon is dicht?' Dat kon niet waar zijn.

'Heb ik voor mijn beurt gepraat?' vroeg Drew verrast. 'Wist je dat niet?'

Felicity schudde haar hoofd. 'Mama heeft er niks over gezegd. Of niet tegen míj, in elk geval.' Het deed haar verdriet dat de theesalon gesloten was en ze was stomverbaasd dat haar moeder haar dat niet had verteld. 'Hoelang al?'

'Een maand of zes, denk ik. Toen je oma ziek werd, werd het lastig. Je moeder kon het niet allemaal tegelijk doen.'

Er sprongen tranen in Felicity's ogen, die ze gauw wegveegde met haar handschoen. Waarom had haar moeder niet tegen haar gezegd hoe moeilijk het allemaal was? 'Ik wist het niet, Drew, ik wist het echt niet.'

'Allie dacht dat je misschien wel terug zou komen om te helpen, maar dat is natuurlijk niet eenvoudig als je een leven en een baan in Londen hebt.'

Felicity knikte, maar ze kreeg geen woord uit haar keel. Waarom was ze met Kerstmis niet naar huis gegaan? Diep in haar hart wist ze natuurlijk wel waarom – die tijd van het jaar was altijd te pijnlijk voor haar, en zeker hier.

'In het warenhuis is het tegen Kerstmis altijd druk en dan begint meteen erna de uitverkoop...' Felicity wist dat dat allemaal klopte, maar ze voelde zich er niet lekker bij. Ze had haar moeder in de kou laten staan. Het liefst had ze de tijd teruggedraaid.

Drew knikte. 'We zijn er. Foxglove Farm. Het is al een tijdje geleden dat je het hier hebt gezien.'

'Te lang,' fluisterde ze zachtjes, terwijl ze door de voorruit naar de wervelende sneeuw keek die werd weggeveegd door de zwiepende ruitenwissers. De boerderij was bijna niet te zien; de sneeuwstorm was nog heftiger geworden.

'Wat is dat in vredesnaam?' Drews aandacht werd getrokken door een plotse beweging aan het einde van de akker.

Felicity keek opzij naar Drew en volgde toen zijn blik.

En opeens was hij er, Fergus Campbell, daar in de verte. Hij zwaaide hevig met zijn armen om de aandacht te trekken. Felicity's adem stokte in haar keel toen ze hem meteen herkende en haar hartslag versnelde. Ze had nooit verwacht dat hij hier op de boerderij zou zijn, en geen idee hoe hij zou reageren als hij haar na acht jaar weer zag. Dit was niet hoe ze zich hun eerste weerzien had voorgesteld.

Drew sprong meteen van de tractor af en riep tegen Felicity dat ze mee moest komen. Voor ze tijd had om na te denken liep ze al op trillende benen achter Drew aan door de deken van ongerepte sneeuw. De sneeuwvlokken geselden haar gezicht terwijl ze hem probeerde bij te houden.

'Drew... ik heb hulp nodig,' riep Fergus ongerust. 'Er is een shetlander in het ijskoude water beland die er niet uit kan komen.'

Drew bleef even staan om de situatie te bekijken en haalde zijn natte handen door zijn haar. De pony probeerde op de oever van de rivier te klimmen maar gleed bij elke poging terug het water in.

'We moeten een touw hebben... Wacht hier, dan kom ik met de tractor,' riep hij terwijl hij zich omdraaide en met grote stappen langs Felicity liep. 'Jij blijft bij Fergus,' beval hij haar.

Terwijl ze langzaam naar hem toe liep, zag ze dat Fergus' gezicht vertrokken was van ongerustheid. Hij had nog niet in de gaten dat Felicity er was, maar dat zou hij natuurlijk zo ontdekken. Felicity werd steeds nerveuzer. Het verleden kwam weer helemaal naar boven. Angstig staarde ze zijn kant op. Toen keek hij eindelijk op. Even kneep hij zijn ogen tot spleetjes, maar hij zei niets.

Ze slikte moeizaam. 'Hoi Fergus.' Felicity probeerde gewoon te klinken, maar haar stem trilde.

Fergus staarde haar alleen maar aan en vertrok zijn mond in een soort wat-moet-jij-hier-grimas. Het was zeker geen verwelkomende glimlach.

Felicity voelde dat ze rood werd en dat lag niet aan de stekende kou van de witte vlokken op haar wangen, maar door de manier waarop hij naar haar keek.

'Nou, jij komt ook op de gekste momenten opdagen,' bromde hij.

Felicity kromp in elkaar bij zijn woorden. Ze had heel erg opgezien tegen dit moment en wist niets te zeggen. De sneeuw plakte aan haar wimpers en ze kneep haar ogen halfdicht terwijl ze probeerde de brok in haar keel weg te slikken.

'Kijk niet zo. Wat dacht je? Dat ik je met open armen zou verwelkomen?'

De spanning tussen hen was om te snijden.

Felicity voelde zich vreselijk. Ze had eerst een paar dagen willen bijpraten met Allie en Isla om te horen hoe de vlag erbij hing.

'Maar zo vijandig hoeft toch ook niet?' zei Felicity, in het besef dat het een hele kluif zou worden om het goed te maken met hem.

'Dus je bent eindelijk terug? Hoelang is het geleden?' Zijn donkere wenkbrauwen vertrokken in een strenge frons en zijn mond was nu een harde streep. Het plagerige lachje dat ze van vroeger kende was ver te zoeken.

De moed zonk Felicity in de schoenen. Ze schaamde zich. Fergus was een fatsoenlijke vent en ze wist dat ze hem niet fair had behandeld. Hij had haar nodig gehad, maar zij had het niet aangekund. Misschien was het zelfbehoud, maar destijds was ze zo verdrietig dat ze al genoeg had aan zichzelf en geen ruimte had voor hem. Ze was jong geweest en weggevlucht, ze had hem laten zitten en hij had alle reden om zich zo op te stellen, maar het raakte haar diep dat het zo ver was gekomen tussen hen.

'Acht jaar,' zei ze met spijt in haar stem.

Fergus streek de sneeuw weg uit het haar dat voor zijn ogen viel en daarmee kwam zijn gezicht – het lieve gezicht dat Felicity vroeger zo graag kuste – helemaal tevoorschijn. Zijn lichtbruine ogen waren nog precies hetzelfde als al die tijd geleden. Ze stonden een beetje triest. Hij zag er goed uit, knap, mager maar gespierd, met bijna symmetrische trekken, een sterke kaaklijn en hoge jukbeenderen. En hij was niet alleen mooi vanbuiten, maar vanbinnen ook. Er ging een steek door haar heen. Diep in haar hart wenste ze dat ze de tijd kon terugdraaien.

Gelukkig werd de ijzige stilte tussen hen verbroken door het geronk van de tractor die door de sneeuw naar hen toe kwam rijden.

Drew stopte op de rivieroever en sprong eruit maar liet de motor draaien. Hij had een touw in zijn handen.

'Ik weet niet goed hoe we dit gaan aanpakken,' schreeuwde

Drew boven de steeds feller wordende sneeuwstorm uit.

Fergus keek van hem naar de shetlander. 'Ik weet niet hoe dichtbij ik kan komen.'

De rivier liep langs de grens van het land dat bij Foxglove Farm hoorde. Felicity herinnerde zich de vele hete zomers hier, op de schommel met Isla en Allie, zorgeloos en vrolijk. De oevers zaten dan vol nestelende eenden die zich in de schaduw tussen het hoge riet verscholen, maar nu waren ze helemaal kaal. De rivier zag er onheilspellend uit, breder dan ze hem ooit had gezien. Het water stroomde snel en krachtig.

Drew wierp het touw omlaag naar Fergus, die langzaam het water in liep. De shetlandpony stond nu tegen een oude eikenboom aan die bij een storm in het water terecht moest zijn gekomen.

Felicity huiverde bij de gedachte aan het ijskoude water waar Fergus nu in stond.

'Ik ga dit eind aan de tractor vastmaken, houd jij het touw goed vast, dan trekken we jullie eruit,' riep Drew.

Fergus knikte dat hij het had begrepen terwijl hij door het snelstromende water ploegde dat dreigde hem omver te werpen. Plotseling verloor hij zijn evenwicht en verdween hij onder het kolkende wateroppervlak. Felicity liet een kreet van schrik ontsnappen, haar hart bonkte als een razende en ze vroeg zich in paniek af of Fergus wel weer boven zou komen.

'Daar is-ie,' riep ze even later opgelucht uit en ze wees naar de plek waar ze hem zag. De rivier beukte tegen zijn lichaam en hij ging voor de tweede keer kopje-onder.

Drew zette zijn handen om zijn mond en riep uit alle macht: 'Fergus!' Hij keerde zich naar Felicity. 'Ik ga er ook in.'

'Wacht! Kijk!' Ze wees.

Fergus vorderde langzaam door het water en het lukte hem om zich op te trekken aan een tak van de omgevallen boom. De rivier raasde langs zijn bovenbenen en plensde in zijn gezicht terwijl hij naar de shetlandpony waadde die hij nu bijna had bereikt.

'Het water stroomt te snel, ik kan niet... ik kan niet...' Zijn stem stierf weg omdat hij weer uitgleed en onder water verdween.

Felicity's hart zat in haar keel. 'Alsjeblieft, alsjeblieft, laat hem niet verdrinken,' fluisterde ze in zichzelf terwijl ze Fergus zag vechten om weer op te staan, zijn uitgeputte maar sterke armen klauwden door het water.

Toen hij weer stond, keken Drew en Felicity allebei in spanning toe terwijl Fergus een lus in het touw maakte.

'Gooi het,' riep Drew.

Fergus wierp een korte blik op Drew en ademde toen diep in. Hij keek strak naar de pony en gooide. Ja! De lus viel over het hoofd van de kleine shetlandpony.

'Ja!' juichte Drew. 'Houd het touw goed vast!' schreeuwde hij naar beneden. Toen richtte hij zich tot Felicity. 'Denk je dat je die tractor nog kunt besturen?'

Felicity aarzelde even. Ze had vele zomers meegeholpen op de boerderij. 'Ja, ik denk van wel.'

'Nou, als jij die tractor dan langzaam, echt heel langzaam wegrijdt, ga ik omlaag naar het water,' vervolgde Drew terwijl hij de oever al af begon te klauteren.

Het sneeuwde nog steeds hard en hoewel Felicity het gevoel had dat ze halfbevroren was, viel dat natuurlijk in het niet bij hoe koud Fergus het in het ijzige water moest hebben.

Ze klom op de tractor en trok het deurtje achter zich dicht, blij even uit de storm te zijn, en begon heel langzaam te rijden.

Achter zich hoorde ze Drew iets schreeuwen en ze deed snel het portier open om te kijken of alles goed ging. Drew stond alweer boven op de oever en stak zijn duim naar haar op. Langzaam reed ze verder. Ze had geen idee wat er achter haar gebeurde maar plotseling stond Drew naast de tractor. Hij bonkte op het raampje. Felicity stopte meteen en zette de motor uit.

'Ze zijn eruit.' Drew keek enorm opgelucht. 'Maar Fergus moet meteen naar de boerderij om warm te worden. Ik ga de pony naar de stal brengen, breng jij Fergus terug! Die natte kleren moeten zo snel mogelijk uit, anders raakt hij onderkoeld.'

Op dat moment ging het portier aan de andere kant open en hees Fergus zich uitgeput de cabine in. Hij was doorweekt, zijn lippen waren blauw en hij kon niet ophouden met rillen.

Felicity schrok toen ze hem zag, dit zag er niet goed uit.

'Felicity,' zei Drew op strenge toon. 'Die kleren moeten uit en hij moet in dekens gewikkeld voor het vuur gezet worden. Dan moet hij iets warms drinken en kijk goed of hij normaal kan slikken. Als er iets is, bel je meteen het alarmnummer.'

Felicity knikte en nam alle instructies goed in zich op, hoewel ze wist dat er in dit weer geen ambulance over de brug en het pad naar Heartcross kon komen.

Haar blik ging weer naar Fergus. Hoe groot de afstand ook tussen hen was en hoeveel tijd er ook was verstreken, ze was hem nooit minder aantrekkelijk gaan vinden. Haar hart ging nog altijd sneller kloppen bij het zien van zijn mooie ogen en zijn sterke, gespierde lijf. En ook al hadden ze zo hun problemen gehad en deed hij vijandig, ze vond het vreselijk hem zo te zien. Ze was ongerust, zijn conditie kon snel verslechteren. Ze zwegen allebei terwijl de tractor door de sneeuw ploegde en even later voor de boerderij tot stilstand kwam.

De voordeur zwaaide bijna meteen open en in de deuropening stond een hoogzwangere Isla. Felicity sprong de tractor uit en rende eromheen.

Isla wist niet wat ze zag. 'Felicity, ben jij dat? O! Mijn hemel. Ja!' Isla holde naar buiten.

'Isla! Fergus moet zo snel mogelijk naar binnen. Hij is de rivier in geweest,' riep Felicity.

Isla stond abrupt stil en wierp een blik op de tractor. 'De rivier in?' riep ze verbijsterd. 'In dit weer?'

'Er was een shetlander in het water beland die er niet meer uit kon komen.' Samen begonnen ze aan het portier te rukken. 'We hebben hem net gered. Drew brengt de pony nu naar de stal.'

Vechtend tegen de sneeuwstorm lukte het hen het deurtje open te krijgen. Na één blik op Fergus, die bleek en krachteloos op zijn stoel hing, begreep Isla dat het menens was. Ze beval hem uit de tractor te komen en Fergus gehoorzaamde klappertandend.

'Kun je praten?' vroeg ze.

Fergus bibberde zo hevig dat hij nauwelijks uit zijn woorden kwam: 'Zz-o kk-ou-oud.'

'Het gaat niet goed,' zei Isla. 'Help me hem naar binnen te krijgen.'

Felicity aarzelde geen seconde en met Fergus' armen over hun schouders geslagen hielpen ze hem samen het huis in.

Zodra ze binnen waren, trok Isla Fergus' doorweekte schoenen en sokken uit, terwijl Felicity hem staande hield. Daarna namen ze hem mee naar de keuken, waar het heerlijk warm was van het fornuis en het vuur in de haard. 'Doe jij zijn kleren uit,' instrueerde Isla, 'dan pak ik handdoeken, dekens en wat kleren van Drew voor hem.'

Felicity aarzelde. Haar gezicht werd knalrood.

'Schiet op, Felicity, je hebt het allemaal al eerder gezien.' En met die opmerking haastte Isla zich de keuken uit.

Felicity sprak zichzelf streng toe. Isla had gelijk, er was geen tijd te verliezen.

'Is het oké, Fergus?'

Hij knikte klappertandend en Felicity nam hem mee naar het kleed voor de haard. Rillend liet hij toe dat Felicity zijn kleren uittrok, maar hij vermeed haar blik zorgvuldig. Terwijl ze zijn natte spullen afstroopte, werd het Felicity allemaal te veel, het was allemaal zo bekend en vertrouwd. Voorzichtig raakte ze hem aan, het lichaam dat ze zo vaak had liefgehad en nu van een afstandelijke vreemde leek. Haar hand gleed over het litteken op zijn schouder en heel even keken ze elkaar in de ogen, waarna ze direct hun blik weer afwendden.

Plotseling kwam het hard bij haar binnen: hoe erg ze hem had gemist. Zodra ze hem zag had ze beseft dat ze hem nog altijd heel aantrekkelijk vond; hij was overrompelend sexy, maar er was geen weg terug, besefte ze verdrietig.

Uit de telefoongesprekken met haar moeder had ze begrepen dat hij inmiddels zijn eigen gezin had, dus moest ze dit soort gevoelens negeren en stevig in toom houden in de twee weken dat ze terug in Heartcross was. Fergus en zij hadden, toen ze jong waren, verkering gehad. Ze hadden samen plannen voor de toekomst gemaakt en dromen gehad. Maar dat was nu allemaal verleden tijd.

Felicity slaakte een inwendige zucht. Wat voor zin had het om het verleden op te rakelen? Dat zou hen geen van tweeën verder helpen.

Een paar minuten later kwam Isla binnen, gewapend met handdoeken, dekens en kleren van Drew en terwijl Felicity een handdoek om Fergus' middel hield, kleedde Isla hem aan. Even later zat hij met een paar dekens om zich heen geslagen in de oude versleten leunstoel voor de open haard en zette Isla een ketel water op het fornuis.

'Hij moet zoete, hete thee hebben.'

Felicity ging naast Fergus op de rand van de salontafel zitten en legde automatisch haar hand op zijn knie. Heel even gleden zijn ogen over haar gezicht. 'Voel je je al wat beter?' vroeg ze, zo opgewekt als ze kon.

Fergus gaf geen antwoord maar keek op toen Isla hem een

dampende beker thee in zijn handen duwde en Felicity er ook een gaf. 'Langzaam opdrinken,' zei ze tegen Fergus, 'ik heb er veel suiker in gedaan.'

Hij knikte en nam een slokje.

Isla draaide zich naar Felicity om. 'En nu kan ik je eindelijk behoorlijk begroeten,' zei ze, met wijd geopende armen. Felicity stond op en ze knuffelden elkaar zo goed en zo kwaad als het ging met Isla's dikke buik.

'Jezus, jij bent ook doorweekt,' zei ze terwijl ze Felicity snel losliet. 'Zal ik voor jou ook droge kleren halen?'

'Nee, nee, dat hoeft niet. Maak je om mij geen zorgen,' antwoordde Felicity, niet van plan er een toestand van te maken. 'Ik droog hier wel bij het vuur op. En gefeliciteerd! Kijk nou, je ziet er stralend uit! Dat kleintje kan elk moment komen, begreep ik?'

Isla gaf een paar klapjes op haar buik. 'Stralend, tja... kan zijn, maar ik heb er wel genoeg van. Ik wil niks liever dan dat dit jochie ter wereld komt, dan gaan we meteen, jij, Allie en ik, uitgebreid bijpraten. Ik ben zo blij dat je thuis bent.' Isla gaf Felicity nog een snelle knuffel.

Felicity was opgelucht dat het niet ongemakkelijk was tussen haar en Isla. Het was eerder alsof ze nooit weg was geweest. Isla was altijd de kalme geweest van hun drieën, de verstandige. Ze zag altijd het goede in een ander en Felicity was haar dankbaar dat ze haar letterlijk met open armen had verwelkomd.

Toen dacht ze aan Allie. Ze wist dat het met haar waarschijnlijk niet zo gemakkelijk zou gaan. Allie was een vriendin met een uitgesproken mening, levendig, koppig en vastberaden, die niet gauw iets vergat of vergaf. Maar hoewel ze met zijn drieën in het verleden hun ruzietjes hadden gehad, waren ze elkaar altijd trouw gebleven... Totdat Felicity met stille trom uit het dorp was vertrokken. Geen wonder dat ze nerveus werd bij de gedachte aan een ontmoeting met Allie.

'Wat vindt Allie daarvan, denk je?' vroeg Felicity met een ongerust gezicht.

'Oké, ik zal niet verzwijgen dat ze woedend was, toen je vertrok zonder haar daar iets over te vertellen. De stoom kwam bijna letterlijk uit haar oren en ze liep stampend rond, als een soort stripfiguur...' zei Isla. Maar toen ze zag hoe geschrokken Felicity keek, voegde ze er snel aan toe: 'Het is maar een grapje.' Ze wierp een korte blik op Fergus, plotseling beseffend dat hij er de oorzaak van was dat Felicity er zo snel vandoor was gegaan. 'Maar we kennen haar al zo lang, het komt heus wel goed,' zei ze haastig met een veelzeggende blik naar Felicity en een knikje naar Fergus.

Isla wist wat een tragedie het voor Fergus was geweest en hoe kapot hij ervan was; zij en Drew hadden de scherven bij elkaar moeten vegen. Maar Felicity had geen idee wat haar vertrek met Fergus had gedaan. Isla en Drew hadden hem nog nooit zo ongelukkig gezien, hij was helemaal verloren geweest zonder haar.

Fergus kuchte en ze draaiden zich allebei meteen naar hem toe.

'Hoe gaat het nu, Fergus?' vroeg Isla voorzichtig.

'Gaat wel, ik begin me weer een beetje normaal te voelen.' Ze merkten allebei op dat hij eindelijk niet meer zat te klappertanden, duidelijker praatte en zijn lippen ook weer hun gewone kleur begonnen te krijgen.

'Kan ik iets voor je halen?' vroeg Isla, maar voordat Fergus antwoord kon geven, kwam Drew de keuken binnenstormen, bezig zijn natte jack uit te trekken.

'Hoe gaat het?' vroeg hij terwijl hij zijn hand op de schouder van zijn vriend legde.

'Goed. Die kou was nogal een schok.'

'Hij ziet er verrassend goed uit vergeleken met hoe hij hier een minuut of tien geleden binnenkwam,' voegde Isla eraan toe met een blik van Fergus naar Drew.

'Ik was even bang dat we die pony er niet uit zouden krijgen – en jou ook niet.'

'Hoe gaat het met de shetlander?' vroeg Isla terwijl ze de koektrommel op tafel zette. 'Je hebt suiker nodig,' zei ze tegen Fergus terwijl ze hem een koekje presenteerde en daarna haar aandacht weer op Drew richtte.

'Ik heb haar afgedroogd, de warmtelampen aangezet en twee fleecedekens over haar heen gegooid, maar met haar dikke vacht moet het geen probleem zijn. Ze heeft genoeg hooi en ik ga als ik Flick naar huis heb gebracht en Finn heb opgehaald weer kijken hoe het gaat.'

'Of je blijft hier eten?' stelde Isla voor terwijl ze Felicity aankeek.

Felicity slikte moeizaam en wierp een snelle blik op Fergus, die geen enkel signaal gaf dat hij dat een goed idee vond. Maar waarom zou hij ook? Ze was waarschijnlijk de laatste met wie hij tijd wilde doorbrengen.

'Dat zou ik graag doen, maar ik ben pas net thuis en mama verwacht me natuurlijk thuis voor het eten. En het haardhout moet ook nog...'

'O, het hout!' Drew gooide zijn handen in de lucht. 'Helemaal vergeten. Ik ga het nu meteen inladen en dan breng ik je terug naar Rona.'

'Graag, Drew. Ik help je, dan is het twee keer zo snel gebeurd.'

'Weet je het zeker?'

Terwijl Felicity opstond om te vertrekken, bleef ze even naast Fergus staan. Ze dacht koortsachtig na. Ze wist dat ze nog heel wat uit te praten hadden, maar dit was niet het juiste moment om daarover te beginnen.

'Fergus...' Felicity ademde diep in. 'Mag ik een keer bij je langskomen?' De emoties dreigden haar plotseling te overmannen en ze slikte moeizaam. Fergus keek niet op, maar staarde strak in de vlammen. Zijn gezicht drukte een en al afkeuring uit, maar hij zei geen woord, waardoor Isla en Drew ongemakkelijke blikken uitwisselden.

Felicity's onderlip begon te trillen terwijl ze achter Isla aan naar de gang liep. Zodra ze buiten Fergus' gehoorsafstand waren, zei Isla zacht: 'Hij trekt wel bij, het is de schok dat je opeens voor zijn neus stond.' Ze gaf Felicity een kneepje in haar hand.

Felicity probeerde te glimlachen; het trieste was dat ze ergens wel wist dat Fergus nog steeds diep gekwetst was. Ooit had hij haar de hele wereld willen geven en nu was oogcontact hem nog te veel. Ze had alles kapotgemaakt.

'Ik hoop het, Isla. Ik hoop het van harte.'

4

Toen Drew en Felicity aankwamen bij Rona, was het vuur daar bijna uit. Drew was zo vriendelijk om het hout in de schuur op te stapelen, vechtend tegen de sneeuwstorm, en bracht daarna een enorme mand houtblokken mee die hij bij de haard zette.

'Hier moet je het tot morgenochtend mee kunnen redden,' zei hij, terwijl hij bukte, de gloeiende sintels oppookte en er wat hout op gooide. Binnen een paar seconden laaiden de vlammen weer hoog op.

Rona was Drew enorm dankbaar voor alles wat hij had gedaan en bood hem een kop thee met een stuk taart aan, wat hij dankbaar accepteerde.

'Meredith heeft iedereen uitgenodigd voor een chili vanavond. Gaan jij en Isla ook?' vroeg Rona.

'Dat is voor het eerst dat ik ervan hoor, maar als iedereen welkom is, laat ik Merediths chili niet aan me voorbijgaan. Bovendien zal het Isla ook goeddoen er even uit te zijn.'

'Ja, iedereen is welkom. Ik denk dat ze vermoedt dat iedereen een zware dag achter de rug heeft met al die sneeuw en weinig puf heeft om te koken.'

'Dat klopt, wij waren al van plan de overgebleven curry van gisteravond op te maken. Wat is het toch een lieverd, die Meredith, altijd bezig met anderen. Ik haal Finn op bij zijn vriendjes en dan zien we jullie over ongeveer een uur in de pub,' zei hij, waarna hij zijn laatste slok thee nam en zijn jas aantrok, die over de rugleuning van een stoel bij het vuur was opgewarmd.

'Goed, goed,' zei Rona terwijl ze aanstalten maakte met hem

mee te lopen naar de voordeur. Felicity bedankte hem uitgebreid voor het redden van haar koffer.

Terwijl ze Rona nog een tijdje met Drew hoorde babbelen, liep Felicity naar de keuken. De kraan drupte, maar hoe hard ze het ook probeerde, ze kreeg hem niet verder dicht. Toen ze om zich heen keek, viel haar niet alleen op dat het er haveloos uitzag, maar ook dat het er ongewoon kil was. Ze voelde aan de radiator, maar die bleek ijskoud. Ze huiverde. De enige warmte in de keuken kwam dus van het AGA-fornuis. Ze liep naar de voorraadkast en deed die open. Tot haar verbijstering waren de planken nagenoeg leeg, terwijl ze altijd bomvol hadden gestaan met ingrediënten voor de baksels voor de theesalon.

Felicity kon haar moeder en Drew nog steeds horen praten in de gang, dus draaide ze de crèmekleurige deur naar de theesalon van het slot. Ze knipte het licht aan en keek om zich heen.

Drew had gelijk, het was duidelijk dat de ruimte een tijdlang niet was gebruikt. Alles zag er haveloos en verbleekt uit. Felicity streek met haar hand over de toonbank. Er wolkte stof op. Zelfs de gekleurde vlaggetjes die kriskras over het plafond hingen, leken smoezelig. De boel zag er levenloos en verwaarloosd uit; de theesalon had duidelijk betere tijden gekend.

Felicity liep langs de stoelen, die allemaal netjes onder de tafeltjes waren geschoven, naar de voorkant van de salon. Ze kon haar grootmoeder in gedachten zó voor zich zien, hoe ze voor het raam stond en haar witte schort gladstreek voordat ze enthousiast naar haar zwaaide als ze na school aan kwam lopen over Love Heart Lane. Elke avond, zonder uitzondering, had ze hier op haar staan wachten.

Felicity vroeg zich af wat er was gebeurd. Ze begreep het niet, maar voelde zich wel enorm schuldig. Hoe kon het dat ze niet wist dat de theesalon was gesloten? Het was haar moeders bron van inkomsten!

Door het raam zag ze Drew weer in zijn tractor klimmen en met een zwaai naar Rona vertrekken naar Foxglove Farm. In de rest van de straat was het stil. De rij witgekalkte huisjes langs Love Heart Lane zag eruit als een pittoreske kerstkaart; er lag een dikke laag sneeuw en er brandden lichtje achter de ramen; een winters, romantisch plaatje.

Aan de overkant stond Rory met een mok in zijn hand in zijn woonkamer. Rory en zij waren samen opgegroeid en goed bevriend geweest. Rory had al van jongs af aan veearts willen worden, net zoals zijn ouders, Stuart en Alana, die de veeartsenpraktijk in het dorp waren begonnen – waar Rory inmiddels partner was.

Toen Felicity iets achter zich hoorde, keek ze om. Rona stond in de deuropening en kwam naast haar staan.

'Ik vroeg me al af waar je was gebleven.'

'Mam,' begon Felicity, 'wat is er gebeurd hier? Waarom heb je me nooit verteld dat de theesalon gesloten is?'

De theesalon was de plek waar Felicity als jong meisje de meeste tijd had doorgebracht, vooral in de schoolvakanties. Ze had geholpen bij het bakken van de heerlijke taarten en cakes waar Bonnie om bekendstond, en later, als tiener, had ze er als serveerster de klanten bediend. De vroege ochtend was altijd haar lievelingstijd geweest. Het was een plezier om wakker te worden bij de heerlijke geuren die uit Bonnies keuken kwamen. Vóór school had ze altijd geholpen met alle heerlijkheden uit te stallen in de vitrine en de talloze taartschalen met hun glazen stolpen op de toonbank neer te zetten, waar ze als beloning altijd een taaitaaipop voor kreeg om mee naar school te nemen. In het weekend zat de kleine theesalon meestal vol hikers die de bergen rondom Heartcross in gingen en eerst nog iets lekkers bij Bonnie Stewart kwamen eten.

Ooit was Felicity's oma de theesalon in een impuls begonnen.

Haar huisje was de laatste stop op Love Heart Lane voor de hikers begonnen aan hun drie uur durende klimtocht over de rotsen om de top van Heartcross Mountain te bereiken. Het was een geweldige laatste plek om nog wat brandstof binnen te krijgen, een kop thee te drinken en van de wc gebruik te maken.

Terwijl Rona nadacht over het antwoord, vertrok haar gezicht verdrietig. 'Het is niet gemakkelijk geweest, Felicity.' Ze praatte zacht en tot Felicity's verrassing trilde haar stem. Haar moeder was altijd een sterke vrouw geweest en nu ze haar moeder zo zag, ging er een schok door haar heen. 'Hoe bedoel je?' vroeg ze aarzelend.

'Ik heb echt mijn best gedaan,' zei Rona, die zich vastklemde aan haar laatste stukje trots. 'Maar ik kon niet álles doen.'

Felicity knipperde met haar ogen om de tranen tegen te houden; ze voelde zich afschuwelijk. De zaak waar haar oma zo hard voor had gewerkt, was naar de knoppen. Hoe moest dat voor Bonnie zijn geweest? De theesalon dicht, al haar hoop en dromen vermorzeld. Felicity slikte moeizaam. Ze had in geen duizend jaar verwacht dat de theesalon ooit zou ophouden te bestaan. En het feit dat haar moeder duidelijk moeite had om de eindjes aan elkaar te knopen, schokte haar misschien nog wel meer.

'Ik heb geprobeerd de boel draaiende te houden, maar ik kreeg het niet meer gedaan. Het was allemaal te veel.' Rona's stem brak.

Haar moeders prettige, vertrouwde leventje en haar geliefde theesalon waren beide ingestort en Felicity was helemaal van slag dat zij zó in haar eigen wereldje had geleefd dat het haar was ontgaan hoe moeilijk het thuis was. De theesalon was tientallen jaren het hart van het dorp geweest; dit was een probleem dat opgelost moest worden, dit kon niet zomaar zo blijven. Diep in gedachten verzonken stak Felicity haar arm door die van haar moeder. Ze draaiden zich om en liepen langzaam terug naar de keuken.

'Ik maak nog een kop thee, mam, ga jij maar vast lekker in de woonkamer zitten.'

Rona knikte en liet zich een seconde later in de grote oorfauteuil voor de haard neerzakken. Zodra de thee was gezet, liep Felicity ook naar de woonkamer, waar ze het zich gemakkelijk maakte op de oude, gehavende chesterfield.

'Hoelang is de theesalon al dicht?' vroeg ze zacht nadat ze de thee had ingeschonken.

Rona keek op naar haar dochter. 'Ongeveer acht maanden.' Ze liet een zucht ontsnappen. 'Alles leek allemaal tegelijk mis te lopen.'

'Je bedoelt dat oma ziek werd.'

Rona knikte. 'Daar begon het mee, maar dat was niet het enige. Het was ook het huis. Alles leek zowat tegelijk kapot te gaan. De boiler hield ermee op, de kraan begon te lekken en doordat ik fulltime voor oma moest zorgen, kon ik de salon er niet meer bij hebben.'

Felicity leunde naar achteren en verwerkte de informatie. 'Heb je hulp gehad met oma?'

Rona schudde haar hoofd en nam een slokje thee. 'Nee. Jaren geleden hebben we een afspraak gemaakt. Ze wilde absoluut nooit in een tehuis, dus heb ik haar beloofd dat dat ook nooit zou gebeuren. En zo is het ook gegaan. Ze heeft haar leven gewijd aan voor mij zorgen, voor óns zorgen. Na de dood van je vader kon ik me niet eens een huis veroorloven, zonder levensverzekering, zonder spaargeld. Wij hebben hier altijd bij haar gewoond en nadat ze ons zo lang onderdak heeft gegeven, was het mijn plicht om de zorg voor haar op me te nemen. Ik heb mijn belofte gehouden.'

Er gleed een traan over Rona's wang. 'Ik mis haar zo. En er moet nog zoveel gedaan worden; haar kleren uitzoeken, haar spullen, maar dat kan ik nu even niet aan.'

'Daar ga ik je mee helpen terwijl ik hier ben.'

Rona glimlachte dankbaar naar haar dochter.

'Mam, het spijt me zo.' Felicity vond het verschrikkelijk te horen hoe moeilijk het leven voor haar moeder was geworden.

'Jij kunt er niets aan doen, jij hebt je eigen leven, en je oma had nooit gewild dat je alleen voor haar naar huis kwam.'

Felicity's leven was nou niet bepaald geweldig geweest het afgelopen jaar. Ze had best naar huis kunnen komen om te helpen en was teleurgesteld in zichzelf dat ze haar moeder niet méér had gesteund.

'En de boiler, is die gemaakt? Het lijkt echt koud hier in huis.'

Rona schudde spijtig haar hoofd. 'Nee, helaas ben ik mijn inkomen kwijt sinds de theesalon dicht is en had ik gewoon het geld niet om hem te laten repareren. Al mijn spaargeld is op. Daar heb ik van geleefd, de afgelopen acht maanden.'

Felicity staarde haar moeder aan. Wat erg dat Rona al zo lang krap zat en in armoede leefde. 'Hoe krijg je het water dan warm?'

'Ik zet de ketel op. Water om me te wassen kook ik op het fornuis. Het gaat best,' voegde Rona er met een flauw lachje snel aan toe.

Felicity's ogen werden groot; ze kon niet geloven dat haar moeder zo leefde. Twaalf maanden geleden was het huis brandschoon geweest, glom alles je tegemoet en had de theesalon altijd propvol klanten gezeten. En nu was alles, in zo'n korte tijd, helemaal veranderd.

'Waarom heb je niemand om hulp gevraagd, ik weet zeker dat Drew best had willen kijken of die boiler nog te repareren was.'

'Ik val anderen niet graag lastig en trouwens, hij heeft genoeg op zijn bord met de nieuwe baby op komst.'

'Mam, je zou hem niet lastigvallen. Ze zouden het juist erg vinden als ze wisten dat jij zo leeft; ze zouden je nooit in de problemen laten zitten. En zeker niet zonder fatsoenlijke verwarming in de wintermaanden.'

Rona nam een slokje thee. Ze was een trotse, sterke, onafhankelijke vrouw en had altijd haar eigen zaakjes geregeld, maar toen Bonnie ziek werd, was alles uit haar handen geglipt.

'En Rory ook niet. Zelfs Fergus zou niet willen dat jij moeite hebt om het hoofd boven water te houden.'

Nu was het Rona die versteld stond. 'Dat is de eerste keer in heel lang dat ik je zijn naam hoor zeggen.'

Felicity had jarenlang vermeden Fergus' naam hardop uit te spreken; de herinneringen waren te pijnlijk en ze had gedacht dat ze maar het beste kon doen alsof hij niet bestond. Dat dan haar verdriet wel zou slijten. Maar zo was het natuurlijk niet gegaan. Het verdriet zou altijd blijven, wist ze inmiddels.

Felicity blies haar adem uit. 'Ik heb hem gezien.'

Rona schoot rechtop. 'Je hebt Fergus gezien? Wanneer? Waar?'

'Vandaag, op de boerderij. Een van Drews shetlanders was in de rivier terechtgekomen en kon er niet uit. Fergus ging het water in om hem te redden en Drew en ik hebben geholpen.'

'In dít weer? Hij had wel dood kunnen zijn!'

'Dat was hij ook bijna.' Haar maag kromp weer samen van angst.

'Hoe gaat het met hem?'

'Nu wel weer goed,' antwoordde Felicity met in haar hoofd het beeld van de ijskoude man die niet anders kon dan klappertanden.

'En hoe vond hij dat... jou te zien?'

Felicity slaakte een diepe zucht. 'Moeilijk. Hij was niet bepaald blij, wat natuurlijk begrijpelijk is.'

'Hebben jullie gepraat?'

Felicity schudde haar hoofd. 'Niet echt, het was niet het juiste moment, maar dat ga ik nog wel doen. Maarre...' ze probeerde van onderwerp te veranderen '... wat doen we met die boiler? We kunnen niet eeuwig keteltjes water blijven koken op het fornuis.'

Rona trok een gepijnigd gezicht. 'Er ligt een offerte op het dressoir, een nieuwe kost ruim duizend pond.'

Felicity stond op en liep naar de stapel papieren op het kastje en bekeek de offerte. 'Mam, laat mij helpen. Ik kan dit betalen.'

'Dat is heel lief van je, maar...'

'Niks te maren! Ik sta erop! Ik heb wat spaargeld van alle overuren rond Kerstmis en ik ga absoluut niet terug naar Londen terwijl jij hier geen heet water en verwarming hebt.' Ze wierp een blik op de klok; het was na vijven. 'Ik bel ze morgenochtend.'

Rona slikte haar tranen in en haar gezicht klaarde op. 'Dank je wel.'

'Je hoeft me echt niet te bedanken en alsjeblieft, vertel zulke dingen voortaan gewoon aan me. Laat het me weten als je hulp nodig hebt.'

Rona knikte. 'Zal ik doen. Dat beloof ik.' Ze stond op en sloeg haar armen om haar dochter heen. 'Fijn dat je thuis bent, ook al is het niet heel lang.'

Felicity voelde de liefde van haar moeder en gaf haar een warme knuffel terug. Op dat moment besloot ze dat ze vaker naar huis zou gaan en haar moeder regelmatiger zou bellen.

'Hoe laat worden we eigenlijk in de pub verwacht?' vroeg Felicity terwijl ze zich losmaakte uit haar moeders armen en plotseling besefte dat ze enorme trek had.

'Nu, zo ongeveer,' antwoordde Rona. Ze keek uit het raam; buiten sneeuwde het nog steeds hevig. 'Iedereen zal er zijn, denk ik.' Rona hield haar dochters blik vast en Felicity knikte begrijpend.

'Ik kan het maar beter achter de rug hebben.'

'Hoe voel je je?'

'Een beetje nerveus. Ik weet dat het raar klinkt, maar ik ben een beetje bang om Allie weer te zien... Ik heb vanmiddag even met Isla gepraat en zij was echt lief tegen me. Het was alsof ik nooit was weggeweest. Maar Allie, ik weet niet hoe zij zal reageren. Ze schijnt heel kwaad te zijn geweest omdat ik zomaar was verdwenen… en ze is niet zo vergevingsgezind als Isla.'

'En Aggie is er ook nog.' Rona keek haar vragend aan.

Elke keer dat Felicity terug was geweest in Heartcross, was ze bang geweest Aggie tegen het lijf te lopen. Ze wist dat dat ooit zou gebeuren en ze verheugde zich er niet op.

Aggie Campbell was Fergus' moeder en hij woonde bij haar in, vlakbij, aan het begin van de straat. Aggie was zonder meer een aardige vrouw, maar ze had uitgesproken meningen over alles, vooral als het over haar zoon, haar oogappel, ging.

'Ja, ik weet het.'

'En het zit er dik in dat Fergus er ook is. Als hij zich goed genoeg voelt na zijn avontuur van vandaag.'

Elke keer dat Felicity aan Fergus dacht, ging er een emotie door haar heen die ze niet goed kon plaatsen. Ze deed haar ogen even dicht en zag hem meteen voor zich. Zijn zachte glimlach. Als ze haar ogen heel stevig dichtkneep, kon ze zelfs zijn sterke armen om haar heen voelen en zijn houtachtige, mannelijke geur ruiken terwijl ze in gedachten tegen zijn borstkas aan kroop, net zoals al die jaren geleden. Vroeger had ze gedacht dat Fergus altijd aan haar zijde zou zijn, bij elke stap die ze deed, dat ze samen oud zouden worden – maar dat had ze verpest. Ze vermande zich en riep zichzelf tot de orde. Het was allemaal voorbij. Dat moest ze accepteren.

'Het komt wel goed. Ik weet zeker dat er een tijd komt waarin jullie weer fatsoenlijk met elkaar om kunnen gaan.'

Felicity hoopte met heel haar hart dat dat waar was. Ze had het nooit aan iemand verteld, maar in Londen had ze periodes gehad waarin ze erg gedeprimeerd was en zich afvroeg hoe haar leven zou zijn als ze in Heartcross was gebleven. Zouden Fergus en zij dan nog steeds bij elkaar zijn? Zouden ze over het verdriet heen zijn gekomen? De antwoorden op die vragen zou ze nooit weten.

Maar in Londen had ze vaak gehuild, terwijl ze zich gedroeg alsof ze gelukkig was en er een nieuw leven opbouwde. Het was allemaal grotendeels gespeeld.

Natuurlijk waren er leuke momenten geweest, maar toen de eerste opwinding en het avontuur er een beetje af begonnen te gaan, had ze heel vaak terug naar huis gewild. Maar haar trots had haar altijd tegengehouden. Ze had geboet voor haar daden en vandaag aan Fergus' gezicht gezien dat hij er ook onder had geleden. Ze kende hem al van jongs af aan en wist zeker dat hij nog steeds verdriet had. Felicity had in de loop van de tijd geleerd om haar verdriet weg te drukken, maar nu ze Fergus weer had gezien, wist ze dat haar gevoelens voor hem nog steeds even sterk waren als vroeger.

5

Nadat ze buiten op de mat de sneeuw van haar laarzen had gestampt, gierden de zenuwen opeens door Felicity's keel toen ze de Grouse and Haggis binnenliep, de pub van de ouders van Allie – Meredith en Fraser. Hoewel ze hier heel lang niet was geweest, was alles nog precies zoals ze het zich herinnerde. Het lage balkenplafond, de privénissen met vrolijk gekleurde kussens op de banken en het enorme haardvuur.

Er stonden gigantische aluminium pannen op een lange schragentafel naast de bar, met manden knapperig brood ernaast, klaar om de hongerige dorpelingen te voeden.

'Hoe gaat het?' fluisterde Rona zacht.

'Nerveus,' mompelde Felicity terwijl Meredith, die een drankje serveerde aan de eigenaresse van het postkantoor, opkeek en haar in het oog kreeg.

Er verscheen onmiddellijk een glimlach op Merediths gezicht, ze kwam achter de bar uit rennen om Felicity te omhelzen alsof ze een lang verloren familielid was. 'Felicity... Felicity. Lieverd, wat fijn je te zien! Het is veel te lang geleden!' Als iemand niet had gezien dat Felicity was binnengekomen, kon dat nu niemand meer ontgaan – ze had het gevoel dat iedereen naar haar keek. Felicity was dol op Meredith en Fraser; ze noemden haar vroeger altijd hun tweede dochter. Felicity en Allie waren als kinderen onafscheidelijk geweest en ook in hun tienerjaren dikke vriendinnen.

Felicity maakte zich voorzichtig los uit Merediths omhelzing en keek naar Fraser op, die inmiddels naast zijn vrouw stond.

‘Welkom thuis, Felicity. Laat me iets te drinken voor je inschenken. Wat mag het zijn?’ vroeg hij.

‘Dank je wel, Fraser, een gin-tonic graag. En jij, mam?’ vroeg ze.

Meredith raakte Rona’s arm aan. ‘Hetzelfde als altijd?’ vroeg ze met een glimlach en Rona knikte.

‘Wacht tot Allie je ziet! Ze is net hout voor het haardvuur uit de schuur aan het halen. Ze zal zo wel terug zijn.’

Felicity voelde zich een beetje ongemakkelijk toen Meredith en Fraser weer achter de bar verdwenen. Meredith leek geen weet te hebben van mogelijke spanningen tussen Allie en Felicity, of misschien was ze dat zo langzamerhand vergeten.

‘Waarom ga je niet even naar achteren, om bij te kletsen?’ opperde Meredith terwijl ze de drankjes over de bar naar hen toeschoof.

Felicity aarzelde en keek haar moeder aan. Ze had geen idee hoe Allie zou reageren op haar thuiskomst, maar ze wist dat ze haar op een gegeven moment toch onder ogen zou moeten komen. Misschien was het beter om naar achteren te gaan en Allie zonder een heel café vol toeschouwers te ontmoeten. ‘Is dat oké voor jou?’ vroeg Felicity aan haar moeder.

‘Tuurlijk. Ik ga al zolang ik me kan herinneren in mijn eentje naar de pub,’ zei ze grinnikend. ‘Ga jij maar naar Allie toe, kijken hoe ze reageert… En probeer het goed te maken.’

Fraser knikte naar de deur aan de andere kant van het café en zei: ‘Je weet de weg.’

Felicity omklemde nerveus haar glas en begon zich een weg tussen de dorpelingen door naar de achterdeur te banen. Ondanks het slechte weer was het ontzettend druk en iedereen leek in opperbeste stemming. Felicity zag Hamish van de dorpswinkel een eind verderop staan. Hij lichtte zijn pet even naar haar op en zwaaide en daarna kwam Rory de deur binnenglippen. Zodra hij haar zag, bleef hij abrupt stilstaan. ‘Hé Flick!’ Hij glimlachte breed. ‘Je ben thuis! Welkom terug!’

Rory was geen spat veranderd. Slank, gladgeschoren en zijn donkere haar had nog dezelfde kastanjebruine gloed. Het was zelfs nog net zo geknipt als vroeger. Zijn lichtblauwe ogen keken haar opgewekt aan.

'Inderdaad! Ik ben weer even thuis. Hoe gaat het met jou?'

'Met mij? Goed... Hard aan het werk, zoals gewoonlijk. O! Gecondoleerd met Bonnie,' onderbrak hij zichzelf, voordat hij verderging met zijn verhaal en vertelde dat de praktijk goed ging maar dat het weer van de komende dagen hem niet lekker zat.

'Heb je Allie al gezien?' vroeg hij.

'Ik wilde net naar haar toe gaan. Ze is hout aan het halen in de schuur,' zei Felicity, terwijl haar hart weer harder begon te bonken.

Rory moest hebben opgemerkt dat Felicity zich er niet gemakkelijk over voelde. 'Maak je niet druk... We weten allebei dat ze harder blaft dan bijt. Ze heeft je gemist, weet je.'

'Hoe weet jij dat?' Felicity nam hem vorsend op.

'Omdat we het daarover hebben gehad... En ze praat nog vaak over je.'

'We?'

Rory grijnsde.

'Zijn Allie en jij een stel?'

Hij knikte. 'Ja, al bijna een jaar nu.'

Felicity kon niet anders dan Rory even omhelzen; ze was zo opgetogen dat die twee elkaar hadden gevonden. In hun tienerjaren had ze Allie altijd geplaagd dat Rory en zij een perfect koppel zouden zijn, maar Rory was naar de universiteit vertrokken en Allie was in Heartcross gebleven, waar ze in de pub van haar ouders werkte.

'Ik heb altijd gezegd dat jullie voor elkaar zijn gemaakt,' grinnikte ze.

'Ja, klopt...' Rory legde zijn hand even op Felicity's arm en ontdekte toen zijn ouders, die aan de bar zaten.

Felicity verzamelde moed en draaide de gietijzeren knop van de deur achter in de pub om. Ze bukte om onder de lage balk van de deurpost door te duiken en ging het stenen trapje af naar buiten. Ze hoorde gerommel; Allie stond bij de schuur en was druk bezig houtblokken in een grote rieten mand te laden. De laatste keer dat ze haar had gezien, was op de avond waarop ze uit Heartcross was vertrokken. Felicity had er nu spijt van dat ze alle banden toen zo rigoureus had doorgesneden, maar het was toen de enige manier geweest om haar verdriet aan te kunnen. Terwijl ze naar Allie stond te kijken, werd ze bevangen door een diep verlangen naar hun oude vriendschap.

Felicity zette zich schrap. Zachtjes zei ze: 'Hoi.' Allie schrok en draaide zich met een ruk om. 'Sorry, ik wilde je niet laten schrikken...' vervolgde Felicity haastig.

Even staarde Allie haar alleen maar aan. Felicity wist niet wat ze verder moest zeggen. 'Gaat het?' vroeg ze toen.

'Ik had je hier niet verwacht... Het is ook al zó lang geleden,' reageerde Allie een beetje bokkig, terwijl ze haar blik afwendde en doorging met de houtblokken.

Felicity liep naar haar toe en leunde tegen de wand van de schuur. 'Ik ben terug voor mama, nadat oma...' Felicity's stem haperde.

'Ja, we missen Bonnie allemaal. Iedereen was erg op haar gesteld.' Allie klonk oprecht en haar gezicht verzachtte even.

'Dank je, het is een moeilijke tijd, vooral voor mama.' Er welden tranen in Felicity's ogen op en haar stem trilde.

Felicity en Allie keken elkaar aan en er viel een ongemakkelijke stilte. Felicity had gehoopt dat Allie een lief gebaar zou maken om haar te troosten, maar dat kwam niet. Ze wist dat ze haar hartsvriendin ongelofelijk in de steek had gelaten, maar toen ze uit Heartcross wegvluchtte, had ze slechts aan haar eigen zelfbehoud kunnen denken.

‘Allie…’ Felicity ademde diep in. ‘Ik…’

‘Laten we het hier niet over hebben nu,’ onderbrak Allie haar. ‘De pub zit vol gasten en ik moet mama echt gaan helpen achter de bar.’

Felicity knikte. ‘Maar wel gauw?’

‘Oké, gauw,’ zei Allie schoorvoetend.

Allie pakte een van de manden op die ze had gevuld met houtblokken en Felicity pakte de andere. Ze volgde Allie de pub in. ‘Rory vertelde me net dat jullie nu een stel zijn. Ik heb jullie altijd al een perfecte match gevonden, weet je nog?’ merkte Felicity op in een poging het wat luchtiger te maken en een praatje te beginnen.

Allie glimlachte kort maar ging er verder niet op in. Felicity voelde dat er een ijzige spanning tussen hen hing. Allie was niet zo vergevingsgezind als Isla.

‘En jullie zijn echt een ideaal koppel,’ praatte Felicity verder.

Ze zetten de rieten manden allebei aan een kant van de haard neer.

‘Klopt. En dat vonden we allemaal ook van jou en Fergus,’ zei Allie kortaf.

Felicity probeerde zich niet te laten raken door haar reactie, maar ze wist dat Allie nu eenmaal veeleisend was en haar niet zomaar als vriendin verwelkomde, zoals Isla had gedaan.

‘Ik ben vanmiddag bij Isla geweest… Ik wist niet dat er een tweede kind onderweg is,’ zei Felicity om het gesprek een positievere wending te geven.

‘Nou, dat kun je wel zeggen. Hij kan elk moment geboren worden,’ reageerde Allie, terwijl ze en passant de lege glazen van een tafeltje waar ze langsliepen meepakte, maar Felicity’s blik bleef ontwijken.

Felicity slikte en ging moedig verder: ‘Isla dacht dat we misschien eens echt konden bijpraten binnenkort… Als je daar tijd voor hebt?’

Allie dacht even na. 'We zien wel... Ik ben morgenavond vrij,' antwoordde ze, wat Felicity opvatte als een hoopvol teken.

Felicity keek Allie na toen ze naar de bar terugliep, waar Rory op een barkruk zat. Ze lachte naar hem en begon toen de klanten te bedienen. Felicity ging naast Rory staan en hij vroeg meteen: 'En, hoe is het leven in de grote stad? Ben je single, getrouwd?'

Felicity liet een zucht ontsnappen. 'Heel erg single.'

'Echt?' Hij sperde zijn ogen open.

'Ik weet het, het is haast niet te geloven,' zei ze geamuseerd, 'maar het is echt zo.'

'En je werk?' Rory nam een slok uit zijn glas en Felicity ging naast hem zitten.

'Dat gaat ook niet geweldig,' bekende ze. 'Kortom: het is alleen maar kommer en kwel in het leven van Felicity Simons.'

'Echt? Je moeder denkt dat alles prima gaat en je zo hard werkt dat je met Kerstmis niet eens vrij kon nemen.'

Felicity voelde zich op slag weer schuldig. 'Ja, dat wil ik ook, dat ze dat denkt.' Ze liet haar blik even over haar moeder glijden, die aan het andere einde van de bar stond te babbelen met Stuart en Alana, de ouders van Rory.

'Het warenhuis waar ik werk is verkocht aan een firma met heel andere ideeën, zo'n bedrijf dat meer interesse heeft in geld verdienen dan in een fatsoenlijke klantenservice. Laten we het erop houden dat mijn nieuwe baas niet bepaald een vriendin van me is.'

'Een van die "we gaan alles hier heel anders doen"-types?' vroeg Rory. 'Wat ben je van plan daaraan te gaan doen?'

'Ik heb werkelijk geen idee,' zei ze met een zucht. 'Ik heb totaal geen plezier meer in mijn werk. Dus het is tijd voor iets anders, denk ik. Maar ik weet nog niet wát... Hoe gaat het bij jou in de praktijk?' vroeg ze, en ze nam een slok van haar drankje.

'Goed, echt goed. Hoelang blijf je?'

'Twee weken.'

'Dan hebben we tijd genoeg om echt bij te praten,' zei hij. Hij gaf haar een vriendschappelijk klopje op haar schouder.

Felicity had Rory altijd gemogen. Hij was zo'n goedhartige man, met altijd een lach op zijn gezicht – iemand die alles voor een ander overhad. Even dacht ze aan Fergus. Allie had een goede man aan Rory en ze wist dat zij altijd een goede man aan Fergus had gehad. Was het maar anders gelopen...

Felicity begon zich flauw van de honger te voelen en toen ze over haar schouder keek, zag ze al een rij bij de lange tafel met eten staan. Op dat moment rinkelde Allie de bel achter de bar en riep: 'Het eten is klaar! Schep maar op!'

Binnen een paar seconden werden de deksels van de pannen gehaald en begonnen de cafébezoekers enorme hoeveelheden van het warme, voedzame eten op te scheppen.

Rona stond vrij vooraan in de rij. Even later kwam ze met twee kommen chili naar Felicity toe en gaf ze er een aan haar dochter.

Rory was intussen naar Allie toe gelopen en stond met haar en een paar dorpsbewoners te kletsen. Ze keken door het raam naar de witte wereld buiten. Het sneeuwde nog steeds flink.

Felicity en Rona zochten een plaatsje bij het raam. Felicity staarde naar de vallende vlokken terwijl ze genoot van het heerlijke eten. Het zag er allemaal heel romantisch uit. Ze dacht terug aan de keer dat ze wakker was geworden van een doffe bons tegen haar slaapkamerraam en had gedacht dat er een vogel tegenop was gevlogen. Ze was uit bed gesprongen en had ontdekt dat het had gesneeuwd die nacht. Fergus stond in de tuin en keek grijnzend omhoog. Hij had de grootste sneeuwpop die ze ooit had gezien gemaakt en een sneeuwbal tegen haar raam gegooid. Daarna waren ze naar Heartcross Hill gegaan waar ze tussen een heleboel andere dorpelingen de heuvel af waren gesleed. Ze hadden enorme lol gehad en dat was de dag geweest waarop ze had beseft hoe aantrekkelijk ze hem vond: ze was als een blok gevallen voor Fergus Campbell. Hij was haar ideale man.

'Waar zit je aan te denken?' vroeg Rona naast Felicity.

'O, niks,' antwoordde Felicity, hoewel ze niet erg overtuigend klonk. Ze wilde niet toegeven dat ze een puinhoop van haar leven had gemaakt door weg te vluchten naar de grote stad. Nu ze hier zat, voor het eerst in lange tijd, drong het tot haar door hoe ze het hier had gemist; de vertrouwdheid van de pub en alle mensen om haar heen.

Ze wist dat haar tijd in Londen op een einde liep, dat ze het er steeds minder leuk begon te vinden. Londen had voldaan aan haar behoefte in een tijd dat ze de anonimiteit van de grote stad nodig had, maar nu stond ze voor een aantal moeilijke beslissingen over haar werk en haar leven.

Rona drong niet verder aan. Ze begreep dat haar dochter het er verder niet over wilde hebben en veranderde van onderwerp, maar niet voordat ze had gezegd: 'Als je wilt praten, kun je altijd bij me terecht, dat weet je, hè?'

'Ja, mam, dank je wel,' zei Felicity, waarna ze een slokje uit haar glas nam.

Nu iedereen zat te eten, was het vrij stil in de pub. Felicity voelde een tochtvlaag omdat de deur van de pub openging. Ze keek om en besefte pas dat ze een trillende zucht had laten ontsnappen toen Rona vroeg: 'Wat is er?'

Felicity had net een hap genomen en gaf geen antwoord, maar Rona volgde de blik van haar dochter. Aggie Campbell was net binnengekomen.

Aggie was in al die jaren geen steek veranderd: een magere vrouw van ongeveer één meter vijfenzestig, tenger en met lange, donkere haren. Ze droeg een spijkerbroek, een tweedjasje en een sjaal en stampte haar besneeuwde laarzen schoon op de mat, trok haar handschoenen uit en wreef haar handen tegen elkaar. Van achter de bar begroetten Meredith en Fraser haar hartelijk.

Felicity wist dat de vriendschap tussen Aggie en haar moeder een deuk had opgelopen na haar plotselinge vertrek naar Londen. Daarvoor waren ze goede vriendinnen geweest en vaak samen opgetrokken. Aggie had zelfs in de theesalon gewerkt op momenten dat Bonnie en Rona extra personeel nodig hadden. Maar toen had Felicity het hart van haar zoon gebroken en was alles veranderd. Er waren spanningen tussen de twee vrouwen ontstaan omdat hun kinderen verdriet hadden.

Zodra Aggie Felicity zag zitten, bleef ze staan en vernauwden haar ogen zich. Dit was het moment waar Felicity niet naar had uitgekeken en nerveus schoof ze haar kom weg om haar ellebogen op tafel te kunnen zetten. Ze wachtte af. Haar hart bonkte en ze was het liefst weggedoken, maar het was te laat; Aggie kwam al hun kant op.

'Je bent terug, zie ik?' zei Aggie chagrijnig. Toen barstte ze in een benauwde hoest uit. Ze legde haar hand op haar borst en drukte een tissue tegen haar mond.

Felicity keek naar Aggie op. Aggies gezicht verraadde duidelijk wat ze ervan vond Felicity te zien.

'Aggie, we willen geen moeilijkheden, we willen gewoon een hapje eten hier, net zoals iedereen,' zei Rona vastberaden.

Felicity schoof nerveus heen en weer op haar stoel.

Aggie belandde opnieuw in een hoestbui, en toen die voorbij was, beet ze Felicity toe: 'Ik hoop dat je het fatsoen hebt om uit Fergus' buurt te blijven zolang je hier bent.'

De aardige Aggie die Felicity ooit had gekend, was totaal verdwenen. Er was een tijd geweest dat Felicity Aggie als een goede vriendin had beschouwd, een soort tweede moeder in haar leven. Toen ze verkering had met Fergus, had Felicity vaak op zondagmiddag voor de televisie op Aggies bank gezeten, na een heerlijke, door Aggie klaargemaakte zondagslunch van geroosterd vlees met alles erop en eraan en een toetje waarvan het water je in de mond liep. Maar toen ze uit elkaar waren, was Aggies houding ten opzichte van Felicity in één klap totaal veranderd en was hun vriendschap volkomen verdampt. De laatste keer dat Felicity Aggie had gezien, was op de avond dat ze uit Heartcross was vertrokken. Fergus had staan huilen in Aggies armen terwijl hij naar Felicity schreeuwde dat ze niet weg moest gaan. Maar Felicity was wél weggegaan en had een wanhopige Fergus achtergelaten op Love Heart Lane. Ze had zijn hart gebroken, en dat van haarzelf erbij.

Felicity wist dat Aggie alle reden had om zo kil te doen, en ze was blijkbaar vastbesloten om Felicity te laten boeten voor haar gedrag van jaren geleden. Gelukkig werd de ongemakkelijke situatie doorbroken door een opgewonden kinderstem.

'Oma! Oma! Het sneeuwt!' Er kwam een meisje binnen, samen met een vrouw die Felicity niet kende.

Aggie begon weer te hoesten en keerde zich naar haar kleindochter om, die naar haar toe kwam hollen. Ze bukte zich, ving het kind op in haar armen en draaide haar een paar keer rond. Het meisje lachte uitgelaten. Toen zette Aggie het kind weer op de grond, zoende ze haar op beide wangen, pakte haar hand en zei: 'Kom, we gaan lekker iets te eten halen. En weet je... met al die sneeuw heb je morgen geen school en kunnen we...'

'Een hele grote sneeuwpop maken!' gilde het kind.

Felicity keek Aggie na terwijl ze, kletsend met haar kleindochter, naar de tafel met eten liep. Er ging een steek door haar hart. Het kleine meisje met haar sproetjes en grote bruine ogen moest Fergus' dochtertje zijn.

'Is dat...'

'Ja, dat is Esme,' zei Rona, terwijl ze een kneepje in Felicity's hand gaf.

Felicity kon alleen maar kijken naar het prachtige kleine meisje. Natuurlijk wist ze van het bestaan van Esme en dat Fergus haar trotse vader was, maar dat had ze al die jaren weggedrukt. Esme moest nu een jaar of zes zijn en Felicity herinnerde zich het telefoontje van Rona nog goed waarin haar moeder haar had verteld dat Fergus een kind verwachtte. Het had haar heel diep geraakt. Hoewel het haar eigen keuze was geweest om weg te gaan uit Heartcross, had ze nooit gedacht dat Fergus zijn leven zo snel weer zou oppakken. Voor haar was het daar toen nog veel te vroeg voor geweest.

Felicity had haar moeder niet naar de details gevraagd. Ze had zelfs gezegd dat ze geen updates meer wilde horen uit Heartcross en dat was het moment geweest dat ze zich volledig had afgesneden van alle bewoners van het dorp.

Terwijl ze de laatste slok uit haar glas nam, zag ze Isla en Drew die door de achterdeur naar binnen waren gekomen en probeerde ze een glimlach op haar gezicht te plakken. Isla had een knap jongetje aan haar hand van ongeveer dezelfde leeftijd als Esme. Zodra hij Esme zag, rende hij naar haar toe. Drew liep zigzaggend door de menigte naar de bar toe en Isla keek het café rond. Toen ze Rona en Felicity aan hun tafeltje bij het raam zag zitten, lachte ze en kwam ze naar hen toe.

'Drew zei al dat jullie er ook zouden zijn... Mag ik bij jullie komen zitten?'

'Graag,' zei Felicity terwijl ze naar een lege stoel gebaarde.

Isla liet zich er moeizaam op neerzakken. 'Ik zal blij zijn als die kleine er is; ik voel me een tientonner.'

Rona glimlachte. 'En dan begint de pret pas écht.'

'Hoe staat het ervoor?' vroeg Isla met een klein knikje naar Allie.

'Een beetje kil, maar ik heb iets gezegd over snel een keertje afspreken met zijn drieën.'

'En?'

'Ze zei geen nee.'

'Dat is een begin. Ik ga zo wel naar haar toe om te horen wanneer ze kan, maar met dit weer ben ik bang dat ik niet ver kom. Misschien kunnen jullie allebei naar de boerderij komen? Dan leg ik Finn vroeg in bed en kook ik iets lekkers.'

'Weet je dat zeker?'

'Absoluut.'

'Lijkt me een goed plan,' zei Felicity, die ook niet te ver van huis wilde in het slechte weer.

Drew kwam naar het tafeltje toe en zette een drankje voor Isla neer. 'Zal ik wat te eten halen voor ons?'

'Ja, heel graag.' Isla keek met een glimlach naar hem op, blij dat ze niet weer hoefde op te staan. Drew gaf haar een kus op haar kruin en verdween toen naar de tafel naast de bar.

Plotseling ontstond er wat commotie in de verste hoek van de pub, waar een groepje dorpsbewoners op een kluitje stond. Drew was er een van. Hamish stond in het midden van het groepje met een pen en een klembord in zijn hand.

'Dat ziet er serieus uit,' merkte Felicity tegen Isla op. 'Weet jij wat er aan de hand is?'

'Dringende bespreking wegens de sneeuw. Er wordt niets geleverd de komende paar dagen. Het slechte weer is eerder begonnen dan gedacht en heeft iedereen verrast.'

Felicity wist dat de dorpswinkel normaliter met de regelmatigheid van de klok werd bevoorraad. Zelfs in de ergste winters verliep alles soepel, dus moest er echt iets aan de hand zijn als er een bespreking nodig was.

'Maar Heartcross is toch gewend aan dit soort weer en er altijd op voorbereid?' vroeg Felicity met haar ogen nog steeds op Hamish gericht.

'Normaal wel, maar we gingen er allemaal van uit dat we nog een paar dagen hadden voordat het weer omsloeg. Hamish had meer spullen besteld voor de winkel, maar met deze zware sneeuw kunnen er geen vrachtwagens meer komen totdat het gaat dooien,' zei Isla bezorgd.

Drew kwam naar het tafeltje toe en zette een kom chili voor Isla neer. 'Hier, je eten.'

'Dank je. Hoe gaat het met Hamish daar? Heb je geluisterd?' vroeg Isla toen de groep om Hamish nog groter werd.

'Hamish staat iedereen duidelijk te maken dat hij niet alle voorraad van iets aan één persoon gaat verkopen, maar dat wat hij heeft, eerlijk over de huishoudens verdeeld moet worden totdat er weer geleverd wordt. Maar de mensen zijn ongerust en staan onderling te ruziën, dus ben ik even weggelopen. Even pauze.'

'Ik ga even horen hoe het ervoor staat,' zei Rona. Ze stond op en liep naar het groepje toe.

'En de school, is daar nog nieuws over?' vroeg Isla toen ze Jessica, Finns juf, in het oog kreeg, die met Rory zat te praten.

Felicity keek op, Jessica was de vrouw met wie Esme de pub binnen was gekomen.

'Jessica is hier in het dorp gestrand vanwege het weer en heeft net aangekondigd dat de school tot nader bericht gesloten is. Ze heeft een kamer moeten huren in de B&B bij Julia, want ze kan in haar auto onmogelijk het pad naar de brug beneden af.' Drew legde zijn hand op de rug van zijn vrouw. 'Wat betekent dat Finn vanaf morgen thuis is, maar ik beloof je dat ik je zo goed mogelijk zal helpen.'

Isla zuchtte, ze had nauwelijks nog de energie om haar eigen veters te strikken, laat staan om een kind van zes bezig te houden.

'Normaal zou ik het niet erg vinden, ik geniet ervan als hij thuis is, maar op het moment is het nogal vermoeiend terwijl deze er nog niet is.' Ze gaf een paar klapjes op haar dikke buik en voelde meteen een schopje. 'Hij is heel druk vanavond.'

'Ik kan je wel helpen terwijl ik hier ben. Ik had verwacht dat ik wel in de theesalon zou kunnen bijspringen, maar...'

'Geef je moeder wat tijd, ze heeft het zwaar gehad,' onderbrak Isla haar. 'En graag, ik zou het heerlijk vinden je zo vaak maar kan te zien terwijl je hier bent.' Isla glimlachte naar Felicity, ze meende het oprecht.

Het gesprek werd onderbroken doordat Hamish zijn stem verhief. 'Als iemand zich als vrijwilliger wil aanbieden...' Hij keek hoopvol om zich heen.

Er reageerde niemand.

'Jullie kunnen daar niet zomaar staan en eisen dat ik de spullen eerlijk verdeel, terwijl niemand bereid is te helpen.' Hij klonk nogal radeloos.

Felicity stond op en baande zich een weg naar hem toe. Drew liep met haar mee. 'Wat voor hulp heb je precies nodig, Hamish?' vroeg ze.

'Gewoon, een extra paar handen. Eerst moeten we ons richten op de bederfelijke waar en ervoor zorgen dat er niets verloren gaat, en dan moeten we een plan maken wat we met de rest van de voorraad doen.'

Felicity deed vastberaden een stap naar voren. 'Daar kan ik je bij helpen. Geen probleem, ik heb toch tijd over nu ik hier ben.'

Hamish' gezicht lichtte op. 'Felicity Simons, meen je dat serieus?'

'Bloedserieus.'

'Je bent een engel.' Hij straalde; er was blijkbaar een hele last van zijn schouders.

'Hoe laat wil je dat ik er ben, morgen?'

'Acht uur?'

'Om acht uur sta ik voor je deur!' Ze zag dat er een trotse glimlach op het gezicht van haar moeder verscheen. 'Mag ik misschien een suggestie doen, Hamish?' vroeg ze.

'Tuurlijk,' zei Hamish.

‘Misschien moet er als eerste iets naar het verzorgingstehuis toe, voor de oudjes?’

‘Inderdaad. We maken een lijst. En hopelijk kan de eerste vrachtauto er snel weer door.’

De gemoederen waren bedaard en Felicity liep weer terug naar het tafeltje waar Isla zat.

‘Nou, twee minuten terug in Heartcross en ze neemt de boel al over!’ zei haar vriendin grijnzend. ‘Hamish laat je nooit meer gaan als je dat stelletje hier zo onder de duim hebt.’

‘Nou, iemand moest zich aanmelden, want anders zijn die bederfelijke goederen al bedorven voordat ze klaar zijn met ruziën.’

Isla wilde lachen, maar opeens greep ze naar haar buik. Ze zag krijtwit en kreunde zacht.

‘Wat is er?’

‘Ben je goed in bevallingen?’ Ze vertrok haar gezicht in een grimas en hapte even naar adem.

Plotseling overspoeld door emoties die ze jarenlang had binnengehouden, sprongen er tranen in Felicity’s ogen. Het schuldgevoel, de twijfel. Het kwam allemaal weer naar boven door Isla’s opmerking. Had ze iets anders kunnen doen, was het haar schuld, de miskraam? Het was een verlies dat ze altijd met zich meedroeg.

Isla zag de tranen in Felicity’s ogen en schrok. ‘O, mijn god, Flick, het spijt me. O, hoe kan ik nou zoiets zeggen...’ zei Isla en ze stak haar hand onmiddellijk uit om een kneepje in Felicity’s hand te geven.

‘Het is oké,’ reageerde Felicity. Haar stem trilde. ‘Zal ik Drew halen? Of Rory misschien?’

‘Rory? Ik ben geen koe!’ zei Isla met een klein lachje in een poging de stemming wat luchtiger te maken maar wel met haar handen nog op haar buik.

‘Zoveel verschil zal het niet maken, toch? Of je nou een kalfje of een kindje ter wereld helpt komen?’ zei Felicity.

'Gelukkig zijn het gewoon voorweeën, dus niks om ons ongerust om te maken. Het spijt me, Flick, het spijt me dat ik zoiets stoms zei.'

'Ach, ik weet dat het per ongeluk was. En bovendien kan ik mezelf niet verstoppen voor elke zwangere vrouw die ik tegenkom,' zei Felicity, hoewel ze dat lange tijd wel had gedaan. Ze was niet in staat geweest een vrouw die in verwachting was te zien.

'Ga je proberen met Fergus te praten nu je terug bent?'

'Aggie heeft me al gewaarschuwd dat ik uit zijn buurt moet blijven.'

Isla rolde met haar ogen. 'Ze is de laatste tijd vaak ziek. Ze heeft een hoest die ze maar niet kwijtraakt, dus waarschijnlijk is haar humeur niet opperbest, maar je kent Aggie... De soep wordt bij haar nooit zo heet gegeten als ze wordt opgediend. Jij had je eigen redenen om hier weg te gaan. Je had verdriet en moest aan jezelf denken. Daar mag niemand je om veroordelen.'

Felicity was dankbaar dat Isla het begreep. 'Aggie ziet het niet zo.'

'Geen enkele moeder wil natuurlijk dat haar zoon verdriet heeft, maar daarom hoeft ze je nog niet zo respectloos te behandelen! Jullie hadden het allebei moeilijk. Maar de tijd gaat verder, het leven gaat verder.'

'Fergus is verdergegaan, ja,' zei Felicity met een blik in de richting van Esme.

Isla volgde haar blik. 'Ze is een fantastisch kind, mooi vanbuiten én vanbinnen. Je zult haar mogen.'

'Fergus kan me nog niet eens aankijken.'

'Dat komt wel. Geef het tijd. Hij ziet je voor het eerst sinds je bent vertrokken. Ik weet toevallig dat je al vaker terug bent geweest hier, zonder bij een van ons langs te komen.' Isla klakte zogenaamd afkeurend met haar tong, maar Felicity zag aan haar gezicht dat ze het niet meende.

'Sorry daarvoor,' zei Felicity berouwvol.

'Het is goed. Echt. Er waren best wat mensen gekwetst toen je zo plotseling je boeltje pakte en ervandoor ging. Allie en ik ook. Maar wij begrepen wel dat je ruimte nodig had, al hadden we niet gedacht dat dat acht jaar zou zijn.'

'De tijd is ongemerkt voorbijgegaan, maar ik denk niet dat Allie zo vergevingsgezind zal zijn als jij.' Felicity blies haar adem uit en wierp een snelle blik op Allie. Ze stond bij de bar te lachen met Rory, maar hun blikken kruisten elkaar heel even.

'Ach, we kennen Allie allebei al zo lang, ze heeft een sterke wil en is koppig, maar wat ze ook zegt, ze heeft je verschrikkelijk gemist. We hebben je allemaal verschrikkelijk gemist. Maar verdriet is onvoorspelbaar en hoelang je ook nodig hebt gehad; je idiote vrienden zijn er nog. Ze trekt wel bij... '

Felicity had een tijd in een diepe, donkere put gezeten. Het had lang geduurd en ze was een lange weg gegaan de afgelopen acht jaar. In haar ogen glinsterden tranen terwijl er een golf van liefde voor haar geboortedorp door haar heen ging. Ze glimlachte naar haar lieve vrienden aan de overkant van de tafel en wist dat ze het hier meer miste dan ze wilde toegeven. Alles voelde goed, veilig en vertrouwd.

'Beloof me één ding, Isla.'

'Zeg het maar,' zei Isla en ze keek haar recht aan.

'Probeer die baby binnen te houden tot we de brug weer over kunnen en we met je naar het ziekenhuis kunnen.'

'Ik zal mijn uiterste best doen. En ik ben heel blij dat je hier bent, want ik heb je echt heel erg gemist.'

Felicity legde haar hand even op die van Isla. Ze wist dat ze nog een hoop goed te maken had, maar dat Isla weer naast haar stond gaf haar een warm gevoel. Zij had Isla ook heel erg gemist.

6

Felicity was al wakker voordat het licht begon te worden; van de kou in haar slaapkamer. Ze huiverde en trok het dekbed strak om zich heen, maar dat hielp niets. Ze werd niet warm meer. Haar voeten voelden als ijsblokken en haar tanden klapperden zelfs op elkaar. Hoe kon haar moeder zo leven? Ze draaide zich een paar keer om, maar het had geen zin, ze kon niet meer in slaap komen. Dus trok ze sokken en een trui aan en ging zachtjes de trap af om een kop koffie te zetten. Alles was nog helemaal donker en toen ze op de keukenklok keek, was het pas halfzeven.

Ze zette de ketel op het fornuis en trok het gordijn open. Ze kon haar ogen niet geloven, want het sneeuwde nog steeds! Dat betekende dat er geen enkele vrachtwagen door kon. Hamish had gelijk gehad met zijn idee om de levensmiddelen te rantsoeneren en eerlijk te verdelen.

Felicity zag dat er licht brandde in Rory's woonkamer. Maar terwijl ze stond te kijken, werd het uitgeknipt en ging de voordeur aan de overkant open. Rory stapte naar buiten, zijn rubberlaarzen verdwenen diep in de centimeters dikke laag sneeuw. Hij deed geen poging zijn auto te starten; in plaats daarvan klemde hij zijn tas dicht tegen zich aan en ploeterde te voet door de sneeuw naar de praktijk.

Toen de ketel begon te fluiten, maakte Felicity een kop koffie voor zichzelf en pookte ze het haardvuur op. Ze hoopte dat het een beetje warm zou zijn als haar moeder wakker werd. Toen het vuur goed brandde en ze haar koffie ophad, zette ze nog een ketel water op om zich te kunnen wassen. Ze moest er niet aan denken om onder een koude douche te moeten. Voordat ze het kon vergeten, stopte ze de offerte voor de boiler in haar tas, zodat ze kon regelen dat die zo snel mogelijk werd geïnstalleerd.

Een klein uurtje later sliep Rona nog steeds. Felicity pakte zich dik in, stak haar voeten in haar rubberlaarzen en trok de voordeur zachtjes achter zich dicht. Love Heart Lane was nog helemaal donker, iedereen sliep zo lang mogelijk omdat ze nu eens niet naar school of hun werk moesten. De ochtendkou beet in haar gezicht. Ze begroef haar kin onder haar sjaal en klemde haar tas tegen zich aan. Hoewel ze thermische sokken droeg, voelden haar voeten meteen als bevroren. Ze zakte tot halverwege haar laarzen weg in de sneeuw en kon maar kleine stappen zetten. Het was inspannend om zo te lopen en haar benen voelden zwaar, maar het was gelukkig niet heel ver naar Hamish' winkel.

Het licht was al aan toen ze bij de kruidenierszaak aankwam en terwijl ze de deur openduwde, rinkelde het belletje boven haar hoofd. Hamish keek op van achter de toonbank en glimlachte. 'Je hebt het gehaald! Er staat thee in de pot.'

'Dank je,' antwoordde ze terwijl ze haar sjaal afdeed en haar met witte, natte vlokken bedekte muts op de toonbank legde. Terwijl ze een beker thee inschonk, keek ze om zich heen. 'Waar beginnen we?' vroeg ze.

'Ik heb alle bederfelijke waar in deze dozen gepakt en nu moeten we die op de een of andere manier in het verzorgingstehuis zien te krijgen.'

Felicity trok haar wenkbrauwen op. 'Dat is een klim van bijna een kilometer de heuvel op!'

Hamish liet een zucht ontsnappen. 'Ik weet het! Dat wordt zwaar, maar het moet er wel naartoe. De bewoners daar hebben het nodig.'

'Het lukt ons wel! We laten ons niet verslaan door een beetje sneeuw,' zei Felicity vastberaden en met een brede lach op haar gezicht.

'Zo mag ik het horen! De spullen in die hoek,' wees Hamish, 'zijn de blikjes en pakjes die als eerste over de houdbaarheidsdatum heen zijn.'

Hamish had een plan gemaakt van wat waarheen moest om het dorp de komende paar dagen, zolang er geen vrachtwagens konden komen, niet te laten verhongeren. Felicity moest helpen het in te pakken en af te leveren. Ze gingen aan de slag en binnen een halfuur stond er een rij draagtassen met levensmiddelen bij de deur.

Op dat moment ging de deur open en stond Rory met een rood gezicht van de kou in de opening.

'Goedemorgen, hoe gaat het met de troepen?'

Hamish glimlachte. 'Bezig zichzelf mentaal en fysiek voor te bereiden op het afleveren.'

'Mevrouw Hughes van het verzorgingstehuis heeft net naar de praktijk gebeld. Haar kat, Remy, is niet lekker, dus ga ik erheen om te kijken wat er met hem aan de hand is.'

'Betekent dat wat ik denk dat het betekent?' vroeg Felicity opgewekt met haar vingers gekruist achter haar rug.

Rory grijnsde. 'Ik neem de boel wel mee daarnaartoe.'

'Jij, mijn goede vriend, hebt ons leven gered,' zei Hamish. 'Lukt het je om drie grote tassen en deze doos mee te nemen?' Hamish trok een hoopvol gezicht terwijl Rory alles probeerde op te tillen. 'Als jullie de deur voor me openhouden, moet het wel lukken.'

Hamish kon Rory niet genoeg bedanken toen hij even later naar het tehuis vertrok door een laag sneeuw van inmiddels een centimeter of vijfentwintig dik – en het sneeuwde nog steeds.

'Kun jij deze tassen afleveren bij de bewoners op Love Heart Lane?' vroeg Hamish. 'Dan start ik aan de andere kant van het dorp.'

'Tuurlijk,' zei Felicity met een blik op de klok. 'Maar mag ik eerst jouw vaste lijn gebruiken voor een telefoontje? Mama's boiler moet gerepareerd of vervangen worden.'

Hamish knikte naar het toestel en terwijl hij zich extra dik inpakte, belde Felicity de loodgieter. Toen ze ophing, keek ze een beetje verslagen. 'Alles oké?' vroeg Hamish.

'Ik had er niet bij stilgestaan, maar de loodgieter woont aan de andere kant, dus kan hij vanuit Glensheil de brug niet over in deze sneeuw, maar hij heeft beloofd dat hij komt zodra het weer kan.'

'Meer kun je niet verwachten in dit soort tijden.'

Toen Hamish en Felicity klaar waren om te gaan, pakten ze allebei een handvol boodschappentasjes en stapten de vrieskou in.

Hamish knikte nog een keer dankbaar naar Felicity en vechtend tegen de sneeuw gingen ze beiden op weg. Hamish had de namen en adressen van de leveringen op de tasjes vastgeniet. Het eerste was van meneer en mevrouw Smith, een ouder echtpaar dat al bijna vijftig jaar getrouwd was. Voor zover ze zich herinnerde, hadden ze talloze kleinkinderen.

Het was nog stil op straat in het donker. Het enige geluid kwam van de sneeuw die knerpte onder Felicity's laarzen. Tegen lunchtijd zou het hier heel anders zijn: vol kinderen die genoten van hun vrije schooldag en druk aan het sleeën waren of sneeuwpoppen maakten.

Toen Felicity op het eerste huis afliep, brandde er tot haar opluchting al licht in de woonkamer. Zodra ze aanbelde, begon er een hond te blaffen en hoorde ze het gerammel van een sleutelbos. Toen de deur opengіng, werd Felicity begroet door mevrouw Smiths stralende glimlach.

'Kom gauw binnen, de kou uit.'

Ze veegde haar handen droog aan haar schort en nam Felicity mee naar de warme keuken. Daar bleken tot Felicity's verrassing zes kinderen om de tafel te zitten.

'Fijn dat je weer terug bent in Heartcross,' zei mevrouw Smith met een klapje op Felicity's arm. 'En mijn condoleances met het overlijden van Bonnie.'

'Dank u wel,' zei Felicity, geraakt door mevrouw Smiths vriendelijkheid. 'En kijk nou al die kleintjes hier,' vervolgde ze, snel van onderwerp veranderend om de tranen tegen te houden die meteen bij de herinnering aan haar oma in haar ogen opwelden. 'U hebt uw handen vol vandaag.'

'De school is dicht, dus oma mag op al deze schatjes passen vandaag. Geloof me, het is zowat een militaire operatie om ze alleen al allemaal te eten te geven. Ik heb hier mijn eigen kleine restaurantje,' zei ze grinnikend. 'Maar ik klaag niet hoor, ze houden me jong.'

'Nou, dit helpt misschien dan,' zei Felicity, 'wat spulletjes van Hamish. Eieren, brood en nog zowat.' Ze hield het draagtasje in de lucht.

'Het is een goede vent, die Hamish,' zei mevrouw Smith met een glimlach. Ze keek even in het tasje en zette het toen op het aanrecht. 'Bedank hem alsjeblieft van ons. Wie is de volgende waar je naartoe moet?'

Felicity keek naar de naam die op het volgende tasje was geniet. 'Aggie!' zei ze verschrikt. Ze had gedacht dat Hamish iets bij haar zou afleveren; waarschijnlijk had ze het verkeerde tasje gepakt. Felicity voelde dat haar hart sneller ging kloppen. Na Aggies uitbarsting van de avond daarvoor in de pub, wist ze zeker dat ze de laatste persoon was die Aggie wilde zien. En omgekeerd.

'Ach, het gaat niet goed met haar, het arme mens,' zei mevrouw Smith zonder op te merken dat Felicity's stemming opeens een stuk minder opgewekt was.

'Met wie? Aggie?'

'Flinke luchtweginfectie, volgens mij. Ik denk dat het door die astma van haar komt. Ze raakt die vervelende hoest maar niet kwijt. En het duurt al zo lang.'

'Nou, dit weer helpt er ook niet echt aan,' merkte Felicity op terwijl ze naar de voordeur liepen, nadat ze alle kinderen gedag had gezegd die intussen klaar waren met hun ontbijt en bezig waren hun vuile kommen in de vaatwasser te zetten.

'Wat is uw actieplan voor de rest van de dag?' vroeg Felicity terwijl de kinderen met een bordspel op de vloer voor het haardvuur gingen zitten.

'Warm blijven.' Mevrouw Smith glimlachte. 'Maar ik weet zeker dat er hier aan het einde van de dag een heel leger aan sneeuwpoppen in de voortuin staat en er een hoop natte wanten en mutsen liggen te drogen bij het fornuis.'

Felicity liep met haar naar de voordeur. Toen ze weer buiten in de sneeuw stond, verzamelde ze moed en ging ze op weg naar Fox Hollow Cottage. Aggie en Glen, haar overleden man, hadden heel hun huwelijksleven in het huis gewoond. Glen was bijna tien jaar geleden, na een korte strijd tegen kanker, gestorven. Aggie was nooit hertrouwd en voor zover Felicity wist, woonde Fergus met zijn nieuwe gezin bij haar in huis.

Terwijl ze door de sneeuw ploeterde, zag ze een lint van rook uit de schoorsteen van het huis komen, wat betekende dat het haardvuur brandde en er iemand thuis was. Felicity was een beetje nerveus maar ze wist dat ze Fergus waarschijnlijk niet tegen het lijf zou lopen; die vertrok bij zonsopkomst naar de boerderij. Ze zou alleen te maken krijgen met Aggies scherpe tong, als ze op gisteravond moest afgaan. Het enige wat ze hoefde te doen was beleefd zijn, het tasje afgeven en dan doorgaan met haar afleverschema. Voor ze het hekje van de voortuin opendeed, pakte ze het tasje over in haar andere hand. Het pad was schoongeveegd en bestrooid en terwijl Felicity voorzichtig naar de voordeur liep, merkte ze een paar helderrode laarsjes op dat onder een eikenhouten balk van de veranda stond. Aan de maat te zien waren ze van Esme.

Zenuwachtig blies ze haar adem uit. Gisteravond in de pub was ze nou niet bepaald hartelijk verwelkomd door Aggie, maar dit deed ze voor de dorpsbewoners en om Hamish te helpen.

Felicity liet de leeuwenkopdeurklopper tegen de deur vallen en wachtte, maar er kwam geen reactie. Ze probeerde het nog een keer – met hetzelfde resultaat. Daarom liep ze naar het voorraam om in de woonkamer te kunnen kijken. Het vuur in de haard vlamde hoog op en op een kleed ervoor lag Martha, de zwart-witte kat van de Campbells. Verder zag ze niemand, maar in de hoek stond de televisie wel aan. Toen werd haar blik getrokken door een beweging en zag ze pas dat Esme op de oude chesterfieldbank lag. Het kind huilde, de tranen rolden over haar wangen. Heel even wist Felicity niet wat ze moest doen. Maar ondanks alles, kon ze het kleine meisje niet zomaar huilend laten liggen in haar eentje. Waar was Aggie? Zonder te aarzelen liep ze terug naar de voordeur. Toen ze aan de knop draaide, ging die gelukkig meteen open.

Felicity stond in de hal. De laatste keer dat ze hier had gestaan was meer dan acht jaar geleden, maar alles leek nog precies hetzelfde: het houtenbalkenplafond, de kapstok met een heleboel jassen en mutsen in de hoek, en de antieke ladekast die vol stond met familiefoto's.

'Hallo!' riep Felicity vanuit de hal naar de openstaande deur van de woonkamer. Ze bleef stokstijf op haar plek staan en riep nog een keer. Toen keken er twee geschrokken, betraande oogjes om het hoekje.

'Hallo. Jij bent Esme, toch? Ik ben Felicity.'

Het kind keek haar met grote ogen aan en slikte een snik in. Ze knikte.

'Hé, niet huilen,' zei Felicity zacht. 'Waar is oma?'

Esme zei niets.

Felicity bukte en stak langzaam haar hand naar het meisje uit.

Esme deed hetzelfde en gaf Felicity beleefd een hand.

'Ik heb hier wat eten van Hamish voor je oma.' Felicity liet haar draagtasje aan het kind zien. 'Waar mag ik dat neerzetten?'

Esme haalde haar schouders op.

'Is oma hier?'

Deze keer knikte Esme. Ze wees naar de trap.

Felicity hoorde geen enkel geluid boven, dus riep ze nog een keer naar Aggie. 'Gaat het wel goed met je oma?' vroeg Felicity met een snelle blik van het kind naar de bovenkant van de trap.

'Oma voelt zich niet lekker. Ze slaapt.'

Felicity trok haar laarzen uit en liep met een ongemakkelijk gevoel in haar buik de trap op. Ze wist dat Aggies slaapkamer achter de eerste deur aan haar rechterhand was. Toen ze boven was, duwde ze die deur langzaam open. Aggie lag in haar bed.

'Aggie, ik ben het, Felicity. Is alles in orde?' Felicity bleef nerveus in de deuropening staan.

Aggie reageerde niet, maar Felicity kon zien dat haar borst op en neer ging. Met het gevoel dat ze zich opdrong ging ze de kamer binnen, bang voor Aggies reactie als ze haar ogen opendeed. Maar Esme was helemaal alleen, dus moest ze het risico nemen.

Felicity liep naar het bed toe en Esme kwam achter haar aan. Felicity draaide zich naar haar om en vroeg: 'Is papa naar zijn werk?'

'Ja, hij is op de boerderij, samen met oom Drew.'

Felicity wist dat Drew geen echte oom van Esme was, maar ze vond het fijn te horen dat het kind hem zo noemde.

'Ik ga eerst kijken of alles in orde is met oma, en dan gaan we papa bellen.'

Op dat moment opende Aggie haar ogen.

'Aggie, ik ben het, Felicity,' zei Felicity haastig. Ze praatte zachtjes om Aggie niet te laten schrikken.

Aggie keek Felicity strak aan en wilde iets zeggen, maar verzandde in een hoestbui.

Felicity pakte het glas dat naast het bed stond en zette dat aan Aggies lippen. Aggie nam een slok en kreeg eindelijk haar hoestaanval onder controle. Felicity zette het glas terug op het nachtkastje.

'Wat doe je hier in mijn huis?' vroeg Aggie bijna agressief. Ze zag er lijkbleek en doodziek uit.

'Het was niet de bedoeling om hier zomaar binnen te komen,' zei Felicity, 'maar ik kwam levensmiddelen van Hamish brengen en trof Esme beneden huilend in haar eentje aan.'

Nu was het Aggies beurt om gealarmeerd te kijken. 'Hoe laat is het?'

'Iets voor tienen.'

'Ik moet weer in slaap zijn gesukkeld,' zei Aggie. Ze hoestte weer.

Felicity draaide zich haastig om naar Esme. 'Oma voelt zich niet lekker en ik ga zorgen dat ze zo lekker mogelijk ligt. Kun jij het eten uit mijn plastic tasje op de keukentafel zetten, Esme?'

Esme knikte en Felicity kon haar voetstappen de trap af en naar de keuken horen gaan.

Tijdens haar volgende hoestbui spuwde Aggie een dikke geelgroene fluim met een spoor van bloed in de kom die naast haar op het nachtkastje stond. Toen ze even ophield, pakte Felicity de kom en spoelde die snel om in de badkamer, waarna ze hem weer schoon naast het bed neerzette.

'Je moet echt naar een dokter. Heb je dokter Taylor al gebeld?'

Aggie schudde haar hoofd. 'Dat is nergens voor nodig. Het gaat best.'

Felicity wist dat het helemaal niet best ging. Aggie ademde snel en oppervlakkig, ze had het benauwd. Toen ze haar hand op Aggies voorhoofd legde, voelde ze veel te warm en een beetje klam. Maar desondanks zag ze dat Aggie rilde. 'Je hebt koorts,' constateerde ze.

'Het gaat echt wel,' zei Aggie op een toon waaruit duidelijk bleek dat ze Felicity's bemoeienis niet op prijs stelde. Toen kreeg ze weer een hoestaanval. Ze sloeg haar hand tegen haar borst.

'Of je het nou leuk vindt of niet, Aggie, ik kan je hier niet zo achterlaten. Je hebt hulp nodig. Waar is Esme's moeder?'

Even leek het of Aggie iets wilde zeggen. Maar blijkbaar had ze daar de kracht niet meer voor.

'Oké, als je het goedvindt neem ik Esme nu met me mee,' zei Felicity zachtjes omdat ze het kind niet alleen wilde achterlaten terwijl Aggie er zo slecht aan toe was.

Aggie schudde haar hoofd. 'Dat kan niet. Dat wil Fergus zeker niet hebben,' zei ze haperend. Ze hijgde van benauwdheid.

'Als hij weet hoe ziek je bent, begrijpt hij dat vast wel. Ik neem Esme mee en breng haar naar mijn moeder. Jij kunt niet voor haar zorgen zolang je je zo voelt. En daarna loop ik langs dokter Taylor om te vragen of hij hier bij je komt kijken. Punt, geen discussie.'

Aggie had de energie niet om te protesteren en knikte dat ze het begreep.

'Kan ik nog iets voor je doen voor we gaan?'

Aggie schudde haar hoofd. Esme keek weer om het hoekje en Aggie stak haar hand naar haar uit. 'Felicity gaat vandaag voor je zorgen, Esme, dan kan oma eens goed uitrusten. Goed?'

Esme keek met grote ogen naar Felicity op, die zich naast haar op haar hurken liet zakken.

'Ik breng je naar Rona, dat is mijn mama.'

'Rona...' Aggie hoestte en moest even op adem komen voor ze verder kon praten. 'Rona is de mevrouw van Bonnies Theesalon.'

'O, van die lekkere taaipoppen,' zei Esme opgetogen.

'Ja, precies! Maar de theesalon is een tijdje gesloten, dus vandaag zijn er helaas geen taaipoppen,' zei Felicity.

Esme keek een beetje teleurgesteld.

'Fergus... Laat je het aan Fergus weten?' vroeg Aggie vanuit het bed.

Felicity kon zien dat Aggie bezorgd was.

'Ja, dat zal ik doen. Maak je niet ongerust. En ik zal de voordeur openlaten, zodat dokter Taylor naar binnen kan.'

'Dank je,' zei Aggie. Ze hielden elkaars blik even vast.

Felicity schudde Aggies kussens nog even op zodat ze zo comfortabel mogelijk lag, en beloofde dat ze snel terug zou zijn. Beneden hees ze Esme in haar winterjas en trok ze haar haar muts, sjaal en wanten aan, waarna ze haar rubberlaarsjes uit het portiek pakte en die aan haar voeten schoof. Met de rest van de draagtasjes in haar ene hand en Esme aan de andere, gingen ze op weg.

'De sneeuw komt in mijn laarsjes,' giechelde Esme. 'Het is zó koud.'

Felicity keek omlaag; Esme's laarsjes zakten tot over de rand in de sneeuw weg. 'Dit gaat zo niet,' zei ze. 'Er zit maar één ding op: paardjerijden!'

Esme gilde van plezier terwijl Felicity haar op haar rug nam en het kind haar armen vol vertrouwen om Felicity's hals sloeg. Felicity was blij dat Esme zich blijkbaar veilig bij haar voelde. Haar gedachten vlogen even terug naar het verleden en het overbekende verdrietige gevoel dat daarbij hoorde welde in haar op.

'Waarom is de theesalon dicht?' vroeg Esme terwijl ze over Felicity's schouder leunde om haar te kunnen aankijken.

'Omdat mijn lieve oma...'

'Is dat Bonnie?' onderbrak Esme haar.

'Ja. Omdat Bonnie ziek werd. En nu is ze er helaas niet meer,' antwoordde Felicity terwijl ze Esme stevig vastgreep zodat ze niet van haar rug afgleed.

'Bonnie maakte zúlke lekkere taaipoppen. Mmm. Ze heeft me over...' Esme stopte midden in haar zin. 'Ze heeft me over haar geheime receptenboek verteld.' Esme's ogen lichtten op en ze liet Felicity even los om haar vinger tegen haar lippen te leggen. 'Sst!'

Felicity bleef stilstaan. 'Heeft mijn oma jou verteld over haar geheime receptenboek? Dan moet je wel een heel speciale klant zijn geweest.'

Esme knikte stralend. 'Ik ging elke zaterdagochtend een taaipop bij haar halen van mijn zakgeld.'

'Vroeger, toen ik klein was, hielp ik mijn oma vaak in de keuken en dan mocht ik weleens iets maken uit dat receptenboek.'

'Wauw! Dus dat wist je, dat ze een geheim receptenboek had?'

'Ja, dat wist ik. En dat betekent dat wij allebei speciaal zijn.' Felicity draaide haar gezicht naar Esme toe, glimlachte en ploeterde toen weer verder door de sneeuw.

'Papa zegt altijd dat ik zijn superspeciale meisje ben.'

Felicity had het gevoel dat ze een stomp in haar maag kreeg. Voordat ze uit Heartcross was vertrokken, had Fergus haar ook altijd zo genoemd. Haar hart was elke keer gesmolten als hij het zei en ze voelde een steek van verdriet omdat hij dat nooit meer tegen haar zou zeggen.

'Je papa heeft vast gelijk! Nou, we zijn er,' zei Felicity terwijl ze het tuinhekje openduwde. 'Hier ben ik opgegroeid, in Heartwood Cottage.'

'Ken jij mijn papa?' vroeg Esme volkomen onschuldig.

'Ja. Toen we allebei klein waren, zaten we samen op school, maar daarna ben ik in Londen gaan wonen,' antwoordde Felicity. Ze zette Esme op de grond en maakte de voordeur open. Felicity kon haar moeder horen rommelen in de keuken.

'Denk je dat we misschien een keertje iets kunnen bakken samen uit het geheime receptenboek?' vroeg Esme terwijl ze achter Felicity de gang in liep.

'Vast wel.' Felicity zei het met een opgewekte glimlach, maar vanbinnen twijfelde ze of ze die belofte wel zou kunnen nakomen. Fergus zou er niet blij mee zijn te horen dat Esme nu met haar samen was, maar aan de andere kant zou hij, als hij in haar schoenen stond, precies hetzelfde hebben gedaan.

Felicity zag tot haar vreugde dat Rona het vuur in de woonkamer aan had gelaten. Het was warmer in huis dan toen ze die ochtend vertrok.

Rona kwam de keuken uit. 'Hé, Esme!' zei ze. 'Ik dacht al dat ik stemmen hoorde.' Ze wierp een vragende blik op Felicity.

'Kom, doe je jas maar uit,' zei Felicity terwijl ze Esme's sjaal en muts al afdeed.

Rona nam het kind mee de kamer in en zei: 'Ga maar lekker bij het vuur zitten.' Toen draaide ze zich meteen om, stapte de gang weer op en trok de deur achter zich dicht. 'Wat is er aan de hand?' vroeg ze fluisterend.

Felicity liet een zucht ontsnappen. 'Ik was de boodschappen voor Hamish aan het rondbrengen en trof Aggie ziek in bed aan.'

'Hoe ziek?'

'Ze hoest veel slijm op. En volgens mij heeft ze ook koorts.'

'Ze is al een tijd niet in orde.'

'Ik heb haar beloofd dat ik langs dokter Taylor zou gaan. Esme zat helemaal in haar eentje beneden en ik kon haar daar niet zo achterlaten. Aggie was er te slecht aan toe om voor haar te zorgen.'

'En ze liet je Esme zomaar meenemen?' De verbazing in Rona's stem was overduidelijk.

'Ik heb haar de keus niet gegeven. Aggie heeft hulp nodig.'

'Dat heb je goed gedaan,' zei Rona. 'Weet je wat? Jij blijft hier met Esme en ik loop wel even naar dokter Taylor.'

Felicity was stiekem blij met het voorstel van haar moeder. Ze was al sinds zonsopgang op de been en zo kreeg ze even de tijd om uit te rusten. Bovendien was het een perfecte kans om Esme wat beter te leren kennen. 'Weet je het zeker?'

'Ja, natuurlijk. En als ik bij de praktijk vandaan kom, ga ik even langs Aggie om te kijken of ik iets voor haar kan doen.' Rona griste haar jas van de trapleuning, stak haar voeten in haar laarzen en opende de voordeur. 'Hé, het lijkt of het is gestopt met sneeuwen.'

'Dat is pas net dan. Mam, wil je dit tasje meenemen? Het is voor de dokterspraktijk. Theezakjes en melk en zo.'

Rona knikte, pakte het tasje aan en trok de voordeur achter zich dicht.

Toen Felicity de woonkamer binnenkwam, had Esme haar weg al gevonden; ze had de kist met spelletjes onder de kast ontdekt en zat een legpuzzel te maken voor de haard.

Felicity stond even naar haar te kijken. Het was een prachtig kind om te zien; het evenbeeld van haar vader, vond ze, haar neus en mond leken precies op die van hem.

Esme keek op en glimlachte. 'Wil je me helpen met deze puzzel?'

'Jazeker, maar wat vind je ervan als ik eerst een kop lekker warme chocolademelk voor ons maak?'

Esme keek haar blij aan en Felicity liep naar de keuken, waar ze de ketel op het vuur zette. Vijf minuten later zette ze een blad met twee bekers chocolademelk op de grond naast Esme en liet ze zichzelf naast het kind op het kleed zakken.

'Hoe is het om in Londen te wonen?' vroeg Esme. 'Woon je in een heel groot huis en ben je bij de koningin op bezoek geweest?'

Felicity grinnikte zacht. 'Nee, ik woon niet in een heel groot huis, maar in een flatje en ik ben al heel vaak langs het paleis gelopen.'

'Papa heeft beloofd dat hij een keer met me naar Londen gaat.'

'Dat is leuk.'

'En dan komen we bij jou op bezoek,' zei Esme hoopvol.

'Dat kan, ja,' antwoordde Felicity, een beetje schuldig omdat Fergus dat nooit zou doen en ze een belofte deed die ze niet kon houden. 'Maar Londen is heel groot, daar is heel veel te doen.'

'Wat gaan we vandaag doen?' vroeg Esme terwijl ze het laatste puzzelstukje op zijn plaats legde. Ze roerde met haar lepel door de chocolademelk.

Felicity dacht even na; ze wist dat ze de boerderij moest bellen om Fergus te laten weten dat Esme bij haar was, maar ze wist ook hoe hij zou reageren en genoot ervan even tijd met het kind door te brengen; een uurtje later kon geen kwaad en bovendien kon hij dan ook wat langer doorwerken.

'Ik weet precies wat we kunnen gaan doen.' Felicity stond op en stak haar hand naar Esme uit, die het meisje meteen vastpakte. 'Kom maar mee,' zei ze met een glimlach. 'Ik heb een plan.'

Felicity nam Esme mee naar de keuken en zette daar de ketel op het vuur, waarna ze de deur naar de theesalon opendeed.

Esme keek met grote ogen om zich heen. 'Gaan we iets bakken?'

'De theesalon is al een tijdje gesloten, dus het is nog een beetje te stoffig om al te gaan bakken, maar alles op zijn tijd,' antwoordde Felicity, terwijl Esme op een van de tafeltjes klom en haar benen over de rand liet bungelen.

'Eerst hebben we muziek nodig. Zonder muziek kun je niet werken.'

In de hoek stond Bonnies oude radio. Ze had liever een eenvoudig apparaat gehad dat ze gewoon aan en uit kon zetten en waarop ze gemakkelijk een zender kon zoeken, dan iets met allerlei ingewikkelde technische snufjes. Felicity stak de stekker in het stopcontact en rende toen terug naar het fornuis om de fluitende ketel van het vuur te redden.

Terwijl ze heet water in een emmer goot en een paar sponsdoekjes pakte, sprong Esme van de tafel en begon met een stoffer als microfoon in haar hand, mee te zingen met de radio. Felicity moest erom lachen. Het kind had duidelijk pit.

'Pfft, het is vermoeiend om een popster te zijn,' giechelde Esme toen het nummer afgelopen was. Ze maakte een diepe buiging.

Felicity applaudisseerde. 'Als je beroemd bent, sta ik vooraan in de rij voor een concertkaartje. Je zingt heel goed!'

'Ja, dat zegt papa ook altijd.'

'En mama?' Het was eruit voor ze het wist.

Esme staarde alleen naar de vloer en Felicity begon snel over iets anders. Blijkbaar was er iets met Esme's moeder.

Ze kon zich elk woord nog herinneren van het telefoongesprek met haar moeder waarin ze had gehoord dat Fergus zijn leven weer had opgepakt en een kind verwachtte. Dat gesprek schoot nu weer door haar hoofd. En de pijn die als een mes door haar heen was gegaan. Ze was er zo door geraakt geweest dat ze even geen adem had kunnen halen. Ze had helemaal niet gewild dat hij zijn leven weer oppakte, ze was geschokt en jaloers dat hij plotseling alles had waar ze samen van hadden gedroomd. Ze had geweten dat dat ooit zou gebeuren, maar voor haar was het veel te snel geweest en ze had er niets meer over willen weten. Nu drong het tot haar door dat ze geen idee had wie Esme's moeder was en of Fergus nog een relatie met haar had.

De enige manier waarop *zíj* verder had kunnen gaan met haar leven, was door Fergus en zijn nieuwe gezin volkomen uit haar leven te bannen. En nu was ze hier met Fergus' kleine meisje, dat exact het kind was waarvan Felicity ooit had gedroomd, voordat die droom wreed in rook opging.

Felicity verbrak de stilte door snel de stoffer uit Esme's hand te pakken en zei: 'Vandaag, Esme Campbell, gaan wij iets heel bijzonders doen!'

'Echt?' Het meisje keek met een glimlach naar haar op.

'Zeker wel!' Felicity maakte een weids gebaar. 'Wat vind je ervan om me te helpen het hier weer te veranderen in de theesalon waar we allebei zo van houden?'

Felicity piekerde al sinds ze thuis was over haar leven in Londen. Dat was danig veranderd in het laatste halfjaar; haar werk beviel haar niet langer, ze had het uitgemaakt met haar vriend en vroeg zichzelf af of het geen tijd werd voor iets heel anders.

Vanmorgen, toen ze Hamish hielp in zijn winkel, had ze zich gewaardeerd gevoeld en het fijn gevonden zich weer deel van de dorpsgemeenschap te voelen. Wat wachtte er nou werkelijk op haar in Londen? Een eenkamerflat die idioot duur was en werk waar ze een hekel aan had? Nu ze terug was in Heartcross, keek ze opeens heel anders tegen de dingen aan. Deze kleine theesalon, ooit begonnen door haar grootmoeder, was altijd een speciale plek geweest voor Felicity. En niet alleen voor haar, maar voor het hele dorp. Dat hij nu gesloten was, gaf haar geen goed gevoel.

Felicity's fantasie was al een beetje met haar aan de haal gegaan: stel dat zij en haar moeder de salon heropenden? Zodra de sneeuw weg was, zou de zaak weer kunnen floreren. Felicity overwoog zelfs om misschien compagnons te worden met haar moeder om de samenwerking officieel te maken. Ze wist dat Rona haar met open armen zou verwelkomen. Maar zou Felicity zelf, met zoveel herinneringen hier, wel in staat zijn om Fergus regelmatig tegen te komen? Daar was ze lang niet zeker van. Zelfs na acht jaar deden de herinneringen haar nog veel pijn.

Esme dacht er even over na. 'En krijgen we dan iets te drinken en een koekje als beloning?'

'Natuurlijk! Ik schenk nu wat te drinken in en als het goed is staat er nog een geheime voorraad koekjes achter in de kast.' Felicity glimlachte en begon meteen te zoeken. 'Mijn oma hield altijd iets achter de hand voor het geval al haar versgebakken spulletjes op waren. Ze vond het vervelend om de hikers zonder iets op pad te laten gaan... Ja, kijk eens!' Felicity checkte de houdbaarheidsdatum en spoelde snel een bord af. 'Pak maar wat je wilt, maar je moet wel beloven dat je vanavond je tanden extra goed poetst!' Ze keek Esme streng aan.

Esme lachte ondeugend. 'Beloofd,' zei ze.

Felicity vulde de emmer bij met koud water en maakte haar sponsdoekje nat.

'Kom, laten we achterin beginnen en dan langzaam naar de voorkant werken,' zei Felicity en ze gingen allebei aan de slag. Esme deed precies na wat Felicity deed. Ze keek en kopieerde dan elke beweging, Felicity vond het schattig, ze werd helemaal warm vanbinnen. Ze veegden, poetsten, schrobden, en dansten hun weg door de salon en meer dan een uur later stonden ze allebei met hun voorhoofd tegen het koude glas uit te rusten van het werk en te giechelen omdat de ramen besloegen van hun adem. Het was helemaal geen straf om zo aan het werk te zijn, het was juist gezellig. Na nog een halfuurtje was alles blinkend schoon. Felicity gaf Esme een high five en Esme sloeg spontaan haar armen om haar heen.

Felicity keek met trots om zich heen; dit was in elk geval één zorg minder voor haar moeder en ze hoopte dat ze er blij mee zou zijn. Dat ze nooit enig vermoeden had gehad van het feit dat haar moeder de salon had moeten sluiten en hoe moeilijk ze het had gehad, drukte zwaar op haar geweten. Ze hoopte dat dit voor Rona een duwtje in de juiste richting zou zijn om de salon te heropenen.

Bonk... bonk... bonk...

Geschrokken sprongen ze allebei op. Er stond iemand door het raam naar hen te kijken.

Fergus!

'Wat is er hier verdomme gaande?' schreeuwde hij door het glas. 'Doe de deur open.'

Felicity slikte. Fergus was kwaad, zijn gezicht was rood aangelopen.

'Je papa was natuurlijk bezorgd om je, hij wist niet dat je hier was...' zei Felicity, blij dat haar stem redelijk normaal klonk, hoewel ze vanbinnen beefde van de zenuwen. Ze was de tijd uit het oog verloren en vergeten Fergus in te lichten over Esme, zoals ze Aggie had beloofd.

Fergus stond al aan de deur te rammelen, maar Felicity moest eerst de sleutels die in de voorraadkast hingen nog gaan halen, dus holde ze weg. Toen ze de deur even later van het slot draaide, stapte Fergus meteen naar binnen. Felicity zag dat hij geïrriteerd was, zijn bovenlip trilde.

'Kun je misschien uitleggen wat hier gaande is?' vroeg hij kwaad.

Felicity wachtte even, ze was buiten adem omdat ze naar de provisiekast was gerend. Nerveus streek ze haar haar glad. Ze hoopte dat Fergus niet al een tijdje door het raam had staan kijken. Hij keek haar strak aan, wachtend op een antwoord.

'Esme, wil jij die puzzel in de woonkamer weer gaan opruimen voor me? Ik moet even met je vader praten,' zei ze eerst tegen het meisje.

Esme knikte en huppelde terug het woonhuis in.

'Ik vraag het nóg een keer: wat doe jij hier met mijn dochter?'

Felicity ademde diep in en probeerde zonder stemverheffing te antwoorden. 'Je moeder is ziek en kon niet voor haar zorgen.'

Fergus kneep zijn ogen tot spleetjes. 'Wat heeft dat met jou te maken?'

'Ik bracht vanochtend de boodschappen van Hamish rond en ontdekte toen dat Aggie ziek was. Mijn moeder is dokter Taylor gaan waarschuwen en blijft bij Aggie zitten tot hij er is of tot jij thuiskomt.'

'En jij dacht dat het wel goed was dat je dan mijn dochter mee naar huis nam, zonder dat aan mij te vragen?'

'Dat was eigenlijk niet de bedoeling. De tijd is gewoon voorbijgevlogen terwijl wij hier aan het schoonmaken waren. Ik had het niet in de gaten. En trouwens, jij moest toch werken.' Felicity wist dat het daar niet om ging en dat ze naar de boerderij had moeten bellen om hem op de hoogte te stellen. Hij had alle recht om kwaad op haar te zijn.

Fergus blies zijn adem uit.

'Je moeder is ziek. Verwacht je dat ik Esme daar dan gewoon achterlaat en het haar zelf maar laat uitzoeken?' vroeg Felicity, een beetje geërgerd omdat hij haar kant van het verhaal niet begreep.

'Nee, ik verwacht dat je dan naar de boerderij belt en haar daar bijvoorbeeld naartoe brengt.'

Dat was Felicity eigenlijk ook van plan geweest, maar het was zo gezellig geweest met Esme. Ze was een grappig, lief en nieuwsgierig kind en de tijd was ongemerkt voorbijgevlogen.

Op dat moment kwam Esme de theesalon weer in, ze had haar jas al aan en haar rubberlaarzen in haar hand.

'Papa, het was zo leuk! Mag ik morgen als oma nog ziek is weer hierheen? Mag Felicity dan weer op me passen?'

Felicity zag dat Fergus' stekels overeind gingen staan.

Hij bekeek zijn dochter even en glimlachte naar haar. 'Kom, laten we maar eens gaan kijken hoe het met oma is.'

Esme stapte in haar laarzen en Fergus liep met haar naar de deur van de theesalon. Daar draaide hij zich om en zei: 'Laat me alsjeblieft met rust zolang je hier bent.'

Fergus en Felicity wisselden een blik.

Zijn woorden sneden door haar ziel. Ooit waren ze zo close geweest en nu leken ze wel twee vreemden voor elkaar. Felicity vond het vreselijk. Ze wist dat hij gekwetst was dat ze zomaar naar Londen was vertrokken. Ze waren een stel geweest en hadden zoveel meegemaakt samen, maar Felicity was verlamd geweest van verdriet en had zichzelf ervan overtuigd dat ze nooit genoeg zou zijn voor hem. Fergus had altijd kinderen gewild; ze hadden vaak zitten fantaseren over hoeveel kinderen ze wilden en zich er zelfs een voorstelling van gemaakt hoe ze eruit zouden zien.

Maar nadat Felicity haar tweede miskraam had gehad en ze hun tweede kindje was kwijtgeraakt, had de dokter bevestigd dat ze waarschijnlijk nooit moeder zou worden. Dat had haar volkomen gebroken. Haar wereld was in één seconde kapot.

Destijds had ze geen rekening gehouden met Fergus' gevoelens. Ze was helemaal van de kaart geweest, bang voor de toekomst en had oprecht geloofd dat Fergus zonder haar beter af was.

Op oudejaarsavond had ze de beslissing genomen te vertrekken en hoewel ze dat verschrikkelijk verdrietig vond, had ze het gedaan omdat ze Fergus daarmee de kans gaf alsnog vader te worden en kinderen te krijgen, al was het dan niet, zoals ze hadden gepland, met haar. En hoewel ze hard had geprobeerd een leven zonder hem op te bouwen, moest ze nog vaak aan hem denken.

Zodra de deur van de theesalon achter Fergus en Esme dichtviel, barstte Felicity in snikken uit.

7

Isla's avondje samen was onovertroffen. Ze opende de deur van Foxglove Farm met een brede glimlach en hoewel ze bijna negen maanden zwanger was, had ze alles uit de kast gehaald en was de eettafel feestelijk gedekt.

'Moet je nou zien, het lijkt wel Kerstmis,' zei Felicity terwijl ze Isla een kus op haar wang gaf en een glas wijn van haar aannam.

'Ik dacht dat ik jullie maar beter kon verblinden met een mooi gedekte tafel omdat het menu zeer eenvoudig is: de curry die we gisteravond eigenlijk op zouden maken.'

'Hoop je de kleine met kruidig eten aan te sporen op de wereld te komen?' vroeg Felicity.

'Zoiets ja,' grinnikte Isla.

Drew verscheen in de deuropening, half verwikkeld in een stoeipartij met Finn. Het jongetje begroette Felicity, gaf zijn moeder een kus en rende de trap op.

'Ik breng hem wel naar bed, genieten jullie meiden maar van jullie avondje.'

'Dank je,' zei Isla. Ze stond samen met Felicity voor het raam naar het fantastische uitzicht over de velden te kijken – kilometers ongerepte sneeuw en kale winterbomen die schitterden met bevroren rijp.

'Sneeuw heeft iets romantisch,' merkte Felicity op nadat ze een slokje wijn had genomen. 'Ik heb sinds ik hier ben vertrokken niet meer zulke sneeuw gezien.'

'Ik kan uren naar de vlokken zitten kijken, ja, maar het is niet goed voor het dorp, zoveel sneeuw, en al helemaal niet als we daardoor afgesneden zitten van de rest van de wereld. Ik hoop dat het snel gaat dooien en de kinderen weer naar school kunnen.'

'Ging het een beetje met Finn vandaag?'

Isla rolde met haar ogen. 'Het is doodvermoeiend, vooral met dit lijf van me. Ik heb opgezwollen enkels en word gek van het maagzuur.'

In Felicity's ogen zag Isla er stralend uit. Haar haar zat leuk en ze was perfect opgemaakt. Ze had een bepaalde glans om zich heen hangen – zwanger zijn stond haar goed.

'Maar laten we het niet langer over mij hebben,' veranderde Isla van onderwerp terwijl ze samen de woonkamer binnenliepen en op de bank gingen zitten, 'maar over jou. Jij hebt een spannende dag achter de rug, hoorde ik.'

'Nieuws gaat hier als een lopend vuurtje.'

'Sommige dingen veranderen nooit in dit dorp.' Isla gaf een kneepje in Felicity's knie en glimlachte.

'Van wie heb je het gehoord?'

'Fergus belde Drew er vlak na. Ik denk dat we allemaal verbaasd waren dat Aggie zomaar toestond dat je Esme meenam.'

Felicity wist dat Aggie weinig keus had gehad. 'Omdat we allemaal weten dat ik nou niet bepaald haar favoriete persoon ben...'

'Nee, maar ze voelde zich helemaal niet goed en je wilde natuurlijk ook niet dat Esme daar alleen was,' onderbrak Isla haar.

'Precies. En Esme was heel gezellig. Ze is echt een leuk kind. We hebben de theesalon een flinke schoonmaakbeurt gegeven. En dat zette me aan het denken...'

'O god! We weten allemaal hoe gevaarlijk het is als jij gaat denken,' zei Isla. 'Dan ben je opeens jaren weg!'

'Haha, heel grappig.'

'Vertel eens, wat heb je zitten denken?'

'Dat mijn leven in Londen niet bepaald je van het is,' bekende Felicity aan haar vriendin.

Isla schoof naar voren op de bank en legde haar hand zachtjes op haar dikke buik. 'Hoe bedoel je, niet je van het?'

'Precies wat ik zeg: ik heb genoeg van het snelle leven. De droom is niet bepaald uitgepakt zoals ik hoopte. Eigenlijk was het nooit echt een droom.'

'Flick, hoe kom je hier nou opeens op?'

'Hier thuis zijn, oma's dood, zien hoe moeilijk mama het heeft, maar vooral omdat het tot me is doorgedrongen dat ik Heartcross alle vrienden en vriendinnen hier heb gemist.' Felicity knipperde de tranen in haar ogen weg.

'Niet gaan huilen, hoor.' Isla wapperde met haar hand voor haar gezicht. 'Dan begin ik meteen mee te janken. Ik huil om alles tegenwoordig.'

'O, sorry, dat was niet de bedoeling.' Felicity ademde diep in. 'Maar vanmorgen... Toen Esme en ik aan het poetsen waren, begon ik te denken...'

'Wat?'

'Nou, over oma en hoe de theesalon haar passie was. Het is triest hem nu gesloten te zien en ook al hebben we er alleen maar schoongemaakt, het ziet er al een stuk beter uit; het leeft er weer. Ik kon oma zo achter de toonbank zien staan, gezellig kletsend met de klanten. En ik heb ook over mama zitten denken. Ik voel me zo schuldig dat ik haar in de steek heb gelaten en er niet voor haar was toen ze het moeilijk had. Het moet heel wat voor haar zijn geweest om de theesalon te sluiten.'

'Dus? Waar wil je naartoe?'

'Dat ik het misschien een beetje goed kan maken... Voor allebei... Misschien is dit het duwtje dat ik nodig had om naar huis te komen en het verleden onder ogen te zien. En de toekomst.'

'Probeer je me nou te vertellen dat je overweegt naar huis te komen en de theesalon opnieuw te openen?' Toen het kwartje viel, verscheen er een stralende glimlach op Isla's gezicht.

Felicity knikte. 'Ik geloof dat dat precies is wat ik probeer te zeggen, ja. Of vind je dat een krankzinnig plan?'

'Krankzinnig?' riep Isla uit. 'Ik vind het een briljant plan en ik weet zeker dat Rona een gat in de lucht springt. Het moet best beangstigend voor haar zijn om de salon in haar eentje te heropenen, zonder Bonnie naast zich. Heb je het er al met haar over gehad?'

Felicity schudde haar hoofd. Ze had erover lopen te peinzen, maar dit was de eerste keer dat ze haar plannen tegen iemand anders vertelde.

Op dat moment werd er aangebeld. 'Daar heb je Allie,' zei Isla, terwijl ze probeerde van de bank op te staan. 'En maak je niet ongerust, stiekem is ze blij dat je terug bent.'

'Isla, zeg alsjeblieft nog maar niks over mijn plannen, ik moet het er eerst met mama over hebben.'

'Ik zwijg als het graf,' zei Isla.

Ze hoorden de voordeur opengaan en Felicity voelde zich een beetje nerveus over hoe de avond verder zou verlopen met Allie erbij.

'Sorry, ik heb mezelf maar binnengelaten, want ik weet hoe lastig je opstaat van de bank, Isla. Jullie hadden het toch niet over mij?' Allie stond in de deuropening en keek Isla glimlachend aan. Ze hield een fles wijn en een fles frisdrank omhoog. 'En ik heb versterking meegenomen.' Ze zette de flessen op tafel en keerde zich toen naar Felicity. 'Zo, nog stééds hier?' vroeg ze sarcastisch terwijl ze Felicity recht aankeek, die zich nogal ongemakkelijk voelde.

Felicity wist dat Allie het verleden nooit zomaar zou vergeten. Ze moest altijd het laatste woord hebben.

Isla wierp Allie een geërgerde blik toe. Het enige wat ze wilde was een avond zonder problemen. Ze hoopte dat alles weer koek en ei zou worden tussen hun drieën.

'Tuurlijk,' zei Felicity en ze probeerde luchtig te klinken.

Allie maakte het zich gemakkelijk op de stoel tegenover Felicity en trok haar benen onder zich.

'We weten dat je in de afgelopen jaren terug bent geweest hier,' begon ze snuivend met een ontevreden uitdrukking op haar gezicht. 'Maar het is niet in je opgekomen om even gedag tegen ons te komen zeggen?'

Felicity voelde zich meteen weer schuldig. Allie had gelijk, ze was een paar keer terug geweest, maar dat was altijd heel kort geweest omdat ze bang was Fergus tegen te komen.

'Ik was er nog niet aan toe om iemand te zien.'

'Niet eens je vriendinnen die er al sinds de eerste klas van de lagere school voor je zijn?'

Felicity wist dat Allie iets op haar lever had en niet zou opgeven, maar ze wilde ook geen ruzie met haar. Zij had het moeilijk gehad, maar Allies reactie was volledig verdiend. Toen ze zo overhaast uit Heartcross was vertrokken had ze alles achter zich proberen te laten omdat ze haar eigen verdriet niet aankon en dat haar de enige mogelijkheid leek om erbovenop te komen. Ze had er niemand pijn mee willen doen, maar dat was wel gebeurd.

Felicity wist niet wat ze moest zeggen en er viel een ongemakkelijke stilte.

'Het ene moment zitten we op oudejaarsavond allemaal met elkaar feest te vieren, en het volgende ben je bijna acht jaar verdwenen! Je had ons niet eens verteld dat je wegging!' Allie liet het onderwerp niet los.

'Ik kon niet anders. Ik kon echt niet anders,' reageerde Felicity, starend in haar wijnglas. Ze wenste dat ze dit gesprek niet hoefde te voeren. Wat kon ze zeggen? Er viel niets aan te veranderen, het was nu eenmaal gebeurd.

'Ik was gekwetst, Flick. Wij allemaal,' zei Allie terwijl ze Felicity aankeek.

'Dat snap ik, Allie, en het spijt me, maar ik was heel verdrietig toen en kon een toekomst hier niet aan. Maar het was absoluut niet de bedoeling jou daarmee te kwetsen.'

'En het ging niet om jou, Allie,' voegde Isla er met een waarschuwende blik aan toe. 'We weten allemaal dat Flick haar eigen redenen had om weg te gaan uit het dorp en het is niet aan ons om dat te veroordelen of er een kwestie tussen ons drieën van te maken.'

Allie staarde Isla aan.

'Het enige wat ik wil zeggen is...' Isla ademde diep in. 'Het is allemaal lang geleden gebeurd en het doet er niet toe hoe vaak we elkaar zien of spreken, ik weet zeker dat we de draad zó weer oppakken. We zijn al zo lang met elkaar bevriend.' Ze hield Allies blik vast. 'Het heeft geen zin om in het verleden te blijven hangen en elkaar verwijten te maken, dat lost niets op. We moeten allemaal vergeven en vergeten.'

Isla was altijd de verstandigste geweest.

Het was even stil en toen zei Felicity: 'Het spijt me echt, Allie. Ik weet dat ik je pijn heb gedaan door geen contact te houden, maar het was een moeilijke tijd voor mij en voor Fergus – dat weet je. Het heeft lang geduurd voor ik de situatie kon accepteren en als ik eerlijk ben, doet het elk jaar dat voorbijgaat een beetje meer pijn dat ik nooit...' Felicity 's stem haperde.

Isla kneep zachtjes in Felicity's knie. 'Je hoeft je nergens voor te verontschuldigen. Jij moest doen wat je nodig had en als dat betekende dat je hier weg moest om het aan te kunnen, nou, dan is dat zo... Dat begrijpen we, toch, Allie?'

'We waren vriendinnen, we hadden geen geheimen voor elkaar. En opeens verdween je gewoon. We zouden je gesteund en geholpen hebben het te verwerken.' Allies stem verzachtte wat. 'Wat hebben we verkeerd gedaan?'

'Niets. Helemaal niet,' antwoordde Felicity meteen. 'Ik moest gewoon leren de consequenties te aanvaarden en ermee om te gaan.'

'Laten we geen ouwe koeien uit de sloot halen. Het verleden is het verleden en we kunnen ons, omdat we nooit in Felicity's schoenen kunnen staan, niet voorstellen wat het voor haar betekent.' Isla glimlachte naar Allie. 'Zo'n vriendschap als de onze blijft eeuwig bestaan.' Ze keek Felicity aan en vervolgde: 'We zullen er altijd voor je zijn, zelfs al hebben we je jaren niet gezien.'

Felicity voelde zich opgelucht dat Isla zo duidelijk aan haar kant stond; ze was altijd lief en invoelend geweest en veroordeelde nooit iemand. Allie was een lastigere kluif, maar uiteindelijk werd ze altijd toegeeflijker. 'En voor de duidelijkheid: jullie zullen altijd mijn beste vriendinnen zijn,' zei Felicity. 'Hier weer met jullie zitten is... Ook al krijg ik op mijn kop van je, Allie,' Felicity glimlachte een beetje ondeugend naar haar, 'heerlijk. Ik heb jullie gemist.'

Allie zat duidelijk te peinzen hoe ze zou reageren en Felicity was blij toen ze haar mondhoek een beetje omhoog zag gaan. 'Ik heb je ook gemist, Felicity.' Ze gebaarde naar Isla. 'Wij allebei. En het is fijn dat je er bent. Je ziet er goed uit.'

'Dank je,' zei Felicity. Nu het gesprek de goede kant op ging, ontspande ze eindelijk een beetje.

Ze namen allemaal een slokje uit hun glas, waarna Allie Felicity grijnzend aankeek. 'En ik hoor dat je nog maar twee minuten terug bent en nu al een enorme chaos in het dorp hebt veroorzaakt... zomaar een kind ontvoeren!'

Felicity's mond viel open en ze begon al te protesteren, toen Allie zei: 'Grapje! Maak je niet druk! Ik kwam Rona tegen en ze vertelde dat Aggie het flink te pakken heeft.'

'Ze komt maar niet van die kou van haar af, Drew zei dat het een ernstige luchtweginfectie is,' zei Isla met een bezorgd gezicht.

'Toen ik langs haar huis liep, kwam dokter Taylor net van haar vandaan. Ze moet naar het ziekenhuis, maar er kan niemand over de brug. Er ligt te veel sneeuw.'

'Het gaat hopelijk gauw dooien,' zei Isla, 'maar als de temperatuur onder nul blijft, duurt dat nog dagen.'

'Wat doen ze morgen met Esme?' vroeg Felicity, nu ze wist dat Aggie niet in staat zou zijn voor het kind te zorgen.

'Ik heb aangeboden om overdag op haar te passen. Als Finn toch thuis is, kan ik Esme er net zo goed bij hebben.'

Felicity begreep niet precies waarom, maar ze voelde een steek van teleurstelling. Ze wist dat het belachelijk was en dat Fergus zijn dochter nooit meer bij haar achter zou laten, maar ze had genoten van haar tijd met Esme; ze had echt een klik gehad met het meisje.

'Maar dat is toch veel te veel voor je in jouw conditie? Hoe zit het met Esme's moeder, waarom kan zij niet voor haar zorgen? En waar wás ze vandaag eigenlijk?'

Isla en Allie draaiden allebei hun hoofd met een ruk naar haar toe en staarden haar met grote ogen aan.

'Wat? Wat heb ik gezegd?'

'Je weet het niet?' Allie wisselde een ongeruste blik met Isla.

'Wat moet ik weten?' vroeg Felicity. Ze werd bekropen door een onheilspellend gevoel.

Allie blies haar adem uit.

'Nou, zeg het dan!' spoorde Felicity hen aan. Ze had geen idee wat er zo moeilijk was om te vertellen.

'Vlak na de geboorte van Esme is Lorna... Esme's moeder... eh... overleden,' zei Isla zachtjes.

Het duurde even voordat Isla's woorden tot Felicity doordrongen, ze was er een tijd stil van. 'Hoe... Wat?' Ze kon het niet geloven.

'Hartstilstand. Volkomen onverwacht en verschrikkelijk natuurlijk. Ze kon niet worden gered.'

‘Het hele dorp was in de rouw,’ voegde Allie er verdrietig aan toe. ‘Lorna was echt een schat van een vrouw.’

Er glinsterden tranen in Felicity’s ogen. ‘Wat hartverscheurend.’ Haar gedachten gingen onmiddellijk naar Fergus. Ze kon zich met geen mogelijkheid voorstellen hoe hij zo’n verwoestende tragedie had kunnen verwerken. ‘En Fergus? Hoe ging hij ermee om?’ Felicity stem trilde toen ze het vroeg.

‘Wat denk je?’ vroeg Allie. ‘Hij was er helemaal kapot van.’

‘Maar daarna heeft hij zich geweldig herpakt,’ nam Isla het gesprek over. ‘Hij heeft zijn verdriet verwerkt door zich volledig op de zorg voor Esme te storten en haar te laten voelen dat ze heel welkom was. Hij is echt een fantastische vader.’

Felicity had altijd geweten dat Fergus geweldig zou zijn als vader. Hij was geduldig, vriendelijk en had humor. Felicity werd overspoeld door allerlei emoties door het nieuws. Waarom wist ze dit niet? Waarom had niemand haar dit verteld? Maar natuurlijk kende ze het antwoord: zíj was degene die weggevlucht was uit Fergus’ leven en zíj had van haar moeder geëist dat ze niets vertelde over Fergus en hoe het met hem ging. Maar dit was echt verschrikkelijk. Ze had geen idee gehad dat Fergus nog veel méér verdriet had gehad na wat hun was gebeurd en weer ging de bekende steek van schuld door haar heen. Ze was uit Heartcross weggegaan om zichzelf te beschermen, maar nu ze wist welk verdriet Fergus had moeten meemaken, vroeg ze zich af of ze er niet voor hem had moeten zijn. Ze vond het heel erg te bedenken dat hij in zijn eentje zo’n groot verdriet had moeten verwerken. Maar aan de andere kant: wat had ze daar eigenlijk aan kunnen doen?

‘Waren ze getrouwd?’ vroeg ze.

Allie schudde haar hoofd. ‘Nee.’

‘Maar Fergus wilde haar vragen… Hij had er tegen Drew iets over gezegd… Maar toen…’ zei Isla.

Felicity wist niet goed wat ze daarvan vond; het voelde een

beetje triest, maar ze besefte dat dat natuurlijk niet gerechtvaardigd was. Als tieners hadden Fergus en zij elkaar beloofd altijd bij elkaar te blijven, en dat had ze toen oprecht gemeend en geloofd. Fergus had haar toen ook ten huwelijk gevraagd en het was het meest romantische aanzoek geweest dat ze zich had kunnen voorstellen. Hij had een liedje voor haar geschreven en dat in een volle pub voor haar op de piano gespeeld. Iedereen had hun het perfecte stel gevonden, totdat ze was weggevlucht en hem alleen had achtergelaten. Terwijl ze er nu aan terugdacht, ging er een vlaag van jaloezie door haar heen omdat hij zijn leven weer had opgepakt en opnieuw verliefd was geworden. Maar wie was zij om jaloers te zijn, na alles wat hij had meegemaakt? Het was acht jaar geleden dat ze een stel waren geweest. Zij had haar kans om samen met Fergus te zijn volkomen verknald. De tijd was verdergegaan en de dingen waren veranderd. Maar heel diep in haar hart wist ze dat ze nog steeds, na al die tijd, heel veel voor hem voelde – en ze wist niet of ze wel de kracht had zich daartegen te verzetten.

8

Felicity lag de hele nacht te woelen en te draaien. Ze had geen idee of dat nou kwam omdat het ijskoud was in huis of door het feit dat Fergus constant in haar hoofd zat. Het resultaat was hetzelfde: ze had nauwelijks een oog dichtgedaan.

Bibberend liep ze de trap af. Ze kon haar moeder al bezig horen in de keuken. Het haardvuur in de woonkamer brandde en verspreidde een welkome warmte. Felicity bukte en hield haar handen uit naar de vlammen.

'Goed geslapen?' vroeg Rona vanuit de keuken.

'Niet echt, en toen ik eindelijk sliep, werd ik weer wakker omdat ik zo ongeveer in een klomp ijs was veranderd. Die sneeuw moet echt gaan smelten, zodat die ketel gerepareerd kan worden. Dit kan zo niet.' Felicity deed haar best om te stoppen met klappertanden terwijl ze terugverlangde naar de luxueuze temperatuur in haar flatje in Londen. Maar hoewel de gedachte aan warmte heel aantrekkelijk was, was haar flatje slechts een plek om te wonen en niet haar thuis.

'Hier, ik heb thee voor je gemaakt en de ketel staat op om je te wassen.'

Felicity knikte dankbaar. 'Wat voor weer is het?' vroeg ze met een blik door het raam.

'Het sneeuwt niet meer en de zon schijnt. Dus gaat het waarschijnlijk dooien.'

'Godzijdank.'

Rona vouwde haar handen om haar beker warme thee en staarde door het raam naar Love Heart Lane. Rory vertrok net naar zijn werk en ze zwaaide toen hij langsliep.

'Wat ga je vandaag doen?' vroeg Felicity.

'Ik heb dokter Taylor beloofd dat ik vanmorgen bij Aggie langsga en hem laat weten hoe het met haar gaat.'

Felicity knikte. 'Wens haar beterschap.'

'Dat zal ik doen. En wat zijn jouw plannen voor vandaag?' vroeg Rona.

'Ik denk dat ik naar de boerderij ga om Isla te helpen met Finn en Esme omdat ze nog niet naar school kunnen.'

Rona nam haar dochter aarzelend op. 'Ik weet niet of Fergus dat een goed idee zal vinden, vooral na gisteren.'

Felicity wist al dat Fergus dat geen goed idee zou vinden, maar toch moest ze erheen. Ze wilde Esme zien en meer tijd met haar doorbrengen.

'Nou, ik help Isla ermee. Dat is alles,' reageerde Felicity, hoewel ze eigenlijk niet wist wie ze probeerde te overtuigen.

Maar Rona was niet achterlijk. 'Fergus heeft in zijn leven genoeg op zijn bord gehad, zonder dat jij daar terwijl je thuis bent nog meer problemen aan toevoegt.'

Felicity werd rood. Ze opende haar mond om iets terug te zeggen en deed hem ook weer dicht.

'Hij zal je er niet dankbaar om zijn, weet je,' zei Rona, terwijl ze Felicity's blik vasthield.

'Isla en Allie hebben me over Esme's moeder verteld,' zei Felicity zacht.

'En dat is precies waarom hij niet wil dat jij je ermee bemoeit.'

'Waarschuw je me nou?' De toon waarop haar moeder het zei irriteerde Felicity; alsof ze een kind was dat op haar vingers werd getikt.

'Ik zeg alleen dat je de boel niet overhoop moet halen. Er is heel wat gebeurd sinds jij hier weg bent en Fergus heeft zijn leven eindelijk weer een beetje op de rit.'

Felicity ging er verder niet op in. 'Hoe heeft hij Lorna leren kennen?'

Rona blies haar adem uit. 'Ik dacht dat je helemaal niets meer over Fergus wilde weten. Dat heb je zelf gezegd!'

'Het kan veranderen,' zei Felicity een beetje mokkend terwijl ze een paar houtblokken op het vuur gooide.

Rona vermande zichzelf. 'Er zat een groep hikers in Julia's B&B en het weer was ongeveer zoals nu: er was een sneeuwstorm en alle hikers zaten hier vast... Lorna was er een van. Op een gegeven moment zaten ze allemaal in de theesalon, ik herinner me mama's gezicht nog heel goed; enthousiast over de plotselinge drukte en in paniek omdat we maar met zijn tweeën waren. Lang verhaal kort: Lorna kwam ons helpen. Ze stond op en kwam naar achteren. En daarna was het zo gepiept.'

Felicity begreep het niet. 'Maar hoe kunnen Fergus en zij dan een stel zijn geworden terwijl zij hier alleen voor een hikingtocht in de bergen kwam?'

Felicity kende die uitdrukking op het gezicht van haar moeder: ze probeerde te bedenken hoe ze de boodschap zo tactisch mogelijk kon formuleren. 'Zeg het nou maar gewoon, mam.'

'Lorna vond het zo fantastisch hier dat ze besloot te blijven.'

'Je besluit niet zomaar om in Heartcross te gaan wonen, mam, we zitten hier kilometers van de bewoonde wereld vandaan,' protesteerde Felicity.

'Nou, Lorna besloot dat wel. Ze woonde in de stad en werd verliefd op de Schotse Hooglanden.'

'En op Fergus,' vulde Felicity een beetje moedeloos aan. 'En waar heeft ze dan gewerkt? Je kunt toch niet zomaar ergens gaan wonen als je geen baan hebt.'

Rona zweeg.

'Wat is er nou zo lastig? Wat hou je achter?' spoorde Felicity haar moeder aan terwijl ze haar aandachtig opnam.

'Ik hou niks achter... Lorna was echt een schat en ze was dol op bakken.'

Felicity's maag kromp samen; ze wist precies wat haar moeder nu ging zeggen.

'Oma miste je heel erg toen je weg was en ze vond het fijn om Lorna om zich heen te hebben.'

'Dus kwam ze hier in de theesalon werken?' vroeg Felicity met grote ogen.

'Ja, we hadden hulp nodig en ze was de perfecte kandidaat.'

Felicity liet een trillende zucht ontsnappen.

Rona probeerde het verder uit te leggen: 'Lorna was een fantastisch mens en haar overlijden was een enorme klap. Denk aan Esme, zo'n klein baby'tje dat zonder moeder achterbleef. En Fergus verdiende het om verliefd te worden en weer gelukkig te zijn.'

Felicity wist dat haar moeder gelijk had, maar ze voelde jaloerse steekjes in haar hart.

'Waar woonde ze?' Felicity wist dat het een vraag was die er niet toe deed, maar ze moest het toch weten.

'Eerst huurde ze een kamer bij de B&B en later, toen ze zwanger bleek, verhuisde ze naar het huis van Aggie en Fergus.'

Felicity keek stilletjes voor zich uit.

'Luister, ik zeg alleen maar dat het jouw keuze was om hier weg te gaan. Jij bent mijn dochter en ik hou enorm veel van je, maar alsjeblieft, laat Fergus gewoon rustig zijn eigen leven leiden. Hij heeft Esme nu ook om voor te zorgen.'

'Ik ga echt geen problemen maken hier of zo, het was alleen nogal een schok te ontdekken dat Lorna is overleden en Fergus en Esme nu dus alleen zijn.'

'Dat weet ik... Maar alsjeblieft, doe voorzichtig aan.'

Rona stond op en liep weer terug naar de keuken; het gesprek was ten einde.

Felicity bleef achter met een hoofd dat duizelde. Ze was een beetje bang voor Fergus' reactie als hij haar op de boerderij zag, maar tegelijkertijd verheugde ze zich op het weerzien met Esme en hoopte ze meer tijd te kunnen doorbrengen met het moederloze kleine meisje.

9

Felicity ploeterde moeizaam door de sneeuw over de oprit naar Foxglove Farm toe. Het dak van het huis schitterde en de kale eikenbomen langs het pad glinsterden in het winterse zonlicht. Diep weggedoken in haar jas en met haar handen in haar zakken wierp ze een snelle blik op de schuren. Ze hoorde getimmer en een motor die startte, maar zag Drew of Fergus niet.

Toen ze aanbelde, hoorde ze binnen vrolijke kinderstemmen en daarna naderende voetstappen. Isla deed de deur open. Ze had rode wangen en veegde haar handen af aan haar schort.

'Je ziet eruit alsof je het druk hebt,' zei Felicity met een glimlach terwijl Isla de deur wijd openzwaaide en haar binnenliet.

'Pfft! Wat ben ik blij je te zien! Het is pas tien uur en ik ben nu al doodmoe. We hebben al een cake gebakken en allerlei spelletjes gedaan. Ik ben toe aan een beetje rust.'

'De hulptroepen zijn gearriveerd,' zei Felicity grinnikend. 'Ga jij maar lekker zitten dan hou ik de gelederen wel bezig.'

'Wie is het, mam?' riep Finn, die de gang in kwam, op de voet gevolgd door Esme. Zodra Esme Felicity in het oog kreeg, slaakte ze een blije kreet en rende ze naar haar toe. Ze glipte haar hand in die van Felicity en trok haar met sprankelende ogen mee naar de woonkamer. Felicity werd helemaal warm vanbinnen.

'Hoi Finn,' zei Felicity terwijl ze bij het langslopen zijn haar in de war maakte. Hij keek met een ondeugend lachje naar haar op en rende voor hen uit naar de woonkamer.

'Ga je ons helpen een dorp van lego te maken?' vroeg Esme. 'We bouwen Heartcross.'

‘Wauw, kijk nou eens!’ riep Felicity uit toen ze de woonkamer binnenging. De vloer was bezaaid met kleurige legosteentjes.

Felicity schoof voorzichtig een berg steentjes opzij zodat ze op de vloer kon gaan zitten. Finn was bezig met een brandweerkazerne zag ze, en ze vroeg aan Esme: ‘Wat ben jij aan het maken?’

‘Een theesalon.’

‘Een theesalon?’ herhaalde Felicity.

‘Ja, net als de theesalon op Love Heart Lane.’

Felicity trok haar wenkbrauwen op en keek Esme glimlachend aan. ‘Dat lijkt me een geweldig plan!’

De twintig minuten daarna werd er hard gewerkt door Felicity, Esme en Finn. Isla had een blad met thee, limonade en een paar van de cupcakes die ze die ochtend hadden gebakken gebracht, en was in slaap gevallen op de bank.

‘Wat vind je ervan?’ vroeg Felicity aan Finn terwijl ze wees op het witte huis met een theesalon op de hoek dat ze hadden gebouwd.

‘Theesalons zijn voor meisjes,’ reageerde Finn met nauwelijks een blik op het bouwsel.

‘Ik vind het prachtig!’ riep Esme. ‘Maar voordat we kunnen beginnen met thee en taartjes verkopen, moeten we ons geheime receptenboek nog schrijven,’ zei ze, zonder zich iets aan te trekken van Finns opmerking. Ze keek met een glimlach naar Felicity op en vervolgde: ‘Net zoals Bonnies geheime receptenboek.’ Felicity’s hart smolt.

‘Ja, Bonnie was een geweldige oma,’ zei Felicity overtuigd. Ze gaf een kneepje in Esme’s hand. ‘Ze heeft me alles geleerd wat ik weet over taarten en koekjes bakken.’

‘Mijn mammie kon dat ook heel goed,’ zei Esme. ‘Papa zei dat ze in de theesalon heeft gewerkt, dus kende ze jouw oma natuurlijk.’ Esme’s blik ontmoette die van Felicity.

‘Ja dat klopt, dat vertelde mijn moeder me gisteren.’

‘Papa zegt dat ze echt heerlijk waren, haar taarten.’

'Vast!' zei Felicity met een warme glimlach. Ze zag dat Esme's ogen begonnen te sprankelen als ze het over haar mammie had. Felicity vond het triest dat Esme haar moeder nooit zou kennen, maar het was duidelijk dat Fergus de herinnering aan haar levend hield. Ze vroeg zich af wat voor soort vrouw Lorna was geweest. Leek Lorna op de een of andere manier op haarzelf, van uiterlijk of van karakter? Wat had Fergus aangetrokken in haar?

Finn slenterde naar de ladekast en haalde er papier en een doos stiften uit. 'Hier, dan kunnen jullie dat boek maken,' zei hij, waarna hij zich meteen weer op de grond liet zakken om verder te gaan aan zijn brandweerkazerne.

'Zullen we aan de tafel gaan zitten?' stelde Felicity voor terwijl ze opstond. Toen ze zaten, begon Esme aan de kaft. Ze vouwde een vel papier in tweeën, zette de stiften voor haar neus en schreef met Felicity's hulp: GEHEIME RECEPTEN VAN FELICITY EN ESME, waarna ze aan een tekening van een heerlijk uitziende taart met honderden hartjes eromheen begon.

'Welk recept moet er als eerst in?' vroeg Felicity.

Esme dacht even na. 'Worteltaart,' besloot ze uiteindelijk. 'Bonnies worteltaart was altijd superlekker.'

'Ja, echt, hè?' Bij de gedachte eraan liep het water Felicity in de mond. 'Goeie keus.'

Felicity hielp Esme met het opschrijven van een lijstje van alle ingrediënten die nodig waren. Ze lachten en giechelden terwijl ze bezig waren, terwijl Finn nog steeds aan het bouwen was en Isla een dutje deed. Daarna begonnen ze aan het recept. Felicity merkte niet dat de achterdeur openging, maar hoorde Drew opeens roepen: 'De harde werkers zijn terug voor een kop thee. Nog meer mensen die iets willen drinken?'

Isla schoot onmiddellijk rechtop bij het geluid van zijn stem. 'O, sorry, ik moet in slaap zijn gevallen,' zei ze verontschuldigend. Felicity staarde naar de deur. Ze had geweten dat de kans groot was dat ze Fergus zou zien die dag, maar nu ze zijn stem steeds dichterbij hoorde komen, was ze opeens nerveus.

'Ik maak wel iets te drinken voor jullie,' riep Isla terwijl ze in de gang verdween om naar de keuken te gaan. 'De kinderen hebben cupcakes gebakken.'

'Cakejes!' riep Fergus. 'Waar is mijn kleine superster?'

Felicity schoof nerveus heen en weer op haar stoel terwijl ze zijn voetstappen hoorde aankomen.

'Hier, papa,' riep Esme. 'Ik maak een geheim receptenboek met...'

'Felicity,' onderbrak Fergus haar, verbouwereerd haar te zien.

'Ik ben hier om Isla gezelschap te houden, nu de kinderen niet naar school kunnen. Dan kan ze wat meer rust nemen,' zei Felicity haastig.

'Felicity heeft geholpen om alles wat er in een worteltaart moet op te schrijven... Kijk!' Esme stak het boek trots in de lucht zodat Fergus het kon zien.

'Dat ziet er prachtig uit,' zei hij.

'Als we het niet afkrijgen, kom je dan morgen weer hiernaartoe?' vroeg Esme met grote ogen aan Felicity, die niet wist wat ze moest antwoorden.

'Heb je even?' vroeg Fergus aan Felicity met een knikje naar de gang.

Ze stond op, liep achter hem aan de kamer uit en trok de deur achter zich dicht.

'Wat is er?' vroeg Felicity.

Fergus slikte moeizaam. 'Het is duidelijk dat Esme dol op je is, maar ik wil niet dat jullie een band krijgen.'

'Ik ben hier gewoon om Isla te helpen met de kinderen, Fergus.'

Fergus keek haar strak aan. Het viel haar op dat hij waterige ogen had, maar hij zei niets.

'Wat is er zo verkeerd aan wat ik doe?' Ze vroeg het zachtjes zodat de kinderen het niet hoorden.

'Ik wil niet dat Esme gesteld op je raakt.'

Felicity wist dat het niet het juiste moment was, maar ze wilde het nu bespreken. 'Hoezo?'

'Omdat je algauw weer vertrekt en ik dan met een kind zit dat van streek is, dat contact met je zal willen houden en... Laten we eerlijk zijn...'

'Wat bedoel je?' onderbrak ze hem.

'Je kunt míjn hart breken, maar ik laat niet toe dat je Esme verdriet doet!' Felicity was even sprakeloos bij het horen van de pijn in zijn stem. Natuurlijk wilde ze Esme helemaal geen kwaad doen. En het raakte haar dat Fergus zoiets kon denken van haar. Zijn woorden echoden na in haar hoofd.

'Ik wil je helemaal niet van streek maken, Fergus,' zei ze zacht terwijl ze haar hand op zijn arm legde.

Hij trok zijn arm weg. 'Het enige wat ik wil, wat ik nodig heb, is rust in mijn leven. Ik begrijp dat je af en toe terugkomt om je moeder te zien, maar...'

'Eh... Het kan zijn dat ik wat langer blijf dan gepland.' Felicity had geen idee waarom ze dat nu tegen hem zei terwijl er, behalve Isla, nog niemand iets van wist, maar de woorden hingen nu tussen hen in de lucht.

'Wat? Waarom? Je wilt toch zo graag in een stad wonen?'

'Een mens kan van gedachten veranderen, toch?' Felicity probeerde het luchtig te zeggen maar aan Fergus' gezicht te zien vatte hij het niet zo op.

'Dus na al die jaren is Heartcross opeens wél goed genoeg voor je?' vroeg Fergus bars.

Felicity werd zenuwachtig van de manier waarop hij keek. Ze probeerde geen emoties in haar stem te laten doorklinken, maar vanbinnen bonkte haar hart hevig. 'Dat is nooit de reden geweest, dat weet je best.'

Ze staarden elkaar een tijdje aan. Toen draaide Fergus zich zonder een woord om en beende hij terug naar de keuken, Felicity achterlatend in de gang.

Ze had gehoopt dat Fergus intussen iets minder afwerend zou zijn, maar hij had heel duidelijk gemaakt dat hij niets met haar te maken wilde hebben.

Isla kwam de gang in en gaf haar een mok thee. 'Alles oké?'

'Nee, niet echt... Fergus en ik hebben net woorden gehad en ik heb me laten ontvallen dat ik erover denk langer te blijven.'

Isla raakte zachtjes haar hand aan. 'Hij trekt wel bij. Het is een schok voor hem je na zo lang weer te zien.'

'Ik weet niet of hij wel bijtrekt.' Felicity zuchtte diep. Ze liep achter Isla de woonkamer weer in, waar Esme nog steeds opgewekt zat te kleuren.

'Denk je dat we deze worteltaart een keer echt kunnen maken?' vroeg Esme zodra Felicity binnenstapte.

'Ik weet zeker dat je, als je het aan mijn moeder vraagt, een keer mag komen bakken in de keuken van de theesalon.'

'Echt? Net als mijn mammie?'

'Net zoals jouw mammie.'

Felicity voelde zo'n warmte voor het kind. Ze kon zich niet voorstellen hoe het was om zo vroeg al je moeder te verliezen. Het was hartverscheurend. Felicity bekeek het kind terwijl ze een lijst begon te maken voor het volgende recept. Haar bruine haar viel tot net onder haar schouders en haar donkere ogen waren precies die van Fergus.

'En als hij nou niet bijtrekt?' Felicity keek Isla aan maar vroeg het heel zachtjes.

'Dat komt echt wel. Denk je serieus aan hier blijven?' Isla keek haar even schattend aan en Felicity wist opeens zeker dat ze wilde blijven en niet terug naar Londen wilde.

Isla las het in haar ogen: 'Je gaat niet terug, hè? Je hebt je besluit genomen.'

Felicity liet haar adem ontsnappen. 'Nee, ik denk van niet. Wat heeft Londen me nog te bieden? Een baan die ik niet leuk meer vind, avond na avond in mijn eentje zitten, vrienden die, behalve Polly, eerder kennissen zijn. Sinds ik terug ben...'

'Besef je hoe erg je ons hebt gemist en ga je nooit, nooit meer weg,' vulde Isla opgewekt aan. Ze straalde.

'Zoiets ja en...'

'En?'

'Zoals ik al tegen je zei, zit het me helemaal niet lekker dat de theesalon dicht is. Misschien kan ik iets goedmaken tegenover mama en oma als ik de salon nieuw leven inblaas. Ik had moeten begrijpen hoe moeilijk ze het hadden.'

'Dat zit niemand hier lekker, maar het was te zwaar voor je moeder om hem open te houden. Ze redt het niet in haar eentje. Dus betekent dat dat jij hier moet blijven om haar te helpen!'

Dat had Felicity ook bedacht. En plotseling was het idee om het familiebedrijf samen met haar moeder voort te zetten eerder opwindend dan angstaanjagend. Ze wist dat haar oma goed had kunnen leven van de opbrengsten van de salon en voor haarzelf én voor haar moeder betekende het een nieuw doel in het leven, iets om hun schouders onder te zetten. Hoe meer ze erover nadacht, hoe enthousiaster Felicity zich voelde over het hele plan.

'Dus,' zei Felicity met een glimlach op haar gezicht, 'zodra deze sneeuw smelt en de vrachtwagens weer hierheen kunnen komen, ga ik aan mama voorstellen de theesalon te heropenen. Samen.'

'En dan ga je ook weer in Heartwood Cottage wonen?'

Felicity knikte. 'Ja, dat is ook gezellig voor mama, zeker nu ze alleen is.'

Isla grijnsde breed. 'Ik vind het een perfect plan voor jou, voor Rona en ook voor mezelf! Dan heb ik een vriendin terug die elk moment kan bijspringen.'

'Pure zelfzucht dus!'

'Tuurlijk! Nee, serieus: iedereen zal blij zijn dat je weer thuis bent.'

'Iedereen, behalve Fergus,' zei Felicity somber. Ze nam een slok thee. Ze kon hem niet uit haar hoofd zetten.

'Luister, hou nou op met je zorgen om Fergus te maken. Hij heeft gewoon verdriet.' Isla wierp Felicity een warme, liefdevolle blik toe.

'Ik hoop het, want, geloof het of niet, ik vind het vreselijk dat de sfeer tussen ons zo is. Ik wil echt niet dat hij van streek is door mij.'

'Het komt wel in orde, Flick. Vertrouw me maar.'

Isla's woorden gaven Felicity een sprankje hoop. Kon ze de tijd maar terugdraaien en alles beter doen.

10

Nadat het spectaculaire legodorp was gebouwd en ze de kinderen de hele dag had beziggehouden, kuste Felicity een uitgeputte Isla op haar wang en begon ze aan de tocht naar huis. Het was nog overal wit van de sneeuw, maar de zon had flink geschenen die dag en dus begon de boel te smelten, wat betekende dat de vrachtwagens binnen enkele dagen het dorp weer konden bereiken en de boiler dan ook gerepareerd kon worden. Felicity had van de dag genoten – behalve van het gesprek met Fergus natuurlijk, waar ze een somber gevoel aan had overgehouden. Ze probeerde haar schuldgevoelens van zich af te zetten en er niet meer aan te denken.

Terwijl ze thuis de voordeur opendeed, riep ze: 'Mam, ik ben thuis!'

Rona kwam met een grote glimlach de gang in. 'Goeie dag gehad?' vroeg ze.

Felicity bleef staan. Het was niet heel warm in huis, maar veel minder koud dan eerst en ze voelde aan de radiator. Tot haar vreugde was die lauw.

'Wat is hier gebeurd? We hebben verwarming!' riep ze blij terwijl ze haar jas uittrok en haar laarzen uitschopte.

'Ja! Klopt! Leo kwam laat in de ochtend en heeft hem gerepareerd. Gelukkig kon dat nog en hoefden we geen nieuwe. Aan de andere kant van de brug schijnt de sneeuw heel snel te smelten, dus heeft hij daar zijn auto laten staan en is hij de rest komen lopen.'

Dat was goed nieuws. Felicity had er nu al genoeg van om voor alles een keteltje water op het fornuis te moeten zetten.

'Ik vind het vervelend om te vragen,' zei Rona terwijl ze de rekening aan Felicity gaf, 'maar dit is de schade.'

'Dat is echt geen probleem.' Felicity glimlachte geruststellend.

'Heb je plannen voor vanavond?' vroeg Rona terwijl ze het vuur oppookte.

Felicity schudde haar hoofd. 'Nee. Hoezo?'

'Fraser en Meredith hebben een pubquiz georganiseerd voor vanavond, gewoon, om de moed erin te houden. Heb je zin om te gaan?'

Felicity knikte. 'Tuurlijk, maar kan ik daarvoor nog even een warme douche nemen?'

'Ga je gang. Het water moet warm zijn, de ketel staat al de hele middag aan.'

Felicity verdween naar boven, terwijl Rona terugging naar de keuken.

Een halfuur later liepen ze Love Heart Lane af, op weg naar de pub. Toen ze de deur openduwden, werden ze verwelkomd door een gezellig geroezemoes. Allie zwaaide vanachter de bar en Felicity zag dat Rory naast Drew in de hoek zat, maar Fergus zag ze gelukkig niet. Die was natuurlijk thuis om voor Aggie en Esme te zorgen.

'Wat drinken jullie?' riep Allie naar Felicity.

'Twee gin-tonics graag,' riep ze terug.

Fraser zat links van de bar in een kleine nis en probeerde de microfoon te installeren die tot dan toe alleen maar een hoge piep liet horen als hij erop blies.

Allie schoof de drankjes over de bar. 'Bij welk team sluit jij je aan?' vroeg ze, terwijl Felicity de pub rondkeek.

'Hoeveel per team?' vroeg ze.

'Hoogstens zes,' antwoordde Allie.

Heather, Hamish en Julie zaten al klaar aan een tafel, ze leken de beste maatjes. Hamish was een man die allerlei nonsensweetjes kende en al zo lang Felicity zich kon herinneren in het winnende team van elke pubquiz had gezeten.

'Ik vind het prima om aan de bar te zitten en jou gezelschap te houden,' zei Felicity omdat haar dat een betere optie leek, maar Rona wilde daar niets van weten.

'Nou, wat is dat nou? Doe gewoon mee! Het is leuk, doe niet zo stijfjes.'

'Oké, oké, bij welk team gaan we dan?' reageerde Felicity, niet van plan om haar moeder teleur te stellen. Maar voordat ze dat konden beslissen, wenkte Rory hen. 'Kom maar bij ons, wij kunnen alle hulp gebruiken.'

Felicity grinnikte. 'Nou, gezien het feit dat jij veearts bent en dus een academische graad hebt, weet ik zeker dat jij meer antwoorden weet dan ik.'

'Het gaat niet om academische kennis, maar meer over weetjes, nutteloze informatie die je in je geheugen opslaat. Toch, Drew?' zei hij tegen zijn teamlid.

Rona en Felicity schoven bij hen aan en de pub begon vol te lopen. Er verzamelden zich teams om de tafels en Meredith deelde pennen en papier uit. Felicity zag dat Hamish onder de tafel Heathers hand vasthield en glimlachte. Hij verdiende geluk in zijn leven en ze hoopte dat het goed ging tussen hen.

Op dat moment kwam er een vlaag kou binnen en keek iedereen op om te zien wie er binnenkwam. Het was Fergus en Drew zwaaide naar hem.

Fergus zwaaide terug. Hij kwam naar de tafel toe en zag toen pas dat Felicity er ook was.

'Goeie dag gehad?' vroeg Rory terwijl hij hem op zijn rug klopte. 'Kom, ik haal een drankje voor je,' zei hij.

'Bedankt, man.'

Rory stond op en verdween naar de bar. Fergus liet zich naast Drew neerzakken.

'Hoe gaat het met Aggie?' vroeg Rona, terwijl Felicity zich op de achtergrond hield en zweeg. Ze voelde zich nogal ongemakkelijk, maar toverde een warme glimlach op haar gezicht.

'Ze zegt dat het goed gaat, maar die luchtweginfectie heeft haar goed te pakken.'

'Wie zorgt er nu dan voor Esme?' vroeg Felicity. Het was eruit voordat ze het wist.

Fergus keek haar aan.

'Ze eet bij Finn en na de quiz breng ik haar naar huis,' zei Drew, zich niet bewust van de spanning tussen Fergus en Felicity.

'Rona! Rona!' klonk het. Hamish wenkte haar en riep: 'Kom bij ons team en laat die jonkies het lekker zelf uitzoeken.'

'Ja, dat is misschien wel een goed idee,' zei Rona. 'Jij kunt het wel zonder mij af, toch?' vroeg ze aan haar dochter. Felicity moest haar best doen om niet teleurgesteld te kijken.

Toen Rona opstond, kwam Rory terug met een drankje. Hij schoof het biertje dat hij had gehaald naar Fergus en brulde: 'Jess! Jessica! We zitten hier!'

Toen Felicity opkeek wie er binnenkwam, was Fergus al opgestaan. Hij wachtte de vrouw met wijd geopende armen op. 'Jess, zo blij dat je er bent.'

Felicity voelde een steek in haar hart en haar opgewekte stemming verdween op slag toen ze zag hoe Fergus de vrouw een knuffel en een kus op haar wang gaf, waarna ze als vanzelfsprekend op de stoel naast hem ging zitten.

'Iets drinken?' vroeg Drew aan haar en Jessica bestelde een glas rode wijn.

'Je kent Jessica?' vroeg Rory aan Felicity. Ze schudde nee en voelde dat haar wangen knalrood werden.

'Nee, ik geloof niet dat we elkaar eerder hebben ontmoet.'

‘Ze is Finns juf,’ zei Drew terwijl hij Jessica een glas wijn aangaf en weer ging zitten.

Jessica vertrok haar lippen in de prachtigste glimlach en stak haar hand naar Felicity uit.

‘Dit is Felicity,’ introduceerde Rory haar.

Jessica’s glimlach leek een fractie van een seconde te haperen.

‘Leuk je te ontmoeten,’ zei Felicity beleefd terwijl ze haar de hand schudde.

‘Ben je hier even op bezoek? Je woont toch in Londen nu?’

Het was Felicity duidelijk dat er over haar was gepraat en ze vroeg zich af wat er over haar was gezegd.

‘Ja, ik woon in Londen en ben hier voor twee weken terug. Maar wie weet? Ik mis het hier best wel een beetje.’

Jessica en Fergus wisselden een blik en Jessica zei luchtig: ‘Ik wed dat je in Londen niet dit soort sneeuw hebt.’

‘Nee, echt niet. Niet zo hevig als dit.’

‘Nog nieuws over de school? Wanneer die weer opengaat?’ vroeg Drew.

‘Die blijft zeker de rest van de week dicht. En ik wed dat Isla daar niet blij mee is,’ zei ze met een blik op Drew.

Drew grinnikte. ‘Nee, absoluut niet.’

Jessica richtte zich tot Fergus. ‘Zeg maar tegen onze fantastische Esme dat ik morgen naar haar toe kom om op haar te passen. Reuzegezellig! Ik verheug me er enorm op.’

Het woord ‘onze’ dreunde door Felicity’s hoofd.

‘En dan kan ik morgen natuurlijk ook voor Aggie zorgen.’

Fergus boog zich naar Jessica toe en gaf haar een zoen op haar wang. ‘Dank je wel, je bent een engel. Dat is een hele zorg minder.’

‘En als ik toch op Esme pas, kun je Finn net zo goed ook brengen, zodat Isla een beetje rust krijgt,’ zei ze met een glimlach naar Drew, die haar aanbod uit naam van Isla meteen accepteerde.

Felicity voelde zich triest. Ze had dan wel besloten om terug te komen naar Heartcross, en Isla had haar met open armen verwelkomd, maar nu voelde ze zich buitengesloten. Ze hoorde er niet bij, ze was iemand die toekeek vanaf de zijlijn, terwijl niemand haar bij het gesprek betrok.

Ze had geen idee hoe Fergus en Jessica elkaar kenden, maar het was duidelijk dat het enorm klikte tussen hen. Ze waren méér dan vrienden zo te zien en dat gaf haar een rotgevoel. Plotseling drong het keihard tot haar door dat het leven in Heartcross zonder haar was doorgegaan. Fergus had de band met hun oude vrienden voortgezet en ze hadden allemaal hun eigen plek in de dorpsgemeenschap. En hoewel zij in Heartcross was geboren en getogen, was ze haar plaats hier allang kwijtgeraakt.

Iedereen schrok omdat Fraser op de microfoon tikte. Hij vroeg om stilte en het gebabbel stierf weg terwijl hij de regels van het spel begon uit te leggen.

Hamish mompelde iets en werd goedmoedig tot de orde geroepen door de tafel ernaast. Toen las Fraser de eerste vraag voor.

Alle cafégasten waren in een opperbeste stemming, behalve Felicity; ze kon zich niet eens op het spel concentreren. Haar blik bleef op Fergus en Jessica gevestigd terwijl ze werd belaagd door jaloezie. Opeens wilde ze ergens anders zijn dan in de pub. Ze probeerde een lach op haar gezicht te plakken, maar vanbinnen voelde ze zich ongelukkig omdat ze zag dat iemand anders nu op een plagerige manier met Fergus omging, zoals zíj vroeger samen deden.

Rory en Drew zaten te kibbelen over wie de antwoorden opschreef, toen Jessica de pen van hen afpakte.

Felicity dacht niet eens na over de vraag. Ze voelde zich steeds meer een buitenstaander door het gemak waarmee de anderen met elkaar omgingen.

'Nee! Dat is het antwoord niet,' zei Rory lachend. Drew en hij zaten weer goedmoedig te kibbelen.

'Het was maar een suggestie. Ik ben niet in de jaren dertig geboren, hoor. Ik zou het echt niet weten.' Hij gooide zijn handen vertwijfeld in de lucht.

'Jij nog een idee, Felicity?' vroeg Jessica.

Felicity had de vraag niet eens gehoord, dus wist ze het antwoord al helemaal niet.

'Nee, sorry. Aan mij heb je ook niet veel, hè?'

Jessica zette een streep door het nummer en ze wachtten allemaal de volgende vraag af.

Plotseling stond Allie naast de tafel. Ze ging op de stoel naast Felicity zitten.

'Alles oké?' vroeg ze zacht, toen ze zag dat Felicity zich niet leek te amuseren.

Felicity nam een slokje uit haar glas. 'Ik ben eigenlijk heel erg moe. Ik weet niet wat ik heb, maar ik denk dat ik naar huis ga en vroeg in bed kruip.'

Allie trok haar wenkbrauwen op.

Op dat moment kondigde Fraser aan dat de eerste ronde voorbij was. Er viel een korte stilte en toen begon iedereen met papieren te rommelen en weer met elkaar te kletsen.

Rory klapte in zijn handen. 'Iedereen nog wat drinken?'

'Dit rondje is van mij, Rory, jij bent me altijd voor,' zei Fergus. Hij stond op en voelde in zijn broekzak naar zijn portefeuille. 'Iedereen hetzelfde?'

Iedereen knikte, behalve Felicity, die overwoog naar huis te gaan.

Fergus keerde zich naar haar toe. 'Flick, jij ook hetzelfde?'

Felicity's hart sloeg over toen ze Fergus haar koosnaampje hoorde gebruiken en ze was even volkomen verrast. Het deed haar denken aan de tijd toen zij nog met elkaar gingen, de tijd die ze miste. 'Graag,' zei ze en ze keek toe terwijl Fergus naar de bar liep.

Allie glimlachte naar haar. 'We weten allebei dat hij een goeie vent is en niemand zou overslaan. Hij is niet kleinzielig.'

Felicity wilde iets terugzeggen, maar Fraser tikte weer op de microfoon en alle hoofden draaiden zijn kant op.

'Ik heb nieuws,' verkondigde Fraser met een brede glimlach. 'We krijgen net bevestigd dat de vrachtwagens morgen over de brug kunnen. Dus de voorraden worden weer aangevuld!'

Er ging gejuich op en er werd geapplaudisseerd.

'Godzijdank is die crisis weer bezworen,' merkte Allie op. 'We waren bijna door de voedselvoorraad heen hier.'

Om haar heen werd weer druk gepraat en Felicity wierp een korte blik op de bar. Fergus' hand lag op Jessica's onderrug en ze stonden met hun gezichten naar elkaar toe gebogen om iets te lachen samen. Ze moest meteen denken aan hoe zij altijd met hem had gelachen, de toekomstplannen die ze samen hadden gesmeed en hoe close ze vroeger waren. Ze werd overrompeld door een diep gevoel van spijt: was ze destijds maar in staat geweest het aan te kunnen, helder na te denken en te blijven om alles samen met Fergus te verwerken. Zou het dan misschien goed zijn gegaan? Maar toen dacht ze aan Esme. Nee, het zou nooit goed zijn gekomen omdat Felicity wist dat ze zichzelf altijd zou hebben gekweld met de vraag of zij alleen wel genoeg was voor Fergus. Ze kon het niet over haar hart verkrijgen dat Fergus door haar onvruchtbaarheid nooit kinderen zou krijgen. Vroeger had ze al geweten dat hij een fantastische vader zou zijn en nu wist ze dat dat ook klopte. Als ze was gebleven, was er nu in elk geval één ding heel anders geweest voor Fergus; dan had hij Esme niet gehad.

Opeens was ze in gedachten weer terug bij de dag waarop ze had ontdekt dat ze zwanger van Fergus was. Ze waren nog zo jong geweest. En zo verliefd. Fergus was dolblij geweest. Ze hadden plannen gemaakt om te trouwen en besloten dat Felicity, zodra de baby er was, bij Aggie in zou trekken en ze samen zouden gaan sparen voor een eigen huis.

Het had allemaal perfect geleken, maar vlak voor haar eerste scan had Felicity vreselijke buikpijn gekregen. En een uur later had ze onder narcose op de operatietafel gelegen en had de chirurg ontdekt dat ze een torsie en een gigantische cyste had in haar eileider – een zeldzame maar ernstige aandoening.

Ze was de baby en een eileider kwijtgeraakt en had te horen gekregen dat haar kans om zwanger te worden klein was, maar dat er wel hoop was. Fergus had voor haar gezorgd, van haar gehouden en ze hadden zich vastgeklampt aan elkaar en de dromen die ze samen koesterden.

Zes maanden later was ze opnieuw in verwachting, maar deze keer verliep het weer rampzalig. Haar zwangerschap was buitenbaarmoederlijk en de vrucht had zich in haar andere eileider genesteld, die daardoor moest worden verwijderd. Zelfs na acht jaar voelde het voor Felicity nog alsof het gisteren was dat de arts naast haar bed stond en haar het afschuwelijke nieuws had gebracht.

In eerste instantie had Felicity zichzelf verwijten gemaakt. Wat was er mis met haar lichaam? Waarom kon ze niet gewoon zwanger zijn? Daarna was ze woedend geworden en had ze hard uitgehaald naar iedereen die haar probeerde te troosten. Het was vooral Fergus geweest die daar het slachtoffer van was geweest; hij was tenslotte niet van haar zijde geweken. Toen had de paniek uiteindelijk toegeslagen en was ze halsoverkop uit Heartcross weggevlucht. Maar hoe pijnlijk het ook was, hoe verdrietig het ook was om te erkennen, ze wist dat Fergus nog steeds de liefde van haar leven was. Met niemand was ze ooit zo close geweest als met hem. En hoewel ze wist dat ze destijds de goede beslissing had genomen, begon ze te beseffen, nu ze terug was en steeds met hem werd geconfronteerd, dat haar hart nog altijd toebehoorde aan Fergus Campbell.

11

Het was zes uur in de ochtend en Felicity deed haar ogen een klein beetje open om op de klok te kijken. Ze was wakker geworden van de gierende wind en de regen die tegen het raam van haar slaapkamer aan kletterde. Met al die regenbuien zou de sneeuw zo weg zijn en ze glimlachte onder haar dekbed toen ze het gebrom hoorde van de vrachtwagens die de andere kant van Love Heart Lane passeerden, op weg naar het centrum van het dorp. Na de extreme weersomstandigheden werd er weer bevoorraad en zou het leven in Heartcross teruggaan naar normaal. De planken bij Hamish zouden worden gevuld en de winkel zou weer draaien als vanouds.

Terwijl ze nog even bleef liggen, begon Felicity te peinzen over haar terugkeer naar Londen. Ze had er echt helemaal geen zin in en hoe meer ze eraan dacht weer in Heartcross te wonen en de theesalon samen met haar moeder te heropenen, hoe enthousiaster ze werd. Op dat moment besloot ze die dag met Rona te overleggen over haar terugkeer naar huis.

Heartcross was zo veilig en vertrouwd. Ze kon niet precies zeggen waarom, maar ze voelde dat het tijd was om weer thuis te gaan wonen.

Als ze aan de theesalon dacht, zag ze haar oma onmiddellijk voor zich: met een tevreden glimlach en druk bezig. Felicity had haar nooit horen mopperen over haar werk; ze genoot van elke dag in de theesalon en had met hart en ziel al haar energie in haar kleine koninkrijkje gestoken. Felicity werd blij bij de gedachte dat ze haar grootmoeders erfenis zou voortzetten. Samen met haar moeder de theesalon openhouden was een project waar ze met geestdrift aan dacht en ze hoopte dat het voor allebei een nieuwe sprankeling aan het leven zou geven. Ze besloot het idee aan haar moeder voor te leggen zodra ze haar zag; nu de sneeuw smolt en het dorp weer bereikbaar was, konden ze aan het eind van de week al open zijn.

Dankbaar hoorde ze het geruis in de buizen van de radiatoren, wat betekende dat het huis weer een comfortabele temperatuur had en er warm water uit de kraan kwam.

Er werd op haar deur geklopt. Rona kwam de slaapkamer binnen met een kop thee. Felicity ging rechtop zitten. 'Precies wat ik nodig had,' zei ze.

'Ik was vroeg wakker van de regen.'

'Ja, het regent verschrikkelijk, maar gelukkig is het de vrachtwagens gelukt om de heuvel op te komen.'

Rona liet zich op het voeteneind van het bed neerzakken. 'Aggie is naar het ziekenhuis gebracht. De ambulance heeft haar afgelopen nacht opgehaald.'

'O nee!' riep Felicity uit.

'Het is longontsteking, denk ik.'

'Is er iets wat wij kunnen doen?' vroeg Felicity zich hardop af, ongerust over Fergus en Esme.

'Ik weet zeker dat Fergus alles goed geregeld heeft.'

Felicity knikte, maar ze wist dat ze vandaag als de wiedeweerga naar Isla zou gaan om het nieuws uitgebreid te horen.

'Als het minder hard gaat regenen, loop ik even naar Hamish om vers brood te halen,' zei Rona.

Felicity kauwde op haar onderlip en opende toen haar mond om iets te zeggen.

'Ik ken die blik, wat is er? Heb je iets nodig uit de winkel?' vroeg Rona.

'Nee, op dit moment niet, maar ik heb zitten denken...'

Rona nam haar dochter op. 'Je hebt iets op je lever. Nou, gooi het er maar uit. Maak van je hart geen moordkuil, zou oma zeggen,' spoorde ze Felicity aan.

'Wat is er met de leveranciers gebeurd toen je de salon dichtdeed?'

Rona zuchtte. 'Die heb ik afgezegd toen oma ziek werd.'

'En heb je plannen om de salon op een dag weer te heropenen?' Felicity vroeg door omdat ze wilde zien hoe haar moeder reageerde.

'Ik vind het nogal eng om eraan te denken de theesalon zonder oma te moeten runnen.' Rona kreeg tranen in haar ogen. 'Ik weet niet of...'

'Maar stel...' Felicity onderbrak haar moeder, maar zweeg toen weer. Ze keek haar moeder strak aan. 'Stel dat ik thuiskom en we het samen doen?'

Rona liet een zachte kreet ontsnappen en kneep haar ogen tot spleetjes.

'Dan zit je wel elke dag met me opgescheept, natuurlijk,' voegde Felicity er met een ondeugende grijns aan toe.

'Maar Londen dan?'

'Ik heb een beetje genoeg van het snelle stadsleven.'

Rona's gezicht klaarde op. 'Echt? Wil je echt weer hier komen wonen en de salon samen met mij gaan runnen?'

'Echt!' bevestigde Felicity met een brede grijns.

Rona stond op en omhelsde haar dochter stevig.

'Maar hoe kom je hier nou opeens bij?' vroeg Rona.

'Ik weet dat ik jou en oma in de steek heb gelaten... Ik had vaker hier moeten zijn om te helpen en jullie te steunen. En tegen het einde al helemaal...' Felicity's stem haperde. 'Het spijt me, mam... Echt... Misschien is dit een manier om het een beetje goed te maken... Met jou en met oma...'

Rona pakte Felicity's handen in de hare en keek haar onderzoekend aan. 'Je moet doen wat het beste is voor jóú, Flick. En hoe zit het met je werk?'

Felicity ging weer lekker terug onder haar dekbed liggen en trok het tot aan haar kin op. 'Het is tijd voor iets anders,' bekende ze. 'Het is lang niet meer zo leuk als vroeger en ik ben eraan toe om weer terug te komen. Ik zit er al een tijd over na te denken, mam, en sinds ik terug ben in het dorp wordt dat gevoel alleen maar sterker, zeker toen ik ontdekte dat de theesalon dicht was... Maar aan de andere kant...'

'Aan de andere kant?'

Felicity slaakte een zucht. 'Bij de quiz had ik het gevoel dat ik mijn plek hier was kwijtgeraakt, dat ik er niet meer bij hoor. Klinkt dat raar?'

'Hoe bedoel je?'

'Toen ik daar zat en iedereen zo makkelijk met elkaar omging, ze samen lachten en grappen maakten, zo vertrouwd met elkaar waren, voelde ik me een buitenstaander.'

'Je bent lang weggeweest, Flick,' zei Rona zacht. 'Maar je bent zeker geen buitenstaander.'

'Ik had het gevoel dat ze me allemaal achter zich hadden gelaten.'

Rona zag dat haar dochter van streek was. 'Zodra je hier weer woont, zul je je ook weer deel van je oude vriendengroep voelen, deel van de gemeenschap hier. Heartcross zal altijd je thuis blijven.'

Felicity knikte en dacht even na. Ze wilde hier weer haar plek vinden, zich echt thuis voelen, maar ze besefte dat dat tijd zou kosten.

'Ik heb een voorstel,' zei ze. 'In de theesalon werken wordt een nieuwe start voor me en hopelijk ook voor jou, mam. We gaan oma's werk voortzetten. Dus wat vind je ervan om zakenpartners te worden? Officieel?'

Rona's ogen lichtten op. 'Geweldig idee! Officiële zakenpartners! Geweldig!' Met stralende gezichten keken ze elkaar aan. Felicity voelde opwinding opborrelen in haar binnenste.

Rona had voor het eerst in lange tijd hetzelfde gevoel. 'En dank je wel, Felicity.'

'Waarvoor?'

'Omdat ik na het verlies van oma niet wist wat ik moest. Ik was er niet zeker van of ik wel sterk genoeg was om het zonder haar te doen. Het voelt al eenzaam genoeg om haar gebabbel niet meer om me heen te horen. Alleen in de theesalon staan was me te veel. Maar nu heb ik jou. Dat betekent heel veel voor me.'

Felicity gaf een kneepje in Rona's hand en zei: 'We gaan er wat van maken samen!'

'En oma zou zo trots op je zijn,' zei Rona vol liefde.

Er sprongen meteen tranen in Felicity's ogen. 'Mam,' haar stem trilde, 'het spijt me zo enorm dat ik er niet was... Bij het einde.' De tranen stroomden nu over haar wangen en Rona veegde ze zachtjes weg.

'Het is goed, lieverd. Niet huilen. Je had je eigen leven in Londen. Oma wilde je daar niet uit weghalen.'

'Maar ik hád terug kunnen komen.' Weer voelde Felicity zich enorm schuldig omdat ze haar moeder niet had gesteund in die moeilijke tijd.

'Kom, laten we vooruitkijken. We worden een team! We gaan doen wat Bonnie zou hebben gewild.'

Felicity gaf haar moeder een knuffel.

'Nou, zullen we dan maar zo snel mogelijk aan de gang gaan?' vroeg Rona om de sfeer wat luchtiger te maken. 'Geen beter moment dan nu meteen. Als we straks de menukaart bespreken en weten welke ingrediënten we nodig hebben, kunnen we meteen de leveranciers bellen om alles te bestellen! En natuurlijk te zeggen dat we weer opengaan.'

'Goed plan,' zei Felicity enthousiast. Ze had zin om zich volledig op het werk te storten. 'Geen beter moment dan nu meteen!' zei ze terwijl ze het dekbed van zich af gooide en uit bed stapte.

'Wat vind je van een boterham met spek om ons nieuwe partnerschap te bekrachtigen?' vroeg Rona met een lachje.

'Ook een goed plan!'

Felicity volgde haar moeder de trap af en wierp een korte blik door het raam van de woonkamer.

'Heb je gezien hoe slecht het weer is buiten? Het sneeuwt dan wel niet meer maar jemig... Het stormt!' Felicity keek hoe de lantaarnpaal voor het huis bewoog in de rukwinden.

'Het is van het ene extreem naar het andere,' riep Rona vanuit de keuken. 'Dat zijn de geneugten van de Schotse Hooglanden!'

Op dat moment begon het nog harder te regenen en de wind kletterde de druppels tegen de ruiten. Het klonk als de kogelschoten van een machinegeweer en Felicity schrok er gewoon van.

'Heb je gezien hoe het water over Love Heart Lane stroomt? Het lijkt wel een waterval!'

Rona kwam achter haar dochter staan. 'Het rivierwater zal wel heel hoog staan vandaag,' zei ze, terwijl ze de televisie aanzette en snel weer terug naar het sissende spek op het fornuis liep.

Felicity nestelde zich op de bank en keek naar het plaatselijke nieuws. Het meteorologisch instituut had een code rood afgegeven en raadde iedereen die niet dringend ergens heen moest aan om thuis te blijven. Felicity keek vol afgrijzen naar beelden van auto's die door hoge windsnelheden van de weg waren geraakt en omgewaaide bomen die het verkeer blokkeerden. Ook was er veel schade door afgewaaide dakpannen en gebroken ruiten. De meeste scholen bleven dicht.

'Ik denk dat we vandaag maar het beste in de theesalon kunnen gaan zitten,' zei Rona toen ze binnenkwam. 'Dan kunnen we daar de ovens aansteken en de radiatoren opendraaien terwijl we ons over de menukaart buigen.'

Felicity knikte en wierp nog een snelle blik naar buiten. Ze had langs de boerderij willen gaan; ten eerste om te kijken hoe het met Isla was en ten tweede om te horen of er nog nieuws was over Aggie. Ze wist dat Esme er niet zou zijn omdat Jessica op haar en Finn zou passen. Maar nu ze zag dat het steeds harder ging regenen en er dreigende donkere wolken langs de hemel joegen, had ze weinig zin om het huis uit te gaan.

'Ja, dat lijkt me een goed idee,' zei Felicity terwijl ze opstond om wat hout op het vuur te gooien.

'Hier, een lekker broodje spek en een kop verse thee. Maar denk maar niet dat je elke ochtend zo wordt bediend!'

'Ik zou niet durven,' antwoordde Felicity met een ondeugend lachje.

Ze aten in stilte, terwijl ze luisterden naar de wind die de ramen liet trillen en hun ogen op het scherm gericht hielden, waar de chaos door het slechte weer op te zien was.

'Hoe staat het nu tussen jou en Fergus?' vroeg Rona voorzichtig terwijl ze een snelle blik op Felicity wierp.

Felicity haalde haar schouders op en legde haar broodje terug op haar bord. 'Nogal gespannen toen hij me gisteren op de boerderij zag, maar volgens mij deed hij 's avonds in de pub zijn best om me erbij te betrekken. Ik kreeg in elk geval een drankje van hem.'

'Het moet een schok voor hem zijn je na al die tijd te zien,' zei Rona zacht. 'Fergus heeft een hoop op zijn bord gekregen de afgelopen jaren, vooral toen Esme's moeder overleed.'

'Ik dacht dat ik de juiste beslissing nam toen ik hier vertrok,' zei Felicity met iets triests in haar stem. 'Maar nu weet ik dat niet meer zo zeker.'

'Het was voor jullie allebei moeilijk, jullie waren zo jong. En jij bent zo goed je kon met je verdriet omgegaan.'

Felicity was weer bijna in tranen en ze slikte een brok in haar keel weg. 'Eén ding weet ik wel: als ik niet was vertrokken, had Fergus Esme niet gehad. Ik wist dat ik nooit genoeg voor hem zou zijn, dat een relatie zonder kinderen mis zou lopen.'

'Dat weet je helemaal niet. Maar toen jij zo plotseling weg was, kon je niet verwachten dat Fergus zijn leven stilzette om te wachten tot jij misschien terugkwam...'

'Nee, ik neem aan van niet...' zei Felicity een beetje pruilend, hoewel ze wist dat haar moeder gelijk had.

Ze zaten een tijdje zwijgend bij elkaar voor het scherm. Felicity's gedachten gingen weer terug naar de pubquiz en Fergus en Jessica. Jessica was knap met haar blonde haar en helderblauwe ogen. En hoewel ze moest weten dat zij Fergus' ex was, had ze haar op geen enkele manier het gevoel gegeven dat ze niet welkom was.

'Hoelang zijn Jessica en Fergus eigenlijk al samen?' vroeg ze. Ze wist dat het haar zaken niet waren, maar ze was te nieuwsgierig.

Rona keek Felicity verbouwereerd aan. 'Jessica?'

'Ja, de juf van Finn en Esme.'

'Ja, ik weet wie Jessica is. Waarom denk je dat ze samen zijn?' Rona hield Felicity's blik vast.

'Ze leken heel close in de pub gisteravond.'

Tot Felicity's ergernis grinnikte Rona even. 'Jessica is niet Fergus' vriendin; ze is Lorna's zus,' zei ze.

Het duurde even tot het tot Felicity doordrong. 'Lorna's zus?' herhaalde ze.

'Esme's tante,' was Rona's eenvoudige antwoord.

Felicity blies haar adem uit. Ze voelde zich enorm opgelucht. 'Heeft Fergus eigenlijk een vriendin?'

'Niet dat ik weet,' zei Rona.

Felicity's mondhoeken gingen ietsjes omhoog. 'Hoe komt het

dat Jessica ook hier naar Heartcross is gekomen?'

'Toen Lorna zwanger was van Esme, kwam er een functie vacant op de school hier, en Jessica besloot haar zus achterna te gaan. Ze is een grote steun voor Fergus geweest, een enorm hulp. Ze is aardig, ik denk dat je haar wel zult mogen.'

'Esme lijkt me ook een geweldige meid,' vulde Felicity aan.

'Klopt,' zei Rona. 'En nu je hebt besloten te blijven, hoop ik dat Fergus en jij ook weer vrienden kunnen zijn.'

Dat hoopte Felicity ook en ze had al besloten om naar hem toe te gaan om te proberen een aantal dingen van vroeger goed te maken.

Ze namen allebei de laatste slokken van hun thee en keken nog een paar minuten zwijgend naar de televisie.

Toen besloot Felicity dat het tijd werd om in actie te komen. 'Nog vijf minuten en dan ga ik in de douche,' zei ze.

'Dan ga ik de ovens aansteken en de radiatoren opendraaien in de theesalon.'

Plotseling klonk er geschreeuw buiten en Felicity keek haar moeder verward aan. 'Wat hoor ik? Wat is dat voor een geschreeuw?'

Rona hoorde niets. 'Geschreeuw? Volgens mij is het gewoon de huilende wind buiten?'

'Nee, nee, ik weet zeker dat ik geschreeuw hoor.' Felicity sprong op en liep naar het raam. 'Wat is er aan de hand?'

Rona stond meteen achter Felicity. 'Kijk, daar rent Allie,' zei Felicity verbouwereerd. 'En Drew! Het halve dorp holt de straat af. Wat is er aan de hand?'

Felicity en Rona wisselden een blik terwijl het buiten steeds drukker werd.

'Ik pak mijn jas en ga kijken waar al die commotie om gaat,' besloot Felicity.

'Je bent nog in je pyjama en het is verschrikkelijk weer. Trek eerst iets warmers aan,' zei Rona vastberaden.

Felicity wist dat haar moeder gelijk had. Ze racete de trap op en trok haar spijkerbroek en thermische trui aan. Toen rende ze weer naar beneden, stak haar voeten in haar laarzen en griste haar jas en muts van de kapstok.

'Hou me op de hoogte,' riep Rona haar na toen ze de voordeur uit ging en er een koude windvlaag het huis in kwam.

Felicity stapte naar buiten en werd meteen bijna omvergeblazen door de harde wind. De regen striemde in haar gezicht en met gebogen hoofd liet ze zich door de wind meevoeren over Love Heart Lane. Het water van de regen en de smeltende sneeuw gutste omlaag om haar voeten.

Aan het einde van de straat kon ze onder aan de helling een groepje mensen op de rivieroever zien staan. Er werd geroepen en gewezen.

Toen Felicity dichterbij kwam, ontvouwde de chaos zich voor haar ogen. De gezwollen rivier stroomde, turbulent en onverbiddelijk, buiten de oevers. Ze rende naar de plek waar ze Fergus, Allie en Drew zag staan, die naar een busje op de brug schreeuwden. Het stond stil en was blijkbaar gestrand; het schokte heen en weer in de rukwinden.

De storm stond pal op de brug en beukte met windsnelheden van honderd kilometer per uur.

Felicity kneep haar ogen tot spleetjes. 'Is dat...'

'Ja! Het is Rory,' schreeuwde Allie paniekerig. 'Hij is vroeg op pad gegaan om spullen voor de praktijk te halen en nu is hij gestrand met het busje. De wind is veel te sterk.'

Drew zette zijn handen als een toeter om zijn mond en schreeuwde: 'Rijden! Ga die brug af!'

Rory kon hem natuurlijk niet verstaan door de bulderende wind. Ze zagen dat hij druk bezig was het busje weer aan de gang te krijgen, maar blijkbaar was dat tevergeefs. Toen begon hij aan het portier te morrelen; hij zag er doodsbang uit.

Iedereen keek. De wind striemde in de gezichten en het water sloeg met kracht tegen de zijkant van de brug en kolkte eroverheen.

Allie greep Felicity's arm beet. 'Het lukt niet. Hij kan er niet uit. Hij krijgt het portier niet open vanwege de harde wind. Straks wordt hij met busje en al de rivier in geblazen.'

Felicity voelde hoe haar vriendin beefde.

'Alsjeblieft, iemand moet hem helpen,' gilde Allie wanhopig.

Op dat moment stormde er iemand langs hen heen en ging er een luide kreet van ontzetting door de menigte. Felicity's hart kromp samen van angst.

'Fergus! Nee!' schreeuwde ze uit alle macht. Haar hart bonkte in haar keel en ze had het gevoel dat ze naar een film in slow motion keek. Fergus rende alsof zijn leven ervan afhing in het zware stormweer de brug op. De regen geselde zijn gezicht terwijl hij gebukt tegen de wind probeerde op te tornen. Het kostte hem duidelijk moeite om overeind te blijven terwijl hij werd belaagd door de storm. Hij wankelde en werd door een windvlaag meegevoerd naar de rand van de brug. De dorpelingen op de oever krijsten van ontzetting. 'Hij wordt het water in geblazen,' riep Felicity met wijd opengesperde ogen en bonkend hart. Maar Fergus vocht uit alle macht en het lukte hem weer terug op koers te komen.

Iedereen tuurde ingespannen naar Fergus en Rory, toen Felicity plotseling verschrikt naar adem hapte omdat ze iets zag bewegen in haar ooghoek. Trillend van angst wees ze naar de overkant. Ze durfde nauwelijks nog te kijken. De brug, die honderden jaren geleden kundig en nauwkeurig uit gestapelde rotsblokken was opgebouwd, begon af te brokkelen. Er waren wat stenen losgeraakt die nu omlaagstortten in het water.

Felicity wilde naar Fergus toe rennen om hem te helpen, maar Drew greep haar stevig vast. 'Nee, Flick, het is veel te gevaarlijk!'

'Iemand moet ze helpen!' Felicity's stem sloeg over. Ze werd overspoeld door angst terwijl ze naar Fergus keek.

'Hij is bijna bij het busje.'

De rivier zwol steeds verder aan en er sloegen flinke golven over de brug.

Met een laatste krachtsinspanning bereikte Fergus het busje. Hij omklemde het handvat van het portier terwijl de storm en de regen hun best deden hem weer omver te blazen.

Het busje schommelde en schokte steeds harder heen en weer en Felicity hield het niet meer van de spanning.

'Eruit! Dat busje uit!' schreeuwde Drew vanaf de kant, maar natuurlijk hoorden Fergus en Rory hem niet.

Met veel moeite lukte het Fergus om het portier open te wringen, waarna hij Rory meteen vastgreep en het busje uit sleurde. Het was net op tijd: een nieuwe rukwind greep het busje en het wankelde van de brug af, het kolkende water in. Iedereen gilde het uit en Felicity keek vol afgrijzen toe terwijl Fergus en Rory zich, allebei doorweekt, aan elkaar vastklampten en zich samen, vechtend tegen het noodweer, in veiligheid probeerden te brengen.

'Kom! Gauw! Alsjeblieft... Laat er niks met hen gebeuren!' bad Felicity zachtjes. Haar hart bonkte zo hard dat ze bang was dat het het zou begeven.

Toen ze slechts nog een meter of twee van de veilige oever vandaan waren, gilde iedereen het opnieuw uit. De bovenste stenen in het midden van de brug vlogen los en vielen in de rivier. Felicity kneep haar ogen stijf dicht, ze kon het niet meer aanzien.

'Ze hebben het gehaald!' krijste Allie naast haar terwijl ze haar arm losliet. Ze rende op Rory af.

'Godzijdank,' verzuchtte Felicity met haar hart nog in haar keel. Fergus was in veiligheid. Alles was goed gegaan.

Maar toen brak de brug in het midden en keek iedereen vol afschuw toe hoe hij instortte.

Heartcross was van de buitenwereld afgesneden...

12

Allie hield haar armen stevig om Rory's nek geslagen. De tranen rolden over haar wangen terwijl ze stamelde: 'Ik dacht... ik dacht... dat je in de rivier...'

'Ja, ik ook,' zei Rory, zichtbaar ontdaan.

Drew en Felicity stonden naast hen en iedereen was volkomen in shock. Waar een paar seconden geleden nog een brug tussen Heartcross en Glensheil was, raasde nu nog slechts een brullende rivier. Elk teken dat er ooit een brug was geweest, was compleet verdwenen.

Geëmotioneerd draaide Felicity zich naar Fergus om; ze omhelsde hem zonder nadenken. 'Gaat het?' vroeg ze met een brok in haar keel.

Fergus was krijtwit. Hij duwde haar niet weg, maar knikte – niet tot meer in staat.

'Je hebt mijn leven gered,' zei Rory haperend terwijl hij trillend een hand naar Fergus uitstak.

Fergus schudde Rory's hand maar zei: 'Doe niet zo idioot, het enige wat ik heb gedaan was die brug op rennen.'

'Ik dacht echt dat ik er geweest was...'

'En busjes zijn vervangbaar,' zei Drew terwijl hij zijn twee beste vrienden op de rug klopte, 'maar jullie niet. Kom mee, jullie moeten flink opwarmen.'

Toen ze zich omdraaiden om de heuvel op te gaan, verzamelden de dorpelingen zich om hen heen. Ze begonnen te juichen.

Fergus stak zijn hand op om hen te bedanken en keek nog één keer om naar de rivier. Er ging een huivering door hem heen; dit had ook heel anders kunnen eindigen.

Het gejuich stierf weg en iedereen bleef een beetje onzeker staan dralen, niet wetend wat te doen of waarheen te gaan. Opeens sloeg de stemming om en hing er een onheilspellende sfeer omdat iedereen besefte wat het betekende dat de brug, hun enige verbinding met de buitenwereld, weg was.

Felicity nam de leiding. Ze was nog aan het bijkomen van de schrik maar kon, nu Fergus veilig was, weer helder nadenken. Ze nodigde iedereen uit om naar de theesalon te gaan.

Koud en nat verzamelden de verkleumde dorpsbewoners zich even later voor de deur van Bonnies Theesalon, terwijl Felicity het huis binnenglipte en in de keuken de sleutels van hun plek griste.

Felicity kon haar moeder boven bezig horen. 'Mam! Mám! We hebben je nodig in de theesalon! Mám!' riep ze nog een keer voordat ze via de deur in de keuken de theesalon binnenging en naar de ingang holde om de dorpelingen binnen te laten.

Toen ze de deur openzwaaide, verwelkomde het belletje erboven iedereen die binnenkwam, waar het gelukkig warm was.

Boven het gebabbel uit riep Felicity: 'Ga allemaal zitten dan zorg ik voor hete thee met veel suiker.'

Er werd dankbaar geknikt en het geschraap van stoelpoten over de vloer vulde de ruimte terwijl de mensen aan de tafeltjes gingen zitten. Iedereen zag er ontdaan uit.

Felicity begon kop-en-schotels uit de kasten klaar te zetten op de toonbank, naast de theepotten die daar al stonden. Gelukkig had haar moeder de theeketel al aangezet terwijl ze weg was; het water was al aan het opwarmen. Terwijl Felicity naar theezakjes op zoek was, ging de deur nog een keer open en toen ze opkeek bleek het Hamish te zijn die binnenkwam. Hij liep haastig op haar af.

'Hier,' riep hij. Hij hield een aantal draagtasjes naar haar op. 'Melk, thee en suiker.'

'Hamish, als ik jou toch niet had...' reageerde ze met een glimlach. Vanuit haar ooghoek zag ze haar moeder in de deuropening staan, die verward naar de koude, natte dorpelingen aan de tafeltjes keek.

'Wat is er aan de hand?' vroeg Rona ongerust. 'Waarom zit iedereen hier?'

'De brug is ingestort,' antwoordde Rory terwijl hij zijn natte jas afpelde en over de rug van zijn stoel hing. Toen ging hij naast Drew en Fergus zitten, die allebei iets op hun telefoon zaten te typen.

Rona leek er even helemaal niets van te begrijpen. 'De brug is ingestort?' herhaalde ze vol ongeloof.

'De rivier is buiten de oevers getreden en de brug is in het water verdwenen,' legde Fergus uit.

Rona keek verschrikt. 'Meen je dat? Maar dat betekent dus dat we...'

'Afgesloten zitten,' vulde Rory haar aan. 'Er niet in of uit kunnen.'

'Rory zat in zijn busje vast op de brug en hij kon er niet uit. Maar Fergus heeft zich door de storm naar hem toe weten te worstelen om hem te redden,' zei Felicity trots. 'En daarna is het busje in de rivier gekukeld.'

'Het busje is in de rivier gevallen?' Rona wist niet hoe ze het had.

'Ja!' bevestigde Rory. 'Van de brug af geblazen... vlak voor die instortte.'

'O mijn god! Jullie hebben wat sterkers nodig dan thee!' Rona wapperde met haar hand naar Felicity. 'Ga de whisky maar halen.'

Felicity verdween het huis in, terwijl Allie het van haar overnam en theezakjes in de potten hing en kop-en-schotels begon uit te delen aan de dorpelingen.

'Wat moeten we nou doen? Heeft iemand een idee?' vroeg Julia, die samen met enkele gasten van de B&B alle commotie vanuit haar zolderraam had gevolgd. Ze hoopte dat er iemand een oplossing uit zijn hoge hoed kon toveren.

Maar niemand had een antwoord.

Een paar minuten later hadden Fergus en Rory een whisky achter de kiezen, terwijl de rest van de geschrokken dorpelingen met een warme kop thee met elkaar zat te praten. De stemming was somber.

Toen iedereen een beetje was opgewarmd, klapte Felicity in haar handen om de aandacht te vragen. Ze glimlachte in een poging positief te blijven, maar vanbinnen voelde ze weinig optimisme en had ze geen idee wat ze moest zeggen of doen. Alle ogen waren op haar gericht. 'Ik snap dat iedereen in shock is,' begon ze, blij dat haar stem redelijk normaal klonk, hoewel ze zich verre van kalm voelde. 'Maar we zullen de krachten moeten bundelen en elkaar moeten helpen hierdoorheen te komen. Geen brug betekent ook geen... Nou, jullie weten allemaal wel wat dat betekent.'

Er ging een instemmend geroezemoes op.

'Wat gaan we doen met de voedsel- en levensmiddelenvoorraden?' riep Meredith.

Drew opperde: 'Er is nog een andere weg naar het dorp...'

'Maar dat is een tocht van dertig kilometer door de bergen,' riep Rory uit. 'En nog heel gevaarlijk ook.'

Weer ging er gealarmeerd geroezemoes op.

'Het kan zijn dat we weinig keus hebben,' reageerde Felicity, terwijl ze haar hand opstak om de mensen tot stilte te manen.

'Er kunnen geen voertuigen over de top van de berg,' merkte Drew op.

Felicity vond het eng om de ongerustheid te zien die op Drews gezicht stond te lezen. Er sloeg een golf van angst door haar heen. Ze wist dat de brug niet een-twee-drie zou zijn hersteld. Zo eenvoudig was het niet. Het kon maanden, misschien zelfs jaren duren om een nieuwe brug te bouwen. Hoe moesten ze het tot die tijd dan redden in Heartcross?

De voorraden in het dorp zouden algauw uitgeput zijn en iedereen zou er nadeel van ondervinden. Alle inwoners. Ze moesten het met zijn allen samen zien te redden, dus leek het haar het beste als alles wat er was op één hoop werd gegooid.

'Gelukkig zijn er vanmorgen nog vrachtwagens met leveringen geweest, dus kunnen we het eten rantsoeneren en er zo lang mogelijk mee proberen te doen,' zei Hamish, met iets hoopvols in zijn stem, maar niet in staat om de zorgelijke blik op zijn gezicht te verbergen.

'Is het een idee om een soort centrale keuken op te zetten hier en het hele dorp te eten te geven via de theesalon?' opperde Rona.

'Zoiets wilde ik ook voorstellen over de pub,' zei Allie. Ze zag er nog steeds huilerig uit. Zowel Meredith als Fraser knikten instemmend.

'Ja, het lijkt me zeker een goed idee om al het eten bij elkaar te verzamelen tot we weten hoe het verder gaat,' beaamde Felicity. 'De bederfelijke waren uit ieder huishouden gebruiken om er soep en stoofpotten mee te maken en verschillende rondes per dag instellen dat er gegeten kan worden.'

'En ouderen en kinderen krijgen voorrang,' merkte Allie op, waarop instemmend werd geknikt.

Op dat moment kwam Jessica binnenstormen. 'Hebben jullie die overstromingen gezien? En de brug... is weg!' Toen Fergus een stoel voor haar uittrok, trok ze wit weg. 'Waar is Esme?'

'Bij Isla. Ik kwam Finn bij haar ophalen toen ik alle commotie hier zag.'

Rona kwam haastig aan met een kop thee en zette die voor Jessica op de tafel neer.

'We waren op de brug toen die het begon te begeven,' zei Fergus.

‘Wát? Is er iemand gewond?’

Fergus schudde zijn hoofd. ‘Nee, gelukkig niet, maar Rory’s busje is van de brug gewaaid en in de rivier terechtgekomen.’

‘En Fergus heeft hem gered,’ merkte Felicity voor de tweede keer trots op. Ze voelde haar maag weer omdraaien bij de gedachte aan zijn heldhaftige actie.

‘Godzijdank is iedereen oké, maar het dorp is nu dus onbereikbaar...’ Jessica’s stem haperde. ‘En Aggie? Hoe moet het nu met Aggie?’ Ze keek met ongeruste ogen naar Fergus op.

Aggie lag aan de andere kant van de verdwenen brug in het ziekenhuis.

Fergus blies zijn adem uit. ‘Daar had ik nog niet aan gedacht. Nu kunnen we niet bij haar op bezoek. Ze moet weten wat er is gebeurd, anders denkt ze dat we haar in de steek laten.’

Heather, de eigenaresse van het postkantoor, zat achter in de theesalon op haar telefoon te kijken. ‘Het kan zijn dat Aggie al weet dat de brug is ingestort. Kijk maar.’ Ze stak haar telefoon in de lucht.

Iedereen draaide zijn hoofd naar haar om. ‘Er staan journalisten aan de andere kant van de rivier. Heartcross is het nieuws van de dag!’

Heather zette het geluid harder en iedereen zweeg om te luisteren.

‘Het beeld achter me is waar de bewoners van het dorpje Heartcross vanmorgen mee wakker zijn geworden. De River Heart is buiten zijn oevers getreden, en de brug erover is ingestort, waardoor de bedrijven en bewoners van Heartcross van de wereld zijn afgesneden. De mensen daar zullen zich grote zorgen maken over hoe het nu verder moet.

Het leger en de hulpdiensten in de omgeving zijn ingeschakeld en zullen zodra de storm is geluwd en het water is gezakt, een begin maken met het opruimen van de modder en het puin op de oevers.

Het is nog niet gelukt om contact te krijgen met iemand in Heartcross.

Het dorp is afgesloten van de buitenwereld omdat er geen directe weg meer naartoe is nu. Als u een inwoner van Heartcross bent en dit ziet, neem dan alstublieft contact op met onze helpdesk; het nummer wordt nu onder aan het scherm getoond.'

'Gauw, schijf het op,' spoorde Felicity Heather aan, terwijl ze een pen en papier naar haar toegooide, waarop Heather het nummer haastig neerkrabbelde.

'Sst,' zei Meredith, die het nieuws nog steeds probeerde te volgen.

Opnieuw was het muisstil in de salon.

'Op de beelden die we zo tonen, zien we een inwoner van Heartcross midden in de storm de brug op gaan om Rory Scott, de plaatselijke veearts die met zijn busje op de brug was gestrand, te helpen. Dit zijn beelden van vlak voordat de brug begon in te storten.'

'Het is Fergus!' riep Heather uit.

Rona haastte zich naar haar toe om de beelden te zien en Felicity liep meteen achter haar aan om over haar moeders schouder mee te kijken.

Rona hapte naar adem toen ze Fergus zag worstelen tegen de storm en hij bijna omvergeblazen werd, terwijl de wind om hem heen huilde en hij werd gegeseld door de harde regen. Felicity voelde de tranen weer in haar ogen springen en haar hart opnieuw in haar keel terwijl ze haar adem inhield en de ogenblikken herbeleefde waarin Fergus naar de rand van de brug en bijna in het water werd geblazen terwijl het busje vervaarlijk heen en weer schommelde.

'O mijn...' zei Rona terwijl ze haar hand op haar borst legde toen het busje de rivier in stortte. 'Jullie mogen blij zijn dat je het hebt overleefd...'

'Ja, heel blij...' Felicity blies haar adem uit. 'Ik moet er niet aan denken dat...'

Iedereen in de theesalon kon de geschokte uitroepen van de

dorpsbewoners horen toen stenen van de boog van de brug loskwamen en Fergus en Rory, worstelend tegen de hevige wind, moesten rennen voor hun leven terwijl de brug vlak daarna doorbrak.

'Wie heeft die opnames gemaakt?' vroeg Rory.

'Ik,' meldde Stuart zich bij zijn zoon. 'Ik heb het naar de nieuwszender gestuurd, ik hoop dat niemand dat vervelend vindt...'

'Sorry van het busje, pa.'

'Doe niet zo gek, busjes kun je kopen, zonen niet.' Stuart gaf Rory een klapje op zijn schouder.

Iedereen zweeg weer om te horen wat er verder werd gezegd.

'De minister van Verkeer en Waterstaat, Annie Boyd, wordt vandaag op de plaats van de ramp verwacht maar heeft al toegezegd dat haar ministerie er alles aan zal doen om de inwoners van Heartcross te bevoorraden. Ik ben Aidy Redfern voor BBC Schotland.'

Zodra het nieuwsbericht was afgelopen, zette Heather het geluid van haar telefoon weer zacht en keek ze Felicity aan. 'Nou, dan kun je die helpdesk maar beter gaan bellen, lijkt me, om ze namens de dorpsbewoners op de hoogte te stellen van hoe het er hier aan deze kant van de brug voor staat.'

Felicity sloeg haar hand tegen haar borst. 'Ik? Waarom zou ik degene zijn die namens het dorp contact opneemt? Er zijn toch genoeg andere bewoners die veel meer voor het dorp betekenen? Drew, Rory, Fergus, Fraser of Meredith, om er maar een paar te noemen.'

'Nou, ik denk dat jij er anders perfect voor zou zijn,' merkte Meredith op, waarna er een instemmend gemompel opging.

Rona legde haar hand op haar dochters schouder. 'Ik vind het ook een goed idee.'

'Waarom?' vroeg Felicity niet-begrijpend.

'Omdat jij op dit moment minder emotioneel betrokken bent dan alle anderen. Ik denk dat je een uitstekende woordvoerder zult zijn en heel goed namens ons kunt communiceren.'

'Ja, daar ben ik het mee eens,' zei Fergus. 'Je bent altijd goed geweest in organiseren en dingen voor elkaar krijgen.' Hij keek Felicity een fractie van een seconde recht aan en haar hart sprong op dat hij het haar toevertrouwde het dorp te vertegenwoordigen.

'Iedereen die het ermee eens is, steekt zijn hand op!' riep Allie en alle aanwezigen staken hun arm hoog op.

'Dat is dan geregeld,' merkte Hamish op. 'Felicity is onze woordvoerder, hoofd communicatie.'

Felicity glimlachte naar iedereen. Haar hart hamerde in haar borst, maar desondanks was ze blij dat de dorpelingen haar hadden gekozen. 'Ik zal mijn uiterste best doen, dat beloof ik.'

Hoewel het nou niet de leukste omstandigheden waren, was ze trots dat de dorpsbewoners vertrouwen in haar hadden, hoewel ze natuurlijk ook bang was dat te beschamen als ze iets niet goed deed.

'Er zijn mensen die hier wonen die nog niet wakker zijn of geen idee hebben dat de brug is ingestort,' zei Rona. Ze liep naar het raam en tuurde naar buiten.

Daar woedde de storm nog hevig, de bomen zwiepten heen en weer in de wind en de situatie zag er dreigend uit.

'Is het een idee dat ik gauw even de school binnenglip? Ik heb de sleutels en dan kan ik daar een flyer uitprinten waarin staat dat de theesalon onze basis is voor informatie en besprekingen. En als de regen een keer ophoudt, kunnen we die flyers bij iedereen in de brievenbus gaan stoppen,' stelde Jessica voor.

'En zullen we een Facebookpagina aanmaken om alle belanghebbenden ook via de sociale media op de hoogte te houden?' voegde Allie eraan toe.

Iedereen knikte.

'Misschien kunnen we dan vanavond om zes uur weer bij elkaar komen hier? Dan zijn we hopelijk een beetje over de eerste schrik heen en kunnen we wat helderder nadenken, zodat we een lijstje van alles wat er moet gebeuren en een taakverdeling kunnen maken. We moeten contact opnemen met de gemeente en de problemen echt eensgezind het hoofd bieden,' opperde Felicity terwijl ze de theekopjes begon op te stapelen.

De aangeslagen dorpelingen stonden op, zochten hun spullen bij elkaar en trokken hun natte jassen weer aan. Iedereen was somber gestemd en ongerust over wat er nu ging gebeuren. Niemand had ook maar enig idee hoelang ze afgesloten van de rest van de wereld zouden zijn.

'En zeg het voort! Breng alle bederfelijke waar zoals groenten en fruit en wat dan ook hierheen, zodat we de maaltijden voor de komende paar dagen kunnen plannen,' riep Felicity over het geluid van de schuivende stoelen en de vertrekkende mensen heen.

Iedereen knikte en ging met tegenzin naar buiten, opnieuw het slechte weer in.

Allie, Rory, Fergus en Drew bleven achter. Felicity gooide hun allemaal een theedoek toe en beval: 'Mama en ik wassen af en jullie drogen.'

'Je bent streng, zeg!' zei Drew, 'maar dat waarderen we in een woordvoerder.'

'Nou, de juiste vrouw op de juiste plaats dan,' maakte Fergus een grapje en Felicity rolde met haar ogen naar hem, maar ze was stiekem blij dat hij haar plaagde.

Toen Rona de gootsteen vol liet lopen met heet water, er afwasmiddel bij deed en de kop-en-schotels erin zette, checkte Felicity haar telefoon.

'Ik heb twaalf gemiste oproepen en een voicemail!' zei ze verbouwereerd.

'Van wie?' vroeg Allie geïntrigeerd.

'Isla,' zei Felicity, terwijl ze de voicemail afluisterde.

'Die heeft het nieuws natuurlijk gezien en maakt zich zorgen,' zei Allie.

Toen Felicity Isla's stem hoorde, ademde ze verschrikt in.

'Wat is er? Je kijkt zo raar!' vroeg Allie naast haar.

'Het heeft niks met de brug te maken. Ze heeft weeën.' Felicity's stem ging een octaaf omhoog. 'En we kunnen natuurlijk niet met haar naar het ziekenhuis nu!'

Drew smeet in paniek zijn theedoek neer en racete de deur uit.

'Ga jij maar met hem mee,' instrueerde Rona haar dochter. 'Ze heeft hulp nodig.'

Felicity keerde zich naar Allie. 'Kom, ze kan ons alle twee wel gebruiken.' Allie reageerde meteen: ze gooide haar theedoek naar Fergus en griste haar jas van een stoel.

Felicity dacht aan de pijn die Isla moest hebben. En hoe bezorgd ze zou zijn. 'En de traumahelikopter?' vroeg ze zich hardop af.

'Ik weet niet of dat wel een optie is in deze storm,' zei Rory. 'Maar ik ga het proberen, én ik bel dokter Taylor.'

Felicity knikte, rukte de voordeur van de theesalon open en stapte naar buiten, het noodweer in.

Rory pakte onmiddellijk de hoorn van het toestel dat in de theesalon stond en begon het nummer van de dokterspraktijk in te toetsen.

In minder dan een minuut worstelden Felicity en Allie zich door de storm achter Drew aan naar Foxglove Farm.

13

'Isla,' schreeuwde Drew toen hij met bonkend hart het huis binnenkwam. 'Waar ben je?'

Hij hoorde rennende voetstappen boven en even later keek Finn met grote ogen naar beneden. Naast hem stond Esme.

'Mammie is ziek. Ze is boven.'

Esme wapperde met haar hand. 'Kom gauw.'

Drew maakte zijn veters met nerveuze vingers zo gauw mogelijk los. 'Komen jullie maar tv-kijken beneden. Dan zorg ik voor mama.'

Finn en Esme gehoorzaamden direct en renden de trap af. Terwijl ze de woonkamer in gingen holde Drew met twee treden tegelijk naar boven.

'Isla, ik ben er,' zei hij terwijl hij de deur van de slaapkamer openduwde.

Isla lag op bed, rood en bezweet. Ze had duidelijk veel pijn.

'Godzijdank. Waar bleef je zo lang?' vroeg ze hijgend.

'Dat vertel ik later wel. Ik bén er nu,' zei hij, terwijl hij Isla's hand vastpakte.

'De weeën komen steeds sneller, je moet me naar het ziekenhuis brengen.'

Drew staarde Isla als verlamd aan. Hij wist niet hoe hij haar moest vertellen dat ze niet naar het ziekenhuis kón. Hij begon in paniek te raken, hij had geen idee hoe hij moest helpen een baby ter wereld te laten komen.

'Drew, sta daar niet zo! Je kijkt of je een spook hebt gezien! Pak mijn tas en help me de trap af. Ik heb Jessica al geappt dat de kinderen opgehaald moeten worden, dus die is vast al onderweg.'

Drew aarzelde. 'Ik kan je niet naar het ziekenhuis brengen, Isla.'

Maar voordat Isla kon vragen waarom, hoorden ze rennende voetstappen op de trap. Isla keerde haar gezicht naar de deur.

Felicity en Allie stormden de kamer binnen.

'Ik heb het in een film gezien, we moeten warme handdoeken hebben,' zei Felicity. 'Mag ik chef vroedvrouw zijn?'

'Wat doen jullie hier?' vroeg Isla verbijsterd. 'Maar het komt wel goed uit: jullie kunnen op Finn en Esme passen zolang Jessica er nog niet is. Nou, help me omhoog, Drew, dan kunnen we naar het ziekenhuis.' Isla probeerde op te staan, maar werd overrompeld door een wee die haar helemaal in beslag nam. Ze krijste het uit en Drew schrok enorm, maar greep gauw Isla's hand weer vast. Isla's pijn duurde eindeloos lang.

'Puffen,' zei Allie. 'Dat doen ze ook altijd in de film.'

Isla sloot haar ogen en wachtte tot het ergste voorbij was. Zodra ze weer iets kon zeggen, blies ze haar adem uit en keek Drew aan. 'Alsjeblieft, breng me naar de auto voor de volgende wee komt. Ze komen steeds sneller.'

'Je hebt haar nog niets verteld?' vroeg Felicity met grote ogen aan Drew.

'Ik heb de kans nog niet gehad,' zei hij met een voorzichtige blik op zijn vrouw.

'Wat verteld?' vroeg Isla terwijl ze kreunend haar buik vastgreep. 'Wat moet je mij vertellen?'

'We kunnen je niet naar het ziekenhuis brengen,' antwoordde Allie in zijn plaats meelevend. 'Maar we zijn hier om je te helpen.' Ze trok haar wenkbrauwen op en wreef in haar handen.

'Wat bedoel je? Als jullie me niet kunnen brengen, bel je een ambulance.'

'Isla, dat kan niet. De brug is ingestort door de storm. We kunnen het dorp niet uit. We zitten hier vast.' Drew nam Isla voorzichtig op terwijl het tot haar doordrong wat hij zei.

'En niemand kan hier komen,' vulde Felicity nog eens aan.

'Dat meen je niet! En de traumahelikopter?'

'Rory is ermee bezig en hij waarschuwt ook dokter Taylor. Maar met deze storm is het waarschijnlijk onmogelijk om veilig te landen. Het ziet ernaar uit dat de baby hier geboren moet worden.'

'Dat kan niet,' krijste ze terwijl ze opnieuw naar haar buik greep.

'Mama, wat is er?' riep Finn op de gang.

'Ik hou de kinderen wel bezig tot Jessica er is,' zei Allie, terwijl ze zich snel omdraaide en gedecideerd de kamer uit liep – ze leek blij met de makkelijkste optie. Ze deed de deur stevig achter zich dicht.

'Kom mee, Finn, dan gaan we beneden een film kijken. Met mama is alles goed. Echt.' Allie pakte zijn hand vast en nam hem haastig mee naar de woonkamer.

'Komt de baby uit mama's buik?' vroeg hij.

'Ja, Finn, de baby is onderweg.'

Felicity hoorde haar telefoon overgaan en pakte snel haar tas om op te nemen. 'Het is Rory,' zei ze terwijl ze over het scherm veegde.

'Wat zegt hij?' wilde Drew meteen weten.

Even later hing Felicity op.

'Nou?' drong Drew aan.

'Geen goed nieuws. De traumahelikopter was ergens anders voor uitgerukt, maar is nu gestrand aan de andere kant van de berg. Rory heeft dokter Taylor weten te bereiken en hij is onderweg hierheen.'

Isla stootte een hysterisch lachje uit. 'Dus ik moet de baby hier krijgen? Zonder ruggenprik?'

Felicity ademde diep in. 'Ja, daar komt het op neer,' zei ze zachtjes. Ze trok haar jas uit en gooide die op de stoel in de hoek van de kamer. 'We zitten hier vast. Het dorp heeft zelfs het televisienieuws gehaald.'

Isla kon het niet geloven. 'En er is echt geen andere manier om het dorp uit te komen?'

'Alleen een tocht van dertig kilometer over lastig terrein maar ik geloof niet dat je nu echt in staat bent om over een bergtop te gaan hiken.'

'Wat gaan we nu doen?' vroeg Drew terwijl hij hen beurtelings aankeek.

'Nou, gelukkig voor jou hoef jíj weinig te doen,' zei Isla een beetje sarcastisch. 'Goed,' ging ze verder, plotseling vastberaden. 'Het is me al eerder gelukt en dus kan ik het ook een tweede keer.'

'Zo mag ik het horen!' riep Felicity uit.

'Het lukt ons wel,' zei Isla kreunend toen ze opnieuw een wee kreeg en begon te puffen.

'Hoelang heb je die weeën al?' vroeg Drew.

'De laatste paar dagen al af en toe, maar vanaf ongeveer drie uur vanmorgen zijn ze regelmatiger,' bekende ze met opeengeklemde kaken.

'En je hebt me gewoon naar het werk laten gaan zonder daar iets van te zeggen?'

Isla kon niet antwoorden maar slaakte opnieuw een kreet van pijn.

'Oké. Ik moet een kom warm water hebben, en handdoeken, zo veel mogelijk handdoeken,' instrueerde Felicity Drew, die salueerde. Hij was blij dat Felicity er was en rende naar de linnenkast en rukte er een stapel handdoeken uit. Daarna ging hij op zoek naar een kom en vulde die met water.

'Ik moet persen,' riep Isla.

'Je moet die kleren uit en iets gemakkelijks aan,' zei Felicity, kalmer dan ze zich voelde. Ze hielp Isla haar zwangerschapsjeans uit te trekken.

'Heb je een loszittende nachtpon?'

'In die tas.' Isla wees naar de weekendtas in de hoek van de slaapkamer die al klaarstond om mee naar het ziekenhuis te nemen.

Felicity keek hem snel door en haalde er een witkatoenen nachtpon uit. 'Niet de beste kleur om aan te hebben bij een bevalling,' zei ze met een glimlach, in een poging de sfeer wat luchtiger te maken. Ze gaf hem aan Isla en zei: 'Trek maar aan, dan ga ik mijn handen wassen.'

Drew kwam de kamer in en zette een kom water op het nachtkastje, waarna hij een stapel handdoeken op het bed gooide.

'En nu?' vroeg hij terwijl hij op de rand van het bed ging zitten.

'Jij gaat Isla's hand vasthouden en alle scheldpartijen van je lieve vrouw gewoon over je heen laten komen.'

Drew glimlachte. 'Dat ben ik gewend,' zei hij en hij gaf Isla een kus op haar wang.

'Er komt er weer een,' zei Isla terwijl ze haar tanden op elkaar zette. Ze voelde een enorme druk in haar rug en hoorde iets knappen, waarna een golf vruchtwater het beddengoed doorweekte. 'Mijn vliezen zijn gebroken.'

Drew sprong op en pakte een handdoek. 'Kun je iets overeind komen zodat ik een schone handdoek onder je kan schuiven?'

Isla kon niets zeggen. Ze kneep haar ogen stijf dicht en greep Drews arm vast. Ze deed haar best om zich te concentreren op haar ademhaling, maar de pijn begon ondraaglijk te worden. Drew depte haar voorhoofd met een nat washandje om haar verlichting te bieden.

'Puffen!' zei Felicity, 'dan ben je er zo doorheen.' Felicity deed het voor in de hoop dat Isla haar zou volgen.

'Het doet zo'n pijn!' riep Isla verstikt.

'Je doet het geweldig, schat. Echt. Ik ben supertrots op je,' moedigde Drew haar aan.

‘Ik heb het gevoel dat het allemaal veel te vlug gaat,’ zei ze hijgend, ‘het is zoveel sneller dan bij Finn.’

‘Ze zeggen dat tweede kinderen altijd sneller zijn dan eerste,’ zei Drew. Hij depte haar voorhoofd nogmaals terwijl de wee wegtrok.

‘Lig je goed?’ vroeg Felicity.

‘Hm. Maar ik heb persdrang.’

Drew schoot overeind van de rand van het bed en vroeg: ‘Kun jij kijken?’ vroeg hij Felicity.

‘Oké?’ vroeg ze aan Isla.

‘Nou, dit is geen moment om preuts te doen, toch?’

Isla trok haar benen op en Felicity keek gauw, want de volgende wee kondigde zich alweer aan, terwijl de vorige nog maar nauwelijks verdwenen was.

Isla gilde: ‘Hij komt!’

‘Puffen,’ instrueerde Felicity. ‘Je doet het prima!’

‘Ik voel het hoofdje,’ riep Isla hijgend.

‘Weet je het zeker?’

‘Ja,’ gilde ze.

Felicity keek nog een keer onder haar nachtpon. ‘Ik zie het hoofdje, ja.’ Felicity’s hart klopte als een bezetene.

‘Ik moet persen.’

‘De baby is er bijna.’ Felicity wierp een snelle blik op Drew; alle kleur was weggetrokken uit zijn gezicht. ‘Dit is geen treuzelaar. Bij de volgende wee moet je persen,’ beval Felicity. ‘Zo hard mogelijk! Je kunt het!’

Ondanks de pijn perste Isla uit alle macht. De zweetdruppels rolden over haar voorhoofd en ze omklemde Drews hand zo hard dat hij het bijna uitschreeuwde.

Isla liet een snerpende gil ontsnappen terwijl er een prachtig hoopje leven uit haar lichaam glibberde en in Felicity’s handen gleed.

Drew slaakte een kreet van blijdschap. 'Hij is er!' Snel haalde hij het slijm rond de neus en het mondje van de baby weg.

Felicity was opeens in tranen, er sloeg een golf van ontroering door haar heen terwijl de baby begon te huilen. Ontzettend opgelucht legde ze het kindje op Isla's borst. 'Hij is prachtig. Welkom, baby Angus!' zei ze.

Ook Isla barstte in huilen uit terwijl Drew haar en de baby in zijn armen sloot.

'Gefeliciteerd!' Felicity stond op om te gaan en omhelsde beide ouders. 'Ik laat jullie even lekker alleen met zijn drietjes.'

'Hallo, kan ik binnenkomen?' Er werd op de deur geklopt en Felicity, die de stem van dokter Taylor herkende, trok de deur open.

'Angus is er al!' riep ze blij uit terwijl ze opzij stapte zodat de dokter erlangs kon.

Allebei de ouders keken hem stralend aan.

'Hoe gaat het met de moeder?' vroeg dokter Taylor meteen terwijl hij zijn tas op de vloer zette en Isla aankeek.

'Met de moeder gaat het goed,' antwoordde een uitgeputte Isla.

'Zal ik dan de kleine man eerst nakijken? En wil jij dan de navelstreng doorknippen, Drew?' Hij boog zich over het kindje heen.

Isla volgde dokter Taylor met haar blik. Na een tijdje zei hij: 'Alles in orde met hem.'

Felicity had genoeg gehoord en zei: 'Ik laat jullie alleen, dan kun jij de navelstreng doorknippen, Drew. Maarre... mag ik Finn het goede nieuws vertellen?'

'Ja, vertel hem dat maar, dan kom ik hem halen zodra Isla en Angus klaar zijn,' zei Drew stralend.

Felicity holde opgewonden de trap af en gooide de deur van de woonkamer open. Tot haar verbazing staarden zes paar ogen haar aan.

'Wanneer zijn jullie binnengekomen?' vroeg Felicity, verbaasd Rory en Fergus ook te zien.

'Maakt niet uit,' zei Allie met een wegwuivend gebaar. 'Heb je nieuws?'

Felicity kon zich niet langer inhouden en ging naast Finn op de armleuning van de bank zitten.

'Finn! Je hebt een broertje gekregen. Angus! En alles is helemaal goed met hem! Is het niet fantastisch?'

Iedereen barstte in juichen uit en Finn sprong op. 'Mag ik hem zien?'

Felicity wilde net zeggen dat hij nog even moest wachten, toen Drew al in de deuropening stond. 'Kom maar mee!'

Finn gilde opgewonden terwijl iedereen opsprong en Drew met felicitaties werd overladen. Finn keek naar zijn vader op, die hem een dikke knuffel gaf.

'Ben je er klaar voor om je pasgeboren broertje te zien?'

De stralende grijns op Finns gezicht zei genoeg.

Terwijl Finn met Drew de trap op ging, pakten de anderen hun jas.

Allie blies haar adem uit. 'Overweeg je om van beroep te veranderen en vroedvrouw te worden?' vroeg ze grinnikend aan Felicity.

'Ja, het is me opgevallen dat jij je zo snel mogelijk uit de voeten maakte,' antwoordde Felicity terwijl ze met haar ogen naar Allie rolde.

'Ik kan er niet tegen, tegen dat soort dingen,' zei Allie terwijl ze Felicity een knuffel gaf.

'Jij ook gefeliciteerd,' zei Fergus terwijl hij opstond. Even dacht Felicity dat hij haar ging omhelzen, maar uiteindelijk raakte hij aarzelend haar arm even aan. 'Dat is een geweldige prestatie die je net hebt geleverd!' complimenteerde hij haar.

Felicity straalde van trots. 'Ach, dit is een gewone dag in Heartcross voor me... Bruggen zien instorten, baby's ter wereld helpen...' zei Felicity ironisch, omdat ze zich plotseling alle chaos van die ochtend weer herinnerde; ze had er het afgelopen uur geen moment meer bij stilgestaan.

'De pers heeft contact opgenomen,' zei Rory terwijl hij zijn jas aantrok. 'Ze willen een interview met je. Vanmiddag.'

'We hebben die journalist jouw nummer gegeven,' voegde Allie eraan toe. 'Ze willen weten hoe het met de dorpsbewoners is en wat de plannen zijn.'

Felicity had geen idee wat ze daar eigenlijk van vond, hoewel ze natuurlijk had toegezegd dat ze de woordvoerder voor het dorp wilde zijn. Maar nu zou ze het liefst met een lekkere kop thee op de bank gaan zitten. 'Oké, dan wacht ik het telefoontje af. Ik denk dat ik het beste weer terug naar huis kan gaan om te zien hoe het er daar voor staat. Wat gaan jullie doen?' vroeg Felicity.

'Wij gaan ook en komen later wel terug om de baby te zien. Laat ze eerst maar even de tijd met elkaar hebben,' zei Allie.

Iedereen riep naar boven dat ze weggingen maar later terugkwamen om de baby te zien en terwijl ze zich klaarmaakten om de storm weer in te gaan, liet Felicity zich even op een stoel voor de haard neerzakken. Ze voelde zich leeg en emotioneel. Ze was bang geweest tijdens de bevalling, hoewel ze haar best had gedaan dat niet te laten merken. Stel dat er iets verkeerd was gegaan? Maar gelukkig was dokter Taylor precies op het goede moment gearriveerd en was alles helemaal in orde met baby Angus.

'Waar zit je aan te denken?' vroeg Rory met een blik op Felicity. 'Je ziet er doodmoe uit.'

'Zo voel ik me ook, om eerlijk te zijn,' zei ze terwijl ze haar benen onder zich trok.

'Ga je mee?'

Felicity schudde haar hoofd. 'Nee, ik blijf hier toch maar even zitten om bij te komen,' zei ze. 'Ik denk dat ik een borrel neem. Je helpt tenslotte niet elke dag bij een bevalling.'

'Wil je dat ik hier blijf?' bood Allie aan.

'Nee, ga maar, ik zie jullie later wel en om zes uur hebben we een bespreking in de theesalon.'

'Je hebt het fantastisch gedaan vandaag,' zei Allie en ze gaf haar een snelle knuffel. Felicity kreeg een warm gevoel van alle complimenten van haar vrienden. Misschien was dit het begin en zou ze zich langzamerhand steeds minder een buitenstaander gaan voelen?

Terwijl ze in het vuur staarde, glipte er een eenzame traan uit haar ooghoek. Natuurlijk was ze superblij voor haar vriendin; het zou egocentrisch zijn Drew en Isla hun geluk niet te gunnen wegens haar eigen verdriet dat zij nooit zelf zou bevallen, nooit een kind zou krijgen van wie ze zielsveel hield, nooit 'mammie' zou worden genoemd. En hoewel ze probeerde zich een toekomst zonder kinderen voor te stellen, bleef het verdriet altijd pijnlijk groot. Fergus' woorden van al die jaren geleden kwamen in haar op: 'Ik hou van je. Van jóú. Laten we ons niet richten op wat er niet is, maar op wat er wél is. Wat we samen hebben.'

Felicity voelde zich huilerig en stond op van haar stoel om zichzelf een vingertje whisky in te schenken uit de karaf die op het buffet stond. Ze wervelde de amberkleurige drank rond in haar glas en sloeg die in één teug naar binnen. De whisky brandde in haar keel. Terwijl de tranen inmiddels over haar wangen stroomden, tolden er gedachten aan haar eigen verleden door haar hoofd.

De geboorte van Angus had pijnlijke herinneringen in haar opgerakeld en zelfs na acht jaar verlangde ze er nog steeds naar om moeder te worden.

Ze ging voor het raam staan en keek haar vrienden na terwijl ze van Foxglove Farm vandaan liepen. Haar ogen bleven rusten op Esme. Rory en Allie liepen hand in hand voorop. Toen zag ze dat Fergus stilstond en iets tegen Jessica zei, waarop Jessica knikte en met Esme aan haar hand verderliep, terwijl Fergus zich omdraaide en terug naar de boerderij kwam lopen. Felicity's hart maakte een sprongetje. Waarom kwam hij terug?

Haastig veegde ze haar tranen weg en zette ze zich schrap voor zijn komst. Ze hoorde de deur opengaan en even later stond Fergus in de deuropening van de woonkamer.

'Ben je iets vergeten?' vroeg Felicity terwijl haar hart in haar keel klopte. Ze hield haar ogen op de vloer gericht zodat hij haar huilogen niet zou zien.

'Gaat het?' vroeg hij voorzichtig. 'Ik had het gevoel...'

Al voordat Fergus zijn zin kon afmaken, kon Felicity zich niet meer inhouden en stroomden de tranen weer over haar wangen.

Ze keek naar hem op en even stonden ze in een ongemakkelijke stilte tegenover elkaar, maar toen opende hij zijn armen en liet ze zich door hem omhelzen; het voelde heel natuurlijk.

Felicity liet haar gezicht tegen zijn schouder rusten. Ze rook de kruidige geur van zijn aftershave; een vertrouwdheid die ze zo ontzettend had gemist.

'Ik weet hoe moeilijk het voor je moet zijn geweest om te helpen bij een bevalling... na alles.' Fergus liet haar langzaam los.

'Je hebt geen idee...' Haar stem haperde. 'Maar we weten allebei...'

Fergus zag dat Felicity nog steeds veel moeite had met het verleden. 'Flick, er zijn meer opties en als je iemand tegen...'

'Nee, Fergus,' onderbrak Felicity hem. De gedachte aan een kind van een andere man terwijl ze alleen maar naar een kind van hém verlangde, was te veel. 'Een baby van mezelf is het enige wat ik ooit heb gewild. Voor jou is het makkelijk...' Zodra de woorden haar mond uit waren, besefte ze hoe onaardig ze klonk. 'Sorry... Ik bedoelde niet...'

'Ik weet dat je het niet zo bedoelde... Maar ik heb het ook meegemaakt, ik was erbij, weet je nog,' zei hij zacht. 'Ik weet precies hoe je je voelt.'

'Maar jij hebt nu je eigen gezin. Jouw leven is verdergegaan. Maar voor mij zal dat nooit gebeuren.' Ze wist dat ze zich liet overmannen door haar emoties maar ze kon er niets aan doen. Het was niet zíjn fout dat ze naar Londen was vertrokken, hij was zelfs degene geweest die haar had gesmeekt te blijven.

'Dat betekent niet dat ik geen gevoelens heb of het verleden ooit zal vergeten.'

'Gevoelens? Waarvoor?' Felicity keek naar hem op en liet zich langzaam op de bank neerzakken. 'Het verleden of voor mij?'

De vraag bleef in de lucht hangen, Fergus gaf er geen antwoord op, maar zei: 'Ik wilde gewoon weten of het wel met je ging.'

'En als ik zou zeggen dat het níét gaat?' Felicity voelde zich triest en kwetsbaar bij de gedachte dat ze nooit meer moeder zou worden. Ze dacht terug aan haar eigen jeugd, waarin ze met haar rode laarsjes aan door de plassen had gespetterd, altijd een vreugdedansje had gedaan als haar oma de taaipoppen uit de oven haalde en haar moeder elke avond naast haar in bed kwam liggen om haar een verhaaltje voor te lezen. Dat soort ogenblikken waren haar heel dierbaar en die had ze ook met haar eigen kinderen willen meemaken. Met kinderen van haar en Fergus.

Even keken ze elkaar indringend aan. Toen zei Fergus: 'Dan zou ik met je meelopen naar huis en je afleveren in de veilige handen van Rona.'

Felicity had op meer gehoopt; dat hij zou zeggen dat hij bij haar zou blijven zitten tot ze zich wat beter voelde, hoelang dat ook duurde, maar ze wist dat dat voor hem ook moeilijk was.

Ze knikte en probeerde de pijnlijke herinneringen van zich af te schudden. 'Nee, het gaat wel... Ga jij maar gauw naar Esme en Jessica toe.'

Fergus aarzelde even en stond op. Zijn hand ging twijfelend door zijn haar terwijl hij naar de deur liep. Felicity's hart maakte een duikeling. 'Nou, het beste dan.'

Ze keek hem na terwijl hij met grote stappen wegliep over de lange oprit en moest een brok wegslikken.

Boven kon ze nog het vrolijke gekwetter van Finn horen, die helemaal enthousiast was over de komst van zijn kleine broertje. Felicity nam zich voor dat ze, ook al zou ze zelf nooit een kind baren, baby Angus met open armen zou verwelkomen en Isla wanneer het maar mogelijk was, zou helpen. Ze besloot een onmisbare oppas te worden.

Ze kon de tijd niet terugdraaien, maar het feit dat Fergus was teruggekomen om te kijken hoe het met haar ging, gaf haar een sprankje hoop op een vriendschap waarvan ze had gedacht dat die voor altijd voorbij was. Ze had zich zorgen gemaakt over zijn reactie op haar thuiskomst, maar voelde nu toch dat er een kans was dat ze weer vrienden werden, iets wat het leven hier in de kleine dorpsgemeenschap een stuk eenvoudiger zou maken. Ze hadden nog een lange weg te gaan en Felicity wist niet of ze ooit wel over het verdriet heen zou komen dat ze samen hadden meegemaakt. Maar Fergus had laten zien dat hij nog steeds om haar gaf en daar was ze heel blij om.

14

‘Felicity, telefoon voor je,’ riep Rona naar de badkamer boven.

Felicity was, nadat ze bij de boerderij was vertrokken, langs Hamish’ winkel gelopen, die al een krat etenswaren had klaargezet voor de theesalon. Van hem hoorde Felicity dat de stemming in het dorp niet al te opgewekt was; wat natuurlijk begrijpelijk was. Iedereen leefde in onzekerheid over hoe het nu verderging, hoelang het zou duren voor er weer een brug was of wanneer er levensmiddelen konden worden geleverd. De mensen maakten zich echt ongerust; de impact op het dorp was groot.

Hamish wist ook dat Meredith en Fraser al enorme pannen bij de theesalon hadden afgeleverd om gemakkelijker eten in enorme hoeveelheden te kunnen maken. En Meredith had natuurlijk aangeboden Rona te komen helpen. Het was nogal een taak en ze zouden alle zeilen bij moeten zetten om de komende dagen, misschien zelfs weken, eten voor het hele dorp te koken.

Felicity lag inmiddels tot aan haar kin in het badschuim in een lekker warm bad na te denken over het dorp en hoe iedereen het zou redden. De eerste dagen liep het waarschijnlijk nog wel los, dacht ze, maar zodra de voorraden begonnen te slinken, zou er veel van iedereen gevraagd worden en werden de lontjes vanzelf korter.

‘Wie is het?’ riep ze terwijl ze overeind kwam en het warme water om haar lijf klotste.

‘Aidy Redfern, van de BBC,’ riep haar moeder terug, waarop Felicity snel het bad uit stapte en een badjas aantrok die ze strak om haar natte lichaam vastknoopte. Daarna rende ze de trap af naar beneden, waar Rona haar de hoorn aangaf. Ze liet zich neerzakken op de eerste traptree.

'Hallo, met Felicity Simons,' nam ze op met een keurige telefoonstem die een glimlach op het gezicht van haar moeder toverde. Rona liep terug naar de keuken om een kop koffie te maken. Ze kon Felicity druk horen vertellen.

Zodra het gesprek ten einde was, riep Felicity: 'Gauw, zet de televisie aan. Ik kom zo op het nieuws!'

Rona duwde een mok koffie in Felicity's handen en drukte op de knop van de tv. Samen gingen ze op de bank zitten en wachtten geduldig af tot de ingestorte brug in beeld kwam.

Aidy Redfern stond ervoor met een microfoon in zijn hand.

'Ik sta hier voor de overstroomde oevers van River Heart, waar eerder vanmorgen een brug is ingestort, waardoor het dorp Heartcross geïsoleerd is geraakt van de bewoonde wereld. Omdat er nog steeds weerswaarschuwingen gelden en er vanmiddag meer regen wordt voorspeld, komt het erop neer dat we kwetsbaar zijn en zijn overgeleverd aan de genade van de volgende storm. Het leger dropt op dit moment zandzakken in de regio om verdere schade te voorkomen, maar het zal lang duren voordat alles daar weer normaal functioneert. We hebben contact kunnen leggen met een plaatselijke bewoner, Felicity Simons, die door het dorp als woordvoerder van Heartcross is aangesteld. Hoe is de stemming op dit moment bij jullie, Felicity?'

'We zijn geschokt,' hoorde Felicity zichzelf antwoorden.

'Getver, wat een rare stem! Zo klink ik helemaal niet!' riep Felicity uit met een grimas naar het televisiescherm.

'Zo klink je precies,' grinnikte Rona, die haar ogen strak op het scherm gericht hield. 'Kijk nou! Je naam staat onder in het beeld! Felicity Simons, woordvoerder van Heartcross,' las Rona op belangrijke toon voor.

'Iedereen doet zijn best om de ander gerust te stellen. We weten niet wat er gaat gebeuren of wanneer de brug weer wordt hersteld. Op

dit moment is de sfeer erg somber hier.'

'Minister Annie Boyd heeft beloofd Heartcross tot haar eerste prioriteit te maken, wat vinden de dorpsbewoners van haar toezegging?'

'Natuurlijk is iedereen dankbaar voor alle hulp die we kunnen krijgen. Vlak vóór de brug instortte, hebben hier gelukkig nog leveringen plaatsgevonden en we hebben een bijeenkomst om deze noodsituatie te bespreken gehouden, waarin we hebben besloten alle levensmiddelen in te zamelen en een soort gaarkeuken te openen – die ik samen met een aantal andere dorpsbewoners zal gaan bemannen – waar iedereen kan komen eten.'

'Hier naast mij staat meneer Smith, degene die in de gemeenteraad van Glensheil, waar Heartcross onder valt, verantwoordelijk is voor de infrastructuur.' Aidy hield de microfoon voor de mond van een gezette man met rode wangen van begin zestig, in een regenjas en groene kaplaarzen. Zijn bril zakte af tot halverwege zijn neus. *'Wat is uw eerste actie om Felicity en de bewoners van Heartcross te helpen?'* vroeg hij.

'Morgenochtend hebben we een spoedoverleg met de minister. Daarin gaan we de reparatie van de brug en de kosten ervan bespreken.'

'Ik neem aan dat het herstel van de brug de eerste prioriteit is en zo snel mogelijk wordt gedaan? Zodat de bewoners van Heartcross gewoon bereikbaar zijn?'

Het gemeenteraadslid leek even te aarzelen. *'De brug staat op de monumentenlijst, dus de kosten om hem te herbouwen zullen fenomenaal zijn, maar we overleggen op dit moment met het leger en het ministerie van Verkeer en Waterstaat over hoe we dit het beste kunnen aanpakken.'*

Aidy draaide zich weer om naar de camera. *'We houden u de hele dag op de hoogte van alle ontwikkelingen hier. Dit is Aidy Redfern voor* BBC *Schotland.'*

'Mijn god, je was op tv!' riep Rona uit.

'Het was alleen mijn stem maar, mam, en ze hebben heel veel

uit het interview gesneden,' reageerde Felicity met haar blik nog op het scherm gericht.

'Dat doen ze altijd.'

Ze keken allebei in stilte naar de rest van het nieuws. Het hele land had last van de stormen en het onstuimige weer.

'Het herstel van de brug zal heel wat voeten in de aarde hebben, denk je niet?' zei Felicity met een zucht, denkend aan de woorden en het gezicht van het gemeenteraadslid.

Rona schudde haar hoofd. 'De kosten worden ongelofelijk hoog en het lijkt erop dat we voorlopig alleen via het bergpad naar de buitenwereld kunnen.'

Felicity wist dat die route geen optie was. Vrachtwagens konden hem sowieso niet nemen en voor mensen kostte het uren lopen. Ze hadden een noodbrug nodig, op zijn minst een loopbrug die meteen kon worden gebouwd, ook al konden daar dan geen voertuigen overheen. Dan hadden ze in elk geval toegang tot de andere kant. Ze pakte haar iPad en logde in bij Facebook. Tot haar verrassing zag ze dat veel dorpelingen erop hadden gezet dat ze veilig waren na de ramp in Heartcross. Ze klikte op haar meldingen en zag dat ze was uitgenodigd een Facebookpagina te liken die was aangemaakt door Allie. Er stond een foto van Felicity zelf op, met eronder: WOORDVOERDER HEARTCROSS. Andere bewoners hadden de pagina al geliket. De bespreking van die avond om zes uur in de theesalon werd er ook al op aangekondigd, waar alle dorpsbewoners voor werden uitgenodigd.

Er waren ook al vele vragen en commentaren gepost op de pagina. Eén was afkomstig van Julia van de B&B en gericht aan de gemeente. Ze wilde een antwoord op de vraag die door iedereens hoofd speelde: hoeveel het zou kosten om een noodbrug over de rivier aan te leggen. Er was een antwoord op gepost waarin het bedrag op ongeveer driehonderdduizend pond werd geschat. Toen Felicity dat las, ademde ze verschrikt in, ze had geen idee hoe ze aan zoveel geld moesten komen, tenzij de regering het wilde financieren.

'Wat ben jij aan het bekijken?' vroeg Rona, omdat Felicity helemaal verdiept zat in haar iPad.

'Allie heeft een Facebookpagina opgezet, zodat we alle updates en vragen over de brug op één plek hebben.'

'Dat is handig,' zei Rona, die zelf geen technisch wonder was en dus op Felicity zou moeten vertrouwen om haar op de hoogte te houden.

'Zo te zien willen de mensen dat er meteen iets gebeurt, maar als ik de gemeente zo hoor wordt dat niet zo eenvoudig.' Felicity scrolde door alle opmerkingen.

'Nee, eenvoudig wordt het niet,' zei Rona. 'Geld en mankracht liggen nu eenmaal niet voor het oprapen.'

Toen pingde Felicity's iPad. Ze opende haar mail en zag dat ze een bericht van Polly had.

Flick, heel veel liefs en een heleboel knuffels uit Londen. We hebben je hier in de pub net op de televisie gehoord en kunnen gewoon niet geloven wat er daar in Heartcross is gebeurd.
Iedereen stuurt je heel veel groeten en we hopen je snel weer in Londen te zien! Sterkte!
Liefs Polly x

'Het is een bericht van Polly; ze heeft het nieuws net gezien.'

'Je vriendin uit Londen?'

Felicity knikte. 'Ze hoopt me snel weer in Londen te zien.'

'Je moet je baas ook mailen, natuurlijk,' bedacht Rona hardop. 'Om haar te laten weten dat je niet terug bent op de afgesproken datum.'

Hoewel Felicity al had besloten dat ze niet terugging naar het warenhuis, moest ze Eleanor Ramsbottom zo snel mogelijk mailen. Het zou een tijd duren voordat ze Heartcross überhaupt uit kon. Ze begon meteen aan een nieuwe e-mail.

Beste Eleanor,
Zoals je waarschijnlijk op het nieuws hebt gezien, is de brug naar Heartcross ingestort door de storm, zodat ik helaas gestrand ben in het dorp en er niet uit kan. Daardoor is het onmogelijk om volgende week, zoals gepland, terug te zijn op het werk.

Met vriendelijke groet,
Felicity Simons.

Het was een kort en keurig bericht.

Nadat Felicity op 'verzenden' had geklikt, scrolde ze door de rest van haar e-mails. Als eerste opende ze een nogal officieel uitziend bericht van de gemeenteraad, van meneer Smith. Het bleek een uitnodiging te zijn voor het bijwonen van de Skype-vergadering waarin de volgende stappen die zouden worden gezet werden besproken. Dat zou haar direct inzicht verschaffen in de manier waarop de minister van plan was de inwoners van Heartcross te helpen. Ze accepteerde de uitnodiging onmiddellijk en postte een bericht op de nieuwe Facebookpagina om te laten weten dat ze er virtueel bij aanwezig zou zijn.

Vrijwel onmiddellijk werd ze overladen door een lawine aan vragen en opmerkingen van de inwoners, die de pagina blijkbaar goed in de gaten hielden. Felicity begon een lijstje te maken.

'Misschien heb ik wel te veel hooi op mijn vork genomen,' constateerde Felicity met een zucht. 'Ze lijken allemaal te denken dat ik een of ander toverstafje heb en ervoor kan zorgen dat er morgen weer een brug is.'

Rona trok haar wenkbrauwen op. 'Dan zullen ze nog raar opkijken.'

'Ik hoop niet dat ze het mij gaan verwijten als het allemaal veel tijd kost.'

'Natuurlijk niet, en Annie Boyd heeft trouwens toegezegd dat ze de problemen hier in Heartcross prioriteit geeft. Meer kunnen ze niet vragen.'

'Laten we het hopen. Bert van de autohandel neemt in elk geval al geen blad voor de mond in zijn commentaar hier.'

Felicity scrolde verder en draaide haar iPad naar haar moeder toe. 'Isla en Drew heten Angus welkom op de wereld met hun eerste familiekiekje... Kijk.'

Rona keek en wapperde met haar hand voor haar gezicht toen er tranen in haar ogen sprongen. 'Ach, wat een schatje. En hij heeft Drews neus. Duidelijk.'

'Hoe kun je dat nou zien, hij is pas een paar uur oud,' grinnikte Felicity.

'Dat zie je toch,' zei Rona. 'Dat kun je altijd meteen zien. Maar hoe gaat het met jou? Het moet heftig voor je zijn geweest om die bevalling mee te maken.'

Felicity voelde de overbekende steek van verdriet.

'Het ging wel, mam,' zei ze. 'Ik ben gewoon op de automatische piloot overgeschakeld en heb gedaan wat iedereen zou doen in zo'n situatie... Nou ja, iedereen behalve Allie,' lachte ze. 'Die wist niet hoe snel ze weg moest komen toen ze de keuze had tussen Finn en Esme zoet houden of assisteren bij de bevalling.'

'Was Fergus daar met Esme?'

Felicity knikte. 'En hij vertrok ook weer tegelijk met de anderen, maar kwam toen terug om te kijken of alles oké met me was.'

'Ach, dat is aardig van hem,' zei Rona.

'Ja, inderdaad,' beaamde Felicity. 'De storm is wat minder geworden, dus ik ga straks even op de boerderij langs om te kijken of ik iets voor Isla en Drew kan doen,' zei Felicity terwijl ze opstond om naar boven te gaan.

'Doe ze heel veel groeten en zeg maar dat ik binnenkort een keer kom om dat ventje een dikke knuffel te geven.'

Een tijdje later was Felicity op weg naar Foxglove Farm. Ze zag een groepje dorpsbewoners op de berg staan. Ze stonden te kijken naar de plek waar de brug had gelegen. Er vlogen helikopters boven die zandzakken uitgooiden in de diepe kuilen in de oever die waren ontstaan nadat de brug was ingestort en door de rivier was weggevoerd, zodat het water onder controle werd gehouden. Gelukkig lag het dorp een stuk bergopwaarts zodat de huizen en gebouwen daar werden gespaard voor het water. Toen Felicity langs de school liep, hing daar een briefje VOOR ONBEPAALDE TIJD GESLOTEN op de deur.

Ze bleef even stilstaan en leunde tegen het schoolhek. Ze sloot haar ogen, hief haar gezicht op naar de hemel en snoof de frisse lucht op. Rechts van haar lag het houten hikersladdertje, een zogenoemde 'stile', om de gestapelde stenen muur over te gaan zodat je op het smalle voetpad kwam dat naar de pas leidde. Er kwam een herinnering in haar naar boven aan een plek een eind de berg op, waar ze als kind en later als tiener vaak was geweest. In een impuls besloot ze daar eerst een kijkje te gaan nemen. Met de wind in haar haren klom ze boven aan Love Heart Lane over de muur. Daarna was het een klim van een minuut of tien naar een fantastisch uitzicht, je kon er kilometers ver kijken. Ze was er al meer dan tien jaar niet geweest, het was een plek tussen de majestueuze bergen die niet veel mensen kenden en niet was aangetast door de tijd. Voor Felicity een heel vertrouwde plek.

Na een tijd zag ze het kleine stenen huisje al voor zich opdoemen waar ze als kind heel veel zomervakanties met haar vriendjes en vriendinnetjes had doorgebracht. En later, toen ze ouder was, was ze er ook vaak geweest. Bij de herinnering aan die keer dat Fergus zijn vingers in de hare had verstrengeld en haar daarbinnen voor het eerst had gekust, kreeg ze weer vlinders in haar buik.

Toen ze dichterbij liep, ontdekte ze dat alle ruiten gesneuveld waren en het huisje er haveloos bij lag, maar het had nog steeds iets magisch en riep goede herinneringen op.

Even later draaide Felicity de deurknop langzaam om en duwde de voordeur een beetje nerveus open. Het huisje had maar twee kamers. Er stond een oude, muffe bank in de hoek met allerlei rotzooi op de betonnen vloer eromheen. Het leek of er iemand had geslapen, misschien iemand die bescherming had gezocht voor de storm. Ze bleef even in de deuropening staan en dacht terug aan alle keren dat Isla, Allie en zij hier hadden gespeeld dat dit hun huisje was en er hadden gepicknickt. Urenlang waren ze hier zoet geweest, waarna ze het rotsige pad weer af klauterden voor het avondeten.

Felicity herinnerde zich de laatste keer dat ze hier was geweest nog alsof het gisteren was. Ze knipperde met haar ogen om de tranen tegen te houden. Toen ging ze weer naar buiten en liep naar het bankje verderop, waar het prachtige uitzicht zich voor haar ontvouwde. Op de een of andere manier waren de sneeuwklokjes die er stonden niet ten onder gegaan in de storm en stonden ze nog trots rechtop.

Felicity had geen idee waarom het huisje er ooit was gebouwd. Ze had nooit geweten dat het er was, tot ze het op een dag samen met Isla en Allie had ontdekt. Ze waren in het beekje dat de heuvel afliep aan het plonzen geweest, toen Isla had besloten dat ze gingen kijken waar het water vandaan kwam. Het was hun alle drie verboden om zonder een volwassene de bergen in te gaan, maar op die zomerse dag waarop de zon hoog aan de hemel stond, hadden ze besloten om toch op onderzoek uit te gaan. Toen hadden ze het huisje ontdekt en daar de hele dag in gespeeld, waarna ze er elke dag van de vakantie met zijn drietjes waren teruggekeerd. Tot de jongens hen hadden gezien en waren gevolgd. Zo waren ze ook bij hun groepje gaan horen.

En later, in hun tienertijd, waren Felicity en Fergus onafscheidelijk geworden. Toen had haar hart elke ochtend van de vakantie sneller geklopt omdat ze die dag weer samen zouden doorbrengen. Terwijl ze rondhingen in hun schuilplaats, hadden ze hun dromen gedeeld en afgesproken eeuwig bij elkaar te blijven.

Terwijl Felicity opging in de gelukkige herinneringen aan haar jeugd, vroeg ze zich af waarom het leven als volwassene zoveel moeilijker en niet zo onbezorgd kon zijn. Ze slenterde naar de enorme boom die hen vaak had beschermd tegen de brandende middagzon. De kale takken zwiepten nu heen en weer boven haar hoofd. Deze boom was haar dierbaar en terwijl ze naar de stam keek, werd ze overvallen door droefenis. In de bast stond een hart met *F&F* erin gekerfd. Felicity volgde de lijn van het hart met haar vinger. 'Fergus en Flick,' mompelde ze in zichzelf, terwijl ze een traan wegveegde met de rug van haar hand.

Toen ze een takje achter zich hoorde knappen, schrok ze op uit haar dagdroom en draaide zich met een ruk om.

Fergus stond achter haar, even knap als altijd. Hij streek zijn haren uit zijn ogen terwijl hij haar strak aankeek.

'Wat doe jij hier?' vroeg ze. Haar hart bonkte in haar keel.

'Ik zag je over het muurtje klimmen.'

'Heb je me gevolgd?' vroeg Felicity met haar ogen tot spleetjes geknepen.

'Nou nee, ik wist waar je naartoe ging,' antwoordde hij met zijn handen diep in de zakken van zijn jas.

Felicity keek toe terwijl hij naar de boom liep en ook met zijn vinger de lijn van het hart volgde. 'Het zit er nog steeds... Kalverliefde, hè?' zei hij zacht.

Felicity liet zich op het bankje zakken, ze wist niet wat ze moest zeggen. In haar hoofd had ze al zoveel gesprekken met Fergus gevoerd, maar nu wist ze niet waar ze moest beginnen.

'Wat doe je hier?'

Hij keek op naar de hemel. 'Ik wilde zeker weten dat alles oké met je was.'

Er zwommen talloze vragen door haar hoofd. 'Denk je nog weleens aan ons?' vroeg ze voor ze het wist.

Fergus haalde zijn handen uit zijn zakken en wreef ze tegen elkaar, iets wat hij altijd deed als hij nerveus was.

'Soms,' gaf hij toe, nog steeds met zijn ogen omhooggericht. 'Maar het leven is verdergegaan, Flick.'

'Is dat zo?' De woorden waren haar mond al uit voordat ze ze kon tegenhouden.

Fergus keek haar aan. 'Wat bedoel je?'

'Niks, het maakt niet uit,' antwoordde ze. Diep vanbinnen wilde ze hem vertellen dat ze nog steeds gevoelens voor hem koesterde, zelfs na al die jaren.

Fergus kwam naast haar zitten en samen staarden ze een tijd voor zich uit.

'Ik wilde je geen verdriet doen,' verbrak Felicity de stilte uiteindelijk.

'Het is lang geleden.' Zijn stem klonk onaangedaan.

Ze wierp een snelle blik zijn kant op en zag dat zijn ogen waterig waren.

'Ik had je nooit kunnen geven wat je wilde,' zei ze zacht.

Hij keek haar aan en hield haar blik vast. 'Jij probeerde voor mij te denken, jij besloot wat ik wilde, terwijl ík je de hele tijd zei dat jij het enige was wat ik wilde. Het was jouw keuze me niet te geloven en ervandoor te gaan.'

'Verwijt je het me?'

Hij keek haar niet-begrijpend aan. 'Wat? De miskramen? Natuurlijk niet! Hoe kom je daar nou bij? Ik hield van je.'

Bij het woord 'hield' draaide de pijn zich als een mes om in haar hart. 'Nee, dat ik ben weggevlucht,' zei ze haperend.

Het was even stil. 'Ik heb er lang over gedaan om eroverheen te komen, heel lang. Jij liet mij in de steek. Ik rouwde om ons verlies en om jou. Ik dacht dat we een team waren, dat we er samen wel doorheen zouden komen. Daar had ik alles voor over. Maar je vertrouwde me niet, je vertrouwde niet op wat ik tegen je zei. Jij nam het besluit om weg te gaan en ik moest het ermee doen: overeind zien te krabbelen, mezelf bij elkaar rapen en het leven weer oppakken. Ik heb met vallen en opstaan geleerd om verder te gaan.'

'Ja, dat is duidelijk, dat je het leven weer hebt opgepakt en verder bent gegaan.'

Fergus keek haar niet al te vriendelijk aan. 'Dat is echt niet fair, Flick. Verplaats jezelf eens in mijn schoenen. Die eerste tijd, dat eerste halfjaar, hoopte ik constant dat je terug zou komen.'

Felicity staarde naar de grond en zei niets.

'Wat verwachtte je? Dat ik eeuwig op je zou blijven wachten? Wachten tot je eens een keer aan míj dacht, dat ik het er net zo moeilijk mee had als jij? Dat ik mijn leven stilzette?'

'Ik was de moeder...' zei ze.

'En ik was de vader die met heel zijn hart van de moeder hield.'

Felicity zweeg, het was triest wat ze Fergus had aangedaan. Hij was een goeie vent en verdiende het niet zo behandeld te worden.

'Ik dacht dat ik dat gevoel nooit meer mee zou maken. En toen kwam Lorna in mijn leven.' Hij haalde diep adem. 'Ik dacht dat ik nooit meer in staat zou zijn een vrouw te vertrouwen; ik wilde niet close met iemand worden omdat ik bang was dat ze weer bij me weg zou gaan. Mijn angst om afgewezen te worden was te groot om een relatie te willen.' Fergus snoof en Felicity gaf hem een zakdoekje aan dat ze uit haar jaszak haalde.

'Lorna leerde me opnieuw van iemand te houden, iemand te vertrouwen. Ik hield van haar en kreeg weer zin in het leven.' Hij veegde zijn tranen weg. 'En Esme is het beste wat me ooit is overkomen,' vulde Fergus aan.

'Dus is het maar goed dat ik toen weg ben gegaan.' Felicity kon niet laten het te zeggen.

Fergus schudde zijn hoofd. 'Nou, dat vind ik niet fair. Hoe moet ik daar nou antwoord op geven? Het is heel zwaar geweest, Flick, Esme die haar moeder kwijtraakte... En voor mij is het ook moeilijk om ervoor te zorgen dat ze niet het gevoel krijgt dat ze iets mist en haar de liefde en aandacht te geven van twéé ouders.' Fergus' stem klonk onvast.

'Het spijt me. Het is nooit mijn bedoeling geweest je verdriet te doen.' Ze kneep haar ogen dicht en ademde diep in.

'Dat weet ik, Felicity. Dat weet ik. Maar het is wel gebeurd. Ik dacht dat mijn leven voor altijd kapot was.'

'Ik ook,' fluisterde Felicity en ze schoof haar hand in de richting van de zijne.

Fergus schudde zijn hoofd en besefte dat hij verkeerde verwachtingen had gewekt. 'Ik had niet achter je aan moeten komen.' Hij stak zijn hand snel in zijn zak en Felicity's hart zonk in haar schoenen.

'We kunnen de tijd niet terugdraaien.' Hij keek haar recht in de ogen. 'Jij hebt mijn hart gebroken, Felicity. Ik had ook veel verdriet, maar jij liet me zomaar in de steek. Ik geloofde werkelijk dat we voor altijd bij elkaar zouden zijn, maar nu...'

'Het was niet zomaar...' Haar stem brak.

'Waarom kon je me niet vertrouwen en me van je laten houden? Ik had het je beloofd!'

'Ik ben er nú.' Haar stem beefde. 'En ik hou nog...'

'Niet zeggen, Flick. We kunnen de tijd niet zomaar terugdraaien.'

'Kunnen we niet kijken wat er nog ís tussen ons? Het nog eens proberen?'

'Waarom heb je nu pas, na zoveel tijd, besloten dat je terug wilt? Je had me en je hebt me verlaten. Het heeft me lang gekost om daaroverheen te komen.'

'En ben je over míj heen?' Ze kneep haar ogen dicht in afwachting van zijn antwoord.

Hij ademde diep in. 'Ja, ik ben over je heen.' De waarheid sneed door haar heen. 'Mijn leven is veranderd. Esme is nu mijn prioriteit, zij komt op de eerste plaats... En hoe zou ik er ooit op kunnen vertrouwen dat je me niet wéér opeens in de steek laat?' Fergus stond op. Zijn woorden braken haar hart in duizend stukjes.

'Dat gaat niet gebeuren. Ik ben hier voorgoed terug.' Haar duim wreef over haar pols die gejaagd klopte.

'Hoe zou ik daar ooit zeker van kunnen zijn?' Zijn stem was zacht terwijl hij zich omdraaide en van haar wegliep, zoals zíj eens bij hem had gedaan.

Pas toen, toen ze hem nakeek terwijl hij terugliep over het pad, wist ze dat weggaan uit Heartcross de grootste fout was die ze in haar leven had gemaakt. Toen hij uit het zicht was verdwenen, liet ze de tranen komen. Haar borst schokte op en neer van verdriet terwijl ze tussen het snikken door naar adem hapte. Ongelukkig trok ze haar benen op en sloeg ze haar armen eromheen. Ze had er bitter berouw van dat ze toen was weggevlucht. Hij had alles voor haar betekend. En hij betekende nog steeds alles voor haar.

Haar hart was nog steeds vervuld van liefde voor Fergus.

15

Felicity hief haar hand op om alle vragen die op haar werden afgevuurd te stoppen. Vanbinnen voelde ze zich triest, op de rand van tranen. Als ze ergens niet wilde zijn op dit moment na het gesprek met Fergus, was het hier. En bovendien leek het hele dorp te denken dat zíj verantwoordelijk was voor een nieuwe brug en de snelle bouw ervan, zodat Heartcross weer terug kon naar het normale leven.

De theesalon was bomvol; er stonden zelfs mensen tegen de muren. Veel mensen in het publiek waren gewapend met blocnotes en pennen. Felicity stond voor het peloton, voor in de zaak.

Iedereen leek nogal geïrriteerd en wilde antwoorden op hun vragen, maar zo eenvoudig was het niet.

‘Stel dat de gemeente weigert een noodbrug aan te leggen?’ schreeuwde Louis, een boer, vanuit de hoek achterin. ‘Wat gaan we daar dan tegen doen?’

Er ging een boos gemompel op en Felicity werd er bloednerveus van.

‘We verliezen onze inkomsten als we niet naar Glensheil kunnen,’ ging Louis verder. Achter in de salon gingen instemmende kreten op.

Er werd een stoel achteruitgeschoven en Felicity zag Fergus tot haar verrassing opspringen en met zijn hand gebaren om iedereen tot kalmte te manen. Het werd stil. ‘Kunnen we even ophouden hiermee? En stilstaan bij de situatie? Felicity heeft ermee ingestemd onze woordvoerder te zijn, maar dat betekent niet dat zij de taak op zich heeft genomen om de brug in één dag met haar blote handen te gaan bouwen.' Hij keek om zich heen. 'De manier waarop jullie nu tegen haar praten slaat nergens op. Het is zinloos om jullie onvrede op haar te botvieren. Wij moeten onze krachten juist bundelen in dit soort tijden en elkaar steunen. Dat is de enige manier om deze situatie aan te kunnen. Felicity, Rona en Meredith hebben voorgesteld om voor ons te koken en hier een soort gaarkeuken te beginnen waar we allemaal kunnen eten, zodat we zo zuinig mogelijk omgaan met onze voorraden – tot we weten wanneer en hoe we weer worden bevoorraad. We hebben hier al eerder zware tijden gekend door het weer – oké, we zijn nog nooit helemaal afgesneden geweest van de buitenwereld – maar waar we nu iets aan hebben is oplossingen, in plaats van elkaar opfokken.'

'Zou het bijvoorbeeld mogelijk zijn om, wanneer de rivier kalmer is, per boot spullen te vervoeren?' opperde Felicity.

'Kijk, dat is wat we nodig hebben, ideeën die we kunnen overwegen, positieve suggesties, in plaats van alleen maar ontevreden naar een ander te wijzen,' moedigde Fergus haar aan. Hij liet zich terug op zijn stoel zakken en ving Felicity's blik, waarop ze 'dank je wel' naar hem mimede.

'Als eerste zal ik morgenochtend aanwezig zijn bij de virtuele vergadering en daarna post ik meteen een update voor jullie op de Facebookpagina. Klinkt dat oké voor iedereen?' Felicity keek de zaal rond en zag veel mensen knikken. Gelukkig was het overgrote deel van de dorpsbewoners gekalmeerd.

Rona glipte van tafel naar tafel om alle theekoppen nog eens bij te vullen en een beetje te babbelen om de stemming hoog te houden.

'We starten morgenmiddag om twaalf uur met de gaarkeuken, waarbij de kinderen en ouderen als eerste aan de beurt zijn. Ik zal voor elke straat hier in het dorp een rooster maken met tijden om hier te eten en dat op Facebook posten en het ook hier op het raam van de theesalon ophangen.'

‘Goed plan!’ riep Allie. ‘En vergeet niet jullie voedselvoorraden te brengen, mensen! Vooral de bederfelijke waren die we als eerste moeten verwerken. Jullie kunnen ze hier, bij de pub en bij de winkel van Hamish inleveren.’

Dat was het einde van de bijeenkomst en de mensen begonnen op te staan en hun spullen bij elkaar te zoeken. Er viel niet méér te doen tot na de vergadering van de ochtend erop.

‘Nou, ik ga maar snel terug naar Isla. Toen ik wegging schreeuwde de kleine de hele boel bij elkaar.’

‘Ach, schattig toch?’ zei Allie terwijl ze haar jas aantrok en een sjaal om haar hals wikkelde.

‘Morgenochtend kom ik alle eieren brengen,’ zei Drew tegen Felicity en Rona. ‘Ik ga voorlopig toch niet naar de markt, dus zijn er genoeg voor iedereen.’

‘Prima!’ zei Rona. ‘Dat is lief van je.’ Ze legde haar hand even op zijn arm. ‘Wat een dag, hè?’

‘Ik ben toe aan een flinke borrel,’ verklaarde Meredith. ‘Maar er komt natuurlijk een tijd dat wij ook door alles heen zijn, als we niet heel gauw bevoorraad worden.’

Rory wierp haar een blik vol afgrijzen toe. ‘Nee, dat mag absoluut niet gebeuren... Mijn god, weet je nog dat we ons eigen bier brouwden?’

Nu was het Fergus’ beurt om een gezicht vol afgrijzen te trekken. ‘Zo erg kan het nooit meer worden, hoop ik,’ zei hij lachend terwijl hij hem kameraadschappelijk op zijn rug sloeg. ‘Ik word geheelonthouder, jij hebt ons toen zowat vergiftigd!’

‘Nou, zo erg was het heus niet,’ protesteerde Rory.

Fergus knikte heftig terwijl Rory aan het woord was, maar trok zijn wenkbrauwen op en grinnikte. ‘Ik denk dat het echt meer dan verschrikkelijk was.’

Iedereen schoot in de lach en terwijl ze zich allemaal omdraaiden om te gaan, trok Felicity zonder nadenken aan Fergus’ mouw om nog iets tegen hem te zeggen. 'Dank je wel,' zei ze meteen toen hij opzij keek.

'Waarvoor?'

'Dat je voor me opkwam tegen de goegemeente.' Haar stem klonk zwakker dan normaal.

'Dat zou ik voor iedereen doen van wie ik denk dat hij of zij niet fair wordt behandeld.'

'Tuurlijk,' zei ze, met het gevoel alsof ze een idioot was.

Hij volgde de rest naar buiten en toen hij zich naar haar omdraaide in de deuropening begon haar hart sneller te kloppen. Ze stond als aan de grond genageld en haar ogen zochten zijn gezicht af.

'Trek je niks aan van Louis. Bij hem is het altijd veel geschreeuw en weinig wol. Iedereen hier is gewoon ongerust over zijn bron van inkomsten.'

Fergus glimlachte haar toe, iets wat ze totaal niet had verwacht. Het was een glimlach uit het verleden. Haar hart sprong op en ze besefte dat hij, hoe vaak hij zichzelf er ook van probeerde te overtuigen dat het niet zo was, nog steeds gevoelens voor haar had. Ze wist dat hun band niet was verdwenen, maar dat ze hem ervan moest overtuigen dat ze zijn vertrouwen waard was.

16

Toen de laatste bezoekers weg waren, begonnen Felicity en Rona aan de afwas; Rona waste en Felicity droogde. Ze zwegen, allebei verloren in hun eigen gedachten.

Na een tijdje zei Rona peinzend: 'Het wordt een gigantische klus, koken voor tweehonderd huishoudens.' Ze vroeg zich af of ze zich niet te veel op de hals hadden gehaald.

'Grote pannen stoofschotels, wij kunnen de groenten schoonmaken en de aardappels schillen. Allie en Meredith helpen mee en ik weet zeker dat Jessica ook een handje toesteekt,' zei Felicity, terwijl ze de kop-en-schotels weer keurig op de tafeltjes klaarzette voor de volgende dag. 'En dan zijn de kinderen er natuurlijk ook nog.'

'De kinderen?' vroeg Rona verbaasd.

'Esme en Finn... Ik weet zeker dat Isla rust nodig heeft en met Aggie in het ziekenhuis is het een ding minder voor Fergus om zich zorgen over te maken. Ze kunnen hier overdag zijn, wij houden ze wel bezig, toch?'

Rona stopte en keek haar dochter strak aan.

'Ik geloof niet dat dat een goed idee is, Felicity.'

'Hoezo niet?' vroeg Felicity, hoewel ze wist wat er ging komen.

'Gewoon, ik ben bang dat je probeert jezelf weer in Fergus' leven binnen te wurmen.'

Hoewel ze wist dat haar moeder gelijk had, vond ze het irritant dat Rona dat van haar dacht. 'Ik zeg gewoon...'

Rona keek haar dochter veelbetekenend aan.

'Ik bedankte hem alleen maar dat hij voor me opkwam.'

'Als Fergus nog steeds gevoelens voor je heeft, moet je er geen druk op zetten, laat het vanzelf gebeuren, laat hem naar jóú komen.'

Felicity wist wel dat haar moeder gelijk had, maar ze wilde de boel een zetje in de goede richting geven.

'Hij heeft een hoop aan zijn hoofd met Aggie aan de andere kant van de rivier.'

Felicity voelde haar stemming omslaan. Alle blijdschap omdat Fergus naar haar had gelachen, gleed uit haar weg.

Toen er op het raam werd geklopt, draaiden ze zich allebei om. Het was Allie, en Felicity rende naar de deur. 'Ben je iets vergeten?'

'Nee, maar iedereen gaat nog even naar de pub. Zin om ook te komen?'

'Iedereen?'

'Nou, behalve Isla natuurlijk. Maar we gaan snel een dronk uitbrengen op de baby.'

Felicity keek haar moeder aan.

'Ga jij maar,' zei ze. 'Ik begin met het voorbereiden van de groenten voor morgen.'

Felicity gaf haar moeder een snelle zoen op haar wang en zei: 'Dank je. Ik maak het niet te laat.'

Ze trok haar jas aan en stak haar arm door die van Allie. 'Komt Fergus ook?'

Allie gaf haar een kneepje. 'Jessica heeft Esme dus ja, voor één keer wel.'

Felicity's mondhoeken gingen omhoog.

'Denk maar niet dat ik die glimlach van je niet zie,' zei Allie plagend.

'Ik heb geen idee waar je het over hebt,' zei Felicity met een onschuldig gezicht.

Allie rolde goedmoedig met haar ogen. 'Nee, natuurlijk niet.'

17

De groep zat aan de tafel voor het oplaaiende haardvuur toen Allie en Felicity binnenkwamen. Nell, Allies trouwe labradoedel, lag voor het vuur uitgestrekt. Ze opende één kraaloogje en toen ze zag dat het Allie was die binnenkwam, sloeg ze een paar keer met haar staart op de vloer maar kwam verder niet in beweging.

'Wat ben je toch een lieverd,' zei Allie terwijl ze bij de hond neerhurkte en haar over haar buik aaide, waarna ze naast Rory ging zitten en hem een kus op zijn wang gaf.

'Iets drinken?' vroeg hij.

Allie knikte en stak haar hand op naar haar moeder, die achter de bar stond en meteen een paar gin-tonics kwam brengen.

Drew zat al aan een biertje en Felicity liet zich naast hem neerzakken. 'De bevalling liep op rolletjes,' zat hij te pochen. 'Ik ben een enorme hulp geweest.' Hij glimlachte ondeugend naar Felicity. Ze schudde grinnikend haar hoofd.

'Nee, eerlijk... Ik was een watje. Als Felicity niet zo kalm was gebleven en me niet had verteld wat ik moest doen, was Angus zeker niet zo gemakkelijk ter wereld gekomen. Dus proost ik hierbij op mijn fantastische vrouw – die op dit moment het kleine mannetje voedt terwijl ik hier een biertje kan drinken – en ten tweede op Flick: zonder jou was het nooit gelukt! Op Isla en Flick!' Hij hief zijn glas en iedereen deed hetzelfde.

Felicity voelde dat ze hoogrood werd omdat alle ogen op haar waren gericht. 'Iedereen zou hetzelfde hebben gedaan.'

'Nou, behalve ik dan, ik ben zo hard mogelijk weggerend,' grinnikte Allie. 'Ik ben niet goed met bloed en dat soort dingen.'

Felicity grijnsde en gaf haar een knuffel.

'Zijn jullie van plan om kinderen te krijgen?' vroeg Drew onschuldig.

Rory verslikte zich in zijn bier, en belandde in een hoestbui. Plotseling was alle aandacht op hem gericht. Allie trok haar wenkbrauwen naar hem op. 'Ik geloof dat Rory nogal geschrokken is van die vraag.' Ze gaf een kneepje in zijn knie. 'Wie weet... ooit... Het is nog een beetje vroeg voor ons.'

Iedereen nam een slok uit zijn glas en Felicity voelde dat Fergus naar haar keek. Ze ving zijn blik en keek onmiddellijk weer weg, maar haar ogen gingen als vanzelf weer naar hem terug. 'Alles oké?' mimede hij.

Maar voor ze kon reageren zei Allie: 'Sorry, Flick. Al dat gepraat over baby's moet moeilijk voor je zijn. Gaat het?'

'Ja, hoor, echt, maak je niet druk om mij.' Ze glimlachte en deed alsof er niets aan de hand was, maar wenste intussen dat Allie die vraag niet had gesteld waar iedereen bij was. Ze wilde niet dat iemand zich ongemakkelijk voelde om haar, en zeker Drew niet, die aan zijn tweede biertje zat en de geboorte van zijn zoon vierde.

'Whisky, we hebben whisky nodig!' zei Rory met een harde klap op de tafel. 'Whisky!'

'O jee, wordt het weer zo'n avond?' vroeg Allie plagerig. Ze stak haar hand nog een keer op naar haar moeder, die haar streng aankeek omdat ze niet van plan was haar de hele avond te blijven bedienen.

'Ik geloof dat het beter is dat ik het zelf haal,' zei Allie giechelend terwijl ze opstond. 'Allemaal een whisky?'

'Nee, niet voor mij!' riep Felicity uit. 'Ik moet morgenochtend fris zijn... Vergeet niet dat ik een Skypevergadering heb met de gemeente.'

'Ik heb er alle vertrouwen in dat jij voor elkaar krijgt dat er morgenavond een nieuwe brug is,' zei Allie met een knipoog, waarna ze naar de bar liep en de drankjes begon in te schenken.

'Ja, dat hoopt iedereen volgens mij.' Felicity rolde met haar ogen, plotseling nerveus dat ze ermee had ingestemd de woordvoerder voor het dorp te zijn; er rustte zoveel op haar schouders.

'Je redt het heus wel,' zei Fergus. 'En bovendien kunnen de gemeente en de rest van de autoriteiten ons niet lang zo afgesloten laten zitten, toch?'

'Ik wed dat dat wel kan. Het ligt er maar aan hoeveel geld ze hebben, lijkt me. Het wordt niet gemakkelijk, denk ik. Het gaat een fortuin kosten,' voegde Drew eraan toe terwijl hij een glas aanpakte van Allie, die terugkwam met de whisky's. 'Ik heb altijd gezegd dat die brug een keer zou instorten en dat is ook gebeurd. Dus...'

'Precies, Felicity. Denk maar niet dat je er gemakkelijk van afkomt.' Allie schoof een whiskyglas naar haar toe.

Felicity protesteerde niet en iedereen pakte op hetzelfde moment zijn glas op, keek elkaar aan en goot de amberkleurige drank in één teug naar binnen.

'Oef, het smaakt nooit lekker,' zei Allie met een grimas omdat de whisky brandde in haar keel. 'Op baby Angus.'

'Baby Angus,' herhaalde iedereen in koor.

'Stel je voor dat Isla vóór de brug instortte naar het ziekenhuis was gegaan. Dat was ook een nachtmerrie geweest!' merkte Allie op.

'Vertel mij wat!' zei Fergus. 'Dat is precies de situatie waar ik me in bevind.'

Iedereen keek enigszins verward naar Fergus, tot het kwartje viel.

'Aggie!' riep Felicity uit. 'Hoe gaat het met haar? Heb je haar gesproken?'

'Niet rechtstreeks... Ik wilde haar mobiel meenemen als ik bij haar op bezoek ging. Maar dat is dus niet gelukt, zodat ik haar niet kan bellen.'

'Heb je het ziekenhuis wel gesproken?' vroeg Rory terwijl hij een bierviltje omdraaide tussen zijn vingers.

'Ja. En natuurlijk hadden zij het nieuws gezien en ik weet dat ze in goede handen is, maar dat ze geen bezoek krijgt... Esme vraagt nu al wanneer we naar oma gaan.'

'Nou, we hebben de boot nog!' maakte Drew een grapje. 'Die in de oude schuur. Zodra het rustiger weer is, kunnen we je overzetten naar de andere kant. Eigenlijk is dat helemaal geen slecht plan. Helemaal niet!'

'Daar hou ik je aan.'

'Ah, ik zie al een nieuwe business voor me,' lachte Rory. 'Drews boottochtjes.'

'Hé, zo gek is het niet! Het is misschien de enige manier om naar de overkant te komen.'

'Nog een rondje?' vroeg Rory terwijl hij opstond en zijn hand op Allies schouder legde. 'Mag ik wel achter de bar komen van je moeder, denk je?'

'Probeer het als je durft, zou ik zeggen.'

'Je bent toch praktisch familie nu,' zei Drew plagend.

'Sorry, jongens, niet voor mij. Ik ga naar huis,' zei Felicity. Ze voelde zich plotseling schuldig. 'Ik ben bang dat mama al is begonnen met de groenten voor morgen schoonmaken. Ik kan haar dat allemaal niet in haar eentje laten doen.'

'En ik kan ook maar beter gaan,' zei Drew met een stout lachje. 'Nou, nog eentje misschien... Je zet tenslotte niet elke dag een zoon op de wereld!'

Iedereen joelde en sloeg hem op zijn schouders. Ze kenden Drew langer dan vandaag en ze wisten allemaal dat hij nog lang niet naar huis ging.

Nog voordat Felicity haar jas aanhad, bestelde hij alweer een rondje tequila. Felicity gaf hem een zoen op zijn kruin. 'Zorg dat je niet al te dronken wordt. Isla vermoordt je!' Ze gaf hem een knipoog en draaide zich om. Terwijl ze over Nell heen stapte, die nog steeds voor het vuur lag en de hele avond geen vin had verroerd, zwaaide ze naar Meredith en Fraser achter de bar.

'Ik kom morgen helpen met het eten,' riep Allie haar achterna. 'En veel succes met de gemeente.'

'Bedankt!' riep Felicity terug terwijl ze haar jas dichtritste. Toen ze de deur opendeed, sloeg de kou haar in het gezicht. Hoewel ze niet veel had gedronken, was ze toch een beetje aangeschoten en ze wankelde even toen ze van het stoepje af stapte. Meteen voelde ze een hand onder haar elleboog die haar ondersteunde.

Toen ze opkeek, keek ze recht in de ogen van Fergus. 'Dank je,' zei ze.

'Ik loop met je mee, want ik moet ook naar huis voor Esme, Jessica van haar tantetaken verlossen.'

Ze liepen een tijdje zwijgend samen op. Hoewel Felicity's hart sneller klopte – alsof ze weer een tiener was – voelde ze zich ook verrassend ontspannen en was ze totaal niet nerveus.

Na een tijdje zei Fergus: 'Zo, en hoe voelt het om beroemd te zijn?'

'Beroemd?' herhaalde Felicity een beetje perplex.

'Zomaar op het landelijke nieuws te zijn.'

'Nou, beroemd is een groot woord voor een kort telefonisch interview, waar ook nog meer dan de helft is uitgeknipt.' Ze lachte. 'Ik vond dat mijn stem heel raar klonk. Klink ik echt zo?'

'Helaas wel, ja,' zei hij met een ondeugend lachje waarvan haar hart smolt.

Felicity merkte onder het lopen dat zijn elleboog soms licht langs de hare streek, er ging elke keer een huivering door haar heen. Ze keek vooruit en zag Heartwood Cottage al liggen aan het einde van de straat, het licht in de theesalon was nog aan, dus haar moeder was nog aan het werk. Ze wilde niet dat er een einde aan deze wandeling met Fergus kwam, maar bij elke nieuwe stap kwam het moment dichterbij dat Fergus zich zou omdraaien om naar huis te gaan.

Ze bleven staan onder de lantaarn vlak bij het tuinhekje. 'De storm is in elk geval voorbij,' zei Fergus.

'Gelukkig wel, maar er is wel weer regen voor morgen voorspeld,' zei Felicity terwijl ze naar hem opkeek. Hij keek haar aan en Felicity's ogen gingen naar zijn perfecte lippen. Automatisch deed ze een stap naar hem toe, zodat ze maar een paar centimeter van elkaar vandaan stonden. Ze voelde haar hart versnellen en kon zijn aftershave ruiken. Als vanzelf hief ze haar gezicht naar hem op om hem te kussen, maar Fergus legde zijn hand op haar schouder. Hij bleef haar aankijken en ze zag paniek in zijn ogen.

'Flick, ik kan dit niet,' zei hij. Hij aarzelde. 'Het spijt me, maar ik kan dit echt niet. Het eindigt alleen maar met verdriet en pijn.'

'Nee, echt niet, dat beloof ik,' mompelde ze en ze hief haar gezicht nogmaals naar hem op om hem te kussen.

Maar Fergus hield haar tegen. 'Je hebt al eerder beloftes gedaan waar je je niet aan hebt gehouden en ik moet om Esme denken.' Zijn stem klonk onvast.

Felicity voelde tranen achter haar ogen dringen en was danig in verlegenheid gebracht door haar miskleun. Ze vond het vreselijk dat hij haar weer had afgewezen.

Onzeker over wat ze moest zeggen, deed ze een stap naar achteren.

'Ik kan mijn wereld niet weer zo overhoop laten halen als ooit is gebeurd. Het is goed zoals het nu is.'

'Ik begrijp het,' zei Felicity, denkend aan alle jaren dat ze zich in Londen had verstopt voor de werkelijkheid. 'Maar ik wil je absoluut geen pijn meer doen.'

'Het is een risico dat ik niet kan nemen, Flick,' zei Fergus. Hij draaide zich om.

Felicity keek hem na terwijl hij van haar vandaan liep, en haar hart stortte opnieuw in een diep ravijn.

18

Iets voor negen uur ging Felicity's iPad over. Ze was al vroeg opgestaan, had gedoucht en ontbeten en zat nu nerveus in de woonkamer te wachten en op de klok te kijken.

Ze stelde zich het gemeentehuis midden in de stad voor, waar iedereen aan een enorme tafel zat, met een glas water naast, en pen en papier vóór zich. Ze had geen idee hoe deze vergadering zou verlopen en betwijfelde of het echt nodig was dat ze erbij was. Felicity was nooit eerder bij iets dergelijks betrokken geweest en zenuwachtig accepteerde ze het Skypetelefoontje.

'Felicity, welkom,' hoorde ze een luide stem en op dat moment kreeg ze gemeenteraadslid Smith in beeld, met een rits onbekende mensen om zich heen aan de tafel. 'Laat me je eerst aan iedereen hier voorstellen,' vervolgde meneer Smith terwijl hij de vergadertafel langsging. Felicity knikte keurig bij elke naam, maar vergat ze allemaal meteen weer, behalve die van meneer Smith en van Annie Boyd, de minister, die er zeer belangrijk uitzag en aan het hoofd van de tafel zat.

Felicity leunde naar achteren op de bank, trok haar benen onder zich en zag dat Annie Boyd de vrouw links van haar opdroeg te notuleren voordat ze de vergadering begon. Eerst hield ze een verhaal over hoe het dorp was afgesneden van Glensheil en dat het leger zandzakken had gedropt om verdere overstromingen te voorkomen. Toen ging ze over op het volgende onderwerp: de vraag wat de beste manier was om het dorp weer bereikbaar te maken. Iedereen begon over kosten en planningen te praten en Felicity had het gevoel dat ze naar een supersnelle tenniswedstrijd keek terwijl de argumenten over de tafel heen en weer vlogen.

‘Ik denk niet dat het doenlijk is om een noodbrug aan te leggen,’ hoorde ze een stem, ‘en hoeveel zou dat wel niet kosten?’

‘Volgens mijn berekeningen...’ een streng uitziende man aan de andere kant van de tafel begon in zijn papieren te zoeken ‘... iets in de buurt van tweehonderdvijftigduizend pond, misschien meer.’

Iedereen zweeg.

‘Onze grootste prioriteit op korte termijn is het transport van etenswaren en medicijnen naar de dorpsbewoners, zeker voor de kwetsbaarste mensen onder hen. Misschien kunnen we boten over de rivier heen en weer laten varen?’

‘Boten? Roeibootjes met eten volladen en naar de andere kant roeien?’ vroeg iemand met een denigrerend lachje.

‘Er zal een noodbrug moeten komen... Het duurt jaren voordat de originele brug weer is herbouwd. Een noodbrugverbinding is de enige mogelijkheid.’

Annie Boyd keek de tafel rond. ‘Ik acht een noodbrug essentieel. Het geld ervoor moet ergens worden gevonden.’

‘We hebben niet genoeg geld in kas.’ Een bezorgde man keek ongerust naar een hele reeks cijfers op een spreadsheet voor zich.

‘Wat vinden jullie van...’ begon Felicity. Het was de eerste keer dat ze iets zei.

Alle hoofden draaiden zich naar het scherm.

‘Ja?’ spoorde Annie Boyd haar aan.

‘Wat vinden jullie van het idee om een actie op te zetten om geld in te zamelen?’

Felicity hoorde een onderdrukt gegrinnik. Ze zag een van de raadsleden een spottend gezicht trekken, maar ze liet zich niet van de wijs brengen door zijn negatieve houding.

‘We hebben al een Facebookpagina aangemaakt. Maar misschien kunnen we ook een fondsenwervingspagina beginnen waarin we om hulp vragen?'

De streng uitziende man rechts van Annie lachte neerbuigend. 'Het lukt nooit om zo'n groot bedrag in te zamelen.'

'Maar het is toch de moeite van het proberen waard? Alle beetjes helpen, toch?' hield Felicity vol.

Annie wierp de man een fronsende blik toe. 'Ik vind het een fantastisch idee, Felicity, en inderdaad, alle beetjes helpen.' Ze glimlachte warm naar het scherm. Toen vervolgde ze: 'Het is duidelijk dat we geld moeten vrijmaken en ik geef u, meneer Smith, de taak het te vinden. Organiseer, implementeer en instrueer uw medewerkers dat dat vanaf nu de eerste prioriteit moet zijn.'

Meneer Smith knikte – het was het enige wat het raadslid kon doen, én zijn best doen een enthousiast gezicht te trekken.

'Ik wil dagelijkse updates van de vorderingen hier, dus hou me op de hoogte.' En na die opmerking stond Annie op, zocht haar papieren bij elkaar en draaide zich naar de camera. 'Je hebt mijn persoonlijke verzekering dat we jou en het dorp niet lang afgesneden van de buitenwereld laten zitten, Felicity.'

Felicity knikte en keek Annie na terwijl ze de zaal verliet. De rest bleef aan de vergadertafel zitten. Felicity bleef voor het scherm zitten; ze had geen idee of zíj het Skypegesprek nu moest beëindigen of dat de anderen dat zouden doen. In Glensheil werd er nu druk door elkaar heen gepraat, veelal op een ontevreden manier. Vooral raadslid Smith leek erg chagrijnig. 'Hoe tover je in vredesnaam de financiële middelen tevoorschijn om een noodbrug te bouwen die ongelofelijk veel geld kost en in de toekomst nergens meer voor wordt gebruikt?'

'Het is complete geldverspilling,' riep een andere man over de tafel naar hem. 'We kunnen nog beter een paar sloepjes aanschaffen en een schipper zoeken die heen en weer vaart.'

'Ja! En wie gaat er nou in vredesnaam ook op een berg wonen?' spuwde meneer Smith zijn woorden kwaad uit. 'En dan die dorpsmeid die denkt dat een wervingscampagne op Facebook zal helpen... Van de pot gerukt!'

Felicity voelde dat ze knalrood werd van woede. Haar bloed kookte. Hoe durfde hij haar belachelijk te maken tegenover een zaal vol mensen? Wie dacht hij wel dat hij was? Ze beëindigde het Skypegesprek onmiddellijk. Ze wilde er niets meer van horen.

'Ik zal jullie vertellen wie er op een berg wil wonen... Ik!' schreeuwde ze naar het zwarte scherm terwijl ze de iPad op tafel smeet.

'Tegen wie zit jij zo te schreeuwen?' vroeg Rona, die in de deuropening van de keuken kwam staan. Ze was al sinds die ochtend heel vroeg bezig in de keuken van de theesalon en er stonden inmiddels twee enorme pannen met rundstoofpot te pruttelen op het vuur.

'Wat een arrogante bende die gemeenteraad,' zei Felicity minachtend en Rona trok haar wenkbrauwen op.

'Wat is er aan de hand?' vroeg ze terwijl ze zich op de armleuning van de bank liet zakken.

'Die Skypevergadering! Ik hang net op. Annie Boyd heeft ze de opdracht gegeven de financiële middelen vrij te maken om een noodbrug te bouwen. Maar die gemeenteraad was veel minder ondersteunend dan zij.'

'Hoezo?'

'De bobo's klaagden dat ze liever een paar roeiboten kochten dan een fatsoenlijke brug te bouwen en toen ik opperde om te proberen geld in te zamelen, maakten ze me belachelijk!'

'Hoeveel is er nodig voor zo'n brug?'

'Iets in de richting van tweeënhalve ton.'

Rona floot zachtjes. 'Dan hebben ze wel een punt.'

'Mam...'

'En hoelang duurt het voordat ze de originele brug weer hebben hersteld en die weer bruikbaar is?'

'Dat kan jaren duren... In elk geval op zijn minst twee jaar, als het project voorrang krijgt omdat het een monument is.'

Rona blies haar adem uit. 'Dus wat is er uiteindelijk besloten?'

'Annie Boyd zei dat we zonder twijfel een noodbrug nodig hadden en dat ze op de hoogte gehouden wilde worden van de vorderingen. Ze heeft die Smith opgedragen om de fondsen te vinden om zo'n brug te financieren, waar hij absoluut niet blij mee was. Zodra ze de zaal uit was, begon hij te klagen dat het geldverspilling was en maakte hij ons belachelijk door te zeggen dat het idioot was om op zo'n afgelegen berghelling te willen wonen. Hij was gewoonweg onbeschoft.'

'Waren ze vergeten dat jij ze nog steeds kon horen en zien?'

'Ja... Dat lijkt me wel. Maar ik zal die zak eens iets laten zien!' zei Felicity vastberaden.

'Wat ga je doen dan?'

'Ik ga viraal!'

'Huh? Viraal? Wat heeft dat ermee te maken? Er is toch niemand ziek?'

Felicity glimlachte. 'Nee, mam, ik ga een filmpje maken en dat op Facebook zetten.'

'En waar gaat dat filmpje dan over?'

Felicity dacht even na. 'Dat weet ik nog niet helemaal, maar ik weet wel dat ik die bobo mijn tanden ga laten zien. Hoe durft hij zo neerbuigend te doen en te beweren dat we zo'n bedrag nooit bij elkaar krijgen? Eigenlijk moet hij voor het geld zorgen en zou dat helemaal niet nodig moeten zijn...' Ze hapte even naar adem en ratelde meteen weer door: 'Godver, ik ben woedend! Ik zal hem weleens wat laten zien!'

'Raadslid... hoe heet hij?'

'Smith,' zei Felicity.

'... heeft geen idee wat hij zich op de hals heeft gehaald,' maakte Rona de zin af. Ze stond op en streek haar schort glad. 'Maar intussen moeten wij zorgen dat het dorp te eten krijgt.'

Felicity keek haar moeder die terug naar de theesalon ging na en griste toen haar telefoon van tafel om een appje naar Allie te sturen.

Ben je al onderweg?

Binnen een paar seconden pingde haar telefoon.

Onderweg.

Goed. We hebben een klus te klaren en jij wordt mijn rechterhand!

Klinkt dreigend.

Felicity was plotseling bloedfanatiek: die vervelende Smith hield haar echt niet tegen. Ze zou hem hoe dan ook laten zien dat er niet te spotten viel met haar en Heartcross!

19

Toen Meredith en Allie de theesalon binnenstapten, kreeg Allie niet eens de tijd om haar jas uit te trekken omdat ze meteen door Felicity werd meegetroond naar het woongedeelte van het huis.

'Let maar niet op ons, hoor,' riep Rona haar dochter na. 'Wij zorgen wel even voor het eten voor tweehonderd gezinnen!'

Felicity wist dat het niet echt een grapje was van haar moeder, maar ze móést Allie eerst over haar idee vertellen.

'Waarom doe je zo geheimzinnig?' vroeg Allie benieuwd, terwijl ze haar jas over de rug van de bank gooide.

Felicity vertelde haar over de vergadering en hoe negatief raadslid Smith had gereageerd. 'En hij had weinig geloof in het idee dat wij geld konden inzamelen voor de noodbrug.'

'En hoe had je gedacht dat te gaan doen?' vroeg Allie gealarmeerd omdat ze zich afvroeg waarin ze nu verwikkeld was geraakt.

'Dat weet ik nog niet precies. Maar ik heb in elk geval al een fondsenwervingspagina aangemaakt op Facebook en denk dat we een filmpje moeten maken met inwoners en eigenaren van de bedrijven hier met een paar hartenkreten om ons weer met de buitenwereld te verbinden en dan om donaties moeten vragen.'

'En dat is het?' vroeg Allie. Ze leek niet onder de indruk.

Ze staarden elkaar even aan.

Toen zei Felicity: 'Je hebt absoluut gelijk.' Haar hersens draaiden op volle toeren. 'Er is méér nodig.'

'Ik ken die blik van je, wat heb je voor snode plannen?' spoorde Allie haar aan.

Felicity reageerde niet, er maalden nog allerlei ideeën door haar hoofd.

'Kom op, vertel!' Allie kon niet langer wachten.

Felicity ademde diep in. 'Waarover zeggen ze altijd dat er niet mee te werken valt?' vroeg Felicity.

Allie vertrok haar gezicht nadenkend. 'Kinderen en dieren?'

'Precies!' Felicity klapte enthousiast in haar handen en Allie keek haar bevreemd aan.

'Kom, we gaan terug naar de keuken,' zei Felicity met een brede glimlach.

'Is dat alles wat je erover zegt?'

'Voorlopig wel!' Felicity stak haar arm door die van Allie en nam haar mee terug naar de theesalon.

Meredith en Rona stonden naast elkaar in de enorme pannen stoofvlees te roeren en mee te zingen met de radio. De tafels waren gedekt met bestek en kop-en-schotels met een pot thee in het midden die klaar was om ingeschonken te worden. Rona keek op haar horloge en precies op tijd rinkelde het belletje boven de deur omdat de eerste ronde eters binnenkwam. De kinderen waren opgewonden toen hun moeders hen meenamen naar de tafels met kleurige tafelkleden erop. Aan hun gezichten te zien vonden ze het net zoiets als een verjaardagsfeestje.

Felicity was opgelucht Jessica met Finn en Esme te zien. In haar hoofd rijpte een plan, maar ze wist niet zeker of ze dat vandaag al kon uitvoeren.

Zodra iedereen zat, serveerden Felicity en Allie de kommen met stoofpot en langzaamaan werd het stil omdat iedereen zat te eten. De eerste eetronde was een succes en Rona, Meredith, Allie en Felicity gaven elkaar achter de toonbank stiekem een opgestoken duimpje.

'We hebben een halfuur om het bestek en de kommen af te

wassen voor de volgende ronde,' zei Rona.

'Hoeveel rondes zijn er eigenlijk?' vroeg Allie.

'Vijf... denk ik... en dan hebben we twee uur om de volgende maaltijd klaar te maken en begint het hele circus weer van voren af aan.'

'Ik heb het gevoel dat ik in *Masterchef* zit, of *The Great British Bake Off*. Wat denken jullie, zou ik een hand van Rona Simons verdienen?' vroeg Felicity plagend.

'Een wat?' vroeg Rona in verwarring.

'*The Great British Bake Off*. Als je dan iets heel goeds hebt gebakken, krijg je een hand van Paul Hollywood... Wat betekent dat je het super hebt gedaan.'

'O, ja,' zei Rona, geen zier wijzer.

Jessica stond op van tafel en bracht Finns en Esme's kommen naar de serveerbalie.

'Helemaal op! Ze vonden het heerlijk. Bedankt! Esme moet even naar de wc,' zei ze, 'kan dat?'

'Ik neem haar wel mee,' zei Felicity. Terwijl er natuurlijk een brandschone wc in de theesalon was, zag ze haar kans om een begin te maken met de uitvoering van haar plan, dus pakte ze Esme bij de hand en nam haar mee het woonhuis in, waar ze haar liet zien waar de wc was en zelf in de woonkamer ging zitten. Toen Esme een tijdje later de woonkamer in kwam, keek ze Felicity stralend aan. 'Ik vind jou leuk,' zei ze zomaar uit het niets, wat Felicity totaal verraste. 'Jij hebt een lief gezicht.'

Felicity werd er helemaal blij van. Ze hurkte voor Esme neer en pakte haar handen. 'Ik vind jou ook leuk, Esme.'

'Jessica zegt dat jij een nieuwe brug gaat bouwen,' zei Esme en Felicity grinnikte.

'Dat ga ik niet zélf doen, hoor, maar ik hoop geld in te zamelen zodat we het kunnen betalen om een noodbrug te bouwen.'

'Hoe ga je dat dan doen?' vroeg Esme.

'Nou, ik dacht erover een klein filmpje te maken waarin we de mensen vragen om geld te geven daarvoor.'

'Ik hoop dat ze heel veel geld geven,' zei Esme, 'want oma ligt helemaal alleen in het ziekenhuis en wij kunnen niet naar haar toe omdat de brug kapot is. Oom Drew zegt dat hij zijn oude roeiboot tevoorschijn gaat halen en ons daarin naar de overkant brengt.'

'Dat klinkt spannend!'

'Gaat alles goed daar?' hoorde Felicity haar moeder roepen vanuit de theesalon.

'Ja, alles goed. We komen er zo aan.'

Felicity haalde haar telefoon uit haar zak en zette die op tafel. 'Wil jij me helpen?'

Esme's gezicht lichtte op. 'Met het filmpje?'

'Ja, met het filmpje.'

Esme slaakte een blije kreet.

'We moeten een bord hebben om te laten zien,' zei Felicity.

'Ik kan heel goed tekenen en kleuren.'

Felicity wees op de kast. 'In de onderste la liggen papier en potloden.'

Esme huppelde naar de kast, deed de la open en pakte er een vel wit karton en een doos kleurpotloden uit.

Felicity tekende er een brug op met in enorme letters erlangs: RED HEARTCROSS – GEEF NU!

'Wat vind je?' vroeg Felicity, terwijl ze de doos kleurpotloden openmaakte en er een aan Esme gaf.

'Heel mooi,' zei ze, terwijl ze enthousiast de letters begon in te kleuren.

Toen ze klaar waren, keek Esme tevreden naar het resultaat.

'Wil jij me filmen met mijn telefoon terwijl ik iets zeg?' vroeg Felicity.

'Ah, mag ik ook in de film?' vroeg Esme terwijl ze Felicity smekend aankeek. 'Alsjeblie-ieft?'

'Ja, waarom eigenlijk niet. Kom, dan zet ik de telefoon op tafel en gaan we samen op de bank zitten.'

Felicity stelde de timer van de camera in en toen ze zich omdraaide, zat Esme al met het bord trots in haar handen klaar op de bank. Felicity ging naast haar zitten en zei: 'Ik praat en jij houdt het bord vast, goed?' Esme knikte.

Toen de telefoon piepte, keek Felicity in de camera en begon ze haar verhaal.

'Zoals u allemaal hebt gehoord, is de brug tussen Glensheil en Heartcross gisteren ingestort, waardoor ons dorpje volkomen afgesneden is van de buitenwereld. Het duurt waarschijnlijk jaren voordat de oude monumentale brug in volle eer en glorie is hersteld en de minister van Verkeer en Waterstaat heeft toegezegd dat er zo snel mogelijk een noodbrug komt, maar die kost veel geld. De levensmiddelen, medicijnen en dergelijke in ons dorpje zullen algauw op zijn als er niets kan worden aangevoerd en dus vragen we uw hulp. Alstublieft, alstublieft, doneer en help ons de financiële middelen bij elkaar te krijgen om een noodbrug te bouwen.' Felicity keek op Esme neer, die het bord hoog ophield. 'Red Heartcross,' riep het meisje. 'En wilt u alstublieft geld geven? Oma ligt in het ziekenhuis in Glensheil en krijgt nu niemand op bezoek. Dat vind ik heel zielig en ik wil heel graag naar haar toe,' vertelde Esme met een klein stemmetje. 'Red Heartcross!' riep ze nog een keer.

Felicity beëindigde de opname. 'Dat hebben we goed gedaan, hè?' Felicity gaf Esme een high five en samen bekeken ze het filmpje. 'Wat vind je?' vroeg Felicity na afloop en Esme keek met een glimlach van oor tot oor naar haar op. 'Nou, zo te zien vind je het geslaagd!' zei Felicity lachend terwijl ze naar de Facebookpagina ging. Ze wilde het filmpje er al op zetten toen ze aan Fergus dacht en besefte dat ze beter eerst kon checken of hij het goedvond.

'Felicity, waar blijf je?' riep Rona vanuit de theesalon.

‘Ik kom eraan!’ riep ze terug terwijl ze de telefoon snel terug op tafel legde. ‘Ik ga even naar de wc en dan moet ik aan het werk,’ zei ze tegen Esme. ‘Kun jij de potloden weer opruimen?’

Esme knikte en ze keken elkaar blij aan.

Toen ze terugkwam stond Rona met een frons op haar gezicht in de deuropening van de woonkamer. ‘Waar bleef je zo lang? Jessica zit maar te wachten... Kom gauw... We hebben je hulp nodig, de volgende ploeg kan elk moment binnenkomen,’ zei ze haastig.

Felicity pakte haar telefoon, schoof het bord tussen de zijkant van de kast en de muur en pakte Esme’s hand om terug naar de theesalon te gaan.

‘Daar is ze!’ riep Jessica. ‘We wilden net een zoektocht naar je gaan organiseren! Ben je verdwaald?’

‘Nee,’ zei Esme, ‘we wilden Heartcross redden en...’ Esme wilde zo te zien al uitgebreid gaan uitleggen wat ze allemaal hadden gedaan, maar voordat ze dat kon doen ging de deur van de theesalon open en kwamen de volgende eters al binnen.

‘Vertel dat later maar,’ zei Jessica terwijl ze Finn en Esme mee naar buiten nam door de groep hongerige dorpelingen.

‘Wat was je nou aan het doen?’ vroeg Rona op gedempte toon terwijl ze Felicity met een onderzoekende blik opnam.

Felicity liet haar telefoon snel in de zak van haar schort glijden en vroeg onschuldig: ‘Hoe bedoel je?’ terwijl ze heel goed begreep wat haar moeder haar duidelijk wilde maken.

‘Wat hebben jullie gedaan?’

‘We hadden het over de brug... en...’

Felicity voelde haar schouders verstrakken. ‘En we waren de tijd gewoon vergeten,’ zei ze een beetje defensief. Ze wist niet waarom, maar ze had geen zin om haar moeder al over het filmpje te vertellen, ze wist niet hoe ze zou reageren als ze hoorde dat Esme erin zat en Felicity wilde haar niet nog meer stress bezorgen dan ze al had. En natuurlijk moest ze ook eerst aan Fergus vragen of hij het goedvond dat ze het online zette. Misschien vond hij het wel een heel slecht idee.

'Nou, vanaf nu niet meer opeens zomaar verdwijnen! En ga de boel nu maar gauw uitserveren.' Rona klonk streng terwijl Felicity de dampende kommen van haar aanpakte.

Aan het eerste tafeltje dat ze bediende, zaten Aida en George, die al meer dan vijftig jaar aan de andere kant van Love Heart Lane in Butterfly Cottage woonden. George was de conciërge van de school geweest voordat hij met pensioen ging, en Aida had op school altijd het middagmaal voor de leerlingen gekookt.

'Dit komt je natuurlijk allemaal heel bekend voor, Aida,' zei Felicity met een glimlach terwijl ze knikte naar haar moeder, Meredith en Allie, die druk bezig waren met eten opscheppen en thee inschenken.

'Ja, ik heb dag in, dag uit voor een grote groep gekookt, dus het is fijn om nu eens een keer bediend te worden... ook al is het niet onder de beste omstandigheden. Maar als jullie hulp nodig hebben, kunnen jullie het altijd vragen, hoor. In dit soort tijden moet iedereen een handje meehelpen, toch?'

George gaf een kneepje in Aida's hand en zei: 'Ja, dat vind ik ook. Herinner je je de overstromingen van veertig jaar geleden nog? Toen was Glensheil de pineut. Veel bewoners moesten hun huizen verlaten en kwamen hier in het dorp logeren. Maandenlang zelfs, totdat de huizen beneden langs de oever weer waren opgeknapt. Het verbaast me dat dat niet vaker is gebeurd. Die rivier overstroomt hier al bij het minste spatje regen.'

'Wij hadden een heel leuk gezin in huis toen, toch, George? Maar later zijn ze verhuisd uit Glensheil en door de jaren heen zijn we het contact met hen verloren,' vertelde Aida.

Felicity glimlachte naar George en Aida en draaide zich om om meer kommen te halen, toen ze Allie op haar telefoon zag kijken. Meredith keek geërgerd en zei: 'Wat is dat toch met jullie jonge mensen… Leg dat ding weg… We hebben werk te doen.'

'Het is… Jullie gaan het niet geloven…' Allie ving Felicity's blik.

'Wat is er?' vroeg Felicity een beetje gealarmeerd.

Rona en Meredith keken Allie nieuwsgierig aan.

'Ik krijg net een appje van Rory en hij zegt… dat je net een filmpje op Facebook hebt gepost en dat dat als een lopend vuurtje rondgaat.'

Felicity bleef stokstijf staan. 'Huh? Ik heb helemaal niks gepost!'

'Als een lopend vuurtje…' herhaalde Allie. 'Het schijnt al een paar honderd keer gedeeld te zijn.'

'Hou op! Ik héb helemaal niks gepost zeg ik toch!'

'Echt wel… Hier, kijk dan!' Allie gaf haar telefoon aan Felicity.

'Jezus christus!' Felicity klonk ongerust terwijl het filmpje dat ze had opgenomen zich voor haar ogen afspeelde. 'Hoe kan dit nou?'

'Serieus,' ging Allie verder. 'Iedereen lijkt Esme's bijdrage superschattig te vinden. Ze vinden het zielig dat ze niet naar haar oma in het ziekenhuis kan en willen het mogelijk maken dat ze weer op bezoek kan. Rory zegt dat de donaties al binnenstromen.'

'Je hebt het toch wel eerst met Fergus overlegd, hè?' vroeg Meredith ongerust. 'Voordat je dit op internet zette? Je moet tegenwoordig heel voorzichtig zijn met kinderen op Facebook.'

Felicity werd bevangen door een plotselinge paniek. 'Ik heb dit niet gepost,' herhaalde ze. 'Fergus zal dit niet leuk vinden…' zei ze met een heel onheilspellend gevoel in haar maag.

Allies telefoon begon weer te piepen. Omdat zij de oorspronkelijke Facebookpagina had gemaakt, explodeerden de meldingen dat er weer een bericht was geplaatst bij haar. Felicity startte het filmpje nog een keer en ademde verschrikt in. Rory had gelijk, het werd doorlopend gedeeld en op de pagina van de inzamelingsactie stroomden er al donaties binnen, meestal vergezeld van goede wensen voor Esme en haar oma. Felicity keek er ontzet naar.

'Je hebt het hem niet gevraagd, hè?' vroeg Allie, die voelde dat Felicity in paniek begon te raken en de telefoon uit Felicity's hand pakte.

'Wat moet ik doen?' stotterde Felicity. 'Ik heb dit niet gepost... eerlijk. Ik snap niet hoe...'

Toen zweeg ze abrupt. Ze had haar telefoon op de tafel laten liggen toen ze even naar de wc was gegaan en Esme was even in haar eentje in de woonkamer geweest... Had zij het gedaan?

'Ik zou niet in jouw schoenen willen staan als Fergus hierachter komt.'

Felicity had natuurlijk niet voorzien dat dit zou gebeuren. Allies telefoon bleef maar pingen van de meldingen en ze werd er verschrikkelijk nerveus van.

'Vanavond hebben we weer een bewonersbijeenkomst, maar ik zou dit zo snel mogelijk aan Fergus vertellen... Voordat hij het zelf ontdekt,' waarschuwde Rona haar dochter.

'Maar hij zal het toch wel begrijpen?' probeerde Felicity zichzelf gerust te stellen.

Niemand reageerde.

Felicity wist dat haar moeder gelijk had, het knaagde in haar binnenste, ze moest het snel aan Fergus vertellen. En hoewel dit niet haar schuld was, was ze bang dat hij haar niet zou geloven. En bovendien had ze nauwelijks tijd om hem in te lichten; vlak nadat ze hier klaar was met haar werk, begon de bijeenkomst al. Ze bad dat Fergus het filmpje niet zou zien voordat ze hem kon spreken.

20

Felicity was de hele middag druk bezig in de keuken tot de laatste dorpsbewoner had gegeten en gedronken, maar was er niet bij met haar hoofd. Ze had haar telefoon constant bij de hand gehouden en wist dat het filmpje nog steeds werd gedeeld. Een belachelijk aantal keer, ze kon het niet geloven. Ze had even overwogen om het filmpje te verwijderen, maar het was al zo vaak gedeeld dat zelfs de hashtag #SaveHeartcross nu ook al trending was op Twitter. De ingestorte brug kreeg inmiddels méér aandacht dan een internationale popster die een nieuw nummer uitbracht, en de donaties stroomden binnen. In één middag was er al ruim vijfduizend pond bij elkaar gebracht om de noodbrug te financieren die Heartcross weer met Glensheil moest verbinden.

Felicity keek op naar de klok. Het was iets voor zes en de bewoners zouden al snel binnenkomen. Ze wierp een blik op haar moeder, die voor de duizendste keer die dag thee aan het zetten was. Het viel haar op hoe vermoeid Rona eruitzag. Er lag een doorweekte theedoek over haar schouder en ze was al de hele dag in touw. Toen het belletje boven de deur rinkelde, kwam ze automatisch weer in actie en keek ze met een vriendelijke glimlach op.

Tot Felicity's verbazing kwam Isla met de kinderwagen binnen. Finn en Esme hielden zich allebei aan een kant van de duwstang vast.

'Wacht, ik kom je helpen.' Felicity holde naar de deur om die open te houden. 'Wat doe jij hier nou?'

'Nou, dit is de eerste keer dat ik buitenkom en ik dacht, ik ga eens poolshoogte nemen in het dorp en bij Felicity langs,' zei Isla.

'Hoewel ik volkomen kapot ben; dit kleine mannetje heeft me de hele nacht wakker gehouden en moet je hem nu zien.'

Felicity keek in de wagen. Angus lag lekker te slapen, stevig ingepakt in een wollen dekentje, met een lichtblauw mutsje op en piepkleine bijpassende wantjes aan. 'Hij is echt fantastisch,' zei Felicity terwijl ze zachtjes over zijn wangetje aaide.

'O ja, zeker. Vooral als hij slaapt,' zei Isla met een wrange glimlach.

Felicity grinnikte en richtte zich toen tot Finn en Esme. 'Willen jullie een beker chocolademelk? Ik denk dat, als je het Rona heel lief vraagt...' Voordat ze haar zin af kon maken, stonden de twee kinderen al voor de serveerbalie.

'Hier, kom zitten,' gebaarde Felicity naar Isla. Ze wees op de tafel in de hoek, waar genoeg plaats was om de kinderwagen te parkeren. 'Wil je iets drinken?'

'Ik heb al een kop thee voor Isla,' zei Rona terwijl ze een dampende mok op de tafel zette met een bord met koekjes ernaast. Ze keek even in de kinderwagen. 'O, wat ruikt hij lekker, zo'n echte babygeur. Gefeliciteerd! Hij ziet er prachtig uit!'

'Dank je wel. Hij hoort er al helemaal bij; ik heb het gevoel alsof hij er altijd al is geweest,' antwoordde Isla, waarna ze een koekje in tweeën brak, in haar thee doopte en in haar mond stak.

Rona liep terug naar de serveerbalie en klapte in haar handen. 'Als jullie twee straks je chocolademelk ophebben...' ze sloeg plagerig met de theedoek naar de twee kinderen, '... heb ik een paar klusjes voor jullie!'

Ze knikten allebei ernstig terwijl ze slagroom en marshmallows in hun mond lepelden.

'Ik heb je nog niet fatsoenlijk kunnen bedanken,' zei Isla tegen Felicity. 'Dank je wel voor alles wat je hebt gedaan tijdens de bevalling. Ik had het zonder jou niet gekund en ik weet dat het moeilijk voor je moet zijn geweest met alles van vroeger en zo...'

'Echt, iedereen zou hetzelfde hebben gedaan. Of nou ja, iedereen, behalve...'

'Allie,' zeiden ze in koor. Ze schoten in de lach.

'Wordt er hier over mij geroddeld?' hoorden ze Allie zeggen, die net binnenkwam. Ze ging tegenover Isla zitten.

'Ik zeg niks,' zei Felicity grinnikend en ze stond op. 'Ik kan mama beter gaan helpen voordat de meute arriveert.' Ze keek even uit het raam en zag inderdaad al mensen aankomen over Love Heart Lane. 'Op naar de volgende ronde.'

'Ik wed dat je je benen uit je lijf hebt gelopen om al die mensen te eten te geven. Ik ben absoluut niet jaloers op je.'

'Ja, het is druk, maar ook leuk om iedereen te zien. Dat was vaak al veel te lang geleden.'

'Volgens mij wordt het heel druk vanavond. Vooral na die stunt van je vandaag,' zei Allie.

'Huh?' vroeg Isla, die niets had meegekregen van alle drukte op Facebook. Ze keek hen om de beurt aan terwijl ze met één hand de kinderwagen zachtjes in beweging hield.

'Is Fergus nog op de boerderij?' vroeg Felicity voorzichtig.

'Ja,' zei Isla, voordat ze een slokje thee nam. 'Hij zal hier zo wel zijn. Hoezo?'

'Zomaar,' zei Felicity terwijl de deur van de theesalon openging. Ze haastte zich terug naar de serveerbalie en verdween erachter.

De dorpsbewoners kwamen een voor een binnendruppelen en Felicity was druk in de weer terwijl ze probeerde niet aan Fergus te denken. Steeds als ze eraan dacht dat hij straks voor haar neus zou staan, ging er een huivering door haar heen en kneep ze haar ogen even stevig dicht.

'Ik weet niet zeker of het hier wel groot genoeg is voor alle mensen die komen,' zei Rona een beetje ongerust. De tafels zaten allemaal al vol en de mensen schuifelden naar de lege plekken ertussen.

'Ja, dat dacht ik ook al,' zei Meredith, die achter de serveerbalie naast Rona ging staan. 'Laten we kijken hoe het gaat en als het nodig is, kunnen we voortaan in de pub vergaderen.'

Toen de deur weer openging, hoorde Felicity de kerkklok zes keer slaan. Ze ging voor de groep staan en wenste iedereen een goede avond.

Meteen riep er een stem ergens achterin: 'We hebben die post op Facebook gezien en begrijpen niet waar dat voor nodig is! Krijgen we nou een nieuwe brug of niet?'

Felicity keek wie het zei en zag dat het Ethan was die de vraag had gesteld; hij had een containerverhuurbedrijf in het dorp. Zijn gezicht stond op ruzie, leek het. 'Onze bedrijven lijden er flink onder, zolang er geen brug is.'

Er ging een instemmend gemompel op. Toen iedereen weer stil was, waren alle ogen op Felicity gericht, waarmee ze meteen voor het blok was gezet.

'Zoals jullie allemaal weten, heb ik vanmorgen via Skype de vergadering bijgewoond van de gemeente, waarbij ook minister Annie Boyd aanwezig was. Ik ben blij te kunnen zeggen dat het allemaal heel positief is verlopen,' begon Felicity. Ze deed haar best het commentaar en de onbehulpzame houding van raadslid Smith te vergeten en een positieve draai aan haar verhaal te geven.

'Hoezo positief?' Dat was Alfie, de plaatselijke aannemer. 'Waarom ben je dan een Facebookpagina begonnen om geld in te zamelen?'

Er ging een ontevreden geroezemoes op.

'Minister Annie Boyd heeft de noodbrug aangemerkt als noodzakelijk.'

'Nou, waarom dan die inzamelingsactie als er toestemming is om die brug te bouwen?'

Felicity staarde hem aan; Alfie was op school al een opstandig kind geweest.

'Het is de bedoeling dat we zo snel mogelijk weer een brug hebben hier.'

'Dus eigenlijk heb je niets concreets te melden? Wat betekent dat we hier nog wekenlang opgesloten kunnen zitten voordat er zelfs maar een begin wordt gemaakt met de bouw van die noodbrug?' Zijn stem klonk schor van ingehouden woede. Toen leunde hij met een minachtend lachje achterover op zijn stoel. Hij genoot er kennelijk van het Felicity moeilijk te maken en het hele dorp leek het intussen met hem eens te zijn.

Felicity's hart bonsde, ze voelde de druk. 'Kunnen we allemaal kalmeren? Ik kan die brug moeilijk met mijn blote handen bouwen.' De ergernis klonk duidelijk door in haar stem.

Iedereen richtte zijn aandacht weer op Felicity en ze wreef haar klamme handen af aan haar spijkerbroek.

'En zoals sommigen van jullie wel zullen weten: alle beetjes helpen... En dat is precies waarom ik die inzamelingsactie op Facebook ben begonnen.'

Felicity zag Allie vanuit haar ooghoek druk zwaaien met haar telefoon, ze probeerde haar aandacht te vangen.

'Het filmpje wordt nog steeds als een gek gedeeld,' riep ze. 'Iedereen lijkt mee te willen doen met #SaveHeartcross. Er is vandaag al bijna tienduizend pond gedoneerd!' riep Allie.

Felicity's mond viel open. 'Nee... dat is toch fantastisch!'

'Welk filmpje?' vroeg Isla.

Maar Felicity gaf geen antwoord; ze zag Fergus aankomen over Love Heart Lane en trilde opeens van de zenuwen. Het leek alsof de tijd vertraagde, ze stond als verlamd en wachtte... Wist hij het of wist hij het niet? Ze had geen idee wat ze kon verwachten, maar over drie seconden zou het duidelijk zijn. Even later zwaaide Fergus de deur open en kwam hij met grote stappen binnen. Felicity's hart sloeg over en ze probeerde discreet achter de serveerbalie te verdwijnen, maar er was geen ontsnappen aan.

‘Felicity!’ brulde hij. Het was overduidelijk dat hij wist van het filmpje.

Ze draaide zich met tegenzin om. Fergus zag er woest uit, zijn ogen waren bloeddoorlopen. Hij leek rechtstreeks van de boerderij te komen: zijn overall was vuil en zijn rubberlaarzen lieten moddersporen achter op de witte tegelvloer.

‘Sorry... sorry, Rona,’ mompelde hij terwijl hij naar zijn laarzen keek en weer opkeek.

‘Maak je niet druk, dat ruim ik later wel op.’

Na nog een paar keer ‘sorry’ te hebben gemompeld, richtte hij zijn aandacht weer op Felicity.

‘We moeten praten! Nu! Wat heb je in vredesnaam gedaan?’

Felicity’s wangen werden knalrood.

‘Kom mee naar binnen.’ Ze wierp een korte blik op haar moeder, die knikte dat het goed was dat ze hem het huis mee in nam; niemand wil zijn vuile was buitenhangen voor een ander tenslotte, en gezien het feit dat het plotseling doodstil was in de theesalon, leek iedereen reuzebenieuwd naar hoe dit verder zou gaan.

Felicity voelde dat ze stond te trillen terwijl Fergus snel zijn laarzen uittrok en die naast de serveerbalie achterliet. Zodra ze de keuken binnenstapten, deed ze de deur naar de theesalon stevig achter zich dicht.

‘Nou?’ vroeg hij ongeduldig.

De stilte hing tussen hen in en leek minuten te duren.

‘Ik weet er niets van, echt, dat zweer ik,’ zei Felicity. Ze hoopte dat haar stem overtuigend klonk.

‘Nou, jij zit anders in dat filmpje, tenzij je me nu gaat vertellen dat je al die jaren een geheime tweelingzus hebt gehad.’

‘Nee... Ik bedoel... Ik heb het niet op internet gezet... Ik was van plan jou eerst te vragen wat je daarvan vond en even later stond het al op Facebook en...’

‘En jij verwacht dat ik dat geloof?’ onderbrak Fergus haar.

'Dat is de waarheid. Eerlijk.'

Fergus' gezicht was vertrokken van kwaadheid. 'Mijn telefoon houdt niet op met rinkelen. Ik heb kranten en televisiestations aan de lijn gehad die interviews willen met Esme en mij,' zei hij terwijl hij zijn handen in de achterzakken van zijn overall duwde en Felicity strak aankeek. 'Je hebt mijn dochter zomaar op internet gezet, het filmpje is viraal gegaan en nu wil de hele wereld dat ze bij haar oma op bezoek kan.'

'Fergus, het spijt me, maar het is toch allemaal niet zó vreselijk? Kijk naar het geld dat binnenkomt.' Maar Felicity wist meteen dat dat helemaal de verkeerde woorden waren.

Fergus hield haar blik vast, zijn ogen sproeiden vuur. 'Je hebt zonder mijn toestemming een filmpje van mijn dochter op Facebook gepost.'

'Het spijt me. Echt. Ja, ik heb dat filmpje gemaakt, maar ik heb het níét geüpload.'

'Wie dan?'

Felicity wist niet wat ze moest antwoorden. Ze wist niet honderd procent zeker wie dat had gedaan, maar ze had wel een sterk vermoeden. Esme was de enige in de kamer geweest waar haar telefoon lag.

Dus keek Felicity hem zwijgend aan.

'En wat geeft je trouwens het recht te denken dat je Esme zomaar kan filmen zonder mijn toestemming?'

Felicity wist dat Fergus alle reden had om kwaad op haar te zijn. Ze had zich laten meeslepen door het moment en niet aan de consequenties voor hem en Esme gedacht.

'Haal het niet in je hoofd om nog één keer zoiets uit te halen. Je bent haar moeder niet, Flick!'

De woorden raakten haar diep en Felicity hield met moeite haar tranen in. Ze was geschokt dat Fergus zoiets wreeds tegen haar kon zeggen, maar voordat ze kon reageren, ging de keukendeur open.

‘Waarom schreeuw je zo tegen Felicity?’ hoorden ze een klein stemmetje.

Ze draaiden zich allebei met een ruk om. Esme stond met grote ogen in de deuropening en leek op de rand van tranen. Ze bleef nog even staan staren en draaide zich toen om. Ze holde weg.

‘Nou! Nou zie je wat je hebt gedaan! Dus blijf voortaan uit de buurt!’ gromde Fergus en hij haastte zich achter Esme aan.

Felicity voelde zich totaal ontmoedigd toen ze een eenzame traan van haar wang veegde. Het was absoluut niet haar bedoeling geweest om Fergus te kwetsen of van streek te maken, maar dat had ze duidelijk wel gedaan. Voor haar gevoel had ze een klik gehad met Esme en hadden ze ervan genoten samen het filmpje te maken. Maar ze zou het niet hebben geüpload zonder eerst Fergus’ toestemming te hebben. Desondanks had ze beter moeten nadenken en voorzichtiger moeten zijn.

Ze liep de woonkamer in, liet zich op een stoel zakken en haalde haar telefoon tevoorschijn. Terwijl ze opnieuw naar het filmpje keek, wist ze wéér niet wat ze moest doen. Het verwijderen? Maar het was nu al zo vaak gedeeld en er waren zoveel commentaren op geleverd; het was inmiddels een eigen leven gaan leiden. Esme was de ster van de show en de giften bleven binnenkomen.

En nu was Esme ook nog ontdaan omdat ze had gezien dat ze ruzie hadden. Voor de honderdste keer sinds ze terug was in Heartcross, wenste ze dat ze de tijd kon terugdraaien.

Doodongelukkig veegde ze haar tranen weg.

21

Felicity stapte uit bed en trok de gordijnen open.

Ze had nauwelijks een oog dichtgedaan en de hele nacht liggen woelen en piekeren over Fergus. Uiteindelijk had ze besloten om na het ontbijt als een haas naar de boerderij te gaan om te proberen het zo goed mogelijk uit te praten. Ze hoopte dat Fergus wat kalmer zou zijn na er een nacht over te hebben geslapen.

Rona was al op en bezig het ontbijt te maken. ‘Het brood is bijna op, maar er is genoeg voor een broodje gebakken spek als je daar zin in hebt,’ zei ze terwijl ze haar mouwen oprolde en haar schort voordeed.

‘Lekker,’ antwoordde Felicity op terneergeslagen toon.

‘Maak je je nog steeds zorgen om Fergus?’ vroeg Rona. Ze gooide het spek in de pan en zette die op het fornuis.

‘Een beetje... Nee, eigenlijk heel veel,’ bekende ze.

‘Die is nu vast wel gekalmeerd. Het is natuurlijk een schok om al die telefoontjes te krijgen over interviews, terwijl je helemaal van niks weet en om er op die manier achter te moeten komen dat je dochter op internet staat.’

‘Ik hoop het.’

‘En hoe gaat het vandaag met de inzamelingsactie?’

‘Geen idee. Ik durf niet goed te kijken.’

Felicity had haar iPad in de woonkamer laten liggen om op te laden. Na een mok thee voor zichzelf te hebben ingeschonken, liep ze ermee naar de woonkamer en ging daar op de bank zitten. Ze ademde diep in. Eerst begon ze aan haar e-mails. De dag ervoor, voordat Fergus zo woedend de theesalon was binnengestormd, had ze met veel plezier een e-mail aan raadslid Smith gestuurd om hem te vertellen dat de #SaveHeartcrossinzamelingspagina was aangemaakt en dat de donaties al binnenstroomden. Maar nu zag ze dat ze een automatisch afwezigheidsbericht van hem had, waarin stond dat hij twee weken niet op kantoor zou zijn.

Nee, dat kon toch niet? Wie ging er dan organiseren dat die noodbrug werd gebouwd?

'Hij is twee weken niet bereikbaar,' riep Felicity naar haar moeder, die nog in de keuken rondscharrelde.

Rona stond in de deuropening, haar handen afdrogend aan een theedoek. 'Wie? Fergus?'

'Nee, die Smith, die bobo van de gemeenteraad. Hoe kan hij nou vakantie nemen terwijl Heartcross een noodbrug nodig heeft? Wie gaat dat project dan regelen?'

'Nou, Superwoman, dat zul jij dan wel moeten zijn,' zei Rona met een lachje voordat ze weer naar de keuken verdween, zich er niet van bewust dat Felicity diep verontwaardigd was.

Felicity klikte op de Facebookpagina en weer explodeerde haar iPad bijna van de meldingen. Ze staarde naar het filmpje en kon niet geloven hoe vaak het was gedeeld. En er stond een hele rits opmerkingen onder. Ze scrolde erdoorheen en zag dat het allemaal positieve berichten waren van mensen die Esme en haar grootmoeder wilden herenigen. Het was duidelijk dat Esme het middelpunt van de campagne was geworden.

Als Fergus nu op Facebook keek, zou zijn woede alleen nog maar verder aangewakkerd worden. Het land was verliefd geworden op zijn kleine meisje en wilde dat de noodbrug onmiddellijk werd gebouwd.

Felicity klikte op de link naar de inzamelingspagina.

'Mijn god!' gilde ze.

Rona stond onmiddellijk weer in de deuropening, nu met twee borden met spekboterhammen in haar handen. 'Wat is er?'

'De inzamelactie is ontploft, er komen nu donaties van over de hele wereld binnen en er zit al meer dan twintigduizend pond in de pot!'

'Echt? Weet je dat zeker?' vroeg Rona volkomen verbijsterd terwijl Felicity haar iPad naar haar moeder toe draaide. Ze floot zacht. 'Dat is lang niet slecht. Nee, dat is fantastisch! Jezus! Ik ben trots op je!' Ze gaf Felicity haar bord aan, zette de tv aan en ging met haar eigen bord naast Felicity op de bank zitten.

Felicity appte Allie. Heb je de inzamelingspagina gezien?

Er kwam meteen een berichtje terug: Ja! Kijk je het nieuws?

Felicity las het berichtje hardop voor en Rona zapte meteen naar een andere zender.

Aidy Redfern stond voor de ingestorte brug in Glensheil met achter zich een groep mensen met plakkaten in hun handen.

Felicity kneep haar ogen tot spleetjes en tuurde naar het scherm. 'O, mijn god! Kun je lezen wat erop staat?'

Rona griste haar bril van de salontafel en probeerde het te ontcijferen.

'Red Heartcross… Breng Esme en haar oma samen… Steun de noodbrug…'

'O, Fergus krijgt een toeval,' mompelde Felicity vol afschuw. Natuurlijk zou hij ergens door de dag het nieuws zien. Met haar hart in haar keel keek ze naar het scherm, waar Aidy Redfern live verslag deed.

'Terwijl Annie Boyd, de minister van Verkeer en Waterstaat, heeft toegezegd dat de brug er moet komen, heeft een van de inwoners van Heartcross, Felicity Simons, het heft in eigen hand genomen om de zesjarige Esme Campbell te herenigen met Aggie Campbell, haar grootmoeder. Aggie is in de nacht voordat de brug instortte met spoed vanuit Heartcross naar het St. Mary's ziekenhuis hier in Glensheil gebracht en ligt daar nu, in een tijd dat ze haar familie juist hard nodig heeft, eenzaam en alleen, zonder bezoek.

De kosten van een noodbrug over de rivier zodat het dorp weer verbonden is met de buitenwereld, worden geschat op ongeveer tweehonderdvijftig duizend pond. Volgens monumentenzorg kan de reconstructie van de oude, originele brug jaren in beslag nemen.

Meneer Smith, gemeenteraadslid van Glensheim, waar Heartcross onder valt, die door de minister is aangewezen als de verantwoordelijke voor het totale project van de noodbrug, is op dit moment niet bereikbaar voor commentaar.'

'Nou, echt het goede moment om niet bereikbaar te zijn,' mopperde Felicity binnensmonds.

'Een filmpje op de Facebook-pagina die de dorpsbewoners hebben opgezet om iedereen op de hoogte te houden van de bouw van de noodbrug, is viraal gegaan en de donaties naar de inzamelingspagina stromen binnen.'

Aidy Redfern draaide zich om naar het groepje dat achter hem stond te demonstreren. Hij hield de microfoon voor de mond van een vrouw.

'Waarom bent u vandaag hierheen gekomen?'

'We stuitten op Facebook op het filmpje en Esme heeft onze harten gestolen. Ze is een fantastisch klein meisje en iedereen hoopt dat de noodbrug heel snel wordt gebouwd om de dorpsgemeenschap weer te verbinden met de buitenwereld, zodat Esme bij haar arme oma op bezoek kan in het ziekenhuis.'

'Red Heartcross!' scandeerde de rest van de groep.

'Wij houden u op de hoogte van de gebeurtenissen hier. Dit is Aidy Redfern voor BBC Schotland.'

Felicity en Rona keken elkaar sprakeloos aan. Toen verbrak Felicity de stilte. 'Fergus was al woedend op me, maar nu zal hij helemaal laaiend zijn met Esme's naam en achternaam op het nieuws. Wat moet ik in vredesnaam doen?'

Ping... ping... ping... ping... ping...

'O, mijn god. Wat is dit nou weer?' Felicity keek op het scherm;

het waren wéér allemaal meldingen van Facebook dat er donaties waren gedaan.

'Dat komt natuurlijk door die nieuwsuitzending. Weet je zeker dat je geen baan als gemeenteraadslid wilt? Als het zo doorgaat heb je morgen het geld bij elkaar,' zei Rona met een glimlach, waarna ze de laatste hap van haar boterham nam.

'Nou, ik ben wel van plan om vanmorgen naar de gemeente te bellen, ja. Waarom ook niet meteen, eigenlijk? We moeten weten wie het project nu heeft overgenomen en wie onze contactpersoon is. Ze kunnen ons niet zomaar zo laten zitten.'

Rona stond op. 'Ga jij maar bellen, maar ik heb je wel zo snel mogelijk nodig in de keuken. Dat eten staat niet vanzelf opeens op tafel. Drew heeft om vijf uur vanmorgen alles wat we vandaag nodig hebben vanaf Hamish hiernaartoe gebracht, dus we kunnen aan de slag.'

Rona liep naar de keuken en Felicity toetste het nummer van de gemeente in. Tot haar ergernis duurde het bijna tien minuten voordat ze werd doorverbonden met de juiste afdeling.

'Goedemorgen, u spreekt met Felicity Simons,' begon ze in haar beste telefoonstem. 'Ik ben de woordvoerder van de bewoners van Heartcross.'

'Wat kan ik voor u doen?' vroeg de vrouw aan de andere kant van de lijn.

'Meneer Smith van de gemeenteraad heeft van het ministerie de opdracht de fondsen voor de bouw van de noodbrug tussen Glensheil en Heartcross vrij te maken en de bouw ervan te organiseren, maar ik heb vanochtend een automatische afwezigheidsmail voor de komende veertien dagen van hem ontvangen.'

Het bleef even stil. 'Ik ben bang dat raadslid Smith niet langer op deze afdeling werkt.'

Felicity blies haar adem verbluft uit. Daar was zowel in de e-mail als in de nieuwsuitzending niets over gemeld. 'Wie is er dan nu verantwoordelijk voor zijn taken?'

Het was weer lang stil en Felicity kon de vrouw in papieren horen rommelen.

'Daar is nog niemand voor aangewezen,' zei ze uiteindelijk. Ze klonk volkomen ongeïnteresseerd.

'Maar er moet zo snel mogelijk iemand mee aan de slag! Hoever staat het nu met de organisatie van de nieuwe brug?'

'Er wordt op dit moment over overlegd,' zei de vrouw, zonder enige interesse.

'Door wie?' vroeg Felicity dringend.

'De raad.' Het bleef weer lang stil. 'Meer kan ik u op het moment niet vertellen.' De vrouw aan de telefoon klonk prikkelbaar en Felicity hing verbouwereerd op.

Met een gefrustreerde kreet sprong ze van de bank en beende woedend naar de theesalon. 'Er is verdomme niemand mee bezig!' begon ze meteen te mopperen. 'De raad gaat iemand aanwijzen, zeggen ze, maar wanneer en hoe is niet bekend.'

Rona zag dat Felicity furieus was. 'Dat klinkt helemaal niet goed. Het dorp heeft antwoorden nodig, onzekerheid betekent voor iedereen stress.'

'Ja. Als je wilt dat er iets gebeurt, moet je het zelf doen, zeggen ze altijd.'

'Precies,' zei Rona en ze zwaaide met het aardappelschilmesje naar Felicity. 'Ik probeer hier de lunch voor de goegemeente te maken. Ga je me nog helpen of niet?'

Felicity hoorde niet wat haar moeder zei omdat haar hersens op volle toeren draaiden over wat ze zojuist zelf had gezegd. Ze staarde haar moeder aan en keek nog een keer op haar mobiel: het gedoneerde bedrag groeide met de seconde. Felicity nam een besluit en zei: 'Ik ga het gewoon zélf doen.'

'Dat lijkt me een heel goed idee. Hier, hier heb je een mesje, ga je gang.' Rona zei het plagend maar wel met een strenge ondertoon.

'Mam, ik meen het serieus. Nu er zoveel geld binnenkomt, ga ik contact opnemen met Annie Boyd en haar vertellen dat ik een aannemer ga regelen om aan de bouw van de noodbrug te beginnen.'

'En ik meen het ook serieus. Schillen! Schiet op!'

Felicity nam het mesje aan van haar moeder en begon te schillen, maar in haar hoofd nam haar plan steeds vastere vormen aan. De dorpsgemeenschap kon niet wachten tot het project aan iemand anders werd toegewezen, dat kon dagen duren en het betekende slechts verlies van kostbare tijd. Elke dag langer dat ze afgesloten zaten, was weer een dag verlies voor de bedrijven en opsluiting voor de dorpsbewoners. Iemand moest het balletje aan het rollen brengen en Felicity besloot dat zíj dat ging doen.

22

Na haar moeder de hele ochtend te hebben geholpen met het schillen en schoonmaken van zowat elke bederfelijke groente die nog in het dorp aanwezig was, had Felicity ruwe, rode handen. Het afgelopen uur had ze niets gezegd terwijl Meredith, Allie en haar moeder onder het werk gezellig babbelden en meezongen met de radio.

Jessica was de theesalon binnengekomen met het nieuws dat de lagere school voorlopig dicht bleef. Het hoofd van de school en de meeste onderwijzers woonden in Glensheil en zij konden de rivier natuurlijk niet over. En omdat de middelbare scholen in de stad waren, konden de oudere kinderen ook onmogelijk naar school. 'Wat betekent dat ik een extra paar handen kan zijn als jullie hulp nodig hebben,' zei Jessica. 'Wat voor baan kan ik hier krijgen: chef afwas? Of chef theezetten misschien?'

Rona gooide onmiddellijk een theedoek naar haar toe en knikte naar de pannen die afgedroogd moesten worden. 'Welkom bij het team!'

Jessica had binnen een paar seconden al door dat Felicity niet haar gewone zelf was en nam aan dat haar sombere stemming iets met Fergus te maken had. 'Hij komt er echt wel overheen. Hij is gewoon een beetje overbeschermend,' zei ze. Ze sloeg haar arm even om Felicity heen.

Felicity slaakte een diepe zucht. Ze was er zeker van dat Fergus absoluut niet blij zou zijn met het feit dat Esme nu ook op het landelijke nieuws was genoemd.

Meredith wierp haar ook een voorzichtig lachje toe en raakte haar arm even aan. 'Jessica heeft gelijk, hij is een beetje overbeschermend, maar dat is natuurlijk logisch: hij moet twee ouders tegelijk zijn en Esme is zijn alles... Geef het wat tijd, dan trekt hij wel bij.'

Maar de nieuwsuitzending zat Felicity helemaal niet lekker. Ze had er zelfs maagpijn van, zo erg zat het haar dwars. Ze had geen idee of Fergus het nieuws al had gezien maar intuïtief wist ze dat ze naar hem toe moest om het te vertellen; ook al zou dat waarschijnlijk weer uitdraaien op een ruzie.

'Heb je hem nog gezien vanmorgen?' vroeg Felicity aan Jessica.

'Ja, hij was een beetje stilletjes toen hij naar de boerderij vertrok. Hij heeft Esme erheen gebracht om met Finn te spelen. Maar maak je geen zorgen... Kijk naar al dat geld dat binnenkomt! Het publiek is verliefd op Esme en dat ondeugende lachje van haar, waarmee ze iedereen verleidt om iets te geven.'

'Heeft hij het nieuws gezien vanmorgen?' Felicity's hartslag versnelde van de nerveuze spanning.

'Het nieuws? Nee? Waarom?'

'Omdat de laatste uitzending gewijd was aan het herenigen van Esme met haar grootmoeder.'

Jessica's ogen werden groot.

'Misschien is het een goed idee om nu naar hem toe te gaan? Voordat iedereen hier arriveert voor de eerste etensronde?' stelde Rona voor na een snelle blik op de klok. 'Als je nu gaat, heb je nog tijd.'

Felicity had weinig zin in nog een confrontatie met Fergus, maar ze wist dat ze naar hem toe moest. Ze trok haar jas aan en ging met tegenzin op weg. Met gebogen schouders en een ongelukkig gezicht omdat ze voor hem door het stof zou moeten, liep ze naar de boerderij. Ook al was het voor een goed doel en stroomden de giften binnen, ze wist dat Fergus dat op de een of andere manier niet zo kon zien.

Toen ze bij Foxglove Farm aankwam, hoorde ze gehamer in de schuur die het verste weg lag. Ze zette zich schrap en liep die kant op. Drew en Fergus stonden over een tractor heen gebogen aan de motor te sleutelen. Het rook er sterk naar diesel. Drew zag haar als eerste. 'Hé, goedemorgen! Wat, geen koffie voor de harde werkers?' zei hij plagend terwijl hij zijn handen aan een oude lap afveegde.

'Ik kom hier net aan, maar die kom ik jullie straks brengen,' zei ze met een glimlach. Fergus vermeed elk oogcontact.

'Ik zie dat die inzamelingsactie van je geweldig goed loopt,' zei Drew, die niets van de spanning tussen Fergus en Felicity leek te merken.

'Ja, blijkbaar,' zei Felicity neutraal, in een poging niet erg geïnteresseerd te klinken, hoewel ze tot op de cent wist hoe hoog het bedrag inmiddels was. 'Is het goed dat ik even iets met Fergus bespreek?'

Drew keek van de een naar de ander. 'Tuurlijk, ik moet toch wat gereedschap uit het hok gaan halen. Dan hebben we deze schoonheid binnen no-time weer aan de gang.' Hij gaf een liefdevol klapje op de tractor en slenterde naar de schuurdeur.

Felicity staarde naar de grond en probeerde moed te verzamelen. Fergus maakte het haar niet gemakkelijk. Hij stond met zijn armen over elkaar en een gezicht dat op onweer stond tegen de tractor aan geleund. Felicity wist nu al dat het weer een heel vervelend gesprek zou worden.

'Heb je het nieuws vanmorgen gezien?' vroeg ze voorzichtig.

'Gaan we hier staan kletsen over wat ik vanmorgen heb gedaan? Is de volgende vraag of ik jam of honing op mijn toast heb gehad?' Hij fronste zijn wenkbrauwen en keek haar strak aan.

'Er is een nieuwe ontwikkeling.' Felicity negeerde zijn sarcasme en was opgelucht dat haar stem kalmer klonk dan ze zich voelde.

'Wat bedoel je, een nieuwe ontwikkeling?' vroeg hij met een dreigende blik.

Felicity slikte. Haar handpalmen waren zweterig en ze duwde ze dieper in haar zakken.

'Ik weet dat je niet gelukkig was met het filmpje,' begon Felicity zacht. 'Maar het grote publiek stelt zich steeds meer op achter de campagne voor de brug en we hebben al een heel bedrag bij elkaar, dat nog steeds groter en groter wordt – allemaal dankzij Esme. Ze raakt de mensen blijkbaar in het hart.'

Fergus blies zijn adem uit. 'Felicity, wat kom je nou verdomme zeggen? Je draait eromheen. Schiet op.'

Heel even kneep ze haar ogen dicht. 'Het spijt me,' zei ze, 'en je zult waarschijnlijk niet blij zijn met wat ik nu moet vertellen, vooral na je reactie op dat gedoe op Facebook...'

Fergus leek bijna een stripfiguur, zijn gezicht werd steeds roder en Felicity verwachtte elk moment stoomwolkjes uit zijn oren te zien komen. 'Maar BBC Schotland heeft het filmpje op de televisie genoemd. Er staat een cameraploeg aan de overkant van de rivier en er demonstreren mensen uit Glensheil met borden, om te laten zien dat ze achter ons staan. Het filmpje is ongelofelijk vaak gedeeld en het geld stroomt nog steeds binnen – wat natuurlijk fantastisch is,' zei ze om de positieve kant nog eens extra te benadrukken.

'Probeer je me nu te vertellen dat Esme op de televisie is geweest?'

'Nee, nee, dat niet... Maar het filmpje is wel op het nieuws genoemd en Esme is een kleine beroemdheid aan het worden. Iedereen wil dat ze naar haar oma in het ziekenhuis kan. Zo snel mogelijk,' antwoordde ze zo haastig dat ze nauwelijks ademhaalde.

Fergus leek bevangen door paniek. Hij haalde zijn handen nerveus door zijn haren. 'Wat heb je verdomme gedaan, Felicity?' Zijn stem klonk ernstig. Hij schudde zijn hoofd en leek zowat uit zijn vel te springen. 'Ik wil Esme niet op filmpjes of op de televisie hebben,' schreeuwde hij. 'Hoor je me? Ze is *míjn* dochter, niet de jouwe! Kijk nou verdomme wat je hebt gedaan!'

Hoewel ze Fergus natuurlijk al heel lang kende, had ze hem nog nooit zo woest zien reageren. Ze was met stomheid geslagen. Bovendien blies hij de kwestie in haar ogen buitenproportioneel op. Ja, ze had zijn toestemming moeten vragen, maar het was maar een kort filmpje en het was voor hun eigen dorp. Hoe eerder Heartcross weer verbonden was met de buitenwereld, hoe minder de dorpsbewoners getroffen zouden worden door de nadelige gevolgen van het instorten van de brug. Dat begreep hij toch wel?

'Waarom reageer je zo overdreven?' Ze kneep haar ogen tot spleetjes en keek hem wantrouwig aan. 'Wat is er aan de hand?'

'Waarom zou er iets aan de hand moeten zijn?' Fergus keek haar niet aan.

Felicity vond dat hij ontwijkend deed, heel vreemd. 'Omdat je raar doet. Onlogisch. Het is maar een filmpje en jij reageert alsof ik een doodzonde...'

'Bemoei je er niet mee, Felicity,' onderbrak hij haar, 'het is niet jouw zaak.'

'Dus er ís iets aan de hand?' hield ze vol. Ze probeerde kalm te blijven en te achterhalen wat nou eigenlijk het probleem was.

Fergus was duidelijk geagiteerd.

'Kijk dan hoeveel geld we al hebben ingezameld,' zei Felicity. Ze haalde haar telefoon uit haar zak. 'Zodra ik toestemming van Annie Boyd heb, ga ik zelf een aannemer zoeken die zo snel mogelijk die noodbrug kan bouwen. Dan kun je ook bij je moeder op bezoek en...'

Maar Fergus luisterde niet, zijn gedachten waren er niet bij.

'Fergus, wat is er nou? Zeg het gewoon!'

'Ik ga Esme halen en dan naar huis,' zei hij haastig terwijl hij zich omdraaide en zijn jas van een hooibaal griste.

'Fergus!'

Maar hij reageerde niet.

Op dat moment kwam Drew met een tas vol gereedschap terug de schuur in lopen. 'Volgens mij heb ik nu alles wat we nodig hebben.' Hij zweeg en vervolgde: 'Hé, ik hoor iemand roepen...'

'Iemand roepen?' herhaalde Felicity.

'Sst. Ja.'

Ze luisterden alle drie.

'Drew! Fergus! Waar zijn jullie?'

'Dat klinkt niet goed, ik ken die toon,' zei Drew. Hij liet de tas met gereedschap op de vloer vallen en rende naar de schuurdeur. 'Hier, Isla!' schreeuwde hij.

Isla zag hem meteen en kwam naar hem toe hollen. Ze had baby Angus in haar armen en Finn klemde zich huilend aan haar rok vast. Ze was duidelijk flink van streek.

'Wat is er? Iets met de baby?' vroeg Drew, die Angus onmiddellijk uit haar armen pakte.

'Nee, nee, hij slaapt.' Haar stem haperde.

'Wat is er dan?' Drew gaf Angus aan Felicity en sloeg zijn arm om de schouders van zijn vrouw heen.

Isla keek met een betraand gezicht naar Fergus op. 'Het is Esme... Ze is weg.'

Ze waren allemaal even stil terwijl de woorden tot hen doordrongen.

'Hoe bedoel je? Weg?' vroeg Felicity terwijl ze Angus, die wakker begon te worden, zachtjes wiegde.

'De ene minuut was ze er nog en de volgende niet meer!'

Fergus was buiten zichzelf van woede. 'Hoe bedoel je, Isla? Hoelang geleden heb je haar nog gezien?'

Isla keek neer op Finn, die zijn schouders ophaalde. 'Misschien ongeveer een uur geleden?' zei Isla aarzelend; ze wist heel goed dat Fergus dat niet wilde horen.

'Een úúr? En nu heb je pas door dat ze weg is?' schreeuwde Fergus.

Baby Angus schrok wakker en begon te krijsen.

'We hebben in de keuken iets gegeten en gedronken en toen heb ik een film opgezet op de televisie terwijl ik naar boven ging om Angus in bad te doen.' Isla keek neer op Finn. 'Vertel maar wat je mij hebt verteld,' zei ze zachtjes. Finn leek te bang om iets te zeggen. Ze hurkte naast hem neer en zei geruststellend: 'Mannetje, je hebt helemaal niets verkeerds gedaan, vertel Fergus maar gewoon hoe het is gegaan.'

'Esme zei dat ze *Star Wars* niet wilde zien, dat het saai was...'

'En?' spoorde Fergus hem ongeduldig aan.

Drew legde een hand op Finns schouder. 'En toen, jochie van me?'

'Ze zei dat ze naar boven ging om mama te helpen Angus in bad te doen. En toen ging ze de kamer uit.'

'Alleen is ze niet naar boven gekomen,' vulde Isla aan. 'We zijn ongeveer een uur boven geweest en na Angus' badje even samen in slaap gevallen. Ik ben zo moe de laatste tijd...'

'En Esme is niet teruggekomen om de film te kijken,' voegde Finn eraan toe.

'Heb je het hele huis al doorzocht?' vroeg Drew dringend.

'Ja, elke centimeter en toen viel me op dat Esme's schoenen weg waren.'

Fergus blies gejaagd zijn adem uit. 'Het heeft je een uur gekost om te merken dat Esme weg was?'

'Het is niet haar schuld, Fergus. Laten we niet in paniek raken,' zei Drew in een poging hem te kalmeren.

'Jij zet filmpjes van haar op Facebook...' Fergus keek Felicity boos aan, 'en jij past niet goed op mijn dochter.' Fergus was furieus.

Felicity overwoog even om nóg een keer te zeggen dat zíj niet degene was die het filmpje op Facebook had gezet, maar ze besefte dat het daar niet het juiste moment voor was. Dus liet ze zijn beschuldiging maar over zich heen komen.

'Het spijt me, Fergus, het spijt me zo,' zei Isla doodongelukkig.

'Het is niet jouw fout,' zei Drew nogmaals en hij drukte een kus op haar hoofd terwijl hij Fergus een bestraffende blik toewierp dat hij zichzelf moest beheersen.

'Ze kan niet ver zijn,' zei Felicity. 'Ik ga mama bellen. Esme is dol op de theesalon, dus misschien is ze daarheen. En iemand heeft haar vast ergens gezien. En Jessica, die moet ook gebeld worden!' zei Felicity.

'Is er vanmorgen iets voorgevallen tussen jullie, Fergus, waardoor ze misschien weg wilde lopen?' vroeg Isla voorzichtig.

'We hadden een ruzietje vanmorgen op weg naar de boerderij,' bekende hij terwijl hij onrustig heen en weer liep. 'Een stom ruzietje.'

'Waarover?'

Hij draaide zijn hoofd met een ruk naar Felicity. 'Over jou!'

Felicity was geschokt door de woede in Fergus' ogen. Het was duidelijk dat hij nog steeds heel afwijzend tegenover haar stond, hoe ze haar best ook had gedaan het verleden en zijn houding daarover te verzachten.

'Dat doet er nu niet toe,' zei Drew. 'We moeten haar vinden, dat is het enige wat nu belangrijk is. Het is ijskoud buiten, maar gelukkig weten we dat ze niet weg kan uit Heartcross, dus kan ze niet ver zijn.' Hij nam de leiding en begon de taken te verdelen: 'Isla, ga jij terug naar huis met Angus en Finn. Ik check de schuren en Felicity, jij belt iedereen. Fergus, ga naar huis, kijk of ze daar is en zullen we dan over een kwartier afspreken in de theesalon?'

Felicity zag hoezeer Fergus van streek was en ze kon wel huilen. Hoewel het slecht liep tussen hen, wilde ze het liefst haar armen om hem heen slaan en zorgen dat alles goed kwam, maar dat kon ze natuurlijk niet. Bovendien zou hij haar alleen maar van zich af duwen.

Drew rende haastig de schuur uit en Isla nam de kinderen mee terug naar het woonhuis. Terwijl Fergus zich ook naar buiten haastte, riep Felicity hem na: 'We vinden haar wel!'

Fergus bleef staan en draaide zich met een ruk om. 'Ik had een prima leven tot jij kwam opdagen!' schreeuwde hij en hij schopte furieus tegen de band van de tractor.

Felicity negeerde zijn agressie en zei zo kalm mogelijk: 'Ze kan niet ver zijn. Bel me zodra je iets weet.'

Fergus stootte een geluid uit; hij klonk als een gewond dier. 'Dit is jóúw schuld! Als jij dat filmpje niet online had gezet, was dit allemaal niet gebeurd.'

Felicity werd overrompeld door een gevoel van totale moedeloosheid. Haar lichaam voelde loodzwaar en haar hart lag in duizend scherven.

Fergus wankelde, hervond met een vloek zijn evenwicht, en rende de schuur uit.

Half verblind door de tranen rende Felicity ook naar buiten en de oprit naar de boerderij af, overmand door angst forceerde ze zichzelf om steeds sneller te gaan. Op de een of andere manier droegen haar benen haar zonder het te begeven helemaal terug naar Love Heart Lane.

Ze stormde de theesalon binnen en buiten adem en half snikkend kwamen de woorden haperend uit haar mond: 'Esme... Esme is verdwenen. Weggelopen.'

23

Rona schakelde onmiddellijk over naar de oplosstand. Ze stelde alle relevante vragen en instrueerde Meredith en Allie. Felicity was bijna ziek van schuldgevoel: als zij dat filmpje niet had gemaakt, was dit nooit gebeurd, en als Fergus en zij geen ruzie hadden gemaakt, was Esme niet weggelopen. Ze keek uit het raam en zag dat zich donkere wolken samenpakten aan de hemel. 'Wat voor weer wordt er voorspeld?' vroeg ze ongerust. Stel dat Esme in een storm belandde!

'Slecht,' zei Allie terwijl ze haar jas pakte. 'Maar het goede nieuws is dat heel Heartcross naar haar op zoek gaat.'

Felicity kon het allemaal niet meer aan, ze werd overvallen door emoties en begon van top tot teen te trillen terwijl de tranen over haar wangen stroomden. 'Dit is allemaal mijn schuld.'

Meredith trok haar meteen naar zich toe om haar een knuffel te geven. 'Er is waarschijnlijk niets om ongerust over te zijn. Jessica is een halfuur geleden terug naar het huis gegaan en we horen waarschijnlijk zo dat Esme daar helemaal tevreden aan een lekkere kop warme chocola zit.'

Felicity schudde haar hoofd. 'Nee, dan had Jessica Fergus allang gebeld omdat ze op de boerderij bij Isla had moeten zijn.'

'Misschien heeft ze hem intussen al gebeld... Kom, laten we niet in paniek raken. Maar zei je nou dat iedereen zo hierheen komt?'

Felicity knikte. 'Ik geloof van wel maar ik weet het niet meer zo goed,' zei ze met een ongeruste blik uit het raam.

'Ze kan in elk geval niet ver zijn. Weet je waarom ze is weggelopen, wat er is gebeurd?' vroeg Meredith.

'Ík... Ik ben wat er is gebeurd... Fergus haat me,' snikte Felicity, helemaal van de kaart.

'Hij haat je niet,' probeerde Allie haar gerust te stellen. 'Hij is altijd al overbeschermend voor Esme geweest. Zo is hij nu eenmaal. Maak je geen zorgen, we vinden haar wel.'

'Daar komen ze aan,' zag Meredith. 'Maar zonder Esme.'

Drew, Fergus en Jessica kwamen over Love Heart Lane naar de theesalon rennen. Terwijl de deur openging toetste Fergus iets in op zijn telefoon.

'En?' vroeg Felicity hoopvol.

'Niets,' antwoordde Drew. 'Rory is iedereen bij elkaar aan het roepen, ik denk dat ze hier zo zullen zijn. Hamish en Heather zoeken in hun deel van het dorp en Julia is de hele ochtend al op pad, maar heeft haar nergens gezien.'

Fergus sloeg zijn ogen wanhopig op. 'We moeten haar vinden,' riep hij radeloos.

'Daar komt Rory aan,' knikte Meredith. Hij kwam met Fraser naast zich en een leger aan dorpsbewoners achter zich door de straat naar de theesalon marcheren.

Allie trok de deur open en Rory gaf haar bij binnenkomst een snelle zoen op haar wang, maar keerde zich vervolgens meteen naar Fergus toe. 'Hoelang is ze al weg?'

'Bijna twee uur nu.'

Rory schraapte zijn keel en nam de leiding. 'We moeten ons opsplitsen, dan hebben we alles veel sneller afgezocht.'

Iedereen was het met hem eens en Rory en Drew verdeelden de taken, zodat iedereen wist welk deel van de omgeving ze moesten afzoeken.

Vlak voordat ze vertrokken, draaide Fergus zich naar Felicity: 'Als haar iets is overkomen...' Zijn stem beefde en zijn ogen liepen bijna over van de niet-vergoten tranen.

De intensiteit van zijn blik raakte haar zo diep dat ze ervan huiverde. Er prikten tranen achter haar ogen en ze werd bevangen door een enorme angst, die haar, zolang Esme niet gevonden was, zou beheersen.

'Zodra iemand haar vindt: bel je mij of Fergus,' instrueerde Drew met een ongerust gezicht.

De dorpsbewoners mompelden instemmend. Daarna ging iedereen vanuit de theesalon zijn eigen kant op.

Felicity had de opdracht om het pad naar de rivier af te lopen en de oever te checken. Half verdoofd van de angst rende ze het steile, rotsige pad af naar de waterkant. Haar hoofd denderde van alle gedachten: het was allemaal háár schuld, hoe had ze zo stom kunnen zijn, waarom had ze niet beter nagedacht voordat ze iets deed? Maar toch kon ze nog steeds niet begrijpen waarom Fergus zo ontdaan was en zo fel protesteerde tegen het filmpje. Stel dat Esme in het ijskoude water was gevallen?

Toen ze bij de oever aankwam, staarde ze uit over de kalme rivier, zo heel anders dan tijdens de storm, toen het water woest en kolkend tegen de brug sloeg en buiten de oevers trad. In de verte aan de overkant kon ze het televisieteam zien staan, bezig de wereld verslag te doen over de situatie na het instorten van de brug. Felicity keek omhoog naar de hemel en bad dat Esme veilig was. Ze kon de rivier wel niet over zijn, maar toch zocht Felicity elke centimeter van de oever af.

'Kom op, waar ben je gebleven?' mompelde ze. Ze voelde haar maag samentrekken van angst terwijl ze haar telefoon tevoorschijn haalde, maar er waren geen berichten.

Met knikkende knieën draaide ze zich om en liep ze het pad naar Heartcross weer op. Rory en Drew liepen een eind voor haar uit en ze riep: 'Iets gevonden?'

'Nee,' riep Rory terug terwijl Drew zijn hoofd schudde.

Felicity zag Fergus nergens, maar inmiddels waren er heel wat dorpelingen op de been. Haar handen waren gevoelloos en haar wangen prikten van de kou, dus hoe moest het met Esme zijn, nu ze al bijna twee uur buiten was? Felicity durfde er niet aan te denken, het leek alsof haar keel werd dichtgesnoerd als ze dat deed. Met lood in haar schoenen ging ze even later de theesalon binnen.

Meredith had een rits piepschuimen bekertjes gebracht die nog over waren van de zomerbarbecue, en Rona deelde hete thee uit aan de zoekers.

'Bij de rivier is geen enkel teken van haar te vinden,' zei Felicity. 'Waar kan ze zijn?'

Allie en Jessica kwamen binnenvallen. 'En?' vroeg Jessica.

Rona schudde haar hoofd en gaf ze allebei een beker warme thee aan.

'Heeft iemand er eigenlijk aan gedacht om de politie te bellen?' vroeg Allie terwijl ze een slokje nam.

'Ja. Agent Lees heeft het bureau gecontacteerd, maar dat is natuurlijk in Glensheil,' zei Rona. 'Hij houdt contact en als Esme binnen een uur niet gevonden is, komen ze met een boot hierheen om mee te zoeken. Maar ze hebben er alle vertrouwen in dat ze wordt gevonden, zo gaat dat meestal met kinderen. Ze zijn nooit ver.'

'Ik ga weer,' zei Felicity. Ze gaf haar moeder een snelle zoen op haar wang en ging de kou weer in. Buiten keek ze even aarzelend om zich heen. Eigenlijk had ze meer naar het centrum van het dorp willen gaan, maar ze zag dat er al mensen bezig waren de auto's en de schuurtjes te controleren, dus vroeg ze zich af waar ze dan zou gaan zoeken.

Haar oog viel op het hikersladdertje naar het bergpad aan het einde van Love Heart Lane, en ze vroeg zich af of Esme misschien had besloten om via die weg naar Glensheil te gaan voor een bezoekje aan Aggie.

In een impuls klom ze het laddertje op om er aan de andere

kant van de muur af te springen, waarna ze begon aan de tocht de rotsige berghelling op. 'Esme,' riep ze. 'Esme!' Maar er kwam geen reactie.

Felicity liep een heel eind maar zag nergens een spoor van het kind. Ze vond het een akelig idee dat Esme misschien helemaal in haar eentje hier omhoog was geklauterd. Ze bleef staan en checkte haar telefoon. Geen bericht. Ze stuurde Allie een appje, waar meteen antwoord op kwam: niets. Toen dacht ze opeens aan het huisje waar ze een paar dagen geleden nog met Fergus had gezeten, en ze besloot helemaal daarheen te lopen.

Toen ze het huisje zag liggen viel haar op dat de deur op een kier stond, maar dat betekende niets; die kon opengewaaid zijn door de wind.

'Is daar iemand?' riep Felicity. Even dacht ze dat ze iets hoorde. De deur knarste toen ze die openduwde en naar binnen keek. Er was niemand. De bank en de troep eromheen lagen er nog precies hetzelfde bij als de vorige keer. Teleurgesteld wilde ze de deur weer dichtdoen toen ze dacht een zacht gesnuif te horen. Ze bleef roerloos staan luisteren en hoorde het weer. Met bonkend hart stapte ze helemaal naar binnen en keek om de hoek van de deur – recht in een paar betraande, angstige ogen; Esme! Felicity liet haar ingehouden adem opgelucht ontsnappen. Esme zag er bang en verkleumd uit en Felicity's hart sprong op van liefde voor haar. Godzijdank! Ze was veilig. Ze tilde het kind op en omhelsde haar stevig.

'Meisje toch, ik schrok me dood!' Felicity dwong zichzelf kalm te ademen. 'Hoelang zit je hier al? Je bent ijskoud!' Ze trok haar jas uit en sloeg die om Esme heen.

Esme haalde haar schouders op en snoof nog een keer.

'Waarom ben je weggelopen?' vroeg Felicity zachtjes terwijl ze met het kind op haar schoot op de oude bank ging zitten. 'Iedereen is zo ongerust over je.' Ze gaf Esme nog een knuffel. 'Ik moet je papa meteen laten weten dat ik je heb gevonden en dat alles goed is met je.' Felicity tikte een bericht in voor Fergus om te zeggen waar ze waren.

Esme klemde zich aan Felicity vast en snikte: 'Het spijt me.'

'Wil je mij vertellen waarom je bent weggelopen?' vroeg Felicity nog een keer voorzichtig.

Esme leek op het punt te staan iets te zeggen, maar veranderde toen blijkbaar van gedachten.

'Daar moet je toch een goede reden voor hebben?'

Esme haalde haar schouders op. 'Papa is kwaad. Hij is niet lief.'

'Heb je ruzie met hem gemaakt?'

Esme knikte. 'Toen hij zo boos tegen jou had geschreeuwd, zei hij dat ik bij jou uit de buurt moest blijven. Maar ik zei dat ik jou leuk vind en dat ik gewoon doe wat ik wil. Ik snap het niet. Waarom is hij zo boos op jou?'

Felicity glimlachte. 'Ja, hij is boos op mij omdat hij denkt dat ik dat filmpje op Facebook heb gezet zonder aan hem te vragen of dat goed was, en dat is natuurlijk ook verkeerd als het zo was gegaan.'

'Maar tante Isla zegt dat er juist heel, heel veel geld voor de nieuwe brug is gegeven door dat filmpje en dan kan oma als ze beter is weer gauw naar huis komen.'

'Dat klopt, we hebben al heel erg veel geld ingezameld!'

'Dan hebben we het toch juist goed gedaan? Waarom is papa dan zo kwaad op ons?'

'Nou, ik denk dat je dat maar beter aan je papa kan vragen. Maar ik weet zeker dat hij niet meer boos op je is; hij is zo ongerust over je. Ik wed dat je straks een superdikke knuffel van hem krijgt.'

De deur van de hut zwaaide open en de opluchting stond overduidelijk op Fergus' gezicht te lezen toen hij Esme zag. Hij tilde haar van Felicity's schoot en sloot haar met tranen in zijn ogen in zijn armen. 'Godzijdank, godzijdank, je bent veilig,' mompelde hij in haar haren. 'Sorry dat ik zo boos op je was, sorry dat ik tegen je schreeuwde.' Hij liet zich met Esme in zijn armen naast Felicity op de bank neerzakken en streek het haar van zijn dochtertje uit haar gezicht. 'Ik was zo verdrietig zonder jou. En zo ongerust. Waarom ben je weggelopen?'

Esme liet haar benen bungelen en sloeg haar ogen neer. 'Je was zo boos op mij en nog bozer op Felicity.' Esme ademde diep in. 'Jij schreeuwde naar haar omdat ze dat filmpje op Facebook had gezet, maar dat heeft ze niet gedaan...' Met haar ogen nog steeds strak op de grond gericht zei ze: 'Dat heb ík gedaan.'

'Jij?' vroeg Fergus vol ongeloof.

Esme knikte. 'Felicity's telefoon lag op het tafeltje en ik pakte hem op en drukte op iets en toen was het verzonden. Maar ik wist niet dat dat erg was. Dat snapte ik pas toen jij zo tegen Felicity begon te schreeuwen. Sorry...'

Fergus wierp een korte blik op Felicity, die naar Esme zat te kijken. Hij wist niet wat hij moest zeggen.

'En toen zei jij dat ik uit haar buurt moest blijven, maar dat wil ik niet. Ik vind Felicity leuk.' Esme keek omhoog naar Felicity en glimlachte eventjes, waarna ze haar ogen weer neersloeg.

Fergus pakte de handen van zijn dochtertje in de zijne. 'Ik had niet zo moeten schreeuwen en ik wilde je al helemaal niet zo van streek maken.'

'Maar waarom ben je dan zo boos? We zamelen geld in voor de brug en dan kunnen we naar oma. Dat is toch goed?'

Fergus knikte. 'Ja, dat is goed,' zei hij, zonder verder iets uit te leggen. Hij wilde geen slapende honden wakker maken en had zo zijn eigen redenen waarom hij niet wilde dat Esme op internet te zien was, maar het waarom daarvan had hij nooit tegen iemand verteld.

Felicity zweeg en keek rustig en zonder zich ermee te bemoeien toe terwijl vader en dochter met elkaar praatten. Het was duidelijk dat Fergus echt dol op het kind was; al zijn poriën ademden liefde en warmte uit.

'Hoe kwam je op het idee om hiernaartoe te gaan?' Fergus keek om zich heen en richtte toen zijn ogen weer op Esme.

'Oma vertelt me altijd verhaaltjes over het hutje op de heuvel en elk avontuur begint bij het laddertje aan het einde van Love Heart Lane.'

'O? Dat wist ik niet.'

'Ja, ze vertelde dat jij hier vroeger altijd naartoe ging met oom Drew en Rory.'

'Ja, dat klopt. En met tante Isla, en Allie en Felicity.'

Esme keek Felicity met grote ogen aan. 'O, dan ken je papa ook al héél lang!'

'Ja, inderdaad!' beaamde Felicity met een glimlach. 'Nou, zullen we eens naar beneden gaan en kijken wat mijn moeder te eten heeft in de theesalon? Je hebt vast honger!'

Esme keek naar Fergus op. 'Ja, ik heb honger.'

'Kom mee, dan gaan we eten, maar je moet me één ding beloven: dat je nooit meer weg zult lopen! Je hebt iedereen enorm laten schrikken! En tante Isla en Finn natuurlijk al helemáál!'

'Sorry, pap.'

Felicity pakte haar jas van Esme's schouders en trok die weer aan terwijl Fergus en zijn dochtertje opstonden.

Buiten pakte Esme met haar ene hand die van Fergus en met de andere Felicity's hand. 'Zijn we nu weer allemaal vrienden?' vroeg Esme hoopvol.

'Tuurlijk,' antwoordde Fergus en hij maakte haar haren in de war. Esme huppelde tussen hen in.

Felicity's hoofd duizelde een beetje van alle gebeurtenissen van de laatste paar uur. Ze voelde zich volkomen uitgeput; ze was nog nooit in haar leven zo bang geweest. Het was zo'n allesomvattende emotie geweest dat ze zich nu volkomen leeg voelde. Zou het zo voelen als je moeder was en je kind weg was? Angst die zo diep ging en je raakte tot in je diepste wezen... die bezit van je nam en je zelfs je grootste vijand niet toewenste?

Over Esme's hoofd heen keek ze even naar Fergus, maar hij wendde zijn ogen af. Meteen was het onheilspellende gevoel dat even was verdwenen toen ze Esme had gevonden terug. Ze kende die uitdrukking op Fergus' gezicht; hij zat ergens over in. Ze wist niet wat er was, en hoewel ze daarmee waarschijnlijk weer te ver zou gaan in zijn ogen, nam ze zich voor om dat, zodra de gelegenheid zich voordeed, uit hem te krijgen.

24

De volgende ochtend zat Felicity al vroeg met de hoorn van de telefoon tegen haar oor gedrukt in de woonkamer te wachten tot ze werd doorverbonden. Ze had geen idee wat Annie Boyds reactie zou zijn op haar suggestie, maar dat ging ze nu uitzoeken. Na de laatste nieuwsuitzending was iedereen volkomen overdonderd geweest door het geld dat was binnengekomen – het totale bedrag liep nu tegen de honderdduizend, wat echt ongelofelijk was in zo'n korte tijd. Bedrijven uit het hele land doneerden grote bedragen en de respons was overrompelend.

'Met Annie Boyd,' hoorde ze. De stem aan de andere kant van de lijn klonk gezaghebbend.

'Goedemorgen. U spreekt met Felicity Simons, de woordvoerder van de inwoners van Heartcross.'

'Goedemorgen Felicity. Hoe gaat het daar?'

Felicity begon te vertellen over het filmpje en dat het viraal was gegaan. Annie Boyd was duidelijk onder de indruk en nog meer toen ze hoorde hoeveel geld er inmiddels bij elkaar was gebracht.

'En dat is de reden waarom ik bel,' vervolgde Felicity. 'Ik hoopte dat u me, nu gemeenteraadslid Smith is vertrokken en er overleg gaande is wie hem gaat vervangen, toestemming geeft om door te pakken wat de noodbrug betreft?'

'Wat bedoel je precies?' vroeg Annie geïntrigeerd.

'Nu we een bedrag bij elkaar hebben, zou ik een aannemer kunnen zoeken en kunnen regelen dat de noodbrug wordt gebouwd – zo snel mogelijk.'

Het was even stil aan de andere kant van de lijn. 'En jij denkt dat jij dat in je eentje voor elkaar krijgt?'

'Ik kan het proberen en ik weet zeker dat u me in de goede richting kunt wijzen.'

'Dat kan ik zeker. Ik zal je een lijst met aannemers en andere nuttige contacten mailen. Je hebt het verbijsterend goed gedaan, zoveel geld bij elkaar krijgen! Ik neem je in dienst als hoofd fondsenwerving!' zei ze grinnikend.

'Dat is dan geregeld,' zei Felicity met een brede grijns. 'Zodra ik die e-mail heb, ga ik aan de slag.'

'Die stuur ik nu meteen en hou me alsjeblieft op de hoogte, Felicity.'

'Dat zal ik doen,' beloofde Felicity en ze verbrak de verbinding.

Tevreden startte ze haar laptop op om te kijken of de mail al in haar inbox zat. En inderdaad had Annie Boyd die, zoals ze had beloofd, onmiddellijk gestuurd: een lijst met aannemers, deels uit Glensheil maar ook wat verder uit de buurt. Felicity bedacht dat ze het aanbod van Drew om met zijn boot de rivier over te varen misschien maar moest aannemen, zodat ze met een aantal bedrijven kon afspreken. Het was een lijst van ongeveer twintig namen en natuurlijk zat het er dik in dat de meeste ervan al bezig waren met een project en niet meteen beschikbaar waren. Ze moest eerst te weten zien te komen of ze direct aan de bouw van de noodbrug konden beginnen, en er was maar één manier om daar achter te komen: ze pakte de telefoon, maakte het zich zo comfortabel mogelijk op de onderste traptree en begon te bellen. Ze startte boven aan de lijst, maar bij elke aannemer die ze probeerde, kreeg ze hetzelfde te horen: ze hadden de komende maanden al genoeg werk en konden niet genoeg schuiven in hun agenda om de klus aan te nemen en de inwoners van Heartcross te helpen.

Algauw had Felicity in de gaten dat het allemaal niet zo eenvoudig was als ze had gedacht. Ze liet een zucht ontsnappen terwijl ze met haar pen weer een naam wegstreepte, maar ze weigerde zich te laten ontmoedigen. De volgende op de lijst was... nee... Alfie Wilson.

Felicity dacht terug aan de bijeenkomst met de dorpsbewoners in de theesalon waarin Alfie had geprobeerd haar belachelijk te maken. Hij was niets veranderd vergeleken met vroeger op school en Felicity had hem nooit echt gemogen, maar misschien kon ze nu, in het belang van Heartcross, haar best doen om met hem samen te werken. Als hij contracten had met de overheid, moest hij goed zijn in zijn werk.

Felicity dacht er even over na en liep toen naar de theesalon. 'Heb ik tijd om nog even weg te gaan?'

Rona keek haar dochter aan. 'Ja, dat kan wel... Heeft het te maken met je telefoontje?'

Felicity klopte zich op haar borst en zei: 'Hier voor je staat het nieuwe Hoofd Noodbruggenbouw! Niet dat dat nou de meest glamoureuze titel is die ik voor mezelf had kunnen bedenken, maarre...'

'Dus Annie Boyd is ervoor gegaan?'

'Ja! En ze was verbijsterd over hoe hoog het bedrag al is dat we bij elkaar hebben. Dus heb ik toestemming om de boel in gang te zetten.'

'En hoe ga je dat doen?' vroeg Rona, terwijl ze een snufje zout toevoegde aan de pan die op het vuur stond.

'Nou, ik heb wat aannemers gebeld, maar tot dusver zit iedereen vol. Maar nu ben ik beland bij een interessante naam op de lijst.'

Rona trok haar wenkbrauwen op. 'Wie dan?'

'Alfie Wilson – niet bepaald de leukste persoon die ik ken...'

'Ja, maar nood breekt wet en dat is zeker zijn soort werk. Dus daar ga je nu heen?'

Felicity knikte. 'Wens me maar succes.'

Terwijl ze Love Heart Lane af wandelde, zag ze Drew en Fergus op een nabijgelegen akker bezig op de tractor. Ze had Fergus niet meer gezien nadat ze samen met Esme naar de theesalon waren gelopen, maar ze had besloten om die avond langs zijn huis te gaan om te zien hoe de zaken ervoor stonden. Even later zag ze Heather fietsen, ze zwaaide en Felicity zwaaide terug.

Ondanks de kou zat Alfie, met een groot glas bier voor zich, bij de pub buiten aan een van de picknicktafels de krant te lezen.

'Precies degene die ik zoek.' Felicity plakte een glimlach op haar gezicht en probeerde te vergeten hoe vervelend Alfie tijdens de bijeenkomst tegen haar was geweest.

Alfie Wilson keek wantrouwend op en wierp een snelle blik over zijn schouder. 'Heb je het tegen mij?' vroeg hij.

'Ja,' antwoordde ze opgewekt. 'Je bent precies de man die ik nodig heb.' Zodra ze het had gezegd, begreep ze hoe onhandig ze het had geformuleerd.

'Echt?' Hij snoof.

'Heb je even tijd om te praten?'

Alfie verschoof ongemakkelijk op de bank en legde zijn krant opzij.

'Mij best,' reageerde hij onwillig. Hij nam een slok bier en zag er helemaal niet blij uit.

'Ik wil je wat vragen.'

Hij glimlachte een beetje vreemd.

'Heb je het druk op het moment?'

'Druk? Met werk?' vroeg hij verbaasd. 'Nou, met een ingestorte brug valt er weinig te werken, hè?'

'Dat dacht ik al. Hoe lijkt het je om Heartcross' redder in de nood te zijn?' vroeg Felicity vrolijk terwijl ze tegenover hem ging zitten.

'Huh?' vroeg hij; hij had geen idee waar Felicity naartoe wilde.

'Het filmpje...'

'Dat met jou en dat kind van Fergus?'

'Ja, dat filmpje... Daardoor hebben we enorm veel geld ingezameld en het stroomt nog steeds binnen. Allemaal om een noodbrug aan te leggen over de rivier.'

'En wat heeft dat met mij te maken?'

'Ik heb toestemming van Annie Boyd om een aannemer te zoeken die die brug gaat bouwen.'

Pas toen ging Alfie Wilson rechtop zitten en was zijn aandacht gewekt.

'Dat is een grote opdracht.'

'Dat klopt. Zou dat iets voor jou zijn?'

'Voor mij?' Hij legde zijn hand op zijn borst.

'Nou, je staat op de lijst van aannemers die voor de overheid werken, dus waarom niet, zou ik zeggen. Het is toch jouw vakgebied, of niet?'

'Dus jij dacht meteen aan mij?' Hij trok zijn wenkbrauwen op.

Felicity ging hem niet aan zijn neus hangen dat ze al heel wat aannemers had gebeld, dat was nergens voor nodig.

'Nou, als het werk door een aannemer uit het dorp zelf kan gebeuren, ligt dat wat mij betreft voor de hand. Je bent geboren en getogen in Heartcross, dus lijk je mij de beste man om de brug te bouwen.' Felicity wist niet waarom ze hem zo naar de mond praatte, hij ging de opdracht echt niet weigeren. Wat had hij anders te doen op dit moment? 'Je naam komt in de geschiedenisboeken,' voegde ze eraan toe in een poging de zaak te beklinken.

Alfies mondhoeken gingen wat omhoog. 'Laten we naar mijn kantoor gaan, dan kunnen we daar verder praten,' stelde hij voor. Hij stond op en klokte zijn bier in een razend tempo naar binnen.

Felicity wist niet eens dat hij een kantoor had of waar dat was, maar ze stond op en liep achter hem aan de laan af.

Als kind had Alfie in een klein rijtjeshuis gewoond in een van de zijstraten van de hoofdstraat en daar bleek hij nu ook naartoe op weg te zijn.

'We zijn er,' zei hij even later terwijl hij het tuinhekje openduwde. Felicity volgde hem over een tegelpad langs de zijkant van het huis naar een bouwvallig schuurtje helemaal achter in de tuin.

'Kom erin,' zei hij en hij duwde tegen de deur die luid knarsend openging. Het verbaasde Felicity dat het krakkemikkige gebouwtje na de stormen van de afgelopen tijd nog overeind stond. Ze stapte naar binnen. Het was er koud en het bureau dat er stond lag vol stapels papieren. Er kwam nauwelijks licht binnen door het raampje dat zo te zien nog nooit was gezeemd.

'Neem plaats,' zei Alfie.

Felicity keek om zich heen, maar ze zag nergens een plek om dat te doen.

'Sorry,' zei Alfie. Hij pakte een stapel papieren van een campingstoeltje en gebaarde dat ze moest gaan zitten.

Felicity liet zich er voorzichtig op neerzakken, een beetje bang dat het ding het zou begeven.

'Nou, je hebt een heel eigen koninkrijk hier,' zei ze, terwijl ze naar een enorme spin in een web boven haar hoofd keek en bad dat het beest niet op haar hoofd zou vallen.

'Ja, ja,' zei Alfie. 'Hier gebeurt het allemaal.'

'Nou, hoe geven we dit een vervolg?' vroeg ze, ze wilde alles zo snel mogelijk geregeld hebben.

'Ik stel een contract op, regel een bouwteam en neem contact op met Annie Boyd. Als alles is getekend, zul jij geld op mijn zakenrekening moeten storten, zodat ik de lonen enzovoort kan betalen,' zei hij, terwijl hij Felicity een kaartje met alle bankgegevens overhandigde. 'Annie Boyd is overigens een goede kennis van me, we gebruiken vaak dezelfde werklui. De meesten wonen in Glensheil, dus dat maakt het in elk geval aan die kant van de rivier wat gemakkelijker.'

'Nou, het klinkt alsof het allemaal snel in gang gezet kan worden,' zei Felicity vol goede hoop.

'Ik zet er vaart achter,' zei Alfie. Hij opende een dossierkast en pakte er wat papieren uit. 'We moeten dit dorp weer verbinden met de buitenwereld. En dank je wel dat je aan me hebt gedacht, trouwens,' zei hij met een plotselinge eerlijkheid. 'Ik heb het de laatste tijd privé nogal moeilijk gehad en dit voorkomt dat ik te veel ga zitten piekeren.' Zijn gezicht verzachtte en voor het eerst in haar hele leven zag Felicity dat hij zijn harde houding even liet varen.

'Zoals ik al zei, als wij elkaar hier in het dorp kunnen helpen, moeten we dat doen, toch?'

Alfie knikte en hield haar blik iets langer vast dan nodig was. 'Op school had ik altijd een zwak voor je.'

Verbaasd zei ze: 'O, echt? Dat wist ik niet.'

Alfie Wilson was altijd een van de branieschoppers geweest, de clown van de klas. De jongen die helemaal achterin zat, de lessen verstoorde en er heel vaak werd uit gestuurd. Voor zover Felicity zich kon herinneren, had Alfie op de middelbare school foute vrienden gehad – hij had in elk geval niet bij hun clubje gehoord.

'Je was de knapste, grappigste en slimste van allemaal en alle jongens hadden een oogje op je.'

'Doe niet zo raar,' zei Felicity en ze voelde dat ze bloosde.

'Echt wel. Maar jij zag niemand staan. Alleen Fergus.'

Dat was waar. Na die zomervakantie dat ze allemaal in de hut hadden rondgehangen, was er nooit meer iemand anders voor haar geweest dan Fergus.

'Ja, dat klopt,' hoorde ze zichzelf zeggen. 'Maar je zei dat je in een moeilijke periode hebt gezeten?' vroeg ze voorzichtig, van onderwerp veranderend.

Alfie liet zijn adem ontsnappen. 'Ken je mijn broer nog? Lucas?'

Felicity herinnerde zich Lucas, hij was een paar jaar ouder dan zij.

'Ja. Is hij niet ook naar Londen verhuisd?' Felicity herinnerde zich half en half dat haar moeder eens zoiets had gezegd.

'Ja, hij heeft zijn vrouw daar op een cursus ontmoet en werd razend verliefd op haar. Zij woonde in Londen en zodoende is hij daar ook heen gegaan.'

'Dat klinkt niet verkeerd?' vroeg Felicity.

'Ze hebben één dochter. Mijn nichtje, een fantastische meid. Maar toen...'

'Wat?'

'Toen werd Lucas' vrouw ziek. Kanker...'

Er ging een vlaag van medelijden door Felicity heen. 'O, wat vreselijk. Dat spijt me echt voor jullie, Alfie.'

Alfie slikte moeizaam. 'Het goede nieuws is dat ze erdoorheen is gekomen. Ik had veel meer willen helpen, maar ik zit hier te ver weg, hoewel ik Lucas wel zo ongeveer elke dag heb gebeld.'

'Dat moet hij zeker een steun hebben gevonden. Het is moeilijk als je zo ver weg woont.' Felicity kon zich de situatie goed indenken, ze had het tenslotte zelf ook meegemaakt.

'Waarom ga je niet een keertje naar hem toe?' opperde ze.

Alfie slaakte een diepe zucht. 'Dan moeten we eerst die brug af hebben, wil ik uit Heartcross weg kunnen.' Hij grinnikte.

'Ja, dat is een klein probleempje, ja,' zei Felicity om het gesprek wat luchtiger te maken.

'En Londen is zo ver weg van hier.'

'Helemaal aan de andere kant van het land, ja. Maar serieus: stel het niet te lang uit. Als je erheen wilt, moet je het gewoon doen. Toen mijn oma ziek was... Ik heb er spijt van dat ik toen niet naar huis ben gekomen om nog wat tijd met haar door te brengen. Ik was te veel bezig met mijn eigen problemen, en voor ik het wist, was het te laat. Oma is overleden en ik heb nooit afscheid van haar kunnen nemen. Daar zal ik de rest van mijn leven berouw van hebben.'

Alfie dacht even na. 'Weet je wat, ik denk dat ik inderdaad naar ze toe ga. Maar eerst moet die noodbrug klaar zijn, anders duurt het misschien jaren voordat de inwoners van Heartcross weer naar de overkant kunnen.'

'Dat lijkt me een uitstekend plan.'

'Felicity, ik wilde nog sorry zeggen omdat ik zo zat te zeuren bij die bespreking in de theesalon.'

'O, maak je geen zorgen, dat ben ik al vergeten.'

Toen Felicity wegging uit het schuurtje, zag ze Alfie in een nieuw licht. Misschien was zijn schreeuwerige kant louter een façade, want hij leek veel gevoeliger dan ze had gedacht. Ze was blij dat ze hem had benaderd voor de opdracht.

Ze wierp een blik op haar horloge en haastte zich terug naar de theesalon. Hamish had het eten voor die dag al gebracht. De dorpswinkel was vanaf die dag gesloten tot nader bericht. Ze zag haar moeder en Allie al druk bezig in de keuken. Felicity ging naar binnen, deed haar jas uit en borg het kaartje met Alfies bankgegevens veilig op achter de serveerbalie.

'Hoe is het gegaan?' vroeg Rona. Ze roerde in een grote pan soep.

'Goed. Alfie greep de kans met beide handen aan en is er zeker van dat hij een goed team bij elkaar kan krijgen om die brug te bouwen. Dus het licht staat op groen.'

Opeens stond Meredith in de deuropening van de keuken. 'Gauw, kom mee naar de woonkamer!' zei ze terwijl ze zich al omdraaide. Iedereen liep meteen achter haar aan. 'Ik dacht al dat ik jouw stem hoorde,' zei ze tegen Felicity. 'Ik nam even pauze maar ik denk dat jullie dit wel willen zien.'

De televisie stond aan en op het scherm zat Aidy Redfern naast Aggies bed met een microfoon onder haar kin.

'O, ze heeft gelukkig alweer wat kleur op haar gezicht,' zei Rona terwijl ze op een stoel neerzakte.

'Uw kleindochter heeft heel wat stof doen opwaaien op het internet, mevrouw Campbell!'

Aggie glimlachte. *'Ik ben ontzettend trots op haar en natuurlijk ook op Felicity. Ik hoor dat de donaties, dankzij hun filmpje, nog steeds binnenkomen.'*

'Hoe gaat het hier met u, nu uw familie niet op bezoek kan komen?' vroeg Aidy.

'Ik vind het best moeilijk. Toen ik voor het eerst op het nieuws zag dat de brug was ingestort, kon ik aan niets anders denken dan dat ik ze waarschijnlijk heel lang niet zou zien.''Ik hoop dat het niet al te lang zal duren voordat u weer herenigd wordt met uw familie, maar intussen bent u hier op de beste plek om weer beter te worden. Dank u dat wij vandaag even met u konden praten, mevrouw Campbell. Dit is Aidy Redfern voor BBC *Schotland.'*

'Die Aggie, zomaar op tv,' zei Rona grinnikend. 'Het moet echt vreselijk zijn om helemaal alleen in het ziekenhuis te liggen, maar ze ziet er wel een stuk beter uit.'

'Ja, inderdaad,' zei Meredith. 'Maar hoe moet ze nou ooit thuiskomen? Hoelang zal het duren voordat die noodbrug klaar is?'

'Geen idee. Ik hoop dat het vrij snel gaat nu Alfie de zaak op zich neemt, maar ik schat toch wel een paar weken,' antwoordde Felicity terwijl ze opstond, de tv uitzette en ze met zijn allen terugliepen naar de theesalon.

'Misschien zal het toch Drews boot moeten worden die haar overzet als ze uit het ziekenhuis wordt ontslagen,' merkte Felicity op.

'Over Drew gesproken...' zei Rona terwijl ze een picknickmand onder de serveerbalie uit pakte en die aan Felicity overhandigde.

'Wat is dit?' vroeg Felicity.

'De jongens hebben geen tijd om hierheen te komen voor de

lunch en ik heb Isla beloofd dat een van ons hun een picknickmand brengt, dan hoeft zij niet met Angus en Finn hierheen te komen... Dus wil jij die even brengen?'

'Tuurlijk,' zei Felicity. Ze zette de mand op tafel en trok haar jas aan. 'Ik ben zo terug.'

Een beetje nerveus ging Felicity op weg naar Foxglove Farm. Ze had Fergus niet meer gezien of gesproken sinds ze Esme had gevonden en ze wist niet goed hoe de zaken ervoor stonden tussen hen. En dat Aggie op de televisie was geweest maakte het nog ingewikkelder. Zou hij nu ook boos op zijn moeder zijn?

Toen ze de oprit op liep, keek ze om zich heen, maar Drew en Fergus vielen nergens te bekennen, niet op de velden en ook niet bij de schuren. Toen ze aanbelde, deed Isla na een paar seconden al open. Angus hing in een babydraagzak op haar buik, diep in slaap. Ze nam de picknickmand van Felicity aan en zei: 'O, wat heerlijk! Ik ben echt doodmoe van dit kleintje. Gelukkig is Finn net in slaap gevallen, zodat ik de tijd heb om rustig te lunchen.'

'Geen Esme vandaag?'

Isla schudde haar hoofd. 'Jessica past op haar. Kom je binnen?'

Felicity schudde haar hoofd. 'Nee, ik kan maar beter snel teruggaan om mama te helpen met het eten op te scheppen.'

'Dank je wel dat je dit hebt gebracht.'

'Graag gedaan.'

Felicity stopte haar handen diep in haar zakken en ging haastig terug naar de theesalon, een beetje teleurgesteld dat ze Fergus niet had gezien. Maar tot haar verrassing zag ze hem even later een eindje verderop lopen. Hij was blijkbaar op weg naar huis, want even later opende hij het tuinhekje van Aggies huis en verdween hij naar binnen. Zonder nadenken liep Felicity achter hem aan en liet de leeuwenkopdeurklopper tegen het hout aan vallen.

Na een tijdje zwaaide de voordeur open. Fergus keek haar somber aan. 'Wat kom jij doen?' vroeg hij. Hij zag eruit alsof hij de hele wereld op zijn schouders meetorste.

Felicity wist niet goed wat ze kwam doen, maar antwoordde haastig: 'Ik heb net de lunch afgeleverd op de boerderij.'

'O, bedankt,' zei hij een beetje afwezig. Hij was duidelijk niet in de stemming voor een praatje en leek de deur alweer dicht te willen doen.

'Je lijkt niet in je gewone doen,' hield Felicity aan. Het was misschien opdringerig, maar ze moest erachter zien te komen waarom hij zo overdreven reageerde op het filmpje. Ze wist zeker dat er meer aan de hand was dan hij haar had verteld.

'En hoe weet jij wat mijn gewone doen is?' Hij draaide zich om, maar liet de voordeur open, wat Felicity opvatte als een teken dat ze binnen mocht komen.

Felicity vond het huis met zijn lage balkenplafond altijd heel huiselijk en gezellig, en terwijl ze achter Fergus aan de woonkamer binnenliep werd ze iets minder nerveus. Hij leek geagiteerd en liep rechtstreeks naar de laptop op het bureau in de hoek om die dicht te klappen. Felicity had het gevoel dat hij iets voor haar verborg, dat ze iets niet mocht zien.

'Hoe gaat het met Aggie?' vroeg Felicity. 'Heb je haar recent nog gesproken?'

'Ze heeft blijkbaar haar televisiedebuut gemaakt vanmorgen,' zei hij, absoluut niet onder de indruk. 'Is er iets bijzonders, Flick?' vroeg hij.

'Nee,' antwoordde Felicity. 'Ik wilde gewoon weten hoe het met je is.'

Hoewel ze haar best deed om aardig te doen, had Fergus er geen zin in.

'Alles in orde, ik wilde alleen nog even naar de wc en dan ga ik weer terug naar de boerderij.'

Hij liep de kamer uit en Felicity hoorde de wc-deur opengaan en het slot omgedraaid worden. Zonder enige aarzeling liep ze naar de laptop en sloeg die open. Er stond een webpagina open op het scherm, maar Felicity begreep er niets van. Waarom had Fergus 'DNA-test' gegoogeld?

Toen ze hoorde dat er werd doorgetrokken klapte ze de laptop snel weer dicht en liep ze haastig naar de voordeur.

'Ik ga!' riep ze naar boven en voordat Fergus kon reageren was ze het huis al uit en op weg naar de theesalon, terwijl de gedachten door haar hoofd tuimelden.

25

Toen Felicity terugkwam in de theesalon, zat het daar al vol met de eerste ronde dorpsbewoners die vers gemaakte soep uit hun kommen lepelden. Ze keek rond en ontdekte Jessica en Esme in de hoek.

Op het moment dat Esme Felicity zag, schoof ze haar stoel naar achteren, holde op Felicity af en sloeg haar armen om haar middel.

'Nou, dat is nog eens een fijn welkom,' zei Felicity met een glimlach. 'Heb je een leuke dag?'

'Ik ben vanmorgen met Jessica naar de school geweest en we hebben samen de papierkast opgeruimd.'

'Dat was vast een leuk werkje.'

'Ja! En ik heb een paar boeken uit de schoolbibliotheek geleend en die gaan we vanmiddag lezen.'

'Pluspunt van de baan,' zei Jessica, die inmiddels naast hen was komen staan.

'Boeken met recepten,' zei Esme. 'Ik wil ook taartenbakker worden, net als mijn mammie. En dan ga ik ook een theesalon beginnen, net zo een als deze.'

'Dat gaat je zeker lukken,' zei Felicity, vertederd door Esme's enthousiasme. 'Op een dag gaan we mijn oma's geheime receptenboek lezen en er iets uit maken, goed?'

'Beloofd?' Esme keek Felicity met grote ogen aan.

'Beloofd!'

Esme slaakte een gilletje. 'Dan moet ik mijn eigen schort hebben. Ik kan geen taartenbakker zijn als ik geen schort heb.'

Felicity bukte en keek Esme aan. 'Zie je die kast?' Ze wees naar de hoek. 'Als je de linkerla opendoet, kun je daarin mijn schortje vinden van toen ik klein was. Dat mag je lenen.'

'Echt?'

'Tuurlijk, zonder schort kun je niet bakken.'

Opgewonden huppelde Esme naar de kast. Ze trok de la open en Felicity en Jessica keken toe terwijl Esme erin keek en er even later het schortje uit haalde. Ze stak haar hoofd haastig door de lus en knoopte de banden vast om haar middel. 'Tada!' riep Esme grijnzend. 'Nu ben ik een echte taartenbakker.'

'Nou, dan moeten we maar eens een kijkje gaan nemen in die kookboeken, vind je niet?' stelde Jessica voor.

Esme knikte en vloog Felicity nog een keer om de hals. 'Ik verheug me nu al op de recepten van jouw oma.'

Terwijl Esme opgewekt naar buiten huppelde, kwam Alfie binnenlopen. Hij zag eruit als om door een ringetje te halen: zijn haren waren in een scheiding gekamd, zijn schoenen glanzend gepoetst en hij droeg een donkerblauw pak.

Felicity was stomverbaasd. 'Wat zie jij er keurig uit vandaag!' riep ze uit.

'Dank je! Ik kom even wat eten voordat ik aan het werk ga. Ik heb straks een virtuele vergadering met de architect en de werklui voor de noodbrug. Heb je de inzamelingsactiepagina al gezien vandaag, trouwens?'

Felicity had die de avond ervoor voor het laatst bekeken en ze wist dat de gulle giften nog steeds binnenkwamen. De respons was werkelijk overweldigend. In de laatste vierentwintig uur was er weer vijftigduizend pond binnengekomen van bedrijven over de hele wereld. Toen ze de pagina opende op haar telefoon was ze verbijsterd.

'Nog vijftigduizend, dan hebben we het hele bedrag bij elkaar!' riep ze in de richting van de keuken van de theesalon. 'Dat is toch ongelofelijk?'

'Dat is fantastisch, echt fantastisch! Je bent niet voor niks teruggekomen, Felicity, dat is duidelijk!' zei Meredith opgewekt. 'Maar nu aan het werk!' Ze duwde twee kommen in Felicity's handen.

Terwijl ze druk bezig was om alle dorpelingen te voorzien van eten, zag ze Fergus vanuit haar ooghoek weer haastig over Love Heart Lane lopen. Hij zag er zorgelijk uit. Er was iets aan de hand, waarom was hij niet gewoon op de boerderij? Hij verdween weer in Aggies huis, zag ze. Het liefst was ze meteen naar hem toe gegaan om opnieuw te vragen wat er was, maar ze wist dat hij haar bemoeienissen niet waardeerde en bovendien kon ze niet zomaar weg uit de theesalon zolang niet iedereen eten en drinken had gehad.

Alfie zat aan de telefoon en maakte aantekeningen op zijn notitieblok; hij ving haar blik en glimlachte.

'Je telefoon gaat steeds over, iemand probeert je blijkbaar dringend te bereiken,' zei Allie, die de theepotten bijvulde.

Neuriënd liep Felicity naar de serveerbalie, waar ze haar telefoon pakte en over het scherm veegde. 'Vijf gemiste oproepen van Aidy Redfern, die journalist.'

'Bel hem maar even terug!' zei Rona, die bezig was een plas thee van een omgevallen beker op te dweilen.

Felicity drukte op de terugbeltoets en wachtte geduldig tot hij opnam.

'Felicity! Hoe voel je je nu?' Zijn stem klonk joviaal.

Felicity had geen idee hoe ze zich moest voelen en gezien het enthousiasme waarmee hij de vraag stelde, kreeg ze het idee dat haar iets was ontgaan.

'We hebben een boot gecharterd in Glensheil en zijn met het televisieteam onderweg naar Heartcross. We zijn er over... eh... we zijn er bijna...' zei hij.

'Hoezo?' stamelde ze perplex.

'De inzamelingsactie! Jij, Felicity Simons, hebt binnen een paar dagen, in je eentje, tweehonderdvijftigduizend pond ingezameld! Dus vandaar mijn vraag: hoe voel je je nu?'

Felicity was volkomen verbijsterd; ze had nog maar net gekeken hoeveel ze bij elkaar hadden... 'Echt? Hebben we het streefbedrag gehaald?'

'Zeker! Er is net een donatie van vijftigduizend pond gedaan!'

'Huh? Door... door wie?'

'Het is een anonieme gift, maar we hoopten dat jij het misschien wist?' antwoordde Aidy.

Er verspreidde zich een brede grijns over Felicity's gezicht en ze slaakte een juichkreet. Iedereen in de theesalon keek naar haar terwijl ze als een klein kind dat cadeautjes krijgt op en neer begon te springen.

'Heartcross moet zo trots op je zijn, Felicity. Het is allemaal aan jou te danken, aan het filmpje dat jij op Facebook hebt gezet. Is Esme zo ook beschikbaar om geïnterviewd te worden?'

Felicity wist dat het antwoord daar waarschijnlijk 'nee' op zou zijn, zeker na Fergus' reactie op alles tot nu toe, maar ze zei: 'Dat weet ik niet zeker. Dat moet ik eerst aan haar vader vragen.'

'Het zou fijn zijn als je dat voor ons doet, Felicity. We zijn er hopelijk snel. Waar zullen we elkaar ontmoeten?' vroeg hij.

'Bonnies Theesalon, op Love Heart Lane.'

Toen Felicity ophing, kwamen haar moeder, Meredith en Allie om haar heen staan. Felicity was heel trots; haar actie had het geld opgebracht voor een noodbrug zodat ze weer verbonden werden met Glensheil, en nu het geld er was kon er onmiddellijk mee begonnen worden.

'Vertel!' zei Rona. 'Waarom stond je zo te juichen?'

'Jullie zullen het niet geloven, maar er is een anonieme gift van vijftigduizend pond binnengekomen, waardoor we het streefbedrag hebben bereikt... Alfie, heb je gehoord wat ik zei?'

Alfie keek op. 'Wat is er? Je ziet eruit als een kat die van de slagroom heeft gesnoept!'

'We hebben het streefbedrag gehaald!'

'Wat? Hou je me voor de gek?' vroeg hij terwijl hij zijn aandacht meteen op zijn telefoon richtte. 'Dat is fantastisch!'

'Wie schenkt er nou zo'n groot bedrag?' vroeg Allie zich hardop af.

Felicity haalde haar schouders op. 'Geen idee, het is een anonieme gift. Ik kan gewoon niet geloven dat we nu het hele bedrag bij elkaar hebben!' Felicity's hart maakte een sprongetje van blijdschap. 'Ons dorp krijgt zijn noodbrug!'

'Dat is geweldig nieuws! Wat zul je trots zijn op jezelf!' Alfie stond op en maande alle bezoekers van de theesalon tot stilte. 'Felicity heeft het voor elkaar! Ze heeft genoeg geld ingezameld om de noodbrug te bouwen!' Alfie grijnsde haar toe en begon te klappen, waarna alle aanwezigen in applaus losbarstten.

Felicity was overrompeld. 'Dank je wel, dank je wel... Ik zal de Facebookpagina updaten en het meteen aan iedereen bekendmaken.' Ze draaide zich naar haar moeder. 'Aidy Redfern heeft een boot geregeld en komt met een cameraploeg hierheen om me te interviewen.' Felicity keek onzeker in de spiegel die aan de muur hing. 'Ik moet mijn haar even borstelen en een beetje make-up opdoen.'

'Je ziet er prima uit,' zei Rona met een glimlach, Felicity's ijdelheid negerend.

'En ze willen Esme ook graag interviewen,' zei Felicity, die niet goed wist wat ze daarmee aanmoest.

'Ik zou het gewoon vragen aan Fergus,' zei Allie. 'Misschien is hij inmiddels iets milder geworden.'

'Volgens mij zag ik hem net zijn huis binnengaan, ik loop er snel even heen om het te vragen,' zei Felicity, blij dat ze een excuus had om naar hem toe te gaan.

Buiten was het grijs en bewolkt. Het zag eruit alsof het elk moment kon gaan regenen. In haar hart wist ze al precies wat Fergus zou zeggen over een interview met Esme, maar dankzij Aidy Redfern had ze nu een reden om weer bij hem langs te gaan om te kijken hoe het met hem was en wat hij thuis deed.

Een beetje nerveus liet ze de klopper weer op de deur vallen. Ze hoorde geen geluiden binnen, dus deed ze het nog een keer; ze wist zeker dat Fergus thuis was. Uiteindelijk vatte ze moed en draaide de deurknop om. Toen ze naar binnen stapte voelde ze zich een indringer, maar haar nieuwsgierigheid won het van haar ongemakkelijkheid en ze liep verder de gang in.

'Fergus, ben je thuis?' riep ze zacht terwijl ze de deur naar de woonkamer openduwde. De gordijnen waren dicht en het was schemerdonker. Vreemd, vond ze, voor dat moment van de dag.

Fergus zat op de bank, het leek of hij had gehuild. Naast hem stond een kartonnen doos met een stapel foto's erin.

'Wat doe jij hier... alweer?'

Zonder dat hij het vroeg, liet Felicity zich op de stoel tegenover hem zakken. Fergus trok zijn wenkbrauwen op en wendde zijn gezicht af.

'Wat heb je daar?' vroeg Felicity. Er hing een vreemde spanning in de lucht.

'Niks,' zei hij. 'En jij hebt me geen antwoord gegeven; wat doe je hier?'

Ze ademde diep in en hoewel ze wist dat het niet het juiste moment was, zei ze het toch. 'We hebben het hele bedrag voor de bouw van de noodbrug bij elkaar en de journalist vroeg zich af of hij mij en Esme kon interviewen. Ze zijn met een boot onderweg hierheen en kunnen elk moment arriveren.' Tegen het eind van de zin ging ze steeds langzamer praten omdat ze Fergus' gezicht dieprood zag worden.

Zonder waarschuwing sloeg hij hard met zijn vuist op de zitting van de bank; de doos en de foto's vlogen even omhoog.

'Nee!' Hij spuwde zijn woorden uit. 'Je had Esme nooit mogen filmen zonder mijn toestemming. Dat is nou precies wat ik niet kan gebruiken.'

Felicity had geen idee waarom hij zich zo gedroeg, maar ze greep de kans aan om te proberen daarachter te komen.

'Fergus, je gedraagt je zo vreemd. Wat is er toch? Je kunt me vertrouwen, dat weet je.'

'Jou vertrouwen? Laat me niet lachen! Ik heb je vertrouwd en toen nam je de benen, nadat we hadden afgesproken de rest van ons leven bij elkaar te blijven.' Hij blies zijn adem krachtig uit en wreef, in een poging wat kalmer te worden, met zijn handen over zijn voorhoofd. Daarna deed hij het deksel op de schoenendoos.

'Dat filmpje... Dat was alleen maar om geld in te zamelen... Om bekend te maken wat er was gebeurd... Daarmee doe je toch niemand kwaad?'

'Je hebt geen idee wat voor kwaad je had kunnen of misschien nog gaat aanrichten.'

Felicity kneep haar ogen tot spleetjes en keek hem vorsend aan. 'Wat verberg je?' vroeg ze terwijl ze zijn blik vasthield.

'Je moet je met je eigen zaken bemoeien. Je bent bezig een smerige beerput te openen, dus hou je erbuiten.'

Even was het doodstil.

Toen besloot Felicity dat ze toch niets te verliezen had en stelde ze de vraag die al de hele tijd op het puntje van haar tong lag. 'Wat moet jij met een DNA-test, Fergus?'

Fergus' gezicht vertrok van wanhoop en Felicity voelde een steek van angst door haar maag gaan terwijl ze zijn antwoord afwachtte.

Hij keek haar aan als een konijn dat gevangenzat in de lichtbundel van een koplamp.

'Wat weet jíj daarvan?' vroeg hij verbijsterd.

Felicity wist dat Fergus niet los zou laten tot hij het antwoord van haar hoorde.

'Ik heb op je laptop gekeken.' Zodra ze het had gezegd, schaamde ze zich voor haar stiekeme gedrag, maar het was de enige manier geweest om erachter te komen waar Fergus mee zat.

'Hoe... hoe durf je... Ik laat je even alleen en jij bent zo achterbaks om in mijn persoonlijke spullen te gaan kijken?'

'Ja,' knikte ze, 'dat heb ik gedaan, ja. Maar je gedraagt je zo vreemd de laatste tijd. Heel anders dan normaal. Waarom googel jij naar DNA-tests? Kom op, Fergus...' hield ze aan. Haar stem klonk zacht. 'Heeft dit iets te maken met je reactie op het filmpje?' Ze zag dat Fergus bij het noemen van het filmpje zijn stekels weer opzette. 'Dat is zo, hè?'

Fergus keek Felicity aan, er stonden nu tranen in zijn ogen.

'Wat is er toch? Als je het niet aan mij wilt vertellen, praat er dan met Drew of iemand anders over.'

Fergus schudde zijn hoofd. 'Dat kan niet... Ik heb het nooit aan iemand verteld. Een geheim blijft alleen geheim als je het voor jezelf houdt. Ik kan niet riskeren dat iemand anders er iets van weet.'

'Zo erg kan het toch allemaal niet zijn? Het lucht altijd op om ergens over te praten...'

Fergus reageerde niet en ze keek toe hoe hij de kartonnen doos met bevende handen openmaakte. Hij haalde er een envelop uit en gaf die aan Felicity. 'Hier... lees maar.'

Opeens klopte haar hart in haar keel en met het zweet in haar handen pakte ze de envelop van hem aan. 'Gauw, voor ik van gedachten verander.'

Felicity haalde de brief uit de envelop, vouwde hem voorzichtig open en begon te lezen. Toen het tot haar doordrong wat er stond, hamerde het verdriet voor Fergus in haar borstkas. 'Heb je hier al iets mee gedaan?'

Hij schudde zijn hoofd. 'Ik hoopte dat het allemaal over zou waaien.'

'Esme is niet jouw kind?' vroeg Felicity. De woorden echoden door de kamer.

'Volgens die brief niet.'

Felicity was diep geschokt. Dit was iets wat ze totaal niet had verwacht.

'Hoe kom je hieraan?' vroeg ze met een blik op de envelop. De brief was van Lorna en bevatte het verwoestende nieuws dat Fergus niet de vader van haar baby was. Hij was aan hem geadresseerd, maar nooit gepost.

'Ik heb hem, na Lorna's overlijden, tussen haar spullen gevonden. Maar je ziet dat ze hem nooit heeft gepost. De brief is van vóór de geboorte van Esme, dus ik vermoed dat ze van gedachten is veranderd en uiteindelijk heeft besloten het me niet te vertellen. En daarna was ze er niet meer...'

'Weet Aggie ervan? Jessica? Heb je hun die brief laten zien?'

Fergus brak in tranen uit en schudde zijn hoofd. 'Nee, dat kon ik niet. Stel dat het waar is? Ik kan de gedachte Esme te verliezen niet verdragen. Ik hou van haar, met heel mijn hart. Ik heb hier nooit iemand over verteld. Behalve jou nu...'

'En wat ben je van plan te doen met deze informatie?'

Fergus was even stil. 'Helemaal niets.' Hij veegde met zijn mouw over zijn ogen. 'Maar ik ga er kapot aan.'

'Heeft ze een affaire gehad?' vroeg Felicity, terwijl ze de puzzelstukjes in haar hoofd in elkaar probeerde te passen.

Fergus haalde zijn schouders op. 'Ik heb geen idee.'

Lorna had in de brief geschreven dat ze Fergus' liefde niet verdiende en dat de waarheid elke dag aan haar vrat. Dat het haar speet van het verdriet dat ze hem ging aandoen, maar dat ze niet langer met de leugen kon leven. Er stond geen enkele aanwijzing in over wie Esme's vader zou kunnen zijn.

'Denk je dat Jessica het weet?'

Hij haalde zijn schouders op. 'Ik heb geen idee, maar ze heeft nooit ook maar enig signaal gegeven dat ze het weet.'

'En hoe heeft dit dan te maken met die felle reactie van je op het filmpje?'

Fergus vocht tegen zijn tranen. 'Ik weet dat het misschien idioot klinkt, maar... Stel dat Lorna Esme's vader de waarheid heeft verteld en hij afweet van haar bestaan? Dan begrijpt hij misschien wie ze is als hij haar op tv of de sociale media ziet. Stel dat hij hier op zoek naar haar gaat, haar weghaalt bij mij? Dat hangt me als een zwaard boven het hoofd. En Esme, wat zou dat betekenen voor Esme? Dan is ze haar moeder niet alleen kwijtgeraakt, maar wordt haar alle veiligheid die ze ooit heeft gekend afgenomen. Welke rechten zou ik hebben? Ik ben haar vader niet.'

Fergus was duidelijk totaal van streek. Ze probeerde het iets te verzachten voor hem. 'Ze ís je dochter. Jíj bent degene die haar heeft grootgebracht tot nu toe, van haar houdt en er altijd voor haar is geweest. Niemand kan zeggen dat jij geen vader voor haar bent.'

'Maar ik ben niet de biologische vader... volgens die brief. Elke dag leef ik in angst, Flick. Angst dat de waarheid aan het licht komt. Dat haar echte vader komt of misschien al op zoek naar haar is. Of, in het allerergste geval, stel dat Esme ziek wordt en – god verhoede – een biologische ouder nodig heeft om te kunnen overleven?'

'Dat weet ik niet, maar je zit jezelf nu knettergek te maken,' zei Felicity meelevend. 'Die man is niet komen opdagen, toch? Ik vermoed dat hij niets van haar bestaan weet.'

'En de enige die alle antwoorden heeft, is dood. Ik kan niet geloven dat ze me heeft bedrogen. Ik dacht dat we heel verliefd op elkaar waren, en hoe kon ze in godsnaam leven met die leugen en mij laten geloven dat ik de vader was?' Zijn stem brak.

Felicity had geen antwoord en het zien van Fergus' verdriet raakte haar diep.

'Misschien toch met Jessica praten?' opperde Felicity zachtjes. 'Misschien weet zij iets?'

'Misschien, maar als ze van niets weet, is dat wéér iemand erbij die de waarheid kent. Flick, ik hou van Esme... Ik hou zoveel van haar dat het gewoon pijn doet. Ik wil niet dat ze nog een groot verdriet in haar leven krijgt en ik wil haar niet verliezen. Ze is mijn kind, Flick, wat er ook in die brief staat. Ze is van mij! Het is goed zoals het is nu... Je moet me echt beloven dat je het aan niemand vertelt. Echt!' Hij klonk heftig en heel ernstig.

'Ik vertel het niemand, Fergus, dat beloof ik. Je kunt me vertrouwen,' fluisterde ze zacht. Hun stomme ruzie verdampte toen Felicity Fergus in haar armen trok en hem stevig vasthield. Haar hart ging naar hem uit terwijl hij een bevende zucht liet ontsnappen en toen weer begon te huilen.

'Ik ben zo bang, Flick,' fluisterde hij.

'Dat hoeft niet, vast niet.' Ze gaf hem een kus op zijn hoofd. Felicity wist dat zijn verdriet door haar daden was opgerakeld en verhevigd en ze voelde haar schuldgevoel weer naar boven komen. Had ze het nou eerst maar aan Fergus gevraagd, voordat ze dat filmpje met Esme maakte. Ze had nooit kunnen vermoeden dat dit de reden was waarom hij niet wilde dat Esme overal te zien was en haar hart kromp samen terwijl ze hem in haar armen wiegde en beloofde dat alles goed kwam.

Op dat moment werd het haar weer pijnlijk duidelijk dat haar gevoelens voor Fergus nooit waren verdwenen. Ze wist zonder twijfel dat hij de man was van wie ze altijd zou houden. En terwijl ze hem nog steviger vasthield, wenste ze met heel haar hart dat ze zijn verdriet kon wegnemen.

26

Een halfuur later leek het hele dorp zich te verdringen voor de theesalon om te zien wat er binnen gebeurde. Het televisieteam was gearriveerd en er hing een opgewonden sfeer.

Terwijl Felicity door de menigte haar weg zocht naar de voordeur, werd ze door allerlei mensen goedkeurend op haar schouders geklopt en ging er een applausje voor haar op. Ze glimlachte bij het gejuich van de dorpelingen, die dingen riepen als: ‘Goed gedaan, Felicity! Je hebt Heartcross gered!’

Iedereen was vol loftuitingen en ze dacht even terug aan die avond in de pub, een paar dagen eerder, toen ze bang was dat ze er nooit meer echt bij zou horen in het dorp. Het was duidelijk dat ze met open armen in hun midden werd verwelkomd. Ze voelde zich een soort koningin toen ze haar hand opstak en wuifde, waarna ze de deur van de theesalon openduwde, waar de televisieploeg alles al opgesteld bleek te hebben. Hoe ze al die apparatuur de heuvel op hadden gekregen was Felicity een raadsel, maar het was gelukt en het team zat aan de thee te kletsen met Rona.

Allie was de eerste die zag dat Felicity binnen was gekomen. Ze liep haastig naar haar toe. ‘Jezus, je ziet er vreselijk uit,’ fluisterde ze. ‘Is alles goed met Fergus?’

‘Ja hoor, prima,’ loog Felicity, in de hoop dat Allie van onderwerp zou veranderen, hoewel zij alleen maar met hem in haar hoofd zat.

‘Ik neem aan dat een interview met Esme niet doorgaat?’ vroeg Allie.

‘Precies,’ zei ze.

Rona kwam naast Felicity staan. 'Kom mee, je haar kammen en je make-up bijwerken,' zei ze terwijl ze haar dochter door de drukte meenam naar het woonhuis. 'Gauw!'

Felicity riskeerde een voorzichtige blik in de spiegel. Allie had gelijk; ze zag er vreselijk uit. Ze had bij Fergus willen blijven om hem te troosten, maar nu Aidy Redfern per boot de rivier was overgestoken, had ze weinig keus. Het moment had niet slechter kunnen zijn. Ze voelde zich verdrietig om Fergus, maar wist ook dat ze niets voor hem kon doen, behalve zijn geheim geheimhouden.

Ze haalde een borstel door haar haren en deed wat lipgloss op. Toen vond ze het wel goed en liep ze terug naar de theesalon. Haar hart begon te fladderen toen ze Aidy Redfern in het oog kreeg; hij toetste iets in op zijn telefoon terwijl hij werd opgedoft door het meisje van de make-up.

'Over tien minuten gaan we live!' riep de productiemanager terwijl hij gebaarde dat Felicity naar Aidy toe moest gaan.

Felicity stak haar hand naar hem uit. 'We hebben elkaar over de telefoon gesproken. Hallo, ik ben Felicity.'

Aidy glimlachte naar haar en stelde haar meteen op haar gemak. 'Gefeliciteerd! Ik heb in mijn tijd als verslaggever nog nooit zoiets meegemaakt. Een dorpsmeisje dat terugkomt van de grote stad en vast komt te zitten in haar geboortedorp omdat er een brug instort, waarna ze in no-time geld inzamelt voor een noodbrug. Fantastisch!'

'Dank je wel,' zei ze licht blozend. 'Maar zoveel heb ik niet gedaan, hoor.'

'Je hebt een filmpje op Facebook gepost dat viraal is gegaan! En Esme en jij hebben het hart van het hele land gestolen; die donaties kwamen in recordtempo binnen. Enig idee trouwens van wie die geheimzinnige anonieme gift van die laatste vijftigduizend pond komt? Dat is verdomd veel geld!'

In alle eerlijkheid was Felicity die mysterieuze donateur even vergeten; ze was alleen met Fergus bezig geweest.

'Ik heb geen idee,' antwoordde ze. Felicity kende niemand met zoveel geld dat hij of zij zomaar zo'n enorm bedrag kon schenken.

'Hoe voelde je je, toen je besefte dat het filmpje viraal ging? Nee, geef trouwens maar geen antwoord... Dat soort vragen vuur ik zo wel op je af,' zei hij, terwijl hij zijn gezicht bekeek in de spiegel.

Felicity begon een beetje paniekerig te worden. Natuurlijk was ze trots, maar ze wist dat alle vragen algauw over Esme zouden gaan en ze wilde Fergus echt niet nog meer van streek maken. Ze wist dat hij thuis naar het nieuws zou kijken.

Nadat de productieleider Felicity nog even had gecheckt, moesten ze allebei voor de serveerbalie gaan staan. Het zien van alle gezichten die tegen de ramen waren gedrukt en naar haar keken, maakte haar nog veel nerveuzer. Ze ademde diep in en wachtte tot de opnames begonnen. Aidy zei iets in zijn koptelefoon en zette de microfoon in zijn hand aan.

Precies op dat moment zag Felicity Esme met haar kleine handjes tegen het glas aan gedrukt staan. Ze zwaaide. Jessica stond achter haar. De adem stokte in Felicity's keel toen Aidy zich omdraaide en Esme ook in het oog kreeg. Hij drukte zijn hand tegen zijn koptelefoon en zei: 'Sorry, ik moet even onderbreken.' Hij raakte Felicity's arm aan en vroeg: 'Is dat Esme? De kijkers zouden haar heel graag zien, natuurlijk. Kunnen we haar naar binnen halen, dan kan ze meedoen aan dit interview?'

Het voelde alsof de tijd heel langzaam ging toen Felicity zag dat Aidy zich omdraaide om naar de voordeur van de theesalon te gaan. 'Nee!' riep ze abrupt uit. Ze greep zijn arm vast. 'Dat kan niet!'

Verbaasd draaide hij zich naar haar om. 'Maar dat vindt iedereen leuk! Het is heel goed voor de kijkcijfers!'

Maar Felicity durfde echt niet tegen Fergus' wensen in te gaan. Ze wist dat hij haar nooit zou vergeven als Esme voor de tweede keer op de televisie kwam.

'Ik heb haar vader gesproken en hij wil absoluut niet dat ze wordt geïnterviewd.'

Aidy had geen tijd om Felicity meer te vragen, omdat de productieleider schreeuwde: 'Opname begint over vijf seconden.'

Aidy ging weer naast Felicity staan en Rona, Allie en Meredith trokken zich alle drie terug in een hoekje van de theesalon.

'Goedemiddag,' begon Aidy, terwijl het geroezemoes buiten verstomde. Hij wachtte tot het echt stil was en begon toen af te tellen. 'Live in vijf... vier... drie... twee... één...'

Hij keek Felicity aan. 'Deze middag komen we live uit Heartcross. We staan op dit moment midden in het dorp; in Bonnies Theesalon op Love Heart Lane.'

Felicity wierp nog een snelle blik naar het raam, maar tot haar opluchting waren Jessica en Esme verdwenen.

'We praten met Felicity Simons, de vrouw die het hart van ons land heeft gestolen met haar oproep om geld te doneren voor de bouw van een noodbrug tussen Heartcross en Glensheil, nadat de originele brug daar door de recente stormen is weggeslagen. Felicity, hoe vind je het dat de bewoners je hier beschouwen als een held?'

'Dat is te veel eer,' zei Felicity, die voelde dat ze bloosde en haar ogen even neersloeg. 'Ik heb echt niet veel gedaan...'

'Je filmpje is viraal gegaan,' onderbrak Aidy haar, 'het is nu meer dan vijf miljoen keer bekeken. Wat denk je dat die massale respons van het publiek heeft veroorzaakt?'

Felicity wist dat hij het gesprek naar Esme probeerde te leiden, maar ze was vastbesloten er alles aan te doen om het een andere kant op te laten gaan. 'De geweldige saamhorigheid.' Ze hoorde haar stem omhooggaan. 'Het was voor iedereen een schok om te zien dat de brug instortte. In het begin was er paniek over hoe we het ooit gingen redden zonder bevoorraad te kunnen worden, maar we hebben elkaar allemaal gesteund. Hamish, de plaatselijke kruidenier, heeft al het voedsel uit zijn winkel gratis weggegeven en hier in Bonnies Theesalon, die mijn overleden grootmoeder, Bonnie Stewart, ooit is begonnen hebben we als een soort gaarkeuken maaltijden voor het hele dorp gekookt, zodat iedereen te eten en te drinken had.'

'Heel prijzenswaardig. Vertel eens meer over het fantastische dorp waar je woont. Wat maakt Heartcross tot zo'n bijzondere plek?'

'Ik denk dat we allemaal voor elkaar zorgen als het nodig is hier en dat hebben we ook altijd gedaan. Er is zelfs een baby geboren sinds de brug is ingestort, helemaal zonder medische hulp. Een gezond jongetje. Deze hele situatie heeft ons meer met elkaar verbonden.'

'Heel, heel prijzenswaardig! Vertel eens over je relatie met Esme Campbell.'

De microfoon werd weer op Felicity gericht en ze voelde haar hartslag versnellen.

'Esme is een meisje uit het dorp dat ik na mijn terugkomst uit Londen hier heb ontmoet.' Felicity hield het kort.

Maar Aidy Redfern hield het daar niet bij. 'De avond voor de storm...' hij richtte zich rechtstreeks tot de camera '... is Esme's oma naar het ziekenhuis in Glensheil gebracht, waar ze helemaal in haar eentje ligt, zonder bezoek, nu ze is afgesneden van haar eigen dorp en familie, toch?'

Felicity knikte.

'Iedereen is verliefd geworden op Esme's smeekbede om herenigd te worden met haar grootmoeder en dat is duidelijk een motivatie geweest voor het publiek om te reageren op jouw oproep. Hoe was het om het bedrag steeds verder omhoog te zien schieten?' Hij draaide zich weer naar Felicity.

'Verbijsterend, het ging allemaal zo snel. Het ene moment was het nog tien pond en het volgende tweehonderdvijftigduizend, dankzij alle aardige mensen die hebben bijgedragen.'

'Felicity, je hebt Heartcross zeker op de kaart gezet en in het hart van het publiek genesteld. Er is nóg iets heel bijzonders gebeurd: de laatste gift van vijftigduizend pond, waarmee het streefbedrag werd bereikt, is afkomstig van een anonieme gever. Heb je enig idee waar die gift vandaan komt of van wie?'

Felicity schudde haar hoofd. 'Eerlijk, ik heb geen idee. Maar ik wil iedereen die een bijdrage heeft gedaan heel, heel hartelijk bedanken. Vandaag heb ik een bespreking gehad met Alfie Wilson, onze plaatselijke aannemer, die bezig is een team samen te stellen dat de constructie van de noodbrug gaat uitvoeren.' Felicity glimlachte naar de camera. 'Waardoor we hopelijk weer heel gauw met de buitenwereld verbonden zullen zijn.'

'Ik kan jullie mededelen dat ik zojuist de informatie binnenkrijg dat het werk aan de brug morgen al gaat beginnen,' verkondigde Aidy.

De dorpsbewoners buiten begonnen te juichen en iedereen in de theesalon glimlachte.

'En dan hebben we nog een laatste verrassing voor de kleine Esme.'

Felicity's hart begon weer te bonken.

'Een speciale boodschap voor haar van oma Aggie.'

Er werd overgeschakeld naar Glensheil en Felicity zag tot haar verrassing Aggie met een brede glimlach op de rand van haar bed zitten. Een verslaggever hield een microfoon voor haar mond en Aggie begon te praten.

'Ik ben zo ontzettend trots. Het bedrag dat is ingezameld is werkelijk astronomisch! Wie had ooit gedacht dat één filmpje zoveel publiciteit zou genereren? Ik voel me bijna een beroemdheid!' zei ze grinnikend. 'En daarbij wil ik iedereen enorm bedanken die de tijd heeft genomen me beterschap te wensen.'

'We hebben nog een klein cadeautje voor u en uw kleindochter Esme, mevrouw Campbell. Esme zit op dit moment op een boot hierheen, samen met haar tante Jessica en ze komen zo bij u op bezoek!' vervolgde de verslaggever.

Aggie hapte naar adem en sloeg haar handen voor haar gezicht, duidelijk ontzettend blij.

Felicity's mond viel open van verbazing en het beeld schakelde nu naar de rivieroever, waar Esme en Jessica in een speedboot stapten. Felicity kon alleen maar gebiologeerd naar het scherm kijken en moest haar kaken op elkaar klemmen om geen gilletje te slaken. Haar hart zat in haar keel. Daarom had Esme dus niet meer voor het raam gestaan, ze was meegenomen naar de rivier.

Ze zag de boot vertrekken en Esme's haren wapperen in de wind, haar ogen schitterden van opwinding. Ze zag eruit alsof ze de tijd van haar leven had. Felicity voelde zich misselijk worden. Ze had Fergus beloofd dat dit niet zou gebeuren, dat Esme niet voor de camera's zou verschijnen, maar dit had ze niet voorzien. Zou Jessica wel aan Fergus hebben gevraagd of hij het goedvond? Ze had een akelig voorgevoel dat zij de schuld van alles zou krijgen.

Buiten was de menigte inmiddels verdwenen. De mensen hadden zich waarschijnlijk naar de oever gehaast om Esme uit te zwaaien. Felicity voelde zich als verlamd, vastgenageld op haar plek. Ze wist niet of Aidy Redfern nu klaar was met zijn interview en ze forceerde een glimlach, hoewel ze zich vanbinnen doodongelukkig voelde.

Ze keek naar het tv-scherm, waar een verslaggever klaarstond om Esme als ze aankwam op te vangen. Felicity zag Esme en Jessica van de boot komen en in een wachtende auto stappen terwijl er allemaal mensen om hen heen klapten en zwaaiden.

Felicity kon bijna niet meer, haar knieën knikten en de angst sloeg haar om het hart. Ze wilde weg om naar Fergus toe te rennen, die dit thuis allemaal op de televisie zag. Er ging een rilling door haar heen; ze was echt radeloos omdat zíj Fergus in deze ongelofelijke puinhoop had gebracht.

Aidy Redfern beëindigde de uitzending en draaide zich naar haar toe. 'Je bent een natuurtalent voor de camera! Nogmaals gefeliciteerd met je fantastische inzamelingsactie.'

'Dank je wel!' wist ze uit te brengen.

De televisiecrew begon in te pakken en iedereen begon met elkaar te kletsen. Allie kwam naar Felicity toe. 'Je bent nogal een bekendheid geworden! En Esme, zomaar op bezoek bij Aggie! In een speedboot! Ik heb nog nooit op zo'n ding gezeten, ik ben jaloers... Maar Fergus is dus opeens bijgedraaid?'

Felicity was sprakeloos, de gedachten tolden door haar hoofd.

'Flick, gaat het? Je ziet eruit alsof je een spook hebt gezien?'

Felicity gaf geen antwoord, ze rende weg en racete Love Heart Lane af naar Fox Hollow Cottage. Ze kon alleen maar denken dat ze zo snel mogelijk bij Fergus moest zijn.

27

Felicity zwaaide het tuinhek open en stormde zonder aan te kloppen Fergus' huis binnen. De tv stond nog aan en Fergus liep als een gekooide tijger heen en weer in de woonkamer. Hij had tranen in zijn ogen en haalde zijn hand nerveus door zijn haren.

'Sorry, Fergus, ik wist niet dat ze haar mee zouden nemen op die boot. Daar heb ik echt niets mee te maken.'

'Dat weet ik,' zei hij. 'Jessica heeft me gebeld en Esme was zo enthousiast dat ik geen nee kon zeggen.'

Dat verraste Felicity nogal. 'Dus je wist het?' vroeg ze aarzelend. 'En wilde je niet met haar mee?'

'Heel even.' Hij klonk onvast. 'Maar ik ben er niet toe in staat. Ik ben helemaal over mijn toeren... Ik kan niet helder nadenken en wilde niet dat Esme me zo zag.'

'Kom, ga zitten, laten we proberen dit niet buitenproportioneel op te blazen. We moeten rationeel blijven.' Haar stem was zacht en ze keek hem liefdevol aan. 'Probeer een beetje te kalmeren.'

Dat leek iets te helpen. 'Ik heb geen idee wat ik moet denken of doen, Flick.'

'Nou, dan doe je niks. Verbrand die brief en vergeet hem.'

'Dacht je dat ik dat niet heb geprobeerd? Ik heb die brief bijna zes jaar geleden gevonden en hij zit altijd in mijn hoofd... Ik kan gewoon niet geloven dat Lorna me dit zou aandoen. Als ze me die brief niet heeft gegeven, waarom heeft ze hem dan gehouden? Waarom heeft ze hem zélf niet verbrand?'

'Daar weet ik de antwoorden ook niet op,' zei Felicity vol medeleven.

'Nadat jij bij me wegging, kwam Lorna in mijn leven. Toen kon ik weer vooruitkijken naar de toekomst. Esme kwam en ik had niet méér van haar kunnen houden. Maar nu is het in één keer allemaal veranderd.'

'Is het wel veranderd?' vroeg Felicity zacht.

'Hoe bedoel je?'

'Wat maakt iemand een goede vader? Genen of een liefdevolle opvoeding? Misschien had Lorna het wel mis.' Felicity ademde diep in. 'Misschien heeft ze die brief wel niet verstuurd omdat ze niet honderd procent zeker wist dat je Esme's vader niet was. Heb je nog nagedacht over die DNA-test?'

Felicity kon het verdriet in Fergus' ogen zien en nu was het zijn beurt om een diepe zucht te slaken voordat hij antwoordde.

'Die gedachte speelt steeds door mijn hoofd, maar ik weet niet wat erger is: weten of niet-weten. Wat zou jij doen?'

Felicity dacht erover na; ze wist niet wat zij zou doen in dezelfde omstandigheden. Ze verlangde er nog steeds naar om moeder te worden, maar nu ze Fergus' situatie kende en wist hoeveel hij om Esme gaf, was ze van gedachten veranderd. Hoe zou ze zich voelen als ze in Fergus' schoenen stond? Ze had altijd gedacht dat het de genen waren die iemand tot ouder maakten, maar nu besefte ze dat dat niet waar was. Fergus hield van Esme, ook al wist hij dat ze misschien niet zijn biologische dochter was. Hoe dan ook, wat er ook uit een test zou komen, Fergus was Esme's vader, hij was met haar verbonden en haar toegewijd; hij hield onvoorwaardelijk van haar. Een papiertje zou daar niets aan veranderen.

'Fergus, ik weet niet wat ik moet zeggen...'

'We zijn twee kindjes kwijtgeraakt, Flick, en het verdriet daarover was ondraaglijk. Ik kan Esme niet ook verliezen.' Zijn ademhaling stokte en hij moest een paar keer diep inademen om wat kalmer te worden. 'Alleen al van de gedachte krijg ik het benauwd en...'

Felicity pakte zijn hand en onderbrak hem. 'Je komt er wel uit. Waarom ga je niet naar dokter Taylor om er met hem over te praten? Hij kan je vast uitleggen hoe zo'n test gaat. Bovendien heeft hij medisch beroepsgeheim dus blijft het tussen jullie. En je hoeft natuurlijk niets meteen te beslissen, je kunt het rustig overwegen.'

Felicity zag dat Fergus erover nadacht.

'Stel dat Lorna het mis heeft, dan ben je van al je ongerustheid en onzekerheid af,' voegde Felicity eraan toe.

'En wat als het blijkt te kloppen wat ze in de brief schrijft?'

'Dan ben je in elk geval op de hoogte van de feiten en kun je alsnog besluiten wat je doet. Eén stap tegelijk.'

Fergus knikte en leek wat rustiger. 'Bedankt, Flick. Bedankt dat je me steunt.'

'We komen er wel doorheen,' verzekerde ze hem. Ze spreidde haar armen en Fergus liet zich door haar omhelzen.

Fergus' telefoon ging. Hij maakte zich los en keek op het scherm. 'Het is Jessica via FaceTime,' zei hij gehaast, en hij veegde met zijn mouw over zijn ogen. 'Hoe zie ik eruit?'

Felicity maakte de voorkant van zijn haar in de war en glimlachte. 'In mijn ogen zie je er geweldig uit,' zei ze terwijl ze hem bleef aankijken.

Hij veegde over het scherm en glimlachte geforceerd.

Jessica glimlachte terug. 'We zijn er!'

'Hoe was de overtocht en hoe was het met mama?'

'Vraag dat zelf maar,' antwoordde Jessica grijnzend en ze draaide de telefoon naar het ziekenhuisbed, waar Aggie rechtop tegen de kussens zat met een heel blije Esme op haar schoot.

'Je ziet er veel beter uit, mam. Dat zal wel door alle aandacht komen die je krijgt,' zei hij plagend.

'Ja,' zei ze, 'ik voel me een stuk beter. En wat een heerlijke verrassing dat de televisiecrew dit kleintje over de rivier heeft meegenomen voor een bezoek aan mij.' Ze gaf een klapje op Esme's knie. Het kind straalde.

'Ja, dat was voor ons allemaal een verrassing.'

'Ik mis jullie.'

'Ik mis jou ook, mam.'

'Het personeel hier is geweldig en ik mag over een paar dagen naar huis. Ik moet alleen nog zien te bedenken hoe ik daar kom, maar ik kan niet wachten! Jessica heeft me bijgepraat over alles wat er in het dorp is gebeurd. Ik hoor dat de theesalon alles uit de kast heeft getrokken en kookt voor het hele dorp?'

'Ja, en dat doen ze fantastisch. Felicity zit op dit moment toevallig naast me.'

Fergus draaide de telefoon naar Felicity, die naar Aggie zwaaide en zei: 'Je ziet er een stuk beter uit!'

'Ja, ik voel me ook een stuk beter... Maar hoe zit het met de voedselvoorraad daar?' vroeg Aggie met een bezorgd gezicht.

Toevallig had Hamish die ochtend de theesalon gebeld en hun geïnformeerd dat de voorraden danig waren geslonken. Felicity was van plan Annie Boyd te bellen om te bespreken of zij daar iets op kon verzinnen. Misschien een voedseldropping per helikopter of het anders over de rivier transporteren. Hamish had berekend dat ze het op zijn hoogst nog een week konden redden.

'We moeten zo snel mogelijk iets regelen,' bevestigde Felicity. 'Ik was juist van plan om daar vanmiddag over te gaan bellen.'

Aggie knikte.

'En wanneer krijg ik mijn mooie dochter weer thuis?' vroeg Fergus.

'Gauw,' antwoordde Esme. 'Maar die boot, pap. Het was zó leuk. We vlogen gewoon over het water! Kunnen wij ook een speedboot kopen?' Esme glimlachte zo schattig naar Fergus dat zijn hart smolt.

'Oom Drew heeft een boot en ik weet zeker dat we Finn en jou binnenkort meenemen voor een tochtje. Maar het is geen speedboot, je zult zelf moeten roeien.'

'Wij worden over een minuut of twintig weer over de rivier gezet,' zei Jessica met een blik op haar horloge. 'Is dat goed?'

Fergus knikte en zei iedereen gedag, waarna hij ophing.

'Hoe voel je je?' vroeg Felicity.

Er biggelde een traan over zijn wang die hij snel wegveegde. 'Waarom ben ik altijd degene die verdriet op zijn pad krijgt? Kijk naar Drew en Isla, die hebben geen zorgen, een prachtig gezin en twee fantastische kinderen. En Rory en Allie zijn dolverliefd op elkaar...'

'En jij hebt een geweldige dochter die met heel haar hart van je houdt.'

'Het is gewoon zo'n puinhoop.'

'Als je wilt, ga ik met je mee naar dokter Taylor. En dan kan ik buiten wachten of mee naar binnen gaan. Wat jij wilt. Volgens mij vind jij geen rust zolang je niet weet hoe het zit, wat er ook uit die test komt.'

Fergus zweeg en zoog zijn longen vol lucht. 'Ja, ik denk dat je gelijk hebt. Het vreet al veel te lang aan me en ik ben altijd op mijn hoede.'

'Ik vind het heel erg voor je dat je dit moet meemaken, Fergus,' zei Felicity langzaam. 'Dat heb je niet verdiend.'

'Iemand vindt van wel, want anders zou het niet gebeuren.'

Felicity trok hem zachtjes naar zich toe en hij verzette zich niet. 'Je weet dat ik je nooit verdriet heb willen doen, hè?' Plotseling in de greep van haar emoties sprongen er tranen in Felicity's ogen. 'Als ik kon veranderen wat ik toen heb gedaan, hoe ik ben weggevlucht... dan deed ik dat meteen. Het was zo stom van me.' Haar hart bonkte en ze werd bevangen door een gevoel van onrust. 'Je haat me, is het niet?'

De stilte dreunde om hen heen en er rolden tranen uit Felicity's ogen, die Fergus teder wegveegde.

'Hoe kan ik je nou haten? Nu doe jij idioot! Ik heb je lang niet gemogen,' bekende hij triest. 'En je hebt me veel pijn gedaan, maar ik weet dat je daar op dat moment je redenen voor had. Ik dacht alleen dat wij het samen wel aan zouden kunnen. Ik was er echt helemaal kapot van dat je me verliet, Flick.'

Felicity legde haar hoofd op zijn schouder, er ging een huivering door haar heen door zijn warmte en zijn vertrouwde geur.

Felicity wist dat hij nog steeds verdriet had, net zoals zijzelf. Ze had hem moeten vertrouwen toen en moeten geloven dat zij genoeg voor hem was. Dat ze genoeg voor elkaar waren.

'Het spijt me,' zei ze zacht. 'Het spijt me heel erg.' Ze hief haar gezicht naar hem op. Door de vertrouwdheid van de aanblik van zijn lippen vlak voor haar, moest ze zich inhouden om haar mond niet op de zijne te drukken.

Hij liet zijn voorhoofd tegen het hare rusten. 'Ik weet het. We waren jong, bang en onzeker,' zei hij zacht. 'Maar je was genoeg voor me en dat zou nooit zijn veranderd.'

'Ik hou nog steeds van je, Fergus.' Ze had het gezegd voor ze het wist. Ze keek hem diep in de ogen en hoopte dat hij haar zou kussen, maar dat deed hij niet.

Hij bleef haar aankijken en haar hart sloeg over. Maar toen zei hij: 'Flick, ik laat mijn hart niet nog een keer breken, dat kan gewoon niet.'

Zij had hem in de steek gelaten. Iedereen had hem in de steek gelaten.

Fergus leunde naar achteren op de bank en ze legde haar hoofd automatisch tegen zijn borstkas, net als vroeger. Met haar ogen stijf dicht om haar tranen in te houden, luisterde ze naar het kloppen van zijn hart. Ze wist dat ze hem terug wilde en met haar hele wezen van hem hield, maar misschien was er te veel tijd voorbijgegaan zonder elkaar. Misschien had ze te lang gewacht om terug naar huis te komen...

28

De ochtend erna werd Felicity gewekt door gescharrel in de slaapkamer tegenover de hare. Na een snelle blik op de klok wist ze dat het nog vóór achten was. Ze gooide het dekbed van zich af, stak haar voeten in haar slippers, trok haar badjas aan en liep naar de overkant van de gang. De deur van de slaapkamer die vroeger van haar grootmoeder was geweest, stond op een kier. Felicity keek naar binnen en zag haar moeder met een la op haar schoot op het bed zitten. Ze huilde.

Felicity duwde de deur verder open en Rona keek verschrikt op. 'Ik schrok. Wat doe jij zo vroeg op?'

'Dat kan ik jou ook vragen... Ik hoorde je rondscharrelen hier. Wat ben je aan het doen?'

Felicity ging op het voeteneinde zitten en keek wat er in de la zat. Het was een soort schatkist vol herinneringen: bioscoopkaartjes, foto's en oude brieven.

'Het leven van je grootmoeder,' zei Rona met een glimlach naar Felicity. 'Hier, kijk.' Ze gaf Felicity een foto aan.

'Jee, wat ziet ze er hier nog jong uit!'

Bonnie stond trots voor de theesalon in een lange zwarte rok en een witte blouse. Haar haar was opgestoken in een keurige wrong en ze wees glimlachend naar een bord boven haar hoofd met daarop: BONNIES THEESALON. Naast haar stonden twee heren in wandelkleding met theebekers in hun handen.

Felicity draaide de foto om, er stond 'mijn eerste klanten' op geschreven. 'Oma zag een kans en greep die.' Ze stak haar hand uit en gaf een kneepje in Rona's knie.

'Inderdaad. Ik kan me nog herinneren dat er vroeger altijd wandelaars aanbelden die vroegen waar de dichtstbijzijnde wc was. Ze nodigde ze altijd uit om binnen te komen en gaf ze dan een kop thee en een plak zelfgebakken cake. En zo kwam ze op het idee... "We gebruiken die voorkamer nooit",' imiteerde Rona haar moeders stem. '"Die staat alleen maar stof te verzamelen. Ik ga er een theesalon beginnen".'

'En dat deed ze,' zei Felicity knikkend, terwijl ze terugdacht aan al die keren dat ze haar oma had geholpen met bakken.

Rona wapperde met haar hand voor haar gezicht en probeerde haar tranen in te houden. 'Let maar niet op mij, ik heb even een zwak moment.'

'Heb alle zwakke momenten die je wilt, mam. Ik mis haar ook.'

'Het is heel erg wennen als iemand die elke dag van je leven dicht bij je stond, er niet meer is. Er zijn dagen dat ik het er echt moeilijk mee heb, maar het instorten van de brug heeft me gek genoeg geholpen met mijn verdriet om te gaan.'

'Hoe bedoel je?' vroeg Felicity voorzichtig.

'Het geeft me weer een doel, het zorgt ervoor dat ik nu weer in die keuken sta en alle dorpelingen spreek. Ik had me nogal teruggetrokken. En bovendien ben jij er ook door thuis nu.'

'Inderdaad,' zei Felicity met een glimlach.

'Het is goed om bezig te zijn.'

'Het is altijd goed om bezig te zijn als er iets is wat je dwarszit,' beaamde Felicity.

'Bloeit er weer iets op tussen jou en Fergus?' vroeg Rona bescheiden terwijl ze de foto weer terug in de la legde.

'Waarom denk je dat?'

'Je bent ergens anders met je gedachten, chaotisch, en gisteren zag ik je na de opnames naar zijn huis rennen. Toen je daarna thuiskwam, ging je meteen naar je kamer.'

'Het is gecompliceerd,' gaf Felicity toe. Ze wilde niet praten, want ze was bang dat alles er dan ongewild uit zou komen.

'Heb je nog steeds gevoelens voor hem?'

Felicity knikte. 'Ja, natuurlijk, hij is altijd de ware voor me geweest. Ik was alleen een tijd de weg kwijt.'

'Zijn jullie dan nu ten minste weer vrienden?'

'Ik hoop het.'

'De tijd zal het leren,' zei Rona met een klopje op Felicity's knie. Ze stond op. 'Hamish en Drew kunnen elk moment hier zijn met het eten, dus kan ik maar beter naar beneden gaan.' Rona schoof de la weer terug in de kast en pakte een gehavend notitieboek dat op het bovenblad lag. 'Herken je dit nog?'

Felicity pakte het boek met een glimlach van haar moeder aan. 'Tuurlijk, het is oma's receptenboek.'

Felicity sloeg het voorzichtig open. Alle recepten waren opgeschreven in Bonnies keurige handschrift.

'Hou jij dat maar. Ze zou gewild hebben dat jij het had.'

'Weet je het zeker?' vroeg Felicity. Ze voelde zich bevoorrecht dat ze het bijzondere boek kreeg.

'Tuurlijk weet ik dat zeker.'

Beneden werd er gebeld en Rona en Felicity renden allebei de trap af om Hamish en Drew binnen te laten.

'Goedemorgen mannen, hoe gaat het?' vroeg Rona opgewekt terwijl ze de deur wijd openhield.

Hamish en Drew zetten twee grote dozen vol etenswaren op de serveerbalie en Rona keek meteen wat erin zat.

'De planken beginnen erg leeg te worden in de winkel,' zei Hamish met een bezorgd gezicht. 'Heb jij nog ideeën hoe we dat gaan oplossen, Felicity?'

'We zullen met de boot moeten,' zei ze, terwijl ze zich naar Drew omdraaide.

'Ik denk niet dat we veel mee kunnen nemen in dat ouwe ding.'

'Ik was gisteren eigenlijk van plan contact op te nemen met

Annie Boyd om te zien of zij nog ideeën had, maar ik ben er in alle drukte niet aan toegekomen. Is het te vroeg om haar nu te bellen?'
Felicity dacht aan een programma dat ze ooit eens had gezien over mensen die na een overstroming vastzaten op een eiland, waar helikopters voedselpakketten hadden gedropt.

'Je kunt natuurlijk altijd een bericht voor haar achterlaten,' zei Rona.

Felicity liep naar de hal en liet hen, druk bezig de dozen uit te pakken, achter. Ze pakte de hoorn van de telefoon en toetste het nummer in.

'Hallo, met Felicity Simons.'

'Felicity!' reageerde Annie enthousiast. 'Uitstekend, uitstekend die inzamelingsactie van je en dat je het geld voor de noodbrug bij elkaar hebt. Ik sta versteld en heb grote bewondering voor alles wat je hebt bereikt... En dan heb je ook nog de juiste man voor het werk uitgekozen. Alfie heeft een goed team samengesteld en het werk begint... nou, morgen al, geloof ik!' Ze zweeg even om adem te halen.

'Dat is goed om te horen, maar er dreigt een probleem hier.'

'En dat is?'

'De voedselvoorraad vermindert hier snel. De dorpsbewoners hebben alles wat ze aan eten hadden bij elkaar verzameld, maar nu dreigt zelfs de plaatselijke kruidenier leeg te raken. We hebben overwogen met een roeiboot over te varen naar Glensheil om daar eten in te slaan, maar zo'n boot zou veel te vaak heen en weer moeten om de voorraden hier weer voldoende aan te vullen.'

'We gaan het leger inschakelen,' zei Annie zonder enige aarzeling. 'De supermarkt in Glensheil zal ongetwijfeld bereid zijn om hun voorraden aan te spreken. Ik bel je vanmiddag terug,' beloofde ze en ze verbrak de verbinding.

Toen ze weer binnenkwam in de theesalon keken Hamish, Drew en Rona hoopvol op.

'Ze belt me vanmiddag terug,' zei Felicity, die meteen een bericht intoetste op haar telefoon en dat op Facebook zette, zodat iedereen op de hoogte was. 'Ze had het over het leger inschakelen om te helpen.'

'Mooi, mooi,' mompelde Hamish. 'Het enige voordeel van lege planken is dat ik ze eens een grondige schoonmaakbeurt kan geven voordat ze weer vol staan met voorraad.'

'Oké, mannen, hou op met me voor de voeten te lopen,' zei Rona terwijl ze met een theedoek naar Drew en Hamish wapperde.

'We zijn al weg,' grinnikte Drew en hij stond snel op.

'Heb je Fergus nog gezien vandaag?' vroeg Felicity zogenaamd achteloos, alsof het een vraag was die heel goed in het gesprek paste.

'Hij blijft thuis. Esme voelt zich niet lekker.'

'O, wat heeft ze dan?' vroeg Felicity terwijl ze de waterkannen voor alle tafels vulde.

'Dat weet ik niet, maar ik red het vandaag wel in mijn eentje op de boerderij,' zei hij. Hij zwaaide terwijl hij de deur uit ging en Hamish liep haastig achter hem aan.

'Wat zou er met Esme aan de hand zijn?' vroeg Felicity zich hardop af.

'Ach, het zal wel meevallen,' zei Rona terwijl ze allerlei blikjes groenten openmaakte en die leegde in de enorme pannen op het vuur.

Felicity fronste haar wenkbrauwen. 'Nou, er zijn allerlei kinderziektes die ze kan hebben, hoor.' Ze roerde in de pan.

'Die moet je nu eenmaal doormaken. Zo erg is dat niet.'

De deur van de theesalon ging open en Felicity verwachtte Allie en Meredith te zien, maar het waren Fergus en Esme die in de deuropening stonden.

'Goedemorgen,' begroette Felicity hun blij. Ze wierp Fergus

een glimlach toe en boog zich voorover naar Esme. 'Ik heb horen fluisteren dat je je niet lekker voelt.'

'Echt?' vroeg Esme met wijd opengesperde ogen.

'Nou, misschien heeft oom Drew me dat verteld toen hij hier het eten voor vandaag kwam brengen.' Ze lachte hartelijk en kietelde Esme's buik. 'Gaat het wel met je?' Ze ging weer rechtop staan en keek Fergus aan.

'Kun jij alsjeblieft even op Esme passen? Een halfuur of zo?' vroeg hij.

'Tuurlijk,' antwoordde Felicity zonder aarzeling, heel blij dat hij haar zijn meisje toevertrouwde.

Rona kwam naar hen toe. 'Wat hebben we hier?' vroeg ze.

'Ik kom helpen,' zei Esme terwijl ze haar schortje trots liet zien.

'Prima! Ga je jas dan maar gauw ophangen, dan help ik je die schort strikken.'

Felicity keek Fergus aan terwijl hij zijn dochtertje nakeek dat opgewekt weghuppelde. 'Waar ga je naartoe?' vroeg ze.

Fergus dempte zijn stem. 'Ik heb een afspraak bij dokter Taylor. Ik volg je advies op... Ik heb iemand nodig om mee te praten.'

Felicity raakte zijn arm zachtjes aan. 'Neem de tijd, Esme is hier in goede handen.'

'Dat weet ik. En bedankt, Flick.'

Felicity keek hem na terwijl hij Love Heart Lane af liep. Haar hart sprong op. Fergus had haar gevraagd om op Esme te passen! Hij begon haar te vertrouwen. Hij liet haar weer toe. Felicity gloeide vanbinnen toen Esme naar haar toe kwam lopen.

Rona had het druk in de keuken en Felicity pakte Esme bij de hand. 'Raad eens wat mijn moeder me vanmorgen heeft gegeven? Een heel speciaal cadeau, iets wat van mijn oma Bonnie was. Wil je het zien?'

Felicity nam een opgewonden Esme mee naar het woonhuis en vertelde haar dat ze op de bank moest gaan zitten. Ze liep naar de ladekast en pakte daar het receptenboek vanaf.

Esme's ogen werden groot toen Felicity het boek op haar knieen legde. 'Is dit het geheime receptenboek?' vroeg ze vol ontzag zonder haar blik af te wenden.

'Toe maar, sla het maar open, maar voorzichtig, want sommige bladzijden zijn heel oud en nogal fragiel.'

Esme knikte en begon de pagina's voorzichtig om te slaan.

In het boek stonden alle heerlijke recepten die Bonnie ooit had gemaakt, van cakes tot muffins en taarten en luchtig bladerdeeggebak.

'Later, in mijn eigen theesalon, ga ik alles bakken!' zei Esme geestdriftig.

Ze keek met een brede grijs naar Felicity op, die helemaal werd vertederd door haar. Er ging een warme golf van liefde door haar heen. Dit schattige kleine meisje had een nieuw soort geluk in haar leven gebracht, een geluk dat ze niet kende. Na haar miskramen was ze zo veel mogelijk bij kinderen uit de buurt gebleven en had ze zich altijd een beetje verdrietig en jaloers gevoeld als ze een gelukkig gezinnetje zag, maar Esme had de dingen voor Felicity veranderd. Ze genoot van het kind; van haar gezelschap en van haar aangeboren vriendelijkheid. Haar gevoelens voor Esme hadden iets aan haar leven toegevoegd. Felicity besefte dat ze het verleden niet kon veranderen, maar misschien was het tijd om te focussen op wat ze wél had in haar leven en te leren er blij mee te zijn. Die gedachte bracht haar weer terug bij Fergus. Wat de uitkomst van zijn DNA-test ook zou zijn: hij zou altijd Esme's vader blijven. Ze begon langzaam te leren wat het betekende om ouder van een kind te zijn en dat had ze aan Esme te danken.

'Ik heb een idee: wat vind je ervan om vanmorgen een van de recepten uit het boek te maken?'

'Echt? Gaan we dat echt doen?'

'Tuurlijk. Je oom Drew heeft al een voorraad eieren en melk

gebracht. Wat wil je het liefst gaan bakken?'

Esme trok een serieus gezicht en dacht diep na. 'Papa zei dat mammie een sponscake het allerlekkerst vond.'

'Dan gaan we die bakken!'

Esme gaf het boek terug aan Felicity en stond op. 'Ik ben er klaar voor, chef,' zei ze terwijl ze salueerde. 'Dat heb ik op tv gezien,' zei ze giechelend.

'Ik denk dat we het beste hier in de keuken van het huis aan de slag kunnen gaan, anders staan we de anderen die het eten voor de lunch klaarmaken in de weg. Oké?'

'Oké, chef!' zei Esme luid en met een grote grijns.

Felicity glimlachte. Ze instrueerde Esme dat ze aan de tafel moest gaan zitten en stak haar hoofd even om het hoekje van de deur van de theesalon, om tegen haar moeder te zeggen wat ze ging doen.

Ondanks de zorgen om het tekort aan voedsel, was iedereen opgewekt en vrolijk. Allie legde neuriënd het bestek op de tafels en Meredith en Rona roerden in de pannen terwijl ze herinneringen aan Bonnie ophaalden. Er hing een warme sfeer en Felicity bleef even staan om te luisteren naar Merediths verhaal over de keer dat er opeens meer dan dertig hikers die meededen aan een wandeling voor het goede doel tegelijk waren binnengekomen en hoe perplex Bonnie was geweest. Ze lachten om de herinnering. Rona keek op en ving Felicity's blik. 'Wat ben je van plan met Esme? Wil ze misschien helpen de lunch op te dienen?'

'We hebben besloten een sponscake te maken uit oma's receptenboek; in de keuken in het huis... Als dat goed is?'

'Tuurlijk,' zei Rona met een warme glimlach naar haar dochter. 'Er staan taartvormen in de kast.'

Felicity pakte de ingrediënten bij elkaar en Esme's ogen lichtten op toen ze ermee binnenkwam.

'We moeten eerst alles afwegen,' zei Felicity terwijl ze de weegschaal van de vensterbank pakte en die voor Esme neerzette, die op haar knieën op een stoel zat. 'Kun je 225 gram bloem afwegen?'

'Komt in orde, chef,' zei Esme vastberaden, maar vervolgens wierp ze een onzekere blik op de weegschaal.

'Hier, ik laat je zien hoe het moet.' Felicity legde de cijfers op de voorkant zorgvuldig uit en schoof het pak bloem naar Esme toe.

'Toe maar, je kunt het,' spoorde Felicity haar aan.

Esme scheurde het pak open en er vloog een enorme wolk bloem op, die neerdaalde op haar haren en haar gezicht.

'Oeps!' riep Esme met wijd opengesperde ogen uit.

Felicity barstte in lachen uit. 'O jeetje! Als je zo doorgaat, kom je straks thuis als een witte sneeuwpop.' Esme begon te giechelen en toen Felicity haar een spiegel voorhield, kregen ze allebei een lachbui.

'Nu moeten er eieren bij.'

Felicity deed het voor en brak er een op de rand van de schaal, waarna Esme haar nadeed en nog drie eieren toevoegde.

'Goed zo!' complimenteerde Felicity haar. 'Je bent een natuurtalent!'

Het kwartier erna hadden ze veel plezier. Ze lachten en zongen samen, terwijl Esme alles met een garde mengde, het deeg in tweeën deelde en in twee bakvormen schepte.

Felicity pakte ze op en zei: 'Ik wil niet dat je je brandt, dus ik zet ze wel in de oven.'

Esme keek tevreden toe.

'Het duurt niet lang tot ze klaar zijn, maar daarna moeten we wachten tot ze zijn afgekoeld,' zei Felicity terwijl ze de timer op haar telefoon instelde. 'En nu gaan we de afwas doen,' vervolgde ze terwijl ze de vuile vaat op het aanrecht zette.

Esme schoof haar stoel naar de gootsteen, ging erop staan en draaide de kraan open.

Felicity keek toe terwijl Esme ijverig begon af te wassen. Ze glimlachte in zichzelf en er ging een vlaag van geluk en liefde door haar heen. Ze had het reuze naar haar zin gehad en om eerlijk te zijn, wilde ze niet dat er een einde aan kwam, maar na een blik op de klok wist ze dat Fergus elk moment terug kon zijn om Esme op te halen.

Na een kop thee met een koekje, begon de timer te piepen. Esme sprong opgewonden op en wachtte geduldig bij de deur van de oven terwijl Felicity de ovenhandschoenen aantrok.

'Tada!' riep Felicity terwijl ze de taartvormen uit de oven haalde en de twee goudkleurige baksels op het rooster zette om af te koelen. 'Ze zijn goed gelukt!'

'Wauw! Ja, ze zien er super uit! En ze ruiken...' Esme snoof, '... naar echte cake!'

'Het is ook echte cake! Nu moeten ze goed afkoelen. Dan kunnen we er slagroom en jam op smeren en leggen we de twee helften op elkaar.'

Felicity stak haar hand op voor een high five maar tot haar verrassing vloog Esme haar in de armen en gaf het meisje haar een klapzoen op haar wang.

'Waar heb ik die aan verdiend?' vroeg Felicity met een tintelend gevoel van vreugde.

'Omdat ik het superleuk vind hier!'

'Dat is goed om te horen! En voel je je nu ook weer een beetje beter?'

Esme zag er een beetje aarzelend uit. 'Kan ik je een geheim vertellen?' vroeg ze met haar vinger tegen haar lippen.

'Ja hoor.'

'Ik voel me niet echt niet lekker.'

'O? Heb je een reden om te zeggen dat je je niet lekker voelt?' vroeg Felicity.

'Omdat ik niet naar Finn wilde, ik heb niet zo'n zin meer om met Lego of soldaatjes te spelen.'

Felicity aaide haar over haar bol. 'Nou, misschien moet je dat dan toch tegen papa zeggen, nu maakt hij zich misschien zorgen omdat hij denkt dat je je niet lekker voelt.'

'Denk je dat ik dan hier mag blijven?' vroeg Esme met een klein lachje.

'Wie weet...'

Esme draaide zich om en wierp weer een blik op de afkoelende bakblikken. 'Denk je dat mammie trots op me zou zijn?'

Felicity voelde tranen prikken achter haar ogen. 'Dat weet ik wel zeker! En zodra de cake goed is afgekoeld, maken we de taart af. Als verrassing voor je papa.' Felicity pakte Esme's hand vast en nam haar met een brok in haar keel mee terug naar de theesalon. Ze wist dat ze echt van het meisje begon te houden.

De tijd was voorbijgevlogen en plotseling was het lunchtijd en een drukte van belang. De dorpelingen begonnen binnen te druppelen, trokken hun jas uit en hingen die over de rug van hun stoel. Felicity glimlachte. Iedereen leek nu gewend te zijn aan het gezamenlijke eten en de mensen zochten elke dag hetzelfde plekje aan de tafels op. Ze kon het gesprek verstaan van de mensen die het dichtst bij haar stonden, het ging over Aggies tv-optreden. Plotseling stopte het gebabbel omdat er buiten een hard ratelend geluid klonk.

'Wat is dat voor lawaai?' vroeg Meredith met een verschrikt gezicht. Ze zette de kommen die ze in haar handen had snel terug op de serveerbalie en liep haastig naar het raam.

Rona rende er ook heen en samen keken ze omhoog naar de lucht. 'O, moet je nou kijken!' Rona sloeg haar hand voor haar mond.

Felicity griste Esme's jas van de stoel, deed hem bij haar aan en nam het kind mee naar buiten. De wind waaide Esme's haren uit haar gezicht toen ze omhoogkeek.

'Ah!' riep het meisje verbijsterd uit.

Boven de velden van Foxglove Farm hingen helikopters. Felicity zag de piloot in de eerste helikopter over het controlepaneel gebogen zitten, de wieken doorkliefden de lucht. Esme sloeg haar handen voor haar gezicht en volgde het schouwspel met ingehouden adem tussen haar vingers door. Inmiddels was bijna iedereen van het dorp naar buiten gekomen en stond Love Heart Lane vol toeschouwers.

De helikopters vormden een keurige rij in de lucht. De eerste helikopter begon te dalen en de deuren aan de zijkant gingen open.

Felicity zag Drews boerenwagen op het veld beneden over de hobbelige grond bonken. Ze kneep haar ogen halfdicht om het scherper te kunnen zien; Rory zat naast hem op de passagiersstoel. Toen de wagen tot stilstand kwam, sprongen beide mannen eruit en doken ze met wapperende haren van de turbulentie in elkaar. De helikopter bleef boven hen in de lucht hangen en liet langzaam een grote kist voor hun voeten op de grond zakken. Drew pakte zijn mes, sneed het touw door en stak zijn duim op naar de copiloot. De helikopterdeuren gingen onmiddellijk dicht en het toestel steeg op, maakte een halve cirkel in de lucht en ging weer op de terugweg naar de helikopterbasis in Glensheil. Rory en Drew tilden de kist op en laadden hem achter op de boerenwagen. Toen hing de volgende helikopter alweer boven hen en herhaalde zich hetzelfde scenario.

'Wat doen ze?' vroeg Esme met haar ogen nog op de hemel gericht. Ze had haar handen voor haar gezicht weggehaald.

'Volgens mij zit er eten in die kisten. Wat denk jij?' Felicity keek haar moeder aan.

'Vast en zeker!' reageerde Rona, die haar arm om haar dochters schouders sloeg en haar even tegen zich aan drukte. 'En dat hebben we allemaal aan jou te danken.'

'Het enige wat ik heb gedaan is Annie Boyd bellen... Zij heeft dit allemaal geregeld. En vliegensvlug!'

Iedereen bleef staan kijken tot de laatste helikopter wegvloog en niet meer dan een stip in de verte was.

'Nou, voor een klein, afgelegen dorp is er heel wat reuring hier!' merkte Meredith lachend op terwijl ze terug de theesalon in liep en haar jas aan de kapstok hing.

'Wauw! Die helikopters waren super!' riep Esme en ze ging op een lege stoel vlak voor de serveerbalie zitten.

'Het was geweldig om te zien,' beaamde Allie, die alweer achter de balie stond en haar telefoon checkte. 'Ja, het zijn inderdaad kisten met levensmiddelen!' zei ze enthousiast. 'Rory heeft me net geappt. Ze gaan alles naar Hamish brengen en het daar uitpakken. Het schijnt van de supermarkt in Glensheil vandaan te komen.'

'Nou, dat is in elk geval één zorg minder,' zei Felicity. Toen richtte ze zich tot Esme. 'Ik denk dat die cake nu wel voldoende is afgekoeld. Zullen we die taart gauw afmaken voordat papa komt?'

Esme knikte blij en sprong van haar stoel af. Voor Felicity uit huppelde ze terug naar de keuken in het woonhuis.

Een kwartiertje later droop er slagroom en aardbeienjam tussen de twee cakehelften uit en was Esme trots bezig poedersuiker over de bovenkant te strooien.

'Het ziet er echt verrukkelijk uit en jij hebt het geweldig gedaan!' complimenteerde Felicity haar toen ze klaar was. Ze pakte de taartschaal op en bracht hem naar de theesalon, waar ze hem boven op de serveerbalie zette. 'Wacht maar tot je papa dit ziet en er een stukje van proeft!'

'Gaat het over mij?' hoorden ze Fergus achter hen vragen.

Esme slaakte een vreugdekreet en sprong op Fergus af, die haar hoog optilde. 'Goh, je lijkt een heel stuk opgeknapt!' zei Fergus verbaasd terwijl hij Esme weer op de grond neerzette.

'Dat komt door Felicity.'

'Heeft Felicity dan een toverstafje om kleine meisjes beter te maken?' vroeg hij plagend met een warme glimlach naar Felicity.

Esme schoof haar handje in Felicity's hand en keek met een schattige glimlach naar haar op.

Felicity's hart smolt. 'Ik geloof dat ik Esme zo bezig heb gehouden dat ze er gewoon niet meer aan kón denken dat ze zich niet zo lekker voelde.' Ze knipoogde naar het meisje om haar duidelijk te maken dat haar geheim veilig was bij haar.

'We hebben een taart gebakken.' Esme liet Felicity's hand los en pakte die van haar vader vast. Ze trok hem mee naar de serveerbalie en wees op de taart.

'Nee, die kun jij niet gemaakt hebben!' zei hij vol gespeeld ongeloof.

Esme zette haar handen op haar heupen. 'Echt wel!'

'Ik kan bevestigen dat Esme chef taartenbakken is geweest vanmorgen!' zei Felicity en ze tilde de taartschaal op en plaatste die in Esme's handen. 'Niet laten vallen, hoor,' zei ze voor de grap.

'Papa, draag jij hem maar.'

Fergus nam de taart van Esme aan. 'Nou, ik ben diep onder de indruk, heel diep onder de indruk. Maar ik heb een belangrijke vraag: kan ik chef taartenproeven worden?' Fergus hield zijn gezicht volkomen in de plooi.

Esme keek Felicity aan. 'Wat vind jij?' vroeg ze, waarna ze vreselijk begon te giechelen.

'Ik denk dat jouw papa een fantastische chef taartenproeven zal zijn,' antwoordde Felicity met een knipoog.

'Dit was het leukste wat ik ooit heb gedaan,' zei Esme blij terwijl ze haar handen afveegde aan haar schort. 'Mag ik jou hier in de theesalon komen helpen tot ik weer naar school moet?'

Felicity wierp een blik op Esme en vervolgens naar Fergus; haar hart sloeg over bij de gedachte meer tijd met het kind te kunnen doorbrengen. Er welden tranen van blijdschap in haar ogen op.

'Nou, ik geloof niet dat het handig is voor Felicity als je haar hier voor de voeten loopt,' zei Fergus met een blik op zijn dochtertje.

'Ze is een harde werker, dus ik vind het geen enkel probleem.'

'En ik heb al een eigen schort!' wees Esme terwijl ze haar hoofd scheefhield en haar vader smekend aankeek.

Toen ving Fergus Felicity's blik. Haar hart maakte een sprongetje. 'Nou, als Felicity en Rona het goedvinden, dan vind ik het ook goed. Maar je moet me echt beloven dat je hun niet in de weg loopt!'

'Ja, pap!' zei Esme gehoorzaam en ze salueerde.

Iedereen schoot in de lach.

'Ga nu je jas maar pakken dan.'

Fergus en Felicity keken Esme allebei na terwijl ze weghuppelde.

'Ze was helemaal niet ziek, toch?' vroeg Fergus zachtjes zonder Felicity aan te kijken.

'Ik zou het echt niet kunnen zeggen.'

'Ze wilde gewoon naar jou toe...'

'Dat zou kunnen.'

'Dank je wel voor deze ochtend,' zei Fergus en hij klonk zo warm dat Felicity's hart er sneller van ging kloppen. Ze perste haar lippen op elkaar om haar glimlach te onderdrukken.

'Heel graag gedaan, Fergus.'

Fergus' ogen keken haar sprankelend aan. Felicity moest zichzelf eraan herinneren dat ze rustig door moest ademen.

'Ik ben klaar.' Esme keek op naar Fergus en richtte haar ogen toen met een brede glimlach op Felicity. 'Dank je wel dat ik mocht komen,' zei ze.

'Heel graag gedaan en ik hoop je snel weer te zien.'

'Vind je het leuk om vanavond bij ons te komen eten?' vroeg

Fergus plotseling. 'Het lijkt me fair dat jij deze prachtige taart ook kunt proeven na al je hulp bij het bakken ervan.'

Esme's gezicht lichtte op en ze liep over van enthousiasme. 'Ja! Zeg alsjeblieft ja!' Ze vouwde haar handen samen alsof ze bad, wat hun allebei aan het lachen maakte.

'Dat zou ik heel erg leuk vinden.'

'Om een uur of zeven?' vroeg Fergus.

'Klinkt uitstekend,' antwoordde Felicity.

Fergus draaide zich haastig om en Felicity ving een vleugje op van zijn aftershave. Ze voelde meteen vlinders in haar buik. Ze zag haar moeder met een wijze blik naar haar kijken – een blik die betekende dat alles tijd kostte maar het uiteindelijk goed kwam. Ze hoopte dat dat waar zou zijn; dit was in elk geval een enorme stap voorwaarts voor haar en Fergus. Ze wist dat Fergus niemand dicht bij Esme liet komen, zeker nu niet. Maar zij was de uitzondering.

29

De rest van de dag keek Felicity alleen maar op de klok en deed ze haar best om de vlinders in haar buik – idioot natuurlijk, ze kende Fergus al zo lang – onder controle te houden. Zodra de laatste eetsessie voorbij was en de theesalon weer spic en span was, rende ze de trap op. Op haar slaapkamer stond ze even stil voor het raam. Het uitzicht was adembenemend, ze kon Foxglove Farm heel duidelijk zien liggen in de verte, al was het een grijze dag. De takken van de treurwilg hingen tot vlak boven de vijver en ze zag een bruin gespikkelde wilde eend haar kopje onder water steken. Opeens verlangde ze enorm naar de zomer.

Ze draaide zich om, deed de kast open en schoof de hangertjes opzij om te beslissen wat ze aan wilde. Ze wist dat het idioot was om zo bezig te zijn met hoe ze eruitzag, het was maar een etentje bij iemand thuis, maar ze wilde toch op haar best voor de dag komen. Ze koos voor een strakke spijkerbroek en een donkerblauw kasjmier truitje; ze wist dat Fergus vond dat blauw haar goed stond.

Toen ze haar haren had geborsteld en wat blusher op haar wangen had gedaan, was ze tevreden. Beneden gaf ze haar moeder een zoen en daarna ging ze op weg naar Fox Hollow Cottage.

Vergeleken met de stormachtige wind en de sneeuw van nog maar zo kort geleden, was het nu kalm, maar wel koud. Terwijl ze over Love Heart Lane liep, zag ze Allie tv-kijken op de bank in Rory's woonkamer en Hamish wat verderop verdwijnen in Heathers huisje.

Even later duwde ze het tuinhekje van het huis waar Fergus en

Esme woonden open. Ze rook dat er een haardvuur brandde en zag rookpluimen uit de schoorsteen kringelen.

Er ging een nerveuze steek door haar maag terwijl ze naar de voordeur liep. 'Kom op, Felicity, het is maar een etentje, doe niet zo raar,' sprak ze zichzelf moed in, wat weinig hielp.

Binnen een paar seconden nadat ze had aangebeld, deed Fergus de deur open. Ze sloeg haar ogen naar hem op en haar adem stokte. Hij zag er fantastisch uit: zijn kobaltblauwe trui stond hem goed en hij droeg er een mooie Levi's spijkerbroek onder die hem goed paste.

Iets aan de manier waarop hij haar toelachte zorgde ervoor dat haar hart oversloeg, maar voordat ze hem goedenavond kon wensen, klonk er al een kreet uit het huis. 'Is dat Felicity?' riep Esme en ze kwam de trap af hollen. Vanaf de onderste tree sprong ze recht in Felicity's armen.

'Ja, ik ben er!' zei ze lachend. 'Nou zeg, dat is pas een welkom!'

Ze zette Esme terug op de grond en Fergus zei vrolijk: 'Laat Felicity eerst rustig haar jas uitdoen, Esme.'

Felicity knoopte haar jas open en gaf hem aan Fergus, die hem aan de kapstok hing.

'Je ziet er geweldig uit, Flick,' zei hij met een superaantrekkelijke glimlach. 'Maar blauw staat je altijd goed.'

Haar hele lijf tintelde van zijn woorden. 'Dank je,' antwoordde ze, blij dat haar stem redelijk normaal klonk. 'Maar jij ziet er zelf ook niet slecht uit, Fergus Campbell.'

'We hebben de taart bewaard voor het toetje,' kwam Esme met een stralende lach tussendoor.

'Mooi,' zei Felicity, 'ik kan niet wachten tot ik hem kan proeven.' Ze meende het met heel haar hart.

Esme rende naar de woonkamer, waar de tv aanstond in de hoek en er een houtvuur brandde in de open haard. Een warm welkom. Felicity zag dat de tafel in de eetkamer was gedekt: het zag er chic uit met kristallen wijnglazen – glazen die alleen tevoorschijn werden gehaald bij speciale gelegenheden, wist ze.

'Wat wil je drinken?' vroeg Fergus.

'Een glas wijn graag, als je dat hebt?' antwoordde Felicity terwijl ze hem volgde naar de keuken.

'Vreemd genoeg had mijn moeder nog een fles in de ijskast staan.'

'Hoe gaat het met Aggie?'

'Hopelijk komt ze morgen thuis, als ze tenminste het gedein van Drews boot weet te doorstaan.'

Felicity grinnikte. 'Nou, ze heeft meer moed dan ik. Weet je nog dat we er even tussenuit gingen? Waarheen was het ook alweer? Windermere, toch? Jij had een roeispaan in het water laten vallen en daardoor konden we geen kant op!'

'Ho, ho, dat was *ík* niet, *jíj* had die roeispaan in het water laten vallen. Jij zei dat jij beter kon roeien en we dan niet steeds rondjes in het water zouden draaien en toen liet je die roeispaan vallen.'

'O ja!' Ze grijnsde. 'Dat had ik blijkbaar verdrongen.'

'Ja, logisch,' zei Fergus lachend terwijl hij haar een speels klapje op haar arm gaf en haar een glas wijn aanreikte.

'Maar je zult het wel fijn vinden dat Aggie thuiskomt,' zei Felicity.

'Het is inderdaad stil geweest zonder haar. En – niet zeggen tegen haar, hoor – ik heb haar gemist,' gaf hij toe.

Felicity wierp een snelle blik naar de deur. Esme was nergens te bekennen dus kon ze de vraag stellen die op haar lippen brandde. 'Hoe ging het bij dokter Taylor?'

'Ik heb hem alles verteld,' zei hij met een zucht. 'Het lijkt zoveel echter nu een buitenstaander het weet, maar er is wel een last van mijn schouders.'

'Heb je al iets besloten?'

Hij knikte. 'Ja, ik kan niet met al die onzekerheid leven, dus eh… ik ga een DNA-test doen. Maar ik moet wachten tot de post weer normaal werkt hier.' Zijn stem klonk somber en Felicity voelde zijn angst. Fergus haalde zijn hand door zijn haar, zijn gezicht stond zorgelijk.

Felicity gaf hem een kneepje in zijn arm. 'Het komt wel goed. Als je steun nodig hebt… Ik ben er voor je!' Ze glimlachte hem toe.

Er stonden tranen in Fergus' ogen, zoveel angst had hij voor de volgende stap. 'Dat weet ik. Dank je wel,' zei hij terwijl hij Felicity een knuffel gaf. Ze liet haar hoofd tegen zijn borstkas rusten en ademde zijn houtachtige aftershave in.

Ze deed een stap naar achteren toen de keukendeur openging en Esme in de deuropening stond. 'Het duurt zo lang. Is het eten nou nog niet klaar?'

'Jawel! Ga je handen maar wassen en aan tafel zitten,' zei Fergus. Hij maakte haar haar in de war en Esme rende weg in de richting van de wc.

'Kan ik je ergens mee helpen?' vroeg Felicity.

Hij schudde zijn hoofd. 'Nee, ik heb alles onder controle. Ga jij ook maar aan tafel zitten.'

Felicity liep naar de eetkamer, maar ze wist niet goed waar ze moest gaan zitten. Vroeger zat ze tegenover de deur aan de andere kant van de tafel, maar stel dat dat Esme's plaats was nu?

'Waarom ga je niet op je gewone plaats zitten?' Fergus kwam achter haar de kamer in met een blad in zijn handen met drie kommen erop, die hij een voor een op tafel neerzette. Ze voelde een golf van liefde voor Fergus door zich heen gaan omdat hij zich dat nog herinnerde. Het was acht jaar geleden dat ze op die plek had gezeten, op eerste kerstdag, met Fergus, Aggie, haar moeder en haar grootmoeder. Ze herinnerde zich die dag als de dag van gisteren. Het was gek te weten dat ze een week later halsoverkop was vertrokken.

Ze trok de stoel onder de tafel uit en keek neer op de kom die voor haar stond. Ze begon te grinniken. 'Ik herken dit; dat heb ik vandaag zélf klaargemaakt! Jij nodigt me uit om te komen eten en dan krijg ik mijn eigenhandig bereide maaltijd voor mijn neus gezet! Jij durft!' zei ze plagend.

Hij lachte. 'Tja, wat kan ik zeggen. Er is een tekort aan voedsel in het dorp hier en Rona was zo aardig me wat van jullie kookkunsten mee te geven. Jullie twee zijn echt een goed team samen.'

Felicity dacht even terug aan haar jeugd. Ze was grootgebracht door twee sterke vrouwen: haar moeder en Bonnie. Ze hadden haar liefdevol en warm opgevoed en haar een gelukkige jeugd gegeven. De relatie met haar moeder was vriendschappelijk geweest en ze waren vaak samen gaan lunchen of shoppen.

'We zijn inderdaad een goed team samen en ik kan niet wachten om de theesalon weer nieuw leven in te blazen zodra alles weer normaal is hier in het dorp,' zei ze uit de grond van haar hart.

'Is dat zo? Ga je definitief niet terug naar Londen?' vroeg Fergus voorzichtig.

'Ik geloof niet dat ik Eleanor Ramsbottom nog één dag om me heen kan verdragen.'

'Huh?'

'Mijn niet-zo-leuke baas. Nee, het idee om voor mezelf te beginnen en samen met mijn moeder oma's theesalon voort te zetten, heeft me een heel nieuw toekomstperspectief geboden. Ik ga mijn ontslagbrief zo snel mogelijk de deur uit doen,' zei ze terwijl ze Fergus' mondhoeken omhoog zag gaan.

Esme kwam de kamer binnenhuppelen en klom op de stoel tussen hen in. Ze pakte meteen haar vork en nam een hap en meteen daarna nam ze er nog een.

'Rustig eten... straks heb je buikpijn,' zei Fergus met een lichte frons tegen haar. 'En waar zijn je manieren gebleven?'

'Hoe sneller ik eet, hoe eerder ik een stukje taart krijg,' zei ze terwijl ze begerig naar de taart keek, die trots midden op de tafel stond te pronken.

'Ja, dat kan ik niet ontkennen,' zei Fergus met een glimlach.

'Heb je papa al verteld over de helikopters van vandaag?' vroeg Felicity terwijl ze een kleine slok wijn nam.

Esme legde haar vork onmiddellijk neer en begon met fonkelende ogen van opwinding te vertellen over de helikopters die kisten hadden laten zakken op oom Drews land.

'Het waren kisten met eten uit de supermarkt in Glensheil zodat wij hier weer genoeg voorraden hebben. Annie Boyd heeft me vanmiddag gemaild met de boodschap dat er elke week twee droppings komen zolang de noodbrug er nog niet is, wat natuurlijk fantastisch nieuws is... Weer een zorg minder.'

'Mooi... En wat is er verder met die kisten gebeurd?' vroeg Fergus.

'Rory heeft Drew geholpen ze op Drews wagen te laden en daarna hebben ze ze naar de winkel van Hamish gebracht, die alles gaat uitzoeken en verdelen. Ik denk dat Hamish blij is iets te doen te hebben; het houdt hem bezig terwijl de winkel gesloten is. Anders loopt hij alleen maar te piekeren over alle omzet die hij misloopt.'

'Het is rampzalig, ja. Op de boerderij komt ook niks binnen, zolang Drew niet naar de markt kan... Ik kwam Julia tegen bij de dokter en voor haar geldt natuurlijk hetzelfde. Iedereen verliest inkomen.'

'Ja, iedereen lijdt eronder, maar gelukkig heeft Alfie een goed team bij elkaar voor de bouw van de noodbrug. Hij heeft me een heel gedetailleerd schema doorgestuurd en als alles goed gaat, kan de brug binnen drie weken in gebruik genomen worden. Maar tot dan kunnen we maar weinig doen,' zei Felicity.

'Ik ben klaar!' zei Esme stralend terwijl ze haar bestek met een klap op tafel legde.

'Heb je je kom uitgelikt?' vroeg Fergus lachend, verbaasd over hoe smetteloos schoon die was.

'Doe niet zo raar,' antwoordde Esme grijnzend. Ze sloeg haar armen over elkaar en tuurde strak naar de taart.

'Kun jij naar de keuken gaan en schone borden voor ons halen? Ze staan op het aanrecht, naast het fornuis.'

Dat hoefde Fergus geen twee keer te vragen. Esme salueerde en rende naar de keuken.

'Ze is schattig,' zei Felicity terwijl ze Esme vertederd nakeek. Felicity vroeg zich heel even af hoe de kinderen van hen samen geweest zouden zijn. Hoe zouden ze er hebben uitgezien? Wat voor persoontjes zouden het zijn?'

'Ja, dat is ze,' reageerde Fergus terwijl hij de lege kommen opstapelde en de taart naar zich toe trok.

Esme was in recordtijd weer terug in de kamer en zette de borden op tafel.

'Nou, jongedame, ik heb de taart al in punten gesneden, dus welk stuk wil jij?' Hij bekeek Esme, die elk stuk heel nauwkeurig bestudeerde. 'Mm, die,' zei ze terwijl ze naar het grootste stuk wees.

Daarna verdween het stuk, onder vele goedkeurende geluiden, binnen de kortste keren in Esme's mond.

Ze at alles op tot op de laatste kruimel en leunde daarna met een tevreden gezicht en een hand op haar enorm volle maag naar achteren.

Fergus begon te lachen om alle jam en slagroom op haar gezicht en de poedersuiker op haar neus. 'Dat was de allerlekkerste taart die ik ooit heb geproefd,' zei hij. 'Je bent echt een fantastische taartenbakker!' Hij stond op en gaf Esme een kus op haar kruin. Terwijl hij de borden opstapelde, voegde hij eraan toe: 'Je moet vaker iets lekkers bakken!'

'Daar ben ik het helemaal mee eens,' zei Felicity glimlachend.

'Ik denk dat er wel een baantje in de theesalon voor je in zit als je wat ouder bent.'

'Echt?'

'Echt!'

Esme straalde. 'Mag ik nog een stuk?' probeerde ze.

'Geen sprake van,' zei Fergus lachend, 'straks barst je nog uit elkaar!' Esme rolde met haar ogen. 'Ga jij maar eens naar boven om je pyjama aan te trekken en je tanden heel goed te poetsen!' droeg Fergus haar op.

Esme schoof haar stoel naar achteren en een seconde later hoorden ze haar de houten trap op hollen.

'Ik help je wel met de afwas,' zei Felicity, terwijl ze opstond en de lege glazen van de tafel begon te verzamelen.

'Dat ga je helemaal niet doen, ga jij maar lekker in de woonkamer zitten. Voor de afwas hebben we een vaatwasser.'

Opgewekt liep Felicity naar de woonkamer. Blij, maar ook met een sentimenteel gevoel, maakte ze het zich gemakkelijk op de bank en trok ze haar voeten onder zich. Tevreden staarde ze in de vlammen. Ik heb dit gemist, dacht ze met een steekje in haar hart, de gezelligheid van een gezin, iemand naast me die ik vertrouw, de man van wie ik houd. De warmte en de geborgenheid van samen op de bank zitten, zomaar, voor de gezelligheid. Eigenlijk had ze zich jarenlang een verschrompelde versie van zichzelf gevoeld en begon ze zich pas de laatste tijd weer een beetje als vanouds te voelen. Als je niet weet waar je het moet zoeken van verdriet, is het soms gemakkelijker om weg te zijn van de mensen die je het meest dierbaar zijn. Maar als ze niet zo jong geweest was, was ze misschien beter in staat geweest om de situatie aan te kunnen.

'Waar zit je aan te denken?' vroeg Fergus, die de fles wijn op tafel zette en daarna een paar houtblokken op het vuur gooide. Hij ging op het kleed voor de open haard zitten en strekte zijn benen uit naar de vlammen. Felicity's hart trok samen om hoe fantastisch hij eruitzag.

Hij keek op en merkte dat ze naar hem keek. Ze wisselden een blik.

Plotseling werd ze door een triest gevoel bekropen. 'Soms... zou ik willen dat ik de tijd kon terugdraaien,' zei ze zachtjes, terwijl ze vooroverleunde en haar glas wijn bijschonk.

Fergus glimlachte begrijpend naar haar. 'Ik snap wat je bedoelt.'

'Ik zat net te denken hoe heerlijk het is om weer hier te zitten... met jou en met Esme.'

'Ik dacht hetzelfde.'

Zijn woorden raakten haar. 'Ik weet dat ik het al eerder heb gezegd, maar het spijt me echt heel erg dat ik toen zo ben weggevlucht, Fergus,' bekende ze. Haar stem haperde even.

'Hé, blijf daar niet over piekeren... Er valt niets aan te veranderen,' zei hij rationeel. 'En, als het allemaal níét zo was gegaan, had ik dat kleine zonnestraaltje boven niet gekregen.'

'Ja... ik weet het. Alles heeft een reden.' Felicity nam een slokje wijn.

Fergus' telefoon pingde en hij pakte zijn telefoon van het tafeltje.

'Iets belangrijks?'

'Een appje van Isla of ik naar de pub kom.'

Precies op dat moment, pingde Felicity's telefoon ook. Ze wierp een blik op het scherm. 'Ik krijg net dezelfde vraag. Zou er iets aan de hand zijn?'

'Geen idee, maar ik kan natuurlijk niet, ik moet hier zijn voor Esme. Maar misschien kun jij gaan?'

Felicity keek op en kauwde op haar onderlip terwijl ze het overwoog; ze wilde eigenlijk niet zonder Fergus, ze had een heerlijke avond met hem en wilde niet dat die eindigde. Felicity staarde nog steeds naar haar telefoon toen Esme de trap af kwam hollen en de kamer in kwam. Haar haar hing los tot op haar schouders en ze had een haarborstel in haar hand, waarmee ze in een bocht om de salontafel heen liep, voor Felicity ging staan en de borstel naar haar uitstak.

'Wil jij mijn haren borstelen?' vroeg ze.

Felicity gloeide vanbinnen omdat ze het vroeg. 'Tuurlijk wil ik dat,' antwoordde ze en ze pakte de borstel aan terwijl Esme op haar knieën op de grond voor haar ging zitten. Langzaam haalde ze de borstel door Esme's haar. Terwijl ze bezig was, merkte ze dat Fergus naar haar keek. Ze staarden elkaar aan en er daalde een vredig gevoel over Felicity neer, haar hart zwol op van liefde voor Fergus en voor Esme. Ze wist dat ze heel, heel lang deel wilde uitmaken van hun leven. Ze glimlachte verlegen naar Fergus en zag haar warme gevoel gereflecteerd in zijn ogen.

'Volgens mij is het helemaal goed nu,' zei Felicity op het moment dat er werd gebeld en Esme razendsnel opstond om te kijken wie er voor de deur stond.

'Je bent geweldig met haar, ze vindt je echt heel erg leuk,' zei Fergus voordat hij haastig achter zijn dochter aan liep.

Felicity's hart sprong op bij zijn compliment en er speelde een glimlach om haar lippen.

Er kwam een vlaag koude lucht binnen door de open voordeur toen Esme uitriep: 'Tante Jessica, ik wist niet dat je kwam?'

'Schiet op en laat me erin, gekkie, ik heb geen zin om hier lang in de kou te staan.' Ze grijnsde terwijl ze het huis binnenstapte en Esme's buik even kietelde.

'Wat kom je doen?' vroeg Fergus. 'Niet dat je niet welkom bent,' voegde hij er snel aan toe.

'Je wordt verwacht in de pub... en... tada... hier ben ik om op Esme te passen.'

Fergus kneep zijn ogen tot spleetjes en vroeg: 'Hoezo? Wat is er aan de hand?'

Jessica keek hem met twinkelende ogen aan. 'Isla en Drew zitten op je te wachten en nu moet jij Felicity nog even opsporen, zodat je haar mee kunt nemen daarnaartoe.'

'Felicity is hier,' zei Esme terwijl ze Jessica meetrok naar de zitkamer, waar een geïntrigeerde Felicity haar benen onder zich uit haalde en opkeek.

'Mooi, dat is dan één probleem minder.'

'Wat is er dan?'

Jessica haalde haar schouders op en perste haar lippen op elkaar om haar glimlach te onderdrukken.

Fergus en Felicity wisselden een vragende blik. 'Nou, dan kunnen we maar beter gaan om erachter te komen,' zei Fergus.

Felicity stond op. 'Schiet op dan, pak de jassen.'

Fergus verdween in de gang en Felicity boog zich naar Esme toe. 'Ik heb het heel gezellig gevonden vanavond... Het kon niet beter! En jouw taarten gaan prijzen winnen op een dag! Misschien kun je tante Jessica een stukje aanbieden, zodat zij ook kan proeven hoe heerlijk jij kunt bakken.'

'Zei er iemand taart?' vroeg Jessica grijnzend terwijl een opgewonden Esme haar meenam naar de keuken en Fergus en Felicity hun jassen aantrokken.

De voordeur viel achter hen dicht en ze liepen samen over het tuinpad naar het hekje. Felicity bleef even staan en keek naar Fergus op. Hij keek haar diep in de ogen. 'Dank je wel voor deze avond,' zei ze zacht. Een beetje overmoedig ging ze op haar tenen staan om hem een zoen op zijn wang te geven.

'Graag gedaan... Kom maar snel weer.'

Felicity kneep haar lippen op elkaar om haar glimlach te verbergen. 'Dat lijkt me heerlijk.'

Nadat Fergus het tuinhekje achter hen had dichtgedaan, keek hij een beetje schaapachtig naar haar op en pakte toen haar hand.

Felicity werd er totaal door verrast. Ze genoot van zijn aanraking, haar hart klopte als een razende en ze was verbaasd hoe goed dit nog altijd voelde na zoveel jaar. Ze wist nu dat het een grote fout was geweest om weg te vluchten naar Londen, hem in de steek te laten en alles in zijn eentje te laten verwerken, maar misschien had het zo moeten zijn om hen nu weer bij elkaar te brengen. Haar hart sprong op van geluk terwijl ze samen naar de pub liepen… Eindelijk weer samen.

30

Fergus hield de deur voor haar open om de pub binnen te gaan en Felicity had het gevoel dat ze op een wolk liep. Isla en Drew zaten samen met Allie en Rory aan de tafel in de hoek. Isla zwaaide.

'Wat drink je?' vroeg Fergus, die in de richting van de bar liep.

Felicity knikte. 'Een gin-tonic, graag.'

Terwijl Felicity naar de tafel kwam, keek Isla met een nieuwsgierige blik van Felicity naar Fergus en terug.

'Wat is hier gaande? Kwamen jullie nou samen binnen?' Isla kneep haar ogen tot spleetjes en ze keek Felicity aan, die een snelle blik op Allie wierp. Allie zweeg, maar lachte heimelijk.

'Helemaal níks,' antwoordde Felicity, terwijl ze schrok van haar eigen stem omdat die een halve octaaf omhoogging.

'Laat die meid met rust,' bromde Rory terwijl hij een stoel onder de tafel vandaan trok.

Felicity mimede 'dank je wel' naar hem en hoopte dat de hoogrode kleur op haar wangen snel weg zou trekken.

Gelukkig kwam Allie haar te hulp. 'Nou, vertel eens, wat is al dit geheimzinnige gedoe? Waarom zijn we allemaal hier in de pub ontboden? Niet dat ik daarover klaag...'

Fergus ging op de stoel naast Felicity zitten en Isla wierp haar opnieuw een veelbetekenende blik toe. Felicity schudde zogenaamd onschuldig haar hoofd en begon toen te grijnzen.

'Nu we hier allemaal zijn, hebben we een nieuwtje,' zei Isla, niet in staat om de opwinding in haar stem te verbergen.

Allie een Felicity wisselden een blik en haalden hun schouders naar elkaar op.

'Het is hier in het dorp een beetje een sombere boel sinds de brug is ingestort, toch? Hoewel ze, dankzij Felicity, al snel aan de noodbrug gaan beginnen.' Ze zweeg even om adem te halen. 'Maar Drew en ik dachten dat we allemaal wel iets kunnen gebruiken om ons op te verheugen.'

Drew stak zijn hand uit en legde die over die van Isla.

'De doop van Angus!' Allie klapte in haar handen. 'De doop van Angus,' herhaalde ze.

'Inderdaad,' zei Isla. 'We kunnen jullie niet genoeg bedanken dat jullie zulke fantastische vrienden zijn. En jij vooral, Flick, dat je hebt geholpen ons kleine mannetje ter wereld te laten komen. Ik zou echt niet geweten hebben wat ik moest, als jij er niet was geweest.' Isla werd weer emotioneel bij de gedachte eraan.

Felicity pakte Isla's hand en zei: 'Je hoeft me niet te bedanken. Maar vertel: wat is het plan? Het kerkje hier in het dorp?'

Isla knikte. 'Ja, we hebben het kerkje geboekt voor midden maart, dus hopelijk is alles in het dorp dan weer normaal.' Isla keek de hele groep rond. 'En jullie moeten de datum blokkeren in je agenda, want dit is iets wat jullie echt niet mogen missen.'

'Dat zouden we ook niet wíllen, voor geen goud,' zei Allie, waarna ze een slokje uit haar glas nam.

'Nou, jullie mógen het ook niet missen... want...' Isla wapperde met haar hand voor haar gezicht en wierp een stralende blik naar Drew – '... oeps, emotioneel vriendenmomentje...' mompelde ze – en keerde zich weer naar haar vrienden, 'want Drew en ik willen jullie allemaal vragen peetouders van Angus te worden.'

Iedereen hapte verrast naar adem. Allie slaakte een gilletje en haar glimlach veranderde in een enorme grijns. Fergus sprong op en sloeg Drew op zijn rug, waarna hij Isla een zoen op haar wang gaf; Rory volgde zijn voorbeeld.

Felicity was dolgelukkig dat haar werd gevraagd peettante van Angus te zijn. Ze wist dat er nog niet zo lang geleden een tijd was geweest dat de vraag het verdriet dat ze nooit een biologisch kind van zichzelf zou hebben in haar zou hebben opgerakeld, maar sinds ze terug was in Heartcross was ze het verleden los gaan laten en het leven weer gaan omarmen. Esme had, zonder het te weten, haar kijk op het moederschap veranderd.

Hoewel ze even een brok uit haar keel moest wegslikken, wist ze ook dat ze deze kans ging omarmen en haar nieuwe rol met heel haar hart op zich zou nemen. Ze was pas korte tijd terug in het dorp en voelde zich vereerd dat ze werd gevraagd. Het deed er niet toe dat ze was weggevlucht om haar verdriet te boven te komen, dit waren haar vrienden, haar échte vrienden die haar met liefde omhulden. Ze was ontroerd, er sprongen tranen van blijdschap in haar ogen. Ze zou Isla, Drew of baby Angus nooit in de steek laten.

Felicity vermande zich, pakte haar glas op en zei: 'Laten we proosten. Op baby Angus.'

Ze tikten hun glazen tegen elkaar en herhaalden: 'Op baby Angus!'

Nadat ze allemaal een slok hadden genomen, ging er een opgewonden gebabbel op rond de tafel. Felicity voelde dat Fergus zijn hand op haar knie legde. 'Gaat het?' vroeg hij zacht.

'Ja hoor. Echt. Soms word ik even overrompeld door herinneringen.'

Na een kneepje in haar knie, sloeg hij zijn arm om de rug van haar stoel.

Felicity voelde zich in- en intevreden, niet alleen omdat ze naast Fergus zat, maar ook omdat ze met zijn allen waren, hun oude vriendengroep bij elkaar. Het uur daarop haalden ze allerlei grappige herinneringen op van hun schooltijd tot aan Drews vrijgezellenfeest – waarin hij per ongeluk op de trein naar Londen was gestapt; als hij toen niet door een klein oud vrouwtje was gewekt omdat hij zo hard snurkte, had hij waarschijnlijk zijn eigen bruiloft niet gehaald.

Fergus keek op zijn horloge en hoewel het nog geen sluitingstijd was, kondigde hij aan dat hij naar huis ging voor Esme. Het was een perfecte avond geweest en Felicity wilde het liefst dat er geen einde aan kwam.

'Ja, ik kan ook maar beter gaan,' zei ze terwijl ze opstond.

'Ik breng je wel naar huis,' zei Fergus, wat precies was wat ze had gehoopt. Nadat ze iedereen gedag hadden gezegd, stonden ze buiten samen op de stoep voor de pub. Het was een heldere avond en het uitzicht was magnifiek. De hemel was bezaaid met sterren. Ze keken beiden op naar de sprookjesachtige lichtjes boven hen. Het verleden leek ver weg en Felicity werd plotseling overweldigd door alle beloftes die de toekomst verborg.

'Alles komt goed, weet je,' zei Felicity.

'Ja,' zei Fergus. 'Zolang we er allemaal voor elkaar zijn, is alles meer dan goed.' Hij gaf Felicity een liefkozend tikje op haar neus en zei: 'Kom, we gaan.'

Fergus stak zijn arm door de hare en terwijl ze naar Love Heart Lane liepen, barstte Felicity bijna van geluk.

31

Na ongeveer de vijfde gemiste oproep en een heftige zoektocht onder haar dekbed, had Felicity eindelijk haar telefoon te pakken. Ze had het gevoel dat ze pas net sliep; ze had tot in de vroege uurtjes liggen appen met Allie, die haar helemaal had uitgevraagd over Fergus en toen ze eindelijk het licht uitdeed was ze, zodra haar hoofd het kussen raakte, in een diepe slaap gevallen. Maar degene die haar nu belde, gaf niet op en ze tuurde met een wazige blik naar het schermpje.

'Alfie, je belt me wakker. Waar is de brand?' vroeg Felicity nog helemaal niet helder.

'Sorry... sorry... sorry... maar ik dacht dat je nu wel naar de rivier zou willen komen.'

Felicity wierp een blik op haar wekker. 'Het is halfzeven! Waarom zou ik zo idioot vroeg naar de rivier willen?'

'Omdat alle plannen getekend en goedgekeurd zijn en de bouw van de noodbrug zo gaat beginnen. Oké, ze starten aan de kant van Glensheil, en daar staat pers, maar vanaf Heartcross kun je het ook zien.'

'O! Bedankt, Alfie!' zei ze, waarna ze ophing en snel een trui en een paar sokken aantrok. Daarna liep ze op haar tenen de trap af om haar moeder niet wakker te maken. Beneden trok ze haar laarzen en een jas aan en even later trok ze de voordeur zachtjes achter zich dicht.

Er was geen kip op straat terwijl ze zich Love Heart Lane af haastte. Bij Rory was wel licht aan; zelfs nu het dorp helemaal geïsoleerd was, opende hij de praktijk elke ochtend plichtsgetrouw.

Haastig liep Felicity het ruim achthonderd meter lange pad omlaag naar de rivier af. Hoewel er een ijzige kou in de lucht hing, was de onbedorven natuur om haar heen prachtig: de met heide begroeide, mistige hellingen van de bergen waren een foto waard. Hoe had ze dit alles kunnen achterlaten voor de smog van de grote stad, vroeg ze zich af. Ze verlangde totaal niet naar het lawaai en het snelle leven in Londen, dat was echt helemaal uit haar systeem verdwenen.

Toen ze het einde van het pad bereikte, kwam de rivier in zicht. Het was nog steeds een vreemd gezicht zo zonder de vertrouwde brug erover.

Op de andere oever was het al een drukte van belang. Even welde er een gevoel van trots in haar op toen ze de gele helmen van de werkers aan de overkant en al hun machines zag. Zíj had ervoor gezorgd dat dit gebeurde, natuurlijk met behulp van de gulle giften van het publiek, maar het was háár idee geweest om een filmpje te maken. Even dacht ze aan die geheimzinnige donatie die ervoor had gezorgd dat ze het streefbedrag opeens hadden bereikt. Nog steeds wist niemand waar die vandaan kwam, maar Felicity wist wel dat zij en de dorpelingen er reuzeblij mee waren.

'Wauw! Ze zijn al begonnen! Niet te geloven!' klonk er opeens achter haar.

Felicity schrok zich een ongeluk en draaide zich met een ruk om. 'Wat doe jij hier?' vroeg ze. De adem kwam in witte wolkjes uit haar mond.

'Joggen,' zei Fergus lachend, die in trainingspak voor haar stond.

Felicity bloosde. 'Ja! Natuurlijk! Stom van me.'

'Maar jij bent niet aan het hardlopen?' vroeg Fergus nieuwsgierig. Hij grinnikte. 'Volgens mij zie ik daar nog een pyjamabroek onder je parka.'

'Betrapt,' gaf Felicity lachend toe. Ze deed nonchalant, maar eigenlijk schaamde ze zich een beetje. 'Alfie belde me wakker om te vertellen dat het werk ging beginnen – voor het geval ik dat wilde zien – en toen ben ik zonder nadenken hierheen gesneld. Maar nu heb ik spijt dat ik niet iets warmers heb aangetrokken.' Ze huiverde; het was koud.

'Iedereen hier zal blij zijn dat het allemaal zo snel gaat. Gek eigenlijk dat we die brug al die jaren normaal vonden terwijl hij het natuurlijk niet eeuwig kon houden met het ruwe weer hier boven op de bergen.'

'Het gaat jaren duren om die oude brug te reconstrueren, maar zo hebben we tenminste weer toegang tot Glensheil en kan het gewone leven weer beginnen.'

'Er is niets "gewoons" aan Heartcross, want in ons kleine dorpje in de Schotse Hooglanden gebeurt er altijd wel weer iets onverwachts.' Fergus keek op zijn horloge en raakte Felicity's arm aan. 'Ik moet verder en me klaar gaan maken voor het werk.'

'Waar is Esme eigenlijk?'

'Jessica is vannacht blijven slapen, dus heb ik gebruikgemaakt van haar goeiigheid en de kans gegrepen een poging te wagen dit lijf weer enigszins in vorm te krijgen.'

'Nou, het ziet er in mijn ogen anders prima uit.' Ze had het gezegd voor ze het wist.

Fergus probeerde een lachje te onderdrukken.

'Kom je vanavond ook?' vroeg ze met haar vingers stevig gekruist in de zakken van haar jas.

'Wat is er vanavond?'

'Ik begrijp dat jij de Facebookpagina van Heartcross niet bijhoudt?'

'Ik probeer uit alle macht uit de buurt van de sociale media te blijven.'

'Sorry... Het was niet mijn bedoe...'

'Doe niet zo raar... Wat is er vanavond?' onderbrak Fergus haar.

'Gisteren in de theesalon maakten we een praatje met de oudjes uit het dorp en zij hadden het over de jaarlijkse bingoavond in het gemeentehuis vroeger. Dus herinnerde Allie zich dat dat apparaat nog ergens in het schuurtje achter de pub moest staan.'

'En besloten jullie een bingoavond te organiseren?'

'Precies! Iets gezelligs doen kan nooit kwaad, toch?'

'Jij, Felicity Simons, bent een vrouw van vele talenten,' zei hij grijnzend terwijl hij van de ene voet op de andere wipte om warm te blijven. 'Van bruggenbouwer tot bingobaas.'

'Dus je komt?'

'Nou, ik heb wel bijzondere uitnodigingen gehad in mijn leven... maar bingo?' vroeg hij plagend.

'Breng Esme mee, die vindt het zeker leuk.'

Hij trok zijn wenkbrauwen op. 'Oké, we hebben een date,' zei hij en hij draaide zich om, om de heuvel weer op te rennen.

We hebben een date. Felicity herhaalde de woorden in haar hoofd en trok haar kraag op tegen de kou. Vechtend tegen de ijzige wind liep ze zo snel ze kon het pad naar Love Heart Lane weer op. Hoewel de vroege ochtendkou door haar kleren sneed, gloeide ze vanbinnen. Alles in haar leven leek op de goede plaats terecht te komen en ze voelde zich gelukkig terwijl ze terug naar Heartwood Cottage liep. Onderweg dacht ze plotseling aan Eleanor Ramsbottom, die haar al heel snel in Londen terugverwachtte. Ze kon het niet langer voor zich uit schuiven: ze moest die e-mail sturen om haar contract op te zeggen. Ze verheugde zich erop haar ontslag in te dienen.

32

Toen Felicity en Rona de dubbele deuren van het gemeenschapshuis openduwden, bleken Allie en Rory er al te zijn. Ze hadden de tafels en stoelen klaargezet en een of ander prehistorisch uitziend apparaat op een tafel voor in de zaal opgesteld. Rory had al een microfoon aangesloten en tikte erop, waarna er een hoge piep door de ruimte echode.

Allie verwelkomde hen met een glimlach. 'Heb je een stift meegebracht?' vroeg ze meteen.

'O! Nee! Wat stom!' zei Felicity.

'Nou, dan mag je er een van mij,' zei Allie terwijl ze met een fluorescerend roze stift zwaaide.

'O, zo eentje heb ik altijd al willen hebben!'

'Het is verbijsterend wat je allemaal in de schuur tegenkomt, we hebben zelfs een enorme stapel bingokaarten van een inzamelingsactie van jaren geleden gevonden.'

'Nou, dat is handig. Zal ik ze bij de deur leggen, zodat iedereen er bij binnenkomst een paar kan pakken?'

'Goed plan.'

Rona liep naar Rory toe, die het eindelijk was gelukt de microfoon te installeren zonder iedereen doof te maken.

'Ik dacht jou hier in een hagelwit jasje met een zwart overhemd eronder en een felrood strikje om je nek aan te treffen... Jij bent toch de spelleider?' vroeg Rona plagend.

Rory kromp in elkaar. 'Wauw! Echt niet! Ik heb dit allemaal opgezet, maar ik ga echt die nummers niet afroepen... Allie, dat is jouw taak!'

Allie keek paniekerig op. 'O nee! Dat durf ik niet, hoor.' Ze glimlachte liefjes naar Felicity. 'Het was jóúw idee.'

Felicity gooide haar handen in de lucht. 'Maakt mij niet uit.'

'Zijn er ook prijzen?' vroeg Rona. 'Of is het gewoon voor de lol?'

'We kunnen een gratis maaltijd in de pub aanbieden en een high tea in de theesalon, als alles weer normaal is... Maar ik denk dat iedereen gewoon voor de lol komt.'

De deur ging open en ze keken allemaal wie er binnenkwam.

'Kijk eens wie er thuis is!' riep Esme, die naar binnen kwam hollen en, zodra ze Felicity zag, recht in haar armen rende. Vlak achter haar liepen Aggie en Fergus.

'Jee, jij ziet er een stuk beter uit!' riep Rona uit terwijl ze naar Aggie toe liep. 'Welkom terug!'

'Bedankt,' zei Aggie. 'Het is heerlijk om hier weer te zijn.'

'Wanneer ben je thuisgekomen?' vroeg Allie.

'Vandaag. Drew is me komen halen in zijn boot. Ik moet bekennen dat ik nooit had gedacht zeeziek te worden, totdat ik het ongeluk had in een roeiboot op een woelige rivier te zitten. Maar ik heb wel gezien dat de noodbrug vanuit Glensheil al goed vordert!'

'Dat is geweldig om te horen,' reageerde Felicity en iedereen was het met haar eens.

'Wat is dat voor een ding?' vroeg Esme, plotseling gefascineerd door het bingoapparaat dat ze zag staan.

'Kom mee, dan laat ik het je zien.' Felicity pakte Esme bij de hand en nam haar mee naar voren, terwijl de deur openging en er een hele rij dorpelingen binnenkwam die aan de tafeltjes gingen zitten.

Felicity draaide aan de bingomolen en liet Esme zien hoe die werkte. Het kind was helemaal geboeid door de balletjes die in de korf rond wervelden, voordat er een in de buis terechtkwam en naar buiten rolde. 'En dan kijk je welk nummer er op het balletje staat' – Felicity liet het nummer aan Esme zien – 'en dan wordt het hardop voorgelezen en kruist iedereen het nummer af als het op zijn kaart staat en als alle nummers op je kaart zijn doorgestreept roep je "Bingo!" en heb je gewonnen.'

'Wauw, dat is echt cool,' zei Esme. 'Mag ik helpen met die nummers afroepen?'

'Ik zou niet weten waarom niet.'

'Papa... Papa...' Esme draaide zich om en rende naar Fergus toe. 'Ik ga Felicity helpen met de nummers afroepen.'

'Nou, dan moet je wel zorgen dat ik win en de goeie nummers voor mij afroepen!' Hij glimlachte naar zijn dochter en ging toen naast Aggie en Rona zitten.

Ze keken Esme alle drie na, die weer terug naar Felicity holde.

Binnen tien minuten was elke plaats in het zaaltje bezet en werd er druk gekletst. Felicity zette een stoel naast het bingoapparaat, waar Esme op ging zitten, zette de microfoon aan en blies erin.

Het geroezemoes verstomde.

'Welkom allemaal! Ik hoop dat u allen uw bingokaarten en een stift in de aanslag hebt zodat we kunnen beginnen, maar voordat we dat doen, wil ik eerst een groot applaus voor Esme, die vanavond mijn lieftallige assistente is.'

Esme grijnsde als een echte diva terwijl er een luid applaus losbarstte.

Felicity pakte de hendel van de korf en draaide, waarna ze Esme elke keer het balletje aangaf om het nummer hardop voor te lezen. Iedereen was verdiept in het spel en het gekras van viltstiften die nummers wegstreepten was een tijdje het enige geluid dat er te horen was, tot er een gilletje opging en Aggie 'bingo' riep.

'Oma heeft gewonnen!' riep Esme enthousiast en ze vloog van haar stoel om naar Aggie toe te rennen.

'Ik zei míjn nummers, niet die van oma,' zei Fergus met een knipoog naar Esme, die alweer wegholde voor het volgende spel.

Een uur later liep de avond ten einde. Iedereen had het heel gezellig gehad en was in opperbeste stemming. Toen de dorpelingen hun spulletjes bij elkaar hadden gepakt, leek iedereen van plan te zijn naar de pub te gaan.

'Nou, dat was een succes,' constateerde Rona terwijl ze samen met Aggie en Fergus de gebruikte bingokaarten ophaalde en Rory de microfoon inpakte.

'Ik zet al die stoelen en tafels wel terug,' zei Felicity tegen Allie. 'Jullie hebben ze allemaal klaargezet tenslotte, dus ga maar lekker naar de pub, dan kom ik wel als alles weer netjes is hier.'

'Weet je het zeker?'

'Absoluut!'

Felicity begon de stoelen op te stapelen terwijl iedereen naar de deur liep. Maar Fergus bleef staan, zag ze, en gaf Allie, die Esme's hand vastpakte, een zoen op haar wang. Toen draaide hij zich om en kwam terug naar haar lopen.

'Ik help je wel even.'

Felicity was blij en ze begonnen samen aan de opruimklus.

'Ik moet bekennen dat ik het leuk vond,' zei Fergus grijnzend terwijl hij een kant van een tafel pakte en Felicity de andere.

'Ouderwetse spelletjes zijn altijd leuk,' zei Felicity tevreden.

'Je bent echt goed met haar, weet je,' zei Fergus warm terwijl hij Felicity's blik vasthield. 'Esme is weg van je.'

'En ik ben weg van haar en wat er ook uit die test komt; ze is een heel speciaal, geweldig meisje en dat is allemaal dankzij jou. Je moet trots zijn op jezelf, Fergus.'

Hij leunde tegen de opgestapelde tafels aan en Felicity deed hetzelfde. 'Het spijt me zo voor je dat jij geen...'

'Hé,' onderbrak Felicity hem. 'Zullen we het daar niet over hebben? Het is iets waar niets aan te veranderen valt en hoe graag ik dat ook zou willen; er zijn zoveel mooie dingen in mijn leven: mama, de theesalon, Heartcross, mijn vrienden en Esme natuurlijk... En ik ben blij dat jij en ik weer vrienden zijn. Dat zijn we toch, hè? Vrienden?'

Fergus opende zijn armen en Felicity stapte erin en liet haar wang tegen zijn borstkas rusten. Zo stonden ze even zonder iets te zeggen. Fergus streelde haar haren. 'Ik heb je gemist, weet je.'

Felicity's hart sloeg over bij zijn woorden; zo in zijn armen zijn voelde heel natuurlijk, alsof het zo hoorde. Ze hief haar hoofd naar hem op en ze keken elkaar diep in de ogen. Hij liet zijn vinger over haar lippen glijden en ze wenste met heel haar hart dat hij haar kuste. Hij boog zijn hoofd en drukte zijn lippen zacht op de hare. Ze zeiden geen van tweeën iets, maar Felicity's hoofd duizelde toen hij haar stevig tegen zich aan drukte.

'Ik ben blij dat je in Heartcross blijft,' mompelde hij.

'Ik ook,' antwoordde ze terwijl ze elkaar steeds bleven aankijken. Felicity wist dat ze nooit meer terug naar Londen zou gaan. Ze wilde Fergus. Punt. En door die ene kus wist ze dat hij hetzelfde begon te voelen. Ze beloofde zichzelf dat ze er geen druk op ging zetten. Hij moest de dingen in zijn eigen tempo doen, maar zij zou ervoor zorgen dat ze er altijd voor hem was. Zijn leven was niet gemakkelijk geweest nadat ze uit Heartcross was vertrokken. En er lag nog een moeilijke taak voor hem: zodra de noodbrug er was en de post weer normaal functioneerde, zou hij de DNA-test doen en moeten wachten op de uitslag. Maar hoe die ook luidde, Felicity wist dat ze hoe dan ook aan zijn zijde zou staan.

Fergus kon zijn gevoelens niet langer ontkennen. 'Het spijt me dat ik het je zo moeilijk heb gemaakt toen je hier net was... Ik wist dat ik je ooit zou zien, maar had nooit verwacht dat dat midden in een sneeuwstorm zou zijn terwijl ik probeerde een shetlander te redden.'

'Nee, dat had ik ook nooit verwacht. Ik had me die situatie al jarenlang ingebeeld, maar het ging allemaal totaal niet zoals ik me had voorgesteld.'

'O, ja? Had je je het ingebeeld?' Fergus tilde Felicity's kin op.

'Er is voor mij nooit iemand ook maar in de búúrt van jou gekomen, Fergus.' Felicity was opeens heel geëmotioneerd. Ze knipperde een traan weg en keek hem nerveus aan. 'Jij bent de enige voor me.' Haar hart sloeg als een dolle en ze kon nauwelijks ademhalen.

Fergus volgde met zijn vinger de lijn van haar kin en ze voelde zijn adem op haar gezicht. Er ging een huivering door haar heen. Ze bleven elkaar diep in de ogen kijken. Toen legde Fergus zijn hand op de achterkant van haar hoofd en trok haar gezicht naar zich toe. Hun lippen vonden elkaar weer en de vonken spatten ervan af. Ze kusten elkaar. Langzaam... Felicity's lijf tintelde ervan.

'Ik wil jou,' mompelde hij.

'Weet je dat echt zeker?' vroeg Felicity terwijl ze zich zachtjes losmaakte.

'Ja... Ik heb je zo gemist. Ik wil je terug in mijn leven. Voorgoed.'

'Dat wil ik ook.'

'En Esme?' Fergus bleef haar strak aankijken.

'Dat prachtige kind is een welkome toegift.' Felicity ging op haar tenen staan en kuste hem nog een keer. 'Ik laat geen van jullie twee ooit nog in de steek... Dat beloof ik,' fluisterde ze.

Fergus pakte haar bij de hand en ze liepen naar Heartwood Cottage, er allebei zeker van dat ze weer dolverliefd op elkaar waren.

*

Vijf weken later...

Er werd luid op de deur gebonkt en Rona en Felicity draaiden zich onmiddellijk om. Aggie stond buiten, naast Fergus die een brede grijns op zijn gezicht had en Esme die haar neus platdrukte tegen het raam.

Felicity liep er opgewekt naartoe om open te doen en Esme sprong opgewonden in haar armen.

'Het is vandaag!' gilde Esme. 'Vandaag ga jij de brug openen en moet je een lint doorknippen. Je bent superberoemd!' zei ze vol ontzag.

Felicity grinnikte. 'Ik ben niet beroemd. Het enige wat we hebben gedaan is een paar duizend pond inzamelen... en daar heb jij net zoveel aan gedaan als ik!'

Fergus bleef op de achtergrond staan en zag er een beetje heimelijk uit. 'En wat is er met jou aan de hand?' vroeg Felicity terwijl ze hem met half dichtgeknepen ogen opnam. 'Wat heb je achter je rug?'

'Deze zijn voor jou... Ik weet dat het geen echte zijn, want die zijn op dit moment niet te vinden in het dorp, maar Esme en ik hebben deze voor jou gemaakt, omdat we je allebei heel speciaal vinden.'

Hij haalde een klein bosje van gekleurd crêpepapier gemaakte bloemen achter zijn rug vandaan. Felicity was ontroerd, ze vond het een schattig gebaar. Ze nam het bosje van hem aan en snoof er automatisch aan, waardoor iedereen in de lach schoot.

'Dank je wel! Ze zijn prachtig! En ze blijven eeuwig goed!' Ze drukte een kus op Esme's kruin en zette de bloemen in een jampot op de serveerbalie. 'Daar staan ze perfect!'

'Dit kind heeft nauwelijks een oog dichtgedaan,' vertelde Aggie. 'Je zou bijna denken dat de Kerstman hier zo op bezoek komt!'

Esme, die inmiddels met een glas jus d'orange voor zich aan een tafeltje zat, lachte ondeugend.

'Maar het is niet alleen de brug die vandaag opengaat, hè?' zei Aggie en ze spreidde haar armen om Rona en daarna Felicity te omarmen.

De tranen welden meteen in Rona's ogen op en ze keek om zich heen. In de afgelopen paar weken was Hamish' winkel volledig bevoorraad geweest door de droppings van het leger, en waren de dorpelingen weer zoetjesaan voor hun eigen eten gaan zorgen. En dus had Felicity zich de afgelopen dagen een slag in de rondte gewerkt om Bonnies Theesalon een frisse lik verf te geven. Samen met de nieuwgedrukte menukaarten was het een ongelofelijke verandering. Felicity had ook alle gerafelde, verschoten vlaggetjes weggehaald en met de hulp van Esme nieuwe gemaakt van de stukken stof die ze onder in Rona's naaimand had gevonden. Ze hingen nu kriskras over het plafond. En verder had ze zelfs de oude met fluweel beklede bank uit de rommelkamer gehaald, die ze grondig had gestofzuigd en nu, overladen met plaids en kussens, achter in de zaak stond; een plek voor gasten die met hun laptop binnenkwamen en onder het genot van een kop thee wilden doorwerken. De theesalon was springlevend.

'Ja,' zei Rona terwijl ze Felicity's hand pakte en er een kneepje in gaf. 'Vandaag heropenen we ook de theesalon... samen!'

'En hoe voel je je daarbij?' vroeg Aggie.

Rona ademde diep in om weer tot zichzelf te komen. 'Een beetje triest dat mijn moeder er niet meer is om te zien dat wij dit nu samen gaan doen. Er is een tijd geweest dat ik dacht dat ik hier, zonder haar, geen voet meer zou zetten en hoewel ik aan één kant verdrietig ben, ben ik ook supergelukkig dat Felicity en ik dit nu samen gaan doen. Ik weet dat Bonnie enorm trots zou zijn geweest op ons.'

'Ja, en dat gaan we waarmaken ook. Bonnies Theesalon draait binnen de kortste keren weer als een tierelier!' beaamde Felicity. Er welden tranen in haar ogen op terwijl ze een snelle blik op de foto van Bonnie en haar eerste klanten wierp, die nu trots aan de wand hing.

'Heb je al antwoord op je e-mail dat je ontslag neemt bij het warenhuis?' vroeg Fergus, terwijl hij een glas water inschonk uit de kan die op tafel stond.

Felicity had het tot op het allerlaatste moment uitgesteld om

Eleanor Ramsbottom te mailen dat ze ontslag nam.

Op het moment dat ze de verzendknop had ingedrukt was er een enorme last van haar schouders gevallen. Dat deel van haar leven was nu eindelijk ten einde, maar ze moest natuurlijk nog wel een keer naar Londen om haar flat leeg te ruimen.

Ze pakte haar telefoon en checkte haar inbox.

'Ja, ze heeft geantwoord.' Felicity las de e-mail haastig door en hapte naar adem. 'Jullie gaan dit niet geloven...' zei ze terwijl ze zich op een stoel liet neervallen.

'Wat?' vroeg Fergus terwijl hij zijn wenkbrauwen optrok.

'Het geld, die laatste donatie... die vijftigduizend pond... dat kwam van Eleanor Ramsbottom...' Felicity keek verbouwereerd op naar iedereen die om haar heen was komen staan.

'Nee, je maakt een grapje!' zei Fergus.

'Nee, eerlijk... Kijk...' zei Felicity beduusd en ze gaf haar telefoon aan Fergus.

'Nee maar, niet te geloven! Dus ze was niet zo slecht als je dacht!' riep Fergus uit. Hij gaf de telefoon terug.

'O, ik voel me echt vreselijk nu,' zei Felicity. Ze las de e-mail nog een keer, niet alleen verbijsterd door het grootse gebaar van Eleanor en het bedrijf waarvoor ze had gewerkt, maar ook door de toon van de e-mail – die heel aardig en oprecht was. Eleanor wenste haar niet alleen alle goeds, maar schreef ook dat Felicity een uiterst gewaardeerd personeelslid was dat, als ze ooit van gedachten veranderde, weer met open armen zou worden verwelkomd. Ze wenste Felicity veel succes in de toekomst en bood aan een referentie voor haar te schrijven als ze die ooit nodig had...

'Jee... Ik kan gewoon niet geloven dat het Eleanor is die al dat geld heeft geschonken,' verzuchtte Felicity.

'Je moet haar een bedankje sturen,' zei Rona.

'Ja, absoluut, dat ga ik zeker doen,' zei Felicity, nog steeds helemaal van de kaart.

'Ze verplicht me niet eens om me aan mijn opzegtermijn te houden. Het lijkt wel of haar e-mail is gehackt, dit is zo anders dan ik haar ken,' zei ze.

'Nou, ik kijk uit naar die referentie die ze gaat schrijven,' merkte Rona plagend op. Ze pakte haar tas van de balie. 'Kijk...' zei ze met een knikje naar het raam. Buiten liepen al een heleboel dorpelingen over het pad naar de rivier.

Er hing een sfeer van opwinding en Felicity kon haast niet geloven dat de noodbrug vandaag echt open zou gaan. Om elf uur zou Heartcross weer herenigd worden met de buitenwereld.

In de afgelopen paar weken was alles alleen maar sterker geworden: als eerste de relatie met Fergus; ze had veel tijd met hem en Esme in Fox Hollow Cottage doorgebracht. Daarbij stond de theesalon op het punt heropend te worden. Felicity was heel erg tevreden met haar leven.

Iedereen pakte zijn jas en daarna liepen ze achter de menigte aan naar het water dat lag te schitteren in de zon. De afgelopen paar weken was het straf winterweer geweest, maar nu leek de lente in aantocht en was het een stuk warmer. Een enorm verschil met de sneeuwstorm waarin Felicity was aangekomen.

Toen ze aan het einde van het pad waren en op de rivieroever stonden, pakte Fergus Felicity's hand. Haar hart bonkte van opwinding terwijl ze het uitzicht in zich opnam. Er was een hoop activiteit op het water: boten met pers en camera's en toeschouwers in roeibootjes die er gewoon voor hun plezier lagen te dobberen.

'Ik kan gewoon niet geloven dat de brug er nu echt is!' zei ze een beetje ademloos.

Esme rende, met Aggie haastig achter zich aan, naar Hamish toe, die ballonnen uitdeelde. Verderop zat Finn hoog op Drews schouders, naast Isla met Angus in de kinderwagen.

De dorpsbewoners hadden al een rij gevormd om straks, zodra

hij officieel was geopend, de brug op te gaan.

Felicity was enorm emotioneel, ze kon haar tranen niet inhouden. 'Dit is allemaal zo fantastisch,' zei ze terwijl ze haar ogen afveegde.

Fergus sloeg zijn arm om haar heen. 'Jíj hebt dit gedaan. Jíj hebt al het geld bij elkaar gekregen en het spijt me dat ik het je zo moeilijk heb gemaakt over dat filmpje.'

'Doe niet zo raar,' zei ze, zich er zeer van bewust dat dat een situatie was die nog moest worden afgewerkt. Fergus aarzelde nog steeds over wat hij het beste kon doen.

Fergus staarde peinzend over de rivier uit en schudde na een tijdje zijn hoofd. 'Weet je wat, Flick? Ik ga het niet doen. Ik ga geen DNA-test doen.'

Felicity keek naar hem op.

'Nu ik jou terug in mijn leven heb, besef ik dat ik, hoe dan ook, altijd Esme's vader zal zijn. Genen doen er niet toe; waar het om gaat is zorg, liefde en geborgenheid en wat mij betreft is ze míjn dochter. En dat zal nooit veranderen!'

'Ik ben het helemaal met je eens,' zei Felicity, terwijl ze haar armen om zijn middel sloeg en hem een knuffel gaf.

'En ik hoop dat jij heel lang in ons leven zal zijn.'

'Ik denk dat jullie daar op kunnen rekenen,' zei Felicity terwijl er een warme golf van liefde door haar heen ging en ze een kus gaf op zijn perfecte lippen.

'En kijk nou eens om je heen,' zei Fergus, die haar met spijt losliet, 'al die mensen zijn hier voor jou.'

Alfie kwam naast hen staan en sloeg een stevige hand op Fergus' schouder. 'Wat een opkomst, hè? Het is echt fantastisch! Het hele dorp is uitgelopen om bij de opening van de brug te zijn. Je mag wel trots zijn op jezelf, Flick,' zei hij terwijl hij zich naar Felicity toekeerde.

'Nou, het gaat niet alleen om mij; jij hebt een geweldig team samengesteld, Alfie, dat een geweldige prestatie heeft geleverd. En nu de brug straks open is, heb je geen excuus meer om niet een keer naar Londen te gaan om je broer een bezoek te brengen.'

Alfie knikte stralend. 'Dat ben ik zeker van plan!'

Ze keken allemaal toe terwijl de boot van de BBC aanlegde en Aidy Redfern aan wal klom. Hij keek de menigte rond, zag Felicity staan en wenkte haar.

'Dit is jouw moment,' fluisterde Fergus in haar oor. 'Geniet ervan.'

Haar ogen schitterden. 'Dank je wel.'

Fergus gaf een geruststellend kneepje in haar hand en Felicity liep langs alle dorpelingen naar het begin van de brug.

De cameraploeg van de BBC had alle apparatuur al opgezet; de opening van de brug zou live op de televisie worden uitgezonden.

Aidy Redfern schudde Felicity de hand. Op de brug achter hem hing van de ene naar de andere kant een rood lint. Achter haar ging gejuich op en Felicity draaide zich om. Er welden tranen in haar ogen op; heel Heartcross was er. Ze voelde de emoties omhoogkomen en slikte de brok in haar keel weg.

De persfotografen begonnen foto's van haar te maken en Fergus keek, met Esme's hand in de zijne, trots glimlachend toe.

Aidy Redfern stak zijn arm in de lucht en de menigte verstomde.

'Live over vijf, vier, drie, twee, één...' Hij hield de microfoon voor zijn mond en zei: 'Vanochtend komen wij live vanuit het dorpje Heartcross, waar enkele weken geleden tijdens een hevige storm een ramp gebeurde en de monumentale brug tussen Heartcross en Glensheil instortte. Inwoonster Felicity Simons nam de zaken in eigen hand, met een oproep om te doneren voor een noodbrug die viraal ging, en binnen enkele dagen genoeg geld opleverde voor de bouw ervan. Minister Annie Boyd heeft Felicity hier vandaag uitgenodigd om de nieuwe brug te openen.'

Iedereen begon te juichen.

'Wil jij ook iets zeggen?' vroeg Aidy, die de microfoon voor Felicity's mond hield.

'De ochtend dat het dorp wakker werd en ontdekte dat de brug was ingestort, was iedereen zwaar geschokt omdat dat een bedreiging was voor ons bestaan, zowel voor de inwoners als voor de bedrijven hier.' Felicity's stem trilde; ze keek even naar Fergus, die haastig zijn duim naar haar opstak om haar gerust te stellen. Allie en Rory en Drew en Isla stonden achter hem, allemaal stralend van trots.

'Maar als dorpsgemeenschap hebben we er met zijn allen onze schouders onder gezet en er het beste van gemaakt. We zorgden voor elkaar en kookten gezamenlijke maaltijden zodat iedereen te eten had. Ik wil iedereen die een donatie heeft gedaan om ons te helpen, giften die van over de hele wereld afkomstig zijn, heel erg bedanken. Het resultaat is deze fantastische nieuwe noodbrug.' Er ging weer gejuich op.

Iemand van de filmploeg overhandigde Aidy een schaar. 'Felicity, wil jij de eer op je nemen om het lint uit naam van Heartcross door te knippen?'

Felicity knikte en pakte de schaar van hem aan. 'Bij deze verklaar ik de brug als geopend,' zei ze trots, voordat ze het lint doorknipte.

Aidy gebaarde dat Felicity als eerste de brug op moest stappen en algauw stonden Fergus en Esme naast haar.

Iedereen begon te klappen toen ze met zijn drieën de brug op liepen. De menigte dorpelingen volgde hen.

'Je hebt het geweldig gedaan!' zei Fergus terwijl hij zijn arm om haar heen sloeg.

'Dank je... maar ik kan het nog steeds niet goed geloven,' zei Felicity terwijl ze midden op de brug stilstond. 'Het is ongelofelijk dat één filmpje het geld heeft opgebracht om zo'n brug te bouwen! Ik ben er helemaal beduusd van.' Fergus tilde Esme op, zodat ze de rivier kon zien die onder de brug door stroomde. Er kwamen auto's stapvoets de brug op rijden, er werd geclaxonneerd en de inzittenden zwaaiden en lachten vrolijk.

Aggie en Rona haalden hen in. 'Weer terug naar normaal,' zei Rona opgewekt en ze gaf haar dochter een zoen op haar wang.

Fergus zette Esme terug op de grond en Aggie pakte haar hand. Alfie kwam naast hen staan terwijl ze naar alle blije gezichten keken van de mensen die langsliepen.

'Felicity... Felicity,' hoorden ze opeens roepen.

Felicity draaide zich om en tuurde wie er naar haar riep. 'Nee... Nee... Dat kan niet waar zijn!'

'Wie is dat?' vroeg Fergus, die de vrouw niet herkende die met een rolkoffer haastig op hen af kwam lopen.

'Polly... Het is Polly... Mijn vriendin uit Londen!' gilde Felicity. De twee vrouwen renden naar elkaar toe en vlogen in elkaars armen. 'Wat doe jij nou hier? Jij bent een heel eind van huis!' zei Felicity terwijl ze haar vriendin knuffelde. 'Iedereen... Dit is Polly, mijn vriendin uit Londen. Hoe kom jij hier nou?'

'Dat is een lang verhaal, maar het komt erop neer dat de pub is verkocht en ik vond dat ik aan vakantie toe was voordat ik een nieuwe baan ga zoeken. En toen dacht ik, bij wie kan ik nou beter op bezoek gaan dan bij mijn beste vriendin, die ik ontzettend heb gemist? Dus hoop ik dat ik bij je kan logeren?' Ze trok een vragend gezicht in afwachting van Felicity's reactie.

'Tuurlijk... Ik kan gewoon niet geloven dat je hier écht bent! Mam, het is toch wel goed dat Polly bij ons logeert?'

'Ja, vanzelfsprekend. Jouw vrienden zijn mijn vrienden, hoor,' verwelkomde Rona Polly in Heartcross.

Alfie deed een stap naar voren. 'Zal ik je koffer nemen?'

'Pol, dit is Alfie.'

Polly keek hem glimlachend aan. 'Nou, graag. Dank je wel!'

Felicity zag dat Alfie bloosde.

'Zullen we teruggaan?' vroeg Aggie terwijl Rona op haar horloge keek.

'Ja, dat kunnen we beter doen, we moeten naar de theesalon om die te openen.'

Iedereen zocht zijn weg terug door de feestvierende menigte. Het leek wel carnaval, de sfeer was vrolijk en er klonk muziek vanaf de oevers van de rivier.

Fergus liep achteraan te kletsen met Aggie terwijl Felicity naast Polly liep.

'Ik heb je Facebookpagina gevolgd,' zei Polly, 'en ik kan niet geloven hoeveel geld je bij elkaar hebt gekregen... Je bent gewoon een superster!'

'Nou, zo ver zou ik nou niet gaan,' zei Felicity grinnikend.

'Ik wist niet wat ik zag toen ik de brug zag instorten op het nieuws en later jouw filmpje en alle aandacht die dat opleverde... En toen je zei dat je niet terug naar Londen kwam... Ik wist niet wat ik hoorde...'

'Ja, ik weet het... Maar toen ik eenmaal hier was, besefte ik dat ik het dorp en iedereen hier vreselijk had gemist.' Felicity keek om en wierp Fergus een glimlach toe over haar schouder. 'En om hier samen met mijn moeder de theesalon van mijn oma weer te openen, dat is een droom die uitkomt.'

'Ik ben zo benieuwd naar de theesalon.'

'Je zult het er leuk vinden. En over een halfuurtje heropenen we!'

'Nou, dan val ik met mijn neus in de boter, geloof ik. Is er ook taart?'

'Er is altijd taart,' zei Felicity lachend. 'En jij, lieverd, krijgt een stuk van het huis.'

Terwijl ze het pad terug naar het dorp op liep en genoot van de vrolijke stemming om haar heen, wist Felicity heel zeker dat ze de juiste beslissing had genomen om terug naar huis te gaan. Ze wilde nergens liever zijn dan hier.

'Nou, vertel me alles over Fergus. Dat is toch de Fergus? Je oude vlam?' vroeg Polly fluisterend.

'Ja, ja, maar sst, niet nu, anders hoort hij ons.'

Ze giechelden samen terwijl ze Love Heart Lane op liepen.

'O, we moeten zó bijpraten!' verzuchtte Felicity.

Toen ze bij Heartwood Cottage aankwamen, gingen Rona en Polly het huis binnen en liep Alfie met hen mee om de koffer er neer te zetten. Fergus en Felicity bleven nog even buiten staan, waar de dorpelingen al een rij vormden en wachtten tot de deur van de theesalon opengING.

'Wat een dag,' zei Fergus. 'Eerst de opening van de brug en nu de opening van de theesalon.' Hij keek Felicity aan en drukte een zachte kus op haar lippen.

'Wat er ook gebeurt in de toekomst, ik zal altijd van je houden,' fluisterde ze.

'Je klinkt nogal serieus, Felicity Simons.'

'Ik bén ook serieus!'

Hij sloeg zijn armen om haar middel. 'Mooi. Daar ben ik blij om. Je bent een fantastische vrouw,' zei hij met een intensiteit die een huivering door haar lichaam deed gaan.

'Jij bent zelf ook lang niet slecht, maar als je doorgaat met dat soort dingen zeggen, sta ik hier dadelijk te janken... Ik ben een emotioneel wrak vandaag.'

Fergus trok haar naar zich toe en gaf haar een knuffel. 'Ik hou van je, Flick.'

'Ik hou ook van jou.'

'Kom, je moet nog een theesalon openen vandaag,' zei hij terwijl hij zijn arm trots om haar schouder sloeg. 'Je klanten staan al te wachten.'

Verderop renden Esme en Finn rond met een ballon en stonden

Isla en Drew naast de kinderwagen. Het hele dorp zag er gelukkig uit.

'Wij hebben een heel speciaal meisje,' zei Fergus met een kneepje in Felicity's hand en een knikje naar Esme. Bij zijn woorden sprongen er weer tranen in Felicity's ogen.

'Ja, dat vind ik ook.'

'Voor altijd samen.' Tot Felicity's verrassing tilde hij haar opeens op en kuste hij haar innig. Toen ze zich van elkaar losmaakten om adem te halen, beseften ze pas dat iedereen die op Love Heart Lane in de rij stond, naar hen keek. De mensen begonnen te klappen en te juichen.

'Kom mee,' zei Fergus met een ondeugende grijns. 'Je moet aan het werk. Ik hoop dat Esme en ik je allereerste klanten mogen zijn in de theesalon.'

'Vanzelfsprekend!' zei ze lachend.

'Papa... Felicity... kom!' riep Esme terwijl ze op hen afrende. 'We krijgen taart en Rona heeft me ook een taaipop beloofd.'

Esme pakte een hand vast van hen allebei en Fergus en Felicity zwaaiden haar hoog op in de lucht.

'Nou, als er taaipoppen zijn,' zei Felicity, 'dan moeten we die deur maar gauw opendoen.'

Hand in hand liepen ze gedrieën de theesalon in, een nieuw gezin dat samen zijn eerste stappen op een nieuw levenspad zette.

Een brief van Christie

Beste allemaal,

Ten eerste, als je deze brief leest, dank je wel dat je *Love Heart Lane* heb gekozen om te lezen.

Ik hoop oprecht dat jullie hebben genoten van dit boek en als dat zo is, zou ik jullie heel dankbaar zijn als jullie een review schrijven. Jullie aanbevelingen kunnen andere lezers helpen mijn boeken te ontdekken.

Ik kan haast niet geloven dat dit alweer mijn achtste boek is dat wordt gepubliceerd; schrijven is de beste baan die je kunt hebben!

Op dit boek ben ik bijzonder trots. De personen Felicity Simons en Fergus Campbell hebben de laatste maanden een groot deel van mijn leven uitgemaakt en het goede nieuws is dat ik hen nog niet achter me laat. Er komen meer boeken die gebaseerd zijn op het dorpje Heartcross in de Schotse Hooglanden.

Ik wil iedereen die bij dit project betrokken is geweest uit de grond van mijn hart bedanken. Ik waardeer jullie allemaal en het is een groot plezier om van mijn lezers te horen via Twitter en Facebook.

Dus alsjeblieft, hou contact!

Hartelijke groeten,
Christie x

Dankwoord

Ik kan nauwelijks geloven dat mijn achtste boek nu wordt uitgegeven en er is een lange lijst van fantastische mensen die ik moet bedanken omdat ze cruciaal zijn geweest in het vormen van dit verhaal tot een boek waar ik echt trots op ben.

Heel veel liefs voor mijn team – Emily, Jack, Ruby en Tilly. Zonder jullie was het me nooit gelukt.

Woody, mijn gekke cockerspaniël en mijn (schrijf)partner in crime, die altijd naast me ligt en ongetwijfeld het beste gezelschap is dat je je kunt wensen.

Nell, mijn meisje, mijn labradoedelpuppy die mijn werk zonder twijfel vaak heeft verstoord de laatste maanden, maar die al helemaal deel uitmaakt van het gezin en zonder wie ik me het leven niet meer voor kan stellen.

Het uitstekende team bij HarperImpulse, Charlotte Ledger, Claire Fenby en Eloisa Clegg die alle drie helemaal geweldig zijn. Ik moet mezelf af en toe knijpen als ik besef dat ik deel uitmaak van deze fantastische uitgeversfamilie en ben jullie heel dankbaar voor jullie harde werk om van mijn verhalen een publiceerbare roman te maken.

Mijn uitgever, de superslimme Emily Ruston – dank je wel voor je wijze woorden en steun door het jaar heen en dat je me in lastige tijden toch aan het schrijven hebt gehouden.

Mijn agent Kate Nash, voor je energie, visie en continue steun.

Mijn tweede familie, Anita, Aidy, Jenna en Kimberley Redfern die gewoon de allerbesten zijn en een gelukkiger mens van me maken. Ik hou heel veel van jullie allemaal.

Veel liefs voor mijn soul sisters, Jenny Berry, Lisa Hall, Natalie Emmerick en Charlotte Seddon. Jullie rocken!

Team Barlow! Heel veel liefs voor mijn vrolijke groep supporters en vriendinnen, Louise Speight, Catherine Snook, Suzanne Toner, Sue Miller, Sue France, Bella Osborne, Bhasker Patel en Sarah Lees die me altijd aan het lachen maken als ik urenlang in mijn schrijfhol zit opgesloten. Ik ben jullie oprecht dankbaar voor jullie steun en vriendschap.

Dank aan Rachel Gilbey, die geweldige blogtours geeft.

En als laatste, high fives voor iedereen die van mijn boeken geniet en er reviews over achterlaat; in het bijzonder Claire Knight, Lorraine Rugman, Sarah Hardy, Noelle Holten, Annette Hannah en Joanne Robertson. Het feit dat jullie constant posts delen is niet onopgemerkt gebleven en jullie steun voor mijn schrijfsels wordt erg gewaardeerd!

Ik heb zonder twijfel genoten van elke seconde dat ik dit boek schreef en ik hoop echt dat jullie je erop verheugen om verder te lezen hoe het Flick en Fergus vergaat op Love Heart Lane!

Ik hoor het graag!

Christie xx

Verder lezen?

Ben je benieuwd hoe het verder gaat in Love Heart Lane? Lees op de volgende pagina's alvast het eerste hoofdstuk van deel 2 in de serie!

GEHEIMEN OP

Foxglove Farm

1

Isla voelde de gespannen sfeer meteen toen ze de keuken binnenstapte. Ze bleef bij de tafel staan en keek toe terwijl Drew, haar man, alle kastjes en laden opentrok en ze met een klap weer dichtgooide.

'Ben je iets kwijt?' vroeg ze voorzichtig terwijl ze zich afvroeg wat er in vredesnaam in hem was gevaren.

Drew draaide zich met een ruk om en keek haar strak aan. Hij had paarse vlekken in zijn gezicht en de aders in zijn nek puilden uit. Isla kende die blik. Drew maakte zich op voor een ruzie, maar ze had geen idee waarom. Het gebeurde maar zelden dat hij kookte van woede, maar als het zover was, kon je maar beter maken dat je wegkwam.

'Het komt altijd op mij neer, hè?'

Isla deed haar best om er heel rustig uit te zien na zijn onverwachte aanval – ze was tenslotte geen helderziende – en vroeg kalmpjes: 'Wat komt er altijd op jou neer?'

Drew haalde zijn hand een paar keer door zijn haar, een duidelijk teken dat hij geagiteerd was.

'Alles!' zei hij verwijtend en hij gooide zijn armen geïrriteerd in de lucht.

'Alles?' herhaalde Isla.

'Alles, ja! Wie staat er hier op een onmenselijk uur op om de koeien te melken?'

Isla kneep haar ogen tot spleetjes; dit gesprek kwam uit het niets. Ze begreep niet wat Drew probeerde te zeggen en overwoog heel even op te merken dat híj degene was die ervoor had gekozen om boer te zijn. Maar in plaats daarvan antwoordde ze heel rustig en hoopte daarmee geen olie op het vuur te gooien bij hem: 'En wie staat er drie keer per nacht op om onze zoon te voeden terwijl jij slaapt? Ik ben ook kapot, Drew, dat weet je best.'

'Ongetwijfeld, maar jij kunt elk moment een dutje doen terwijl ik in mijn eentje de boerderij draaiende moet houden.'

'Nou, volgens mij doen we dat samen.' Het begon Isla nu te irriteren. Hoe durfde hij?

'Jij hebt het maar gemakkelijk, Isla.'

Geschokt probeerde Isla in zich op te nemen wat hij zei. 'Meen je dat serieus?' Ze begon nu echt kwaad te worden. Hoe durfde hij te zeggen dat zij het maar makkelijk had? Isla kon zich de laatste nacht dat ze goed had geslapen niet eens herinneren.

'Jij fladdert maar zorgeloos rond... Ontbijten bij de theesalon, lunchen in de pub... Ik ben er niet om jouw sociale leventje te financieren...'

'Mijn sociale leventje?' Isla's stem ging een octaaf omhoog.

'Terwijl ik altijd en eeuwig aan het werk ben, glipt het geld al door je vingers voordat het op de bank staat.'

'O, dus ik mag voortaan mijn vrienden niet meer zien?' protesteerde ze.

'Dat zeg ik niet.'

'God weet wat je dan wél wilt zeggen.'

Ze keken elkaar boos aan en Drew blies zijn adem uit.

'Ik meen het, Isla, ik heb er schoon genoeg van het geld hier binnen te brengen, dat jij dan weer sneller uitgeeft dan ik het verdien. Als dat zo blijft, kun je beter een baan gaan zoeken.'

Zijn woorden hadden iets definitiefs, maar Isla was absoluut niet van plan weer terug aan het werk te gaan, vooral nu de baby nog zo jong was. Bovendien hadden ze samen besloten dat zij thuis zou blijven zolang de kinderen klein waren. Drew was hier nooit eerder over begonnen... Wat hád hij opeens?

'Als je wilt praten over wat er werkelijk aan de hand is, en me niet zodra ik binnenkom allerlei verwijten begint te maken, ben ik een en al oor,' zei Isla gedecideerd.

Drew staarde haar aan, griste zijn jas van de rug van een stoel en liep met grote stappen de deur uit, die hij hard achter zich dichtsloeg.

'Klootzak,' riep ze hem na, op de rand van tranen.

Welkom thuis in Love Heart Lane